「お前を追放する」追放されたのは俺ではなく
女でした

まるせい
MARUSEI
illustration：福きつね
FUKUKITSUNE

一迅社ノベルス

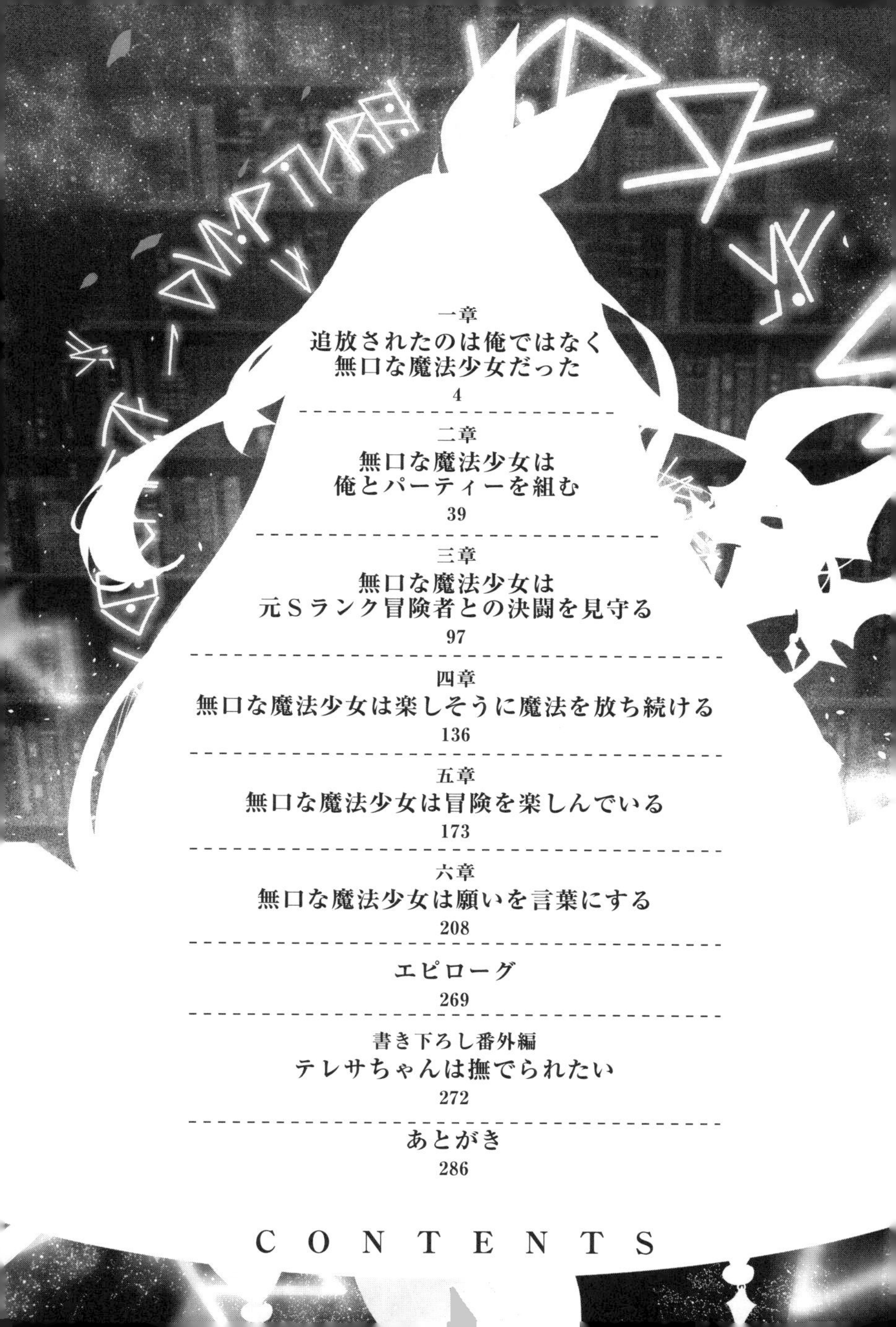

CONTENTS

一章・追放されたのは俺ではなく無口な魔法少女だった

1

「お前を追放する！」

冒険者ギルドに併設されている酒場内に男の大声が響き渡った。

人差し指を突き付け、睨《にら》んでいるのはSランク冒険者パーティー『栄光の剣』のリーダー、ルクスだ。磨きこまれた銀色の鎧《よろい》と盾、腰には大剣を差している。赤髪と、鋭い目付きながら整った顔立ちをしているので、女性冒険者に人気がある。

ルクスの周りにはパーティーメンバーの女が二人寄り添い、ニヤニヤと笑いながらこの事態を楽しんでいる。

「お前は確かに強力な魔法を扱えるようだが、連携が取れない！　今日だって俺に魔法が当たるところだったんだぞ！」

彼が責めているのは俺…………ではなく、その後ろに立つ少女だった。

思わず見惚《みほ》れてしまいそうな整った顔立ち、黄色のリボンで纏《まと》められた透き通った白銀の髪。白銀の瞳。荒くれ者が出入りする冒険者ギルドには似つかわしくない美少女だ。

名前は確か……。

「聞いているのかっ！　テレサ！」

そう、彼女の名前はテレサ。『強力な魔法を操る』と、周囲から評価されている魔法使いだ。

「言っておくが、これは俺だけじゃなく、パーティーメンバー全員の意見だ！」

ルクスの言葉にテレサは俯《うつむ》いたまま言い返さない。

「お前の悪行はこの場の全員に伝えている！　わかったら、とっととこの場から出て行くんだなっ！」

ルクスの言葉を聞いたテレサは、一瞬口をわずかに動かすのだが、結局声を発することなく、踵《きびす》を返すと冒険者ギルドを出て行った。

「まったく！　これまで世話をしてやったのに、最後まで口を利かなかったな。あいつ、追い出して正解だ。そうだろ、アリア、ライラ」

ルクスは皆に聞こえるように大声でテレサのことを悪く言うと、両隣にいる二人に同意を求めた。

「魔法が身体の傍《そば》を通りすぎるし、あの子と一緒だといつ後ろから撃たれるかわからなくて怖かったもんね。追い出して正解だよ」

銀髪の女が両手で自分を抱き、わざとらしく身体を震わせた。彼女はライラ。『栄光の剣』で斥候を担当している少女だ。スリットからは短剣を挿したベルトが見える。

「これでルクスに変な色目を使われなくて済みますね」

腰まで届く赤髪の女は満足そうに笑うとテレサが出て行った入り口を見た。こちらは治癒士を担当しているアリアで、腕を組むことで豊満な胸が強調される。

どちらも整った顔立ちをしている美女で、ルクスと親密な関係だと冒険者の間で噂《うわさ》がある。

三人は出て行ったばかりのテレサの悪口を楽しそうに語り続けている。

他の冒険者はSランク冒険者を敵に回すのが怖いのか、口を噤《つぐ》むと顔を逸《そ》らした。

「とにかく、これであいつとパーティーを組むようなやつは現れないだろう。いい気味だぜ」

俺は大声で笑うルクスの前に立つ。

「あのー、ちょっといいっすかね？」

「なんだ、お前？」

「Cランク冒険者のガリオンです」

俺が話し掛けたことで、周りの冒険者がざわめき、ルクスは怪訝《けげん》な顔をした。

「何の用だ？」

興を削《そ》がれたのか、ルクスはむっとした表情を浮かべる。

「いやー、今の話を聞かせてもらっていたんですけど、追放理由が足りてない気がしましてね。こういうのって公平じゃないなって思うんですよ」

その言葉に、周囲の冒険者たちが動揺したのが目に映った。俺がSランク冒険者に物言いをつけたので、不機嫌になった際のとばっちりを気にしたのだろう。

「追放理由だぁ？　さっきので十分だろうが？」

馬鹿にするように俺を嘲笑うルクス。俺は満面の笑みを浮かべると、この場の全員に聞こえるように言ってやる。

「だって俺、見ちゃったんですよ」

思わせぶりな言葉に、その場の注目が集まった。

「あん？　何をだよ？」

ルクスは怪訝な表情を浮かべると、胡散臭《うさんくさ》そうな視線を送ってくる。俺は皆に聞こえるよう、大声を上げた。

「先日、そこのルクスさんが彼女に言い寄ってるのを!!!!」

「なっ!?」

俺の言葉にルクスは驚き、顔色を変えた。

「俺が聞いたのは確か……『このパーティーに残りたければ俺の女になれよ』でしたっけ？」

両手を広げ、大げさな動きで周囲の関心を引き付けた。

「でっ！　でたらめを言うなっ!!」

ルクスは大きく手を振ると俺を怒鳴りつけた。

「あっ、他にも色んなところで女の子に声掛けているのを見ましたよ」

俺は少し情報をぼかしつつ何名か例を挙げる。すると、ルクスの気配が変わった。

「お、お前……どうしてそれを……」

ルクスは動揺した様子を見せ、周囲の人間もその態度に疑いを濃くした。

「同じパーティーばかりじゃなくて、パーティー外にも仲良くしている女性がいるなんて流石《さすが》っすよね」

俺が煽《あお》ると、険しい視線が一斉にルクスに集中した。

「ちょっと、ルクス。どういうこと？」

ライラが目付きを鋭くしてルクスに詰め寄る。

「私たち以外には手を出さないって約束したじゃないですか!!」

アリアも血相を変えると逆側からルクスの腕を掴《つか》んだ。

「い、いや……これは……その……」

二人に身体を揺すられ、しどろもどろになるルクス。先程までテレサの悪口を言っていたが、今やそれどころではないようだ。

俺は、騒動に興味を失《な》くし、冒険者ギルドから出て行こうとするのだが、どうしても言っておきたいことがあるので振り返る。

「そうだ、最後に一つだけ」

真剣な表情を浮かべ、俺はこの場の全員を睨みつける。

「あんたたちに彼女と組む資格はない」

俺は扉を強く押すと、彼女を追いかけた。

外に出て、周囲を見回す。

ルクスにちょっかいを掛けている間に遠くに行ってしまったかと思ったが、彼女は公園のベンチに座り、膝に手を乗せ、俯いていた。

ショックを受けているのか微動だにしない。まだ春先とはいえ日中は冷える。こんなところでじっとしていては寒かろう。

俺は近くの売店で出来立ての揚げパンを二つ買うと、彼女に近付き声を掛ける。

「よっ！」

顔を上げたテレサと目が合う。彼女は瞳が揺れており、今にも泣き出しそうな……いや、先程まで実際泣いていたに違いない。

「まずはこれでも食って元気を出せ」

揚げパンを差し出すと、困惑した表情を浮かべる。

「嫌なことがあったらまず何か食べろ。満腹になれば気分も上向いてくるからな」

そう言って笑顔でテレサに揚げパンを押し付けると、まず自分で食べてみせる。サクッとした食感とまぶした砂糖の甘みが口いっぱいに広がる。出来立てということもあって美味《おい》しかった。

少しの間俺を見ていたテレサだったが、お腹の音が鳴る。どうやら、美味しそうな匂いが漂ってきてお腹が主張したらしい。

俺から視線を外し、もそもそと揚げパンを食べ始める。そんな彼女を俺は観察する。

噂では、途轍《とてつ》もなく強力な魔法を使えるらしいのだが、こうして見ていると、か弱い少女にしか見えない。

揚げパンを食べ終えたテレサがふたたび顔を上げ、俺を見る。食事をして精神状態を持ち直したからか、先程まではよりはましな表情になっている。

これなら話を続けても大丈夫そうだ。

「さっきの件は俺もその場にいた」

そう切り出すと、彼女の瞳がふたたび揺れる。無理もない、今まで所属していたパーティーを追い出されたばかりなのだ。気にしない方がおかしい。

「お前の素行は冒険者ギルド中に伝わっている」

ルクスの言った『連携が取れない』というのは彼女自身にも問題がある。

強力な魔法を扱えるというテレサだが、魔法を使う際に呼びかけることをしないらしい。そのせいで、連携を取ることができず、魔法が仲間の身体を掠《かす》めてしまったことが何度もあるとか……。

そのことは、この街に住むすべての冒険者も知っているので、ルクスがあれだけ盛大に皆の前で追放を宣言した以上、彼女は誰ともパーティーを組めなくなった。

それがわかっているから膝を握り締めて俯き、ふたたび落ち込む様子を見せる。

彼女が現状を正しく認識したと判断した俺は、

「良かったら、俺とパーティーを組んでみないか？」

手を差し出し、テレサをパーティーへと誘った。

テレサが勢いよく顔を上げ、リボンが揺れる。彼女は驚いた顔でまじまじと俺を見た。

「噂の魔法とやらにも興味があるし、俺はずっとソロで冒険をしている。試しに組むのも悪くないと思うぞ？」

テレサの瞳が真っすぐに伸び、俺を観察している。

眉根が何度も動き、表情がやたらと変化する。　猜疑心《さいぎしん》を持つ顔から悩んでいる顔、ふと何かに気付いて慌てている顔や、諦めたような悲しそうな顔。

時間にして十分は経っただろうか？

やがて彼女はコクリと頷《うなず》くと、俺との冒険を了承した。

「おっけー。なら今更だが自己紹介な。俺の名前はガリオン。十八歳だ。半年前に冒険者になって田舎の村から出てきたばかりだ。よろしくな！」

俺が名乗って右手を差し出すと握手をする。必死な様子で俺の手を掴んで握り締めるテレサの手はとても小さく冷たかった。

2

珈琲《コーヒー》の良い香りが漂う中、俺は焼き立てのトーストを頬張り朝食を摂《と》っている。

剣を横の椅子に立てかけ鎧に身を包み、いつでも冒険に行ける格好をしながら、俺は珈琲を飲み朝のひと時を楽しんでいた。

ここは宿の一階にある食堂なのだが、宿泊客でなければ利用してはいけないなどというルールはないので、俺はここである人物を待っていた。

周りを見回すと、朝から楽しそうな会話が聞こえてくる。

半分は宿泊客なのだろうが、散歩途中の老夫婦なども訪れ軽食を楽しんでいる様子から、地域の住人に人気がある店らしい。

給仕の娘が慌ただしく食器を片付け、あるいは料理を運んでいる姿が目に映る。朝食時ということもあって忙しいのか、食器がぶつかる音がそこらで聞こえる。

その音に耳を傾けながら、ふたたび珈琲をすすっていると……。


――ガチャ――


食堂のドアが開き、テレサが入ってきた。

彼女は半開きの眼をこすりながらパジャマ姿で歩いている。リボンをしておらず、髪が少し乱れているのが気になる。どうやら朝に弱いらしく、足取りがふらついていて、どこかにぶつかるんじゃないかと見ていてハラハラした。

やがて、彼女は俺の前を通りすぎようとして、視線に気付いたのかゆっくりと振り返った。

一度目は、俺を見ると何気なく視線を戻す。

二度目は、何かの見間違いではないかと大きく目を見開いて視線を戻す。

三度目は、俺を指差し、口元を震わせながらそのままじっと顔を見続けた。

「おはよう、気分爽快な良い天気だな」

右手を上げ挨拶をしてみると、慌てたテレサは大げさな身振りをして、何かを訴えかけてくる。

言葉を発さずともわかる。おそらく『どうして、あなたがここにいるのですか？』と言いたいのだろう。

「とりあえず、座ったらどうだ？　給仕の邪魔になるぞ」

俺がテレサに笑いかけながら目の前の席を指差すと、彼女は納得いかないといった表情を浮かべながらも、正面に腰掛けた。

彼女が席に着くと同時に、給仕の娘が注文を取りに来る。テレサがメニューを指差すと「かしこまりました」と短く答えて立ち去っていく。

ここはテレサが滞在している宿なので、毎日同じようなやりとりがされているのだろう。

給仕は注文を受けて戻る際にチラリと俺を見るが、その視線は俺とテレサの関係を勘繰っているようだった。

――トントン――

自分の方を見るように、テレサはテーブルを指でコツコツと叩《たた》く。頬杖《ほおづえ》をつき、白銀の瞳が責めるように俺を睨みつけている。どうして朝から俺がここにいるのか説明しろと、無言の圧力を感じた。

「昨日パーティーを組んだ時、早速依頼を受けると言っただろ？　朝一で依頼を確保したから、迎えに来たんだ」

昨日の追放の件もあるので、冒険者ギルドで待ち合わせをしていると、ルクスたちと鉢合わせする可能性があった。やつらに何か言われると、ようやく持ち直したテレサがまた沈んでしまいかねない。その可能性を潰すため、こうして直接宿まで参上したわけだ。

『…………』

俺がドヤ顔で説明すると、テレサはどんよりとした瞳で溜息《ためいき》を吐《つ》いた。その溜息にはどのような意味がこめられているのだろうかと気になるが聞くのは止めておく。おそらくろくな答えが返ってこないだろうから……。

しばらくして、給仕の娘がテーブルに朝食を置くと、テレサはペコリと頭を下げる。こういう丁寧な態度は好感が持てる。

「一応、初めて組んでやる依頼だからな、Sランクのお前さんには物足りないかもしれないが、まあ付き合ってくれ」

彼女は頷くと、もくもくと食事を始めた。

食事の間、テレサを眺めている。口を小さく開け、少しずつ食事を摂るので時間が掛かる。テレサは十数分かけて食事を終える。

そして、じっとりとした目を俺に向け警戒すると、俺を観察し始めた。

いつの間にか周囲の客たちも食事を終えて出て行き、食堂は俺とテレサと食器を片付けて回る給仕だけになっていた。

彼女は相変わらず無言で、何か考えているのは間違いないのだが、昨日今日の付き合いでは正確に心のうちを推し量ることができない。

面と向かってみると、本当に整った顔立ちをしているので見ていて飽きない。俺としてはこのまま睨めっこをしているのもやぶさかではないのだが、それではこの後の予定がずれ込むのも事実。

「……そういえば」

俺が言葉を発すると、彼女の視線が動いた。

目がつり上がり、警戒心が前面に押し出される。俺が何を言おうとしているのか聞き漏らすまいとする彼女に告げる。

「随分と可愛いパジャマを着てるんだな」

そう言って指差す。彼女はピンクの生地に動物の絵をちりばめたパジャマを着ていたからだ。しかも、寝ている時に暑かったからなのか、上二つのボタンが外されており、胸元がチラリと見えた。

「……!?」

突然、テレサが立ち上がり椅子を倒す。両手で身体を隠しながら後ずさり、テーブルにぶつかってバランスを崩し転んでしまった。

「テレサさん、大丈夫ですか？」

給仕の娘の手を貸りて立ち上がるのだが、転んだことが恥ずかしかったのか耳まで真っ赤になっていた。

今更、自分の格好に気付いたのか、慌てふためく姿は見ていて面白い。テレサはスリッパをパタパタと鳴らし、食堂のドアを乱暴に開き、部屋へと走り去って行った。

食堂から出る時に振り返った彼女は、顔を赤くし目に涙を浮かべながら俺を睨みつけていた。

その場に残された俺は、これは当分戻って来ないと判断すると、

「珈琲のお代わりを頼む」

給仕の娘に追加の注文をするのだった。


「いい加減、機嫌を直さないか？」

俺とテレサは現在、街道を歩いている。それというのも、冒険者ギルドで受けた依頼がこの【カプセ】の街から数日歩いた先になるからだ。

彼女は、大きな魔石が埋め込まれている杖と、マントを身に着けている。食堂で会った時とは違い、髪を梳《と》かしてリボンで纏めており、後ろから見ると尻尾のように揺れ動く。

俺から距離をとろうと大股で歩いているのだが、後衛が前に出るのはあまり好ましくない。

もっとも、街からそう離れていないこの街道周辺には強いモンスターがいないので、それ程問題にはなるまい。

テレサはチラリと振り向くと、ジトッとした目で俺を見る。どうやら食堂の件を根に持っているようだ。それでもこうして依頼に付き合ってくれるあたり、一度約束したことは守る律儀な性格なのだ

ろう。

口を開くわけでもなく、彼女が見続けてくるので、俺は笑顔で手を振り返した。やはり円滑な人間関係は互いに笑い合うところから始まる。

『…………』

彼女は諦めたのか溜息を吐き、俺の隣に来るとアゴを動かし促してくる。

おそらく、今回の依頼の内容が知りたいのだと俺は判断すると、説明をしてやることにした。

「今回、俺たちが受けた依頼は、隣街【リンダス】にある牧場、そこを荒らす【ワイルドウルフ】の群れの討伐だな」

依頼を出した牧場は森に接しているため、中からモンスターが出てくることがあるらしく、今回討伐しなければならないワイルドウルフは、単体での評価はDランクなのだが、十四までだとCランク、十一匹以上の群れならBランクに分けられている。

テレサは、元々Sランクパーティーに所属していた手練《てだれ》なので、この程度のモンスターは問題ないだろう。

俺がそんな風に考えていると、テレサは疑惑の視線を俺に投げかけてきた。

「もしかして、俺が足を引っ張るとか考えてないか？」

俺の言葉に彼女はゆっくりと首を縦に振る。テレサに冒険者ランクを告げた覚えはないが、どうやら弱いのではないかと疑われてしまっているらしい。

「安心しろって、俺はルクスよりも強いから！」

俺は明るい声でテレサに言った。彼女を安心させるように笑顔を作り、右手の親指を立てて突き出してみせる。

『………』

ところが、彼女はそんな俺に可哀想なものを見るような視線を送ると、先程よりも深く「はぁ」と溜息を吐いた。

3

日が高くなった昼をまわる時間、俺たちはリンダスへと到着した。

食事をするよりも、まず依頼人に挨拶しようと考え、牧場へと向かう。

柵を越え、中に入ると幾つもの作業小屋がある。通りすぎる際に家畜の鳴き声がしたので、ワイルドウルフの襲撃を警戒して守っているようだ。

小屋の入り口付近には落とし穴などの罠《わな》を掘った形跡もあることから、彼らなりにワイルドウルフ対策をしていたことが窺《うかが》えるのだが、やつらは狡猾《こうかつ》なのであまり効果がなかったのではないかと俺は思った。

一際でかい小屋を訪ね、ドアをノックすると男が姿を見せる。牧場主らしい。

俺が依頼を受けに来たことを告げると、牧場主はホッとした表情を浮かべた。

ワイルドウルフの数が多く、毎日家畜を食い荒らされるため、気が気ではなかったらしい。

そんなわけで俺とテレサは早速、ワイルドウルフを討伐すべく牧場に陣取った。

作戦は、俺が前に出て剣を振りワイルドウルフを引き付けるので、テレサは俺を魔法でサポート。可能なら攻撃にも参加してもらう。

元々組んでいたわけではなく、急造コンビなのだからあまり細かく取り決めても無駄という判断もある。

『グルルルル』

「おっ、ようやく来たな！」

牧場の柵の前に陣取ってから半日、森から出てきたワイルドウルフとようやく対面できた。

俺の胴程の高さの身体で、四肢には鋭い爪が生え、むき出しの牙からは涎《よだれ》を垂らしている。

その数は思っていたよりも多く、ざっと見える範囲だけでも二十匹以上はいた。

「さて、今夜は狼《おおかみ》鍋かな？」

肩に剣を担ぎ倒した後のことを考える。

牧場主にでも解体してもらって、晩飯は美味《うま》い肉にありつこう。俺が食事に意識を向けながら前に出ようとしていると、何かに服を引っ張られた。

「何だ？」

振り向くとテレサが俺の服の裾を掴んでいて、白銀の瞳が必死に何かを訴えかけていた。

「どうした？　トイレか？」

テレサの主張を予測すると、彼女はブンブンと激しく首を横に振る。自分を指差し、続けて杖を俺の前に突き出すのだが、何を言いたいのかまったく理解できない。

「とりあえず、あいつらを片付けるのが先だ。サポート頼んだからな！」

俺はテレサの主張を読み取ることを諦めると、前を向きモンスターへと向かった。

「さて、それじゃ食事前に軽めの運動といきますか」

目の前では殺気立ったワイルドウルフが、唸《うな》り声を上げ展開している。こいつらにも俺たちが敵だということは理解できるらしい。俺は背中越しに、テレサが魔法の準備をする気配を感じ取ると、モンスターへと突っ込んだ。


「はっ！」

『キャウンッ！』

目の前のワイルドウルフの胴体を斬り裂き、絶命させる。

ワイルドウルフは俺から距離を取り警戒している。ときおり隙を見つけては飛びかかってくるのだが、その隙は俺が意図的に作ったものなので、襲ってくるワイルドウルフを一振りで倒し続けていた。

そうなると、向こうも俺を警戒して動きが止まり、迂闊《うかつ》に飛び込んでこなくなり膠着《こうちゃく》状態が生まれるのだが……。

『キャウン！』

『キャウン！』

『キャウン！』

三発の魔法の氷柱《つらら》がどこからともなく飛んできて、ワイルドウルフを直撃する。

ワイルドウルフは俺だけに注意すればよいわけではない。

振り返ると、杖を掲げたテレサがいる。空中にはいくつもの魔法陣が浮かび上がり、そこから次々に魔法が撃ち出されているのだ。

遠距離から魔法を放つテレサこそ真の脅威だろう。

彼女は表情一つ変えることなく杖を振るうと、一度の魔法で必ず一匹のワイルドウルフを倒している。飛ばされる氷の柱は威力・精度ともに申し分ない。

「俺も負けてられないな」

確かにテレサの強さは冒険者の間で別格かもしれないが、彼女に実力を認めさせるためには倒す数で劣るわけにはいかない。

テレサの魔法で連携に乱れができ、俺は動揺しているワイルドウルフの群れに突っ込むと一気に斬り伏せる。振り返って右手を突き出し、テレサに向かってアピールするのだが、彼女は非常に冷たい目で俺を見ると、魔法を放つ作業に戻ってしまった。

もう少し驚くなり反応があるかと思ったのだがつまらない。既に大勢《たいせい》は決したと判断し、残っているワイルドウルフを倒すだけかと考えていると……。

『ウオオオオオオオ！』

ワイルドウルフの群れが距離を取り、顔を上げ、空に向かって一斉に鳴き始めた。

「おっ、これはもしかして、面白くなるかな？」

動物がこうして叫ぶのは、何者かへの合図だ。そして窮地で送る合図といえば決まっている。

しばらくすると、一際大きな個体が現れた。ここにきてボスの登場だ。

「テレサ！　俺があいつを倒している間、一人でもいけるか？」

大声で後ろに向かって呼びかけると、彼女ははっきりと頷いた。

「へへへ、そうこなくっちゃな」

俺は彼女から離れると、ワイルドウルフのボスへと走り寄っていった。

『ガルルルルウルッルウル！』

一方、向こうは俺よりも、背後にいるテレサを脅威に思っているらしく、近付いている俺のことを障害物程度にしか認識していないらしい。

「通りたければ俺を倒してからにしろっ！」

声を上げ、ワイルドウルフの注意を自分に集める。

左右からはワイルドウルフが、正面からはワイルドウルフリーダーが攻撃を仕掛けてくる。単純な戦法だが、それだけに効果が高い。普通の冒険者の戦士ならこれで倒されるに違いない。

「よっ！　はっ！　ほっ！」

時間差で攻撃を仕掛けてくる左右のワイルドウルフの攻撃を紙一重で避《よ》け、抜いておいたダガーとロングソードを二匹の腹に差し込み、飛び掛かってきたワイルドウルフの勢いを利用して腹をかっさばいた。

二匹はそれで絶命し、残されたのは正面にいるワイルドウルフリーダーのみ。

『ガルルルルルルルルルルルルッ！』

続けて突進してくるワイルドウルフリーダーの牙を剣を交差させて受け止める。

でかい身体をしており、百キロは確実に超えている突進を受けても俺は一歩も下がらなかった。

「獣脚は踏み込みが利かないからな、一度止めてしまえばこの通り」

ワイルドウルフリーダーは何をされたかわからないだろう。俺は足を止めた目の前のモンスターを一瞬で何十回も斬りつけた。

『ガ……ウ……？』

「ふむ、まあまあの運動になったかな？」

俺が振り返ると、ちょうどテレサが自分に殺到してきたワイルドウルフを討伐し終えたところだった。

どうやら怪我もなく片付いたようで、俺が彼女に手を振り近付いていくと、彼女も俺に杖を振り応じてくれる。

その時の表情はホッとしており、これまでより少しだけ俺に向ける瞳が優しかった。

「いやぁ、本当に助かりました。まさかあれ程いたワイルドウルフ、さらにそのボスまであっという間に倒してしまわれるとは思いませんでしたぞ」

笑顔を俺に向けると、そう言って握手を求めてくる牧場主。

「それは良いけど、ワイルドウルフの肉を食いたいから捌《さば》いたら回してもらえないか？」

「ええ、勿論《もちろん》でございますとも」

後ろを振り返れば、牧場で働いている人間がワイルドウルフの死体を回収している。

倒すまでが俺たちの仕事で、解体から販売までが彼らの仕事になる。

その分の報酬は依頼料に上乗せされ、後日受け取ることができるのだが、せっかく狩りたてのワイルドウルフの肉があるのだから、新鮮なうちに味わってみたい。

「それではこちらへどうぞ。休んでいただいている間に用意いたします」

牧場主にしっかりとした建物に案内された俺たちは、料理ができるまで待つことにする。

俺が鎧を脱いでいると、テレサがチラチラとこちらを見ていた。

布にオリーブオイルを沁《し》み込ませ、鎧の手入れをしていると、何度もテレサが視界の端に映った。

「さっきからどうした？」

俺の身体をじっと見ていたテレサは、気付くと慌てた様子で離れていく。俺はテレサの視線の先が自分の腕だったことから考え、

「もしかして、俺が怪我をしてないか心配した、とか？」

ソファーに座り、そっぽを向く魔法少女が何を考えているのか読もうとするのだった。

目の前のテーブルには、ぐつぐつと音を立てている鍋がある。

その中にはきのこや香草に根菜など、森で採れる様々な野菜類が入っている。

牧場主曰く、すぐそこの森の手前で収穫できる植物らしく、シャキシャキした歯ごたえの野菜から、仄《ほの》かな苦みを感じる野菜まであり、これだけでも十分美味しく、ここまできた価値があると俺は思った。

皿にはワイルドウルフの肉が薄切りにされて並べられている。

俺とテレサはその肉をトングで掴むと鍋の中で泳がせてから引き上げ、タレをつけて食べる。牧場主からそのように食べ方を教わった。

「うん、この食べ方は知らなかったが美味いもんだな」

元々脂が少ないワイルドウルフではあるが、鍋で余分な脂を落とすことですっきりとした味で食べることができる。

薄切りのお蔭《かげ》か、噛《か》みしめると柔らかく、肉の旨味《うまみ》が口の中一杯に広がる。

「この料理は新鮮なワイルドウルフの肉でないとできないんですよ。ワイルドウルフの肉は死んでからすぐに臭みが出始めるので、こうして湯にくぐらせて食べるのは狩ったその場でしか味わえない料理ですな」

牧場主が次から次へと肉を運んでくる。ワイルドウルフを討伐したことがよほど嬉《うれ》しいのか、出会った時とは違い完全な笑顔だ。

他のテーブルでも、先程までワイルドウルフの死体を回収していた従業員たちが、同様に鍋をつついては美味しそうに肉を食べていた。

俺も負けられないとばかりに肉を食べ続けるのだが、しばらくすると見られていることに気付く。

顔を上げてみると、テレサがトングで肉を鍋に入れながら、じっとこちらを観察していた。

「テレサ、その肉、もう十分熱が通ってると思うぞ」

慌てて引き上げて食べ始める。一体、何のために観察していたのだろうか？

これまで、俺はテレサにちょっかいを掛けていたので、警戒心を抱かれていたのは間違いない。

この数日の旅で、必要な時以外、彼女が俺に視線を向けてくることはなかった。

一体、どういう風の吹き回しなのか？

(そう言えば、あいつらは連携が取れないって言ってたけど、かなり的確な動きだったよな)

Sランクだし魔法の威力が高いのは当然だが、今回は上級の魔法を使ってはいなかった。

ワイルドウルフを狙う際、前衛の俺が複数を同時に相手にする事態を避けさせるかのように魔法で牽制《けんせい》していたのは動きから理解できる。

そのお蔭で俺は多数のワイルドウルフを相手にすることなく、楽にモンスターを屠《ほふ》ることができたのだ。

今度は俺が手を止めて見ていると、テレサがそれに気付いて顔を上げた。

テレサは首を傾《かし》げると、トングで肉を掴み湯に潜《くぐ》らせる。そして、食べごろになると鍋から引き上げ、身を乗り出してお湯を潜らせた肉と野菜を俺の器へと入れてきた。

「ああ、ありがとう」

やはり返事がなく、彼女は透き通った瞳で一瞬俺を見たかと思うと、視線を戻しひたすら肉を食い続けるのだった。

4

鬱蒼《うっそう》とした森を俺たちは歩いている。

木々は高く、日差しが遮られているので周囲の気温も下がっている。

途中、沼を抜けてきたので、俺もテレサも下半身が泥まみれになっていた。

立ち止まって周囲の様子を探っていると、テレサがじっと俺を見ていた。その視線は『これからどうするつもりです？』と訴えているようだった。

「うん、やっぱり森を突っ切るのは失敗だったな！」

そんな彼女に俺は笑みを浮かべて話し掛けた。

ワイルドウルフ討伐から数日が経ち、俺たちは本拠地にしているカプセの街へと戻っている最中だった。

行きと同じ道を通れば既に到着していてもよい時間だが、ただ行って帰るだけでは面白くない。

そう判断した俺は、途中にある森を突っ切ってみることにしたのだ。

冒険者ギルドにある地図で見て知っていたが、この森はさして広くもない。上手くいけば数時間で抜けられて時間を短縮。夕方にはカプセに戻れると考えた。

俺が遠い目をしている間にも、彼女からの抗議の視線は止まない。俺が躊躇《ためら》うこともなく森に入ったことから道順を知っていると思っていたのだろう。

最初は普通に後ろを付いてきたテレサだが、進む道を間違って沼に落ち、下半身が泥まみれになったあたりから段々と表情が険しくなっていった。

「こうなったら仕方ないな。今日はここで休むことにしよう」

日が落ちてきて、周囲が薄暗くなっている。夜の森を歩き回るのは色々気を付けねばならず、体力の消耗が激しい。

食糧は十分持っているし、明日の朝を待ってから行動しても問題はないだろう。

テレサは首を縦に振ると、すぐそこの木の幹に身体を預け目を閉じる。マントのフードを深く被《かぶ》ると、あっという間に眠りへと落ちてしまった。

俺はそんな彼女をしばらく見てまったく身動《みじろ》ぎしないのを確認すると、

「野営の準備でもするか」

焚《た》き火《び》をするための薪《まき》を拾いにいくのだった。

「少し時間がかかったな……」

ゆっくり眠ることができるように、敵が近付けばわかる仕掛けを周囲に張り巡らせ、ついでに食べられそうな植物を採取した俺は、テレサが休む場所へと戻った。

「あれ？　いないな？」

先程まで、テレサは寝ていたはずなのだが、木の傍には誰もいなかった。

彼女が寄りかかっていた木の幹に触れてみるとまだ温《ぬく》もりが残っている。

おそらく、用を足しにでも行ったのだろう。

「それにしても、流石にこれじゃあ眠れないよな」

日中ずっと我慢していたが、泥がこびりついていて気持ち悪い。

「とりあえず、近くに泉があったはず……」

火を熾《おこ》して食事を作るのはその後でも良いだろう。俺はそう考えると、集めてきた薪をその場に置き、泉を目指した。

★

——チャプチャプ——


生き物の気配が希薄となった森の中、テレサは一糸まとわぬ姿になると、布で身体を拭き、汚れを落としていた。

先程まで目を閉じていたテレサだったが、綺麗《きれい》好きなこともあって、身体が汚れた状態ではゆっくり休む気分にはならなかった。

少し経ってから、ガリオンがその場から離れた気配を感じたテレサは、寝たふりを止め、水源を求めて森を歩き周り、泉を発見した。

テレサは水浴びをしながらここ最近のことを思い浮かべる。

突然、Ｓランクパーティーを追放されたかと思えば、その日のうちに妙な男が接触してきた。

パーティーを追い出されて呆然《ぼうぜん》としていた自分に、いきなり揚げパンを差し出し、パーティーを組もうと誘ってくる。

翌日には朝から宿泊先まで押しかけてきたり、強引に依頼を受けて連れまわしたりしてきたので大変な目に遭ったのだが、お蔭で落ち込んでいる暇もなく、気が付けば、テレサはこれまで通りに依頼をこなしていた。

テレサは最初、ガリオンのことをただの口だけの男だと思っていた。

ワイルドウルフは決して弱いモンスターではない。前のパーティーにいた時も戦ったことがあるが、ルクスですらワイルドウルフを一撃で倒してはいなかった。

ましてや、今回は敵の数も多く、他にワイルドウルフリーダーまでいたのに、それすら瞬き程の間に討伐してみせた。

そうなるとテレサも認識を改めなければいけない。

実力の一点だけ見れば、ガリオンは自分とパーティーを組んでも遜色ないと判断する。

それに、奔放な振る舞いをしてテレサを振り回してはいるが、一見無神経に見えて気遣いをしているのがわかる。

依頼主と率先して話をするのもそうだし、宿の手配や食事など、常にテレサのことを気にしてフォローして動いていていた。

『…………』

だからこそ、ガリオンがどのような人物なのか、テレサは測りかねていた。ただの失礼な男ではない。時折見せる意地悪な態度やエッチな視線も、本心を隠す演技をしているような気がする。

テレサは溜息を吐く。ガリオンと行動をともにするようになってから、急速に回数が増えていることは自覚している。

これまでも、様々な冒険者パーティーに加入して冒険をしてきたが、あのような振る舞いをする男はどこにもいなかった。自分は今後彼とどうしていきたいのか……。

テレサは右手でそっと自分の胸に触れる。心臓の鼓動がやや速くなっている気がする。

思わぬ行動をするガリオンにペースを乱されているようだ。

今後は冷静に相手との距離を見極め、立ち回らなければならない。テレサがそう自分を戒めていると、近くで水音がした。

——チャプチャプ——

葉が生い茂った木の枝に遮られていて気付かなかったが、何か動物の気配を感じる。

テレサは水をかき分けそちらに移動すると、正体を探った。すると、音の正体が振り返る。

あまりの予想外の事態に手から布が落ち、月明かりの下、テレサは生まれたままの姿を晒《さら》してしまう。

「よっ、奇遇だな」

そこにいたのは、裸で服を洗っているガリオンだった。

泥の汚れがすっかり落ち、髪がしっとりと濡れ、ドレスとスカートが太ももに貼り付いている。まだ乾いていないうちに身に着けたせいか、彼女の体温が下がっているのか、寒そうに身体を震わせていた。

★

「こっちにこいよ。火に当たった方がいいと思うぞ」

俺の言葉に、テレサは警戒心を高めると睨みつけてくる。

先程、泉で水浴びをしていた際、彼女の裸を見てしまったからだ。

月明かりに浮かぶ白い肌に、輝く白銀の髪。夜の泉に一人立つ彼女は、これまで見た女性の中で一番綺麗だった。

最初はその美しさに驚いたが、汚れを落としているのであろう行動については予想していたので、普通に声を掛けた。

彼女の芸術的な身体が見えたのは一瞬で、テレサは身体をかがめ水中に身を沈めると背中を向けてしまった。

流石にこの時ばかりは俺もからかうつもりはなく、声を掛けると、一足先に泉を立ち去った。そして、そのままここに戻ってきて焚き火を熾したというわけだ。

一方、テレサは俺が離れた後、しばらくしてから泉から上がったようだ。火を熾して結構な時間が経ってから戻ってきたことからも長居していたのがわかる。

「流石に夜は冷え込むからな、風邪《かぜ》をひかないように身体を温めた方がいいぞ」

彼女は杖を地面に突き刺し、そこにマントを掛けていた。

ただでさえ薄着で凍えそうになっていたので素直に近付いてくると、両手を前に出し、焚き火の前でホッと息を吐いた。

「ほら、これでも飲んで暖まるといい」

俺は鍋で作っていたスープをコップに注ぎ渡してやる。

彼女はコップを受け取ると「ふーふー」と息を吹きかけてからそれをすすった。冷えた身体に染み渡ったのか身震いするとスープを飲み続ける。

「味付けは干し肉と塩だけだが、その辺に生えてた食べられる植物も入ってるから結構腹いっぱいにはなると思うぞ」

コクコクと頷く。俺も自分が作ったスープを飲むのだが、先程まで冷えていた身体がうちから暖められていくのを感じた。

焚き火を挟んで向かい合っているせいか、彼女の瞳に焚き火の揺らぎが映っている。

ふと目が合うと、テレサは俺をじっと見つめ、指を動かし始めた。

彼女の指が動くたび、そこに魔法陣と同じ色の光が浮かび上がる。どうやら、魔力で空中に文字を書いているらしい。

『あなたは一体、何者なのですか?』

彼女から初めての質問に驚いた。俺は嬉しくなって口の端を緩めた。

「何者って? どう見てもごく普通の冒険者だろう?」

これまで彼女は一度たりとも声を出さなかった。出せないのか出したくないのかわからない。

だが、やり取りをしたければ筆談という手もあったのに、今までは一切何も聞いてこなかったのだ。

ようやく、テレサの意識を自分に向けさせることができた、俺は内心で喜びを抑える。

『普通の冒険者はもっと常識があります。あなたはデリカシーというものがありませんので、普通と言われると困惑してしまいます』

指が光るたび、彼女は俺に意思を伝えてくる。書き終えた後に見せる困惑した表情が、文章の内容と変わらず、思っているよりも素直に感情を表現しているのだと気付く。

「そうは言ってもな、俺にとってはこれが普通なんだから仕方ない」

その表情をもっと見てみたい。俺はそう考えるとこれまで通り軽口を叩いた。

彼女は「むぅ」と頬を膨らませるとじっと俺を観察する。

『あなたは、どうしてそんなに強いのですか? それだけの強さがありながら、なぜCランクなのですか?』

少し位置をずらしながら、質問を重ねてくる。その場に書いた文字は消せないらしい。質問をするたび、テレサが近付いてくる。

「これは、生まれつきの体質だからな。いつもこの力で戦うわけでもない」

『……体質。ですか？』

彼女は首を傾げた。俺の体質について説明しようか悩んでいると、ここであることに気付く。

普段テレサはマントを身に着けているのでじっくり見る機会がなかったのだが、今は乾かしている最中なので身体を覆っているのはドレス一枚だけ。

俺はじっと彼女の身体に視線を向ける。彼女は小柄なわりにある部分が育っているので視線が吸い寄せられてしまうのだ。

『あの……もう少しその体質とやらについて詳しく……』

質問することに気を取られているのか、テレサが手を伸ばせば届く場所までくる。これはそろそろ注意しておかないとまずいだろうな。俺はテレサの白銀の瞳から目を逸らすと、わかりやすく一点を見る。

『大事な話の最中に目を逸らさないでください。一体どうしたのですか？』

怪訝な表情を浮かべ抗議してくる彼女に告げる。

「ああ、意外とあるなと思って見てたんだ」

そう言って彼女の胸を指差す。先程は暗がりの上、距離もあったのではっきり見えなかったが、ここまで近付くと流石に見えている。

テレサは両手で胸を抱くと、慌てて俺から距離を取った。

『変態』

短い言葉で罵られ、睨みつけられる。警戒心を高め、こちらの動きに敏感に反応し始めた。

流石に、指摘の仕方が露骨すぎたか。だが、こうでも言わないと伝わらなかった。

焚き火から離れた場所でテレサが俺を睨んでいる。威嚇する声は聞こえないが、小動物のようで見ていて微笑《ほほえ》ましい。

焚き火から離れたので寒くなったのだろう。彼女はくしゃみをした。

「ほら、服もまだ乾いてないみたいだし、もっと焚き火の近くにいた方が良いぞ」

とりあえず、先程の言動は流してしまうことにする。いつまでもそのような雰囲気を漂わせていては、彼女が風邪をひいてしまう。

テレサは納得いかなそうな表情を浮かべながらも、このまま寒さに耐えることを諦めたのか、焚き火の前に戻ってきた。

『疲れたので寝ます。こちら側に絶対に近付かないように』

どうやら振り出しに戻ってしまったようだ。彼女は俺に背を向けるとマントを羽織り寝てしまった。

「残りのスープを飲んじまうか」

俺は鍋を空にすると、焚き火に薪をくべ夜空を見上げるのだった。

二章・無口な魔法少女は俺とパーティーを組む

5

「よっ！　おはよう」

俺の姿を見るなり、テレサは溜息《ためいき》を吐《つ》くと、あからさまに嫌そうな表情を浮かべる。「また来たのですね？」と考えている顔なのが俺にはわかった。少しだけ彼女の表情を読み取れたことに満足する。

先日、依頼を終えてカプセの街へと戻った俺とテレサは冒険者ギルドに報告を終え、報酬を分け合いその場で解散した。

それから二日が経ったので、休養を終えた俺は、ふたたびテレサを仕事に誘うためこうして食堂を訪れた。

俺のテーブルの上に朝食と珈琲《コーヒー》が置かれているのを確認したテレサは、近付いてくると警戒して斜め前に座る。

そして、給仕に注文をすると、じっとりとした視線を俺に向けてきた。食事が運ばれてくるまでの少しの間、彼女は俺を見続け、俺は朝食を摂《と》り続ける。

食事をあらかた済ませた俺は、彼女の姿を見て以前と違う部分に気付いた。

「そう言えば、今日はちゃんと着替えてるんだな？」

珈琲カップを持ち上げながら、彼女の姿を観察する。前回は子どもっぽいパジャマ姿だったのに、今日は青い布地にフリルをあしらった服を着ているし、髪も整っていて前髪が編まれている。彼女の私服姿を見るのはこれが初めてなので新鮮な気持ちだ。

『…………』

俺の指摘に彼女はプイと顔を逸《そ》らすと、水が入ったコップの縁を指で弄《いじ》り始めた。

「最近になってちゃんと身だしなみを整えて出てくるようになったんですよ」

そんな俺の疑問に答えたのは給仕の娘だった。食事を運んできた彼女は、テレサの目の前に紅茶とサラダとパンと目玉焼きを順番に置いていく。

いきなり声を掛けられたので視線を向けていると、給仕の娘はこちらを向き、笑顔で自己紹介を始める。

「あっ、失礼しました。私はこの宿屋の娘でミリィといいます」

ミリィちゃんはトレイを抱え、丁寧に御辞儀をして自己紹介する。

「俺は、ガリオンだ。よろしくな、ミリィちゃん」

年齢はテレサと同じか少し下くらいだろう。俺は笑顔で自分も名乗り返しておく。

「それより、今聞き捨てならない言葉が聞こえたんだが、詳しく教えてもらえるかな？」

俺がそう言うと、ミリィちゃんはトレイで口元を隠して笑い、俺の耳に唇を寄せる。

「これまで私が何度言っても聞いてくれなかったのに、誰かさんが来てからというもの、朝はちゃんと着替えて出てくるようになったんですよ」

テレサがプルプルと肩を震わせている。ミリィちゃんから自分の行動をバラされて気まずそうにしている。

それでも、こちらの会話に加わるつもりはないようで、黙々と朝食を摂り始めた。

「ガリオンさん。私も一つ聞きたいんですけど、平気ですか？」

食事を運んで終わりではなく、ミリィちゃんはその場にとどまると、俺に問いかける。

「なんでも聞いてくれて構わないぞ」

何かと思いつつ、素直に応じると、ミリィちゃんは瞳を輝かせて顔を近付けてきた。

「テレサさんとガリオンさんは、どういった関係なんですか？」

食事をしていたテレサの手が止まる。口元に運ぼうとしていた目玉焼きの半熟の黄身がトロリと落ちて皿を汚した。

俺がテレサに視線を向けると、彼女は食器を置いて紅茶に口をつけた。

ミリィちゃんは好奇心を宿した瞳を俺に向けている。ここはきちんと答えてやらねばならないだろう。

「俺とテレサの関係？　勿論《もちろん》決まっている。恋人だ！」

「プッ‼‼」

我関せずという感じで紅茶を口に含んでいたテレサが噴き出した。

彼女はハンカチで口元を押さえると、肩を震わせ咳《せ》き込んだ。

「やっぱり、そうだったんですね！　テレサさん！　どうして教えてくれなかったんですか！」

激しく首を横に振って否定するテレサ。ミリィちゃんは「またまた～。照れちゃって～」と聞く耳を持たないので大変そうだ。

俺がそんな二人を微笑《ほほえ》ましく観察しながら珈琲を口に運んでいると、

「おっと、危ない」

飛んできたコップを受け止める。投げたのはテレサで、彼女は呼吸を荒らげながら今にも飛び掛からんばかりの勢いで俺を睨《にら》みつけていた。

「すまないが冗談だ」

このままだと、次は魔法をぶっ放してきそうだったので、悪ふざけだったと訂正しておく。

「テレサは反応が面白くてな。ついからかってしまうんだよ」

「あっ、わかります。普段は無表情なんですけど、美味《おい》しい物を食べた時とかに見せる幸せそうな表情が可愛いんですよ！」

ほう、それは知らなかった。今度俺の行きつけの店に連れて行くことにしよう。

「まあ、可愛いのは否定しないな」

知り合った当初の悲しそうな表情をのぞくと、感情をあまり見せないテレサだが、ここ最近話すようになってからはわりと感情が読めるようになってきた。

「バンッ」とテーブルを叩《たた》く音と同時にテレサが立ち上がる。肩を怒《いか》らせながらそのまま食堂を出て行ってしまった。顔を真っ赤にしていたが、からかいすぎたか？

ミリィちゃんはテーブルに飛び散った紅茶と皿を片付ける。

「ちょっとやりすぎたみたいだ、後でフォローしておいてくれ」

今後もパーティーを組むのだから、あまり怒らせすぎても良くない。

「いえ、あれは怒っているわけではないと思いますよ」

「そうか？」

顔を赤くして勢いよく出て行ったのだ。パジャマを指摘した時と同じく不機嫌に見える。

「テレサさん、ここ数日元気がなかったんですよ。どうやら悪い噂《うわさ》が広まっているらしくて……」

ふと、ミリィちゃんは真剣な表情をすると、テレサの最近の様子を教えてくれる。

「その噂なら俺も知っている」

街を歩いていれば嫌でも耳に入ってくるからだ。ルクスたちが彼女の悪評を故意に広めているせいで、テレサは周囲から不快な視線を向けられていた。

「テレサさんのこと、よろしくお願いしますね」

テーブルを拭き終えると、ミリィちゃんが頼んでくる。

「付き合ってないと言ったはずだが？」

彼女のことが心配なのか、ミリィちゃんの瞳は真剣そのものだ。

「でも大切に思っているじゃないですか？　テレサさんをからかっている時のガリオンさん、目がとても優しかったですよ」

その表情は「私はわかっていますよ」と俺の心を覗《のぞ》こうとしているようで、据わりが悪い。

俺は彼女に答えることなく、メニューに視線を落とすと、返事を濁す。

「珈琲をもう一杯頼む」

そして、話はここで終わりとばかりに注文をした。

「はいはい」とミリィちゃんが呆《あき》れながらも去っていくのを見送る。

「何とかしてやらないとな……」

俺はテーブルに肘を乗せ腕を組むと、ルクスへの対策を考えるのだった。

★

「ククク、あいつの噂だが、だんだんと広がってきているみたいだな」

高級家具や調度品が並ぶこの宿一番の部屋で、ルクスは椅子に背をもたせかけ、肘を置き足を組むと不敵な笑いを浮かべた。

「他の連中もあの娘が落ちていくのを面白がっているんでしょうね、最初に流した噂からかけ離れた話が伝わってきていますよ」

アリアは口元に手を当てると厭《いや》らしく笑った。

「ほう、どんな話だ？」

「依頼料を誤魔化して自分の取り分を多くしたり、男と見れば誰にでもすり寄る淫売だとか」

「そいつは酷《ひど》い、元パーティーメンバーとして心が痛むぜ」

ルクスは大げさに手を広げると笑みを浮かべる。自分で噂を流しておいて、テレサが苦しむのを楽しんでいるのだ。

「酷い人だねぇ、最初に噂を流さなければそうはならなかったのに」

その場にいたもう一人、ライラがルクスをからかう。彼女こそが積極的にテレサの悪評を広めている人物だ。

「それより、新しい魔法使いはまだ見つからないのか？」

一通り笑った後、ルクスは真剣な表情を浮かべ、二人に確認をした。

「一応、募集をかけてるんだけどね。私たちがSランクということで気後れしているんじゃないかな？」

ライラが結果を伝える。

ルクスたちは、テレサを追い出した翌日には、冒険者ギルドの掲示板で新しい魔法使いの募集をしていた。

当初の予定では、Sランクパーティーに入れると喜び、希望者が殺到するはずだったが、なぜか一向に人が来ず、ルクスたちの計画を狂わせていた。

「ちっ、仕方ない。今日も依頼のランクを下げるか……」

自分が言い寄った時、素直に頷《うなず》かなかったテレサに、ルクスは苛立《いらだ》ちを覚える。お蔭《かげ》で戦力が減ってしまい、依頼のレベルを落とすはめになったからだ。

「別にいいじゃないですか。多少依頼料が下がっても、私たちには十分な蓄えがあるんですから。それに比べてあの娘は今頃日銭を稼ぐのにも苦労しているんじゃないですかね？」

アリアが口元に手を当ててクスクスと笑ってみせる。テレサは悪評のせいもあって、仕事を受けることすらできていないと思っているからだ。

「ははは、違いねえ。いざとなったらそこら辺の魔法使いを適当に見繕えばいいだろ」

機嫌を直したルクスはそう言うと、二人を抱き寄せ笑みを浮かべるのだった。

★

「～というわけでさ、流石《さすが》の俺もドン引きしたってわけよ」

「……まじかよ、それはやばすぎだろ？」

冒険者ギルドで俺が楽しく雑談をしていると、テレサが姿を現した。

宿の訪問から数日が経ったので、そろそろ仕事を受けようと彼女を誘ったからだ。

誘った当初は難色を示したが、流石にこのまま働かないわけにもいかないと思い至ったのか、しぶしぶではあるもののどうにか頷いてくれた。

「っと、それじゃあ例の件よろしくな」

俺は男冒険者の右手を握りしめると、挨拶もそこそこにテレサへと駆け寄った。

「よく来たな。さあ、依頼を受けようぜ」

周囲からの視線を感じる。そのほとんどがテレサに向けられている。

俺はそんな周囲の視線を無視すると、彼女を連れて掲示板の前へと移動する。

「どれにする？　この前は俺が選んじまったから、今日はテレサの好きな依頼で構わないぜ」

彼女は杖《つえ》で依頼書を指しながら端から順番に依頼内容を読んでいく。そして、とある依頼を見ると、ピタリと動きを止めた。

「この依頼を受けたいのか？」

テレサは俺に顔を向けるとゆっくりと首を縦に振る。その目にはどこか探るようなものが含まれていて、俺がどう答えるか観察しているようだった。

「なあ、もしかしてこの前のことまだ怒ってるか？」

俺の質問に、彼女はこれまでで最高の笑顔を俺に見せてきた。ここにきて彼女の心の声が聞こえてくるようだ『それ、答えるまでもありませんよね？』と。

きっとあの後、ミリィちゃんに散々からかわれたのだろう。

「はぁ、まあいいさ。色々あって金使っちまったし、ここらで一発ドカンと稼いでおくのもありだよな……」

頭を掻《か》き、諦めると、俺は依頼書を剥がし、受付へと持っていく。

「このAランクモンスター討伐の依頼を受ける。俺とテレサのパーティーでだ」

「ほ、本当にその依頼を受けるのですか？」

受付嬢は驚きの表情を浮かべると、俺に確認してきた。

「ああ、間違いないぞ」

俺が答えると、受付嬢は眉根を寄せて俺に言った。

「元Sランクのテレサさんはともかく、最近Cランクに上がったばかりのガリオンさんには、荷が重いのではないかと思うのですが……？」

隣でテレサがじっと俺を見ている。

「いいですか、ガリオンさん。基本的にギルド側はあなた方が受ける依頼に口出しはしません。自身の能力と依頼の難易度を見極めることも冒険者に必要な能力だからです。ですが、それでもあえて言わせてください。止めておいた方がいいです」

真剣な顔で俺を見る。心配してくれているのだろう。

「勿論だ。自分の能力、そして、仲間の能力をはっきり見極めるのは当然だからな」

受付嬢が心配そうに見てくる中、俺はテレサの方を向く。これを選んだのはテレサで、先程の表情を見る限り、彼女も俺の力を見極めようとしている。

「この依頼は、テレサが選んだものだ。どうだ、テレサ？　俺にこの依頼は無理だと思うか？」

じっと彼女を見ると、首を横に振った。ワイルドウルフの時と違い、このくらいはこなせると判断してくれているようだ。

「というわけで、手続きを頼む」

しばらく悩んでいた受付嬢だが、テレサの後押しもあってか諦めた様子を見せる。

「はぁ、これだから若い人は……。いいですか、依頼を失敗したらペナルティが発生しますけど、命あってのものなんです。最悪の場合は絶対に逃げてくださいよ」

自己責任とか言いつつも口を酸っぱくして俺を窘《たしな》めようとする。実に良い女だ。

「わかってる。いざとなったらテレサだけは無事に帰すから安心してくれ」

俺たちは準備をし、依頼があった鉱山へと向かうのだった。

6

「この先に、【サイクロプス】がおりますので……」

この鉱山の現場監督を名乗る男は、怯《おび》えを顔に出すと走り去っていった。

俺たちは現在、洞窟の入り口に立っている。今回依頼を受けたサイクロプス討伐だが、話を聞いてみると、鉱山を掘り進めて行く途中でどこかの空洞へと繋《つな》がっていたらしく、中には巨大な一つ目のモンスターが壁を背に立ち、眠っていたらしい。

その証言を基にモンスターの正体を『サイクロプス』と断定したため、冒険者ギルドに討伐依頼が出された。

サイクロプスが出現して以来、この鉱山は閉鎖されており、辺りにはツルハシやスコップ、手押し車などが倒れていた。

「そんで、今回はどうする？」

俺はさびれた鉱山を見るのに飽きて振り返ると、テレサに話し掛けた。今回依頼を決めたのがテレサなので、彼女の指示に従うつもりだ。

彼女は俺に説明するため、空中に魔力で文字を書く。

『爆発系の魔法は使いません』

鉱山内での戦闘ということを考えると、爆発や炎上は避けたいところだ。

崩落を防ぐため木の板で壁が補強されているのだが、火の魔法を使えば燃えてしまったり、爆発の衝撃で天井が崩れてきたりする可能性がある。

そう考えると、テレサの言葉の意味も理解できる。

「そうすると、俺がメインで倒すってことだな？」

サイクロプスに流れる血液はマグマのような高温だと言われていて、表面を冷やす程度の魔法ではそれ程ダメージを与えられない。

その上、巨体に見合った怪力を持ち、繰り出される攻撃をまともに食らえば並の人間では防具ごと身体が粉砕されるはず。

『自信がないのですか？　それならば私が対処しますけど』

彼女は空中に文字を書くと挑発的な視線を送ってくる。もし俺が怖気《おじけ》づいても単独でこなすことなど造作もない。その白銀の瞳はそう語っているようだった。

「いや、サイクロプス程度なら問題ないさ。テレサは後ろで見ていればいい」

そう言うと、一瞬、テレサが笑った気がする。俺たちはお互いの顔を見合わせると、炭鉱入り口から中に入った。

　ふわふわと浮かぶ魔法の明かりが坑道の先を照らす。

　俺たちが鉱山に入ってから既に数時間が経過している。

　後ろからはテレサが息切れしている気配が伝わってくる。

『…………』

　途中までは木の板が地面に敷かれていて歩きやすかったのだが、現在は足場が悪くなっているので踏む場所を見極めなければ転びそうになる。

　テレサは身体をそれ程鍛えていないので体力がない。こうした場所を長時間移動するだけで疲労が蓄積していくようだ。

　後ろで彼女がぐらつく気配を感じる。

「おっと、大丈夫か？」

　倒れそうになっているところを肩を抱き、支えてやった。彼女が顔を上げると顔に珠《たま》のような汗が浮かんではいるが、白銀の瞳には強い意志が宿っていることを確認した。この程度で音を上げるつもりはないと訴えかけているようだ。

　テレサは俺の胸を両手で押し、立ち上がるとふたたび歩き出した。

　意外と負けず嫌いな面もあるようで、俺は口の端をつり上げて笑うと、さらに奥へと進んでいった。

「ここが、目的地か」

それから、少し進むとようやく目的地に辿《たど》り着く。坑道の横に穴が空いており、別の洞窟へと繋がている。

俺と彼女は中に入り、空洞内を見渡す。大きさとしては、小さな闘技場程度だろうか？　これからサイクロプスと一戦交えるには十分な広さだ。

奥の方を見ると、情報通りサイクロプスが目を閉じ眠っていた。

十メートル近い巨体は威圧感があり、太い腕は掴《つか》まれてしまえば抜け出すことが不可能な怪力を持っている。また、足も大きく、こちらがどれだけ距離を取っても数歩で距離を詰め、踏まれればぺしゃんこになってしまうだろう。

全身からにじみ出る危険なオーラ、まさにAランクモンスターの風格は伊達《だて》ではない。

そんなサイクロプスを前に、俺とテレサはお互いに目を合わせると頷く。元々の手筈《てはず》は決めていたので、やつが動く前に先手を打つつもりだ。

俺は剣を抜き、慎重にやつに近付いていった。

『…………グガ？』

サイクロプスにかなり近付き、見上げるようになると、やつの一つ目が突如開く。

なんら感情の窺《うかが》えない瞳が俺を見据える。

「ちっ、そのまま寝ていてくれたら楽だったんだけどな」

俺がぼやくとサイクロプスは壁から背を離し、地面に転がっている棍棒《こんぼう》を拾い上げた。

サイクロプスの肌が赤く変化し、瞳に炎が宿る。

『グオオオオオオオオオオオオオオオオオオオ』

やつの叫び声を合図に戦闘が始まった。

◇

耳を塞ぎたくなるような絶叫と同時に、サイクロプスが棍棒を振るう。

まともに受け止めるという選択肢はなく、俺は大きく飛びのいてその攻撃を避《よ》けた。

地面が揺れ、土が飛び散る。その際にキラキラとした金属片が見えた。

「なるほど、ミスリルの鉱山か……。これは討伐後には盛り上がりそうだな」

鉱山責任者の話だと、この鉱山から採れるのは鉄鉱石だということだった。

おそらく途中から採れる鉱物の種類が変わったのだろう。

背後を振り返ると、テレサも気付いたのか慌てており、身体を動かし必死に俺に伝えようとしている。

ミスリルは加工をする前の状態では近くの魔力を引き寄せ、ため込んでしまう性質がある。魔法で攻撃するテレサにとってこの場所は相性が悪い。遠くから魔法で攻撃をしたところで、途中にあるミスリル鉱石に魔力を奪われ、威力が激減してしまうからだ。

とはいえ、俺がそのことに気付いていないと思っているのか、小さな身体を大きく動かし魔法を放つ動きをした後は腕を交差してバッテンを作る様子は、こんな時だというのに和んでしまい、俺はついつい笑顔で手を振り返してしまった。

地面を踏みながら『違うんです！』と大げさな動きをしているのは見ていて非常に面白い。

『グオオオオオオオオオオオオオオ！』

そうしている間にも、サイクロプスは攻撃を仕掛けてくるのだが、俺はその場から一歩も引かず攻撃を躱《かわ》し続けていた。こうして足元にいる限り棍棒を振り回すのも窮屈なのだろう。サイクロプスはイライラを募らせて唸《うな》り声を上げている。

「……とはいえ、ここがミスリル鉱山ってのは予想外だったんだよな」

一人で倒すつもりではいた。最悪テレサの力を借りるつもりだったが、今は魔力を吸われるということで、俺もテレサも本気を出すことができない。

「はあっ！」

このまま攻撃を受けているわけにもいかず反撃する。力を込めて剣を振るい、サイクロプスの足を斬りつけた。

『グオオオオオオオオオッ！』

「駄目かっ！」

それなりに深い傷をつけることはできるのだが、傷口から湯気が立ち昇りあっという間に塞がってしまう。サイクロプスは再生能力も高いので、一気に倒すには大ダメージが必要になるのだ。

激怒したサイクロプスが足を上げ、俺を踏み潰そうとしてきた。

――ヒュンッ！　ドスドスドス！――


後ろから魔法で作られた氷の柱が飛んできてサイクロプスの胸へと突き刺さる。

サイクロプスはその勢いで仰け反《のぞ》り、その間に俺は距離を取った。

「あの距離からこの威力を保って魔法を撃ちだしたのか……」

後ろを振り向くと、テレサが息を切らしている。流石に今の魔法程の威力を出すにはかなりの魔力を消耗したらしい。

「テレサ、ありがとう。でもあまり無茶をするなよ？」

俺が礼を言うと、テレサはサイクロプスを指差し『前を見てください！　前！』とばかりに口をパクパクさせている。

向き直ると、既に柱は地面へと落ち、サイクロプスの胸は湯気が上がって塞がっていた。

「本当にいやな回復力だな。この場所で良かったな？　ついてるぞ、お前」

外で出会っていたなら、テレサの魔法一発で吹き飛ばすこともできた。

こうして苦戦をしているのは、ここがミスリル鉱山という、やつに地の利がある場所だったからにすぎない。

「とはいえ、こうも回復されると面倒なことに変わりないか……」

連続攻撃で回復不能になるまで斬り刻む手もあるが、それだと時間が掛かってしまう。

ここに来るまででテレサも疲れているようだし、さっさと片付けて酒場で一杯ひっかけたい気分だ。

弱点の一つ目を潰せばどうにかできるんだが、流石に足場もなしに十数メートル飛び上がるのは不可能だ。

足を斬って倒してから目を攻撃しようと思ったのだが、今の時点では威力が足りない。

一度、弱点を狙うそぶりを見せてしまえば決して隙を見せなくなるだろうし、俺はどうするか悩んだ。

「そっか……」

地面にはテレサが放った魔法でできた氷の柱が転がっている。サイクロプスに刺さったのだが、身体の熱で溶かされて落ちたものだ。

『グオオオオオオオオオオオオ！』

「うるせえよっ！」

襲い掛かってくるサイクロプスの棍棒を掻《か》い潜《くぐ》ると右腕を斬りつけて棍棒を落とさせる。

俺は一気に距離をとると、テレサの下へ走り寄った。

「今のと同じ威力の氷の柱、縦に三本出せるか？」

戻るなり彼女に早口で質問をする。

テレサは一瞬考えると素早く頷き、できると目で訴えかけてきた。

「その前に、これ飲んでおけ」

俺はポーチから取り出した二本の瓶のうち、一本を彼女に渡す。

魔力を回復させることができるマナポーションなのだが、作るのに時間と錬金術士が必要で、高額になるため緊急時にしか使わない。

テレサが受け取り、マナポーションを飲み干し魔力を回復させる。

俺も同様に飲むとサイクロプスを討伐する準備を整えた。

「今から俺が技を放つから、その一秒後に頼む」

俺はそう答えると前に進み、サイクロプスとテレサの中間くらいの位置までできて足を止める。

そして、剣に力を伝えると……。

「【クレセントスラッシュ】」

三日月の形をした斬撃を飛ばし、サイクロプスの両足をこれまでよりも深く傷つけた。

「今だっ！」

後ろを振り返るまでもない。俺がサイクロプスに向かい走っていると、近くを冷たいものが掠《かす》めていった。

視界に映ったのはテレサが放った氷の柱だ。

氷の柱は、俺の攻撃を受け、前のめりになっているサイクロプスの胸に突き刺さると身体を仰け反らせた。

「よしっ！」

目論見通りことが運び足場ができる。俺は飛び上がると氷の柱を踏み台にしてサイクロプスの頭上を飛び越えた。

「これで、終わりだっ！」

剣にありったけの力を込め、振り下ろす。

「【グランドブレード】」

『グオオオオオオオオオオオオオオオオオオオオオオオオオ！』

サイクロプスの目が大きく見開き、手を俺に伸ばしてくる。

次の瞬間、俺の身体はその手をすり抜け、やつの目に接近し、

――ィィィィーーーーン――

サイクロプスの目から胴体までを真っ二つにした。


「ふぅ、思っていたより大変だったな」

戦闘を終えると、俺はその場に座り込む。流石に全力の攻撃を行ったので、疲労した。

横を見ると、サイクロプス同様真っ二つに切り裂いた氷が溶け、地面に染みを作っていた。

先程、テレサが放った魔法を思い出す。

前回のワイルドウルフ戦で、あいつは俺の背中の死角を利用してワイルドウルフに魔法を撃ちこんでいた。

俺がサイクロプスの頭上を直接狙うためには、彼女の氷魔法が必須だった。テレサは俺の要求にきっちり答えると、威力と精度が申し分ない魔法を的確に撃ち出してくれた。

あれのお蔭で足場を作ることができ、最大の攻撃を放つことができたのだ。やはり、彼女はきっちり魔法をコントロールして当てている。他の冒険者の言うような、独りよがりではない。

俺が俯《うつむ》き、そんなことを考えて座り込んでいると、

「何だ、こっちにきたのか？」

坑道の入り口で待機しているはずのテレサが走り寄ってきた。

彼女は指先を光らせ文字を書こうとするが、ミスリルが埋まるこの場では魔力が吸い取られてしまうため不可能だった。

テレサは文字で伝えることを諦めたのか、俺の身体にペタペタと触り始める。触り方が優しく、くすぐったい。

「もしかして、俺が怪我《けが》して動けなくなっていると思ったのか？」

その言葉にテレサは頷く。前回もそうだが、どうやら彼女は心配性らしい。苦手な相手のはずの俺の怪我まで気にするとは……。

「言っただろ、俺は強いって」

あまり心配されても居心地が悪い。俺は握り拳を作ると、平気だということを強調した。

やせ我慢していないか疑うように白銀の瞳を動かすテレサだが、俺に怪我がないことを確認すると頷く。

「それで、今回の依頼はどうだった？　俺の力はお前のおめがねに適ったか？」

目を逸らすことなく彼女を見る。言葉を伝える手段は封じられているので、どうするつもりか観察

していると、テレサは右手の拳を俺の前に突き出した。

「ははは、お疲れ」

俺が彼女と拳を合わせると、テレサも笑った。どうやら、これが返事らしい。彼女なりに俺の力を認めてくれたようだ。

テレサは「ふぅ」と息を吐くと座り、俺の背に身体を預ける。ここまで走ってくるだけでも疲れたのだろう、休憩を取っているようだ。

彼女も俺も全身が汚れており酷い有様だ。目を瞑《つぶ》り休むテレサを見て、俺はまた一つ、彼女と打ち解けられたのではないかと考えるのだった。

7

「俺たちとパーティーが組めないとはどういう了見だ？」

ルクスは若い魔法使いの女の子を壁際に追い詰めると、壁に手を置き凄んでみせた。

「えっと……わ、私なんかがSランクパーティーの後衛を担うのは荷が重いというか……」

どうにかルクスの視線から逃れられないか、魔法使いの少女は目を泳がせ言い訳をする。

「いいかぁ？　『栄光の剣』はこの街の冒険者ギルド唯一のSランクパーティーだ。本来ならお前が頭を下げて入りたいと懇願するのを許可してやるところなんだぞ」

「えっと……はい、その通りです」

魔法使いの少女も周囲の冒険者も黙り込む。なんだかんだで冒険者の中で一番影響力があるルクスのパーティーに逆らうと、後々面倒なことになると知っているからだ。

「よーし、物分かりが良いやつは嫌いじゃねえよ。しばらくパーティー組んでみて、駄目そうなら解放してやるから頼むぜ」

とても頼むような態度ではないのだが、ルクスは少女の肩に手を置くと笑みを見せた。

「おい、嫌がってるじゃないか。その辺で勘弁してやってくれよ」

「なんだぁ?」

ところが、そんなルクスに意見する人間がいた。

「冒険者同士がパーティーを組む場合は双方の合意が必要だ。いくら魔法使いが必要だからと言って、脅して組んだところで連携なんてできるわけがないだろ?」

彼はこの街に複数あるAランク冒険者パーティーのリーダーだ。

「はっ! 知ったような口を利きやがって、仕方ねえだろうが。希望者がこないんだからよ」

悪びれる様子もなく威圧してみせるルクス。

「それは自業自得だろう?」

だが、Aランクパーティーのリーダーは言い返した。

「どういうことだ!!」

予想外の言葉にルクスは怒鳴りつける。

「最近、お前らのパーティーに良くない噂が流れている」

男は正面からルクスの敵意を受け止めるとそう答えた。

「噂……だと？」

歯をギリッと噛《か》み、苛立ちを露《あらわ》にしたルクスは思考を働かせる。自分の下にはそんな情報一切入ってきていない。

「Sランクパーティー『栄光の剣』は魔法使いを使い潰す気満々の上、嫌がらせまでする」

「何だ、そのでたらめは！」

ルクスは噂の内容を聞き、怒鳴った。それだけでこの場の冒険者は委縮し意見を言えなくなるのだが、唯一の例外はリーダーの男。

Sランクパーティーよりは格下になるのだが、一つの情報を握っていたので強気に出られた。

「最近は依頼が失敗続きらしいじゃないか。このままだと降格させるって冒険者ギルドから通達されたと聞いている」

ルクスの顔色が変わった。その情報を知るのは、栄光の剣のパーティーメンバーを除けばギルド職員だけのはず。

「なっ！　てめぇ、その話をどこからっ!?」

一体情報を漏らしたのは誰だ？　報復しなければならないと考えたルクスは男に探りを入れるのだが……。

「……どうやら本当のようだな？」

男はふっと笑ってみせた。どうやら確証は得ていなかったらしい。

引っ掛けられたことに気付き、ルクスは口元を押さえる。

もしルクスたちのパーティーが降格するようなことがあれば同格になる。Aランクパーティーのリーダーは大胆に行動した。

「皆も聞いているよな、ルクスのあの噂については？」

自分だけが噂しているのではないと、リーダーの男は周囲にも確認する。

ルクスが周りを睨みつけると、誰もが視線を外す。これまでは恐怖によるものかと思っていたルクスだったが、その怯え方に違和感を覚えた。

「おい、お前。俺に関する噂とは何だ？」

そう言って魔法使いの少女に手を伸ばした瞬間、

「ひっ、ご、ごめんなさい。許してください！　ま、魔法使いプレイは嫌ですっ！　へ、変態っ！」

「なっ!?」

少女は壁際にうずくまって両腕で自分を抱き、身を守る。魔法使いの少女が震えながら泣き出す様を見て、周りで見ていた冒険者たちが一斉にヒソヒソ話を始めた。

「やっぱりあの噂は本当だったんだな」

「なんでもとんでもない変態プレイを要求するらしいぞ」

「中には男でもいけるなんて噂もある」

「Sランクともなると性癖がぶっとんでるよな」

周囲から聞こえてくる声にルクスは混乱する。中には身に覚えのないものが含まれていたからだ。

「だ、誰だっ！　ありもしない噂を流して、俺を嵌《は》めようとしやがって！」

怒鳴りつけるが、誰一人口を割る者はいない。

「くそっ！　ふざけやがって！」

椅子を蹴り倒し、冒険者ギルドから出て行くルクス。

「噂を流したやつを探し出して制裁を加えてやる。この街で俺に逆らって生きていけると思うなよ」

瞳に憎悪を浮かべると、そう吐き捨てるのだった。

★

「ふぅ、いい気持ちだ」

熱いお湯が全身を包み込み、サイクロプスとの戦いの疲労をじわじわと溶かしていく。

満天の星の下、俺は温泉に浸《つ》かっていた。

サイクロプスの討伐を終えてから、俺とテレサは依頼達成の報告をしに鉱山の現場監督の下を訪れた。

二人揃《そろ》って傷を負った様子がないことで若干疑われたが、サイクロプスの討伐部位を見せてやると納得し、奥にミスリル鉱山があることを告げると血相を変えて人を集めに駆けて行った。

依頼達成のサインは先にもらってあるので、後はカプセの街へ戻り報酬を受け取るだけとなったのだが、俺はテレサに一つ提案をした。

向かう前に調べておいたのだが、どうやらこの辺りは温泉が有名らしいので、無事に仕事を終えた暁には数日のんびりしようと考えていたのだ。

最初は難色を示し俺を警戒していたテレサも「ここの旅館は料理も酒も美味《うま》いらしい。温泉は美肌効果があって万病にも効くってさ」と、女性なら誰しも憧れる言葉を織り交ぜると、肩を震わせ悔しそうにしながらも首を縦に振った。

――チャプチャプ――

木でできた仕切りの先に女湯があり、そこから湯を掻き分ける音が聞こえる。

サイクロプスが出現したせいで客がおらず、宿泊しているのは俺たちだけと聞いているので、温泉に浸かっているのは間違いなくテレサだろう。

テレサは宿泊する条件として『絶対に覗かないでください』と、見る者が凍り付くような目を俺に向けてきたのだ。白銀の瞳がギラリと輝き、本気で嫌がっているのがわかる。

俺に嫌がる女性の裸を無理やり見るような趣味はないので、最初から覗く気はない。

――チャプチャプ――

こちらが動くと、向こうからも湯を跳ねる音が聞こえる。どうやらテレサも俺が温泉にいることに気付いたようだ。音が止み様子を窺う気配を感じる。

俺は向こう側から伝わる緊張したテレサの様子に苦笑いを浮かべると、音を立てずに露天風呂から上がるのだった。


「よっ、堪能したみたいだな」

先に温泉から上がり部屋で待っていた俺は、戻ってきたテレサに声を掛ける。

彼女は浴衣《ゆかた》を着ていて首にタオルをかけている。湯上がりということもあって顔が火照っていて、髪を結い上げており、うなじが見え、普段と違った印象があった。結ぶ帯が緩いのか胸元がはだけ、陶磁器のような白い肌と脚が露《あらわ》になっている。俺が浴衣を直すように注意しようかと考えていると、

『恥ずかしいのであまりジロジロ見ないでください』

そう文字を書いて柱の陰に隠れてしまった。

予想外の態度に俺の調子が狂う。俺は意識して表情を取り繕うと、

「温泉は覗かなかっただろ?」

不躾《ぶしつけ》にテレサの浴衣姿を見続けた。

俺の態度に、テレサは軽蔑の表情を浮かべる。同室にいながら距離を取ると俺の一挙一動を警戒し続けた。

「とりあえず、もうすぐ飯を配膳しに来るから座っておけよ」

もし今来られたら、旅館の従業員に俺がテレサに何やら不埒《ふらち》なことをしたと誤解されかねない。

テレサは俺から視線を切らずに目の前の椅子に座り脚を崩した。

ちょうどその時、旅館の従業員が料理を運んできた。

小鉢の数が多く、川魚の塩焼きや、近場で狩ったイノシシ、山菜、などなど。多彩な料理がずらりと並べられている。

ここは料理が美味く酒も美味いと評判の老舗《しにせ》旅館なので、豪華な料理に俺もテレサも舌鼓を打っていた。

ある程度料理を食べ酒がすすむと、満腹になったのか、テレサが俺に話し掛けてきた。

『先程のサイクロプス戦について、聞いてもいいですか?』

「ん、何でも聞いてくれていいぞ」

俺は酒を注ぐと上機嫌で答えた。テレサは少し考えると空中に長い文章を書き始めた。

『最後の攻撃で、ガリオンの力が一気に増したように見えました。あの時飲んだのは何だったのですか?』

テレサが首を傾《かし》げると浴衣がずり落ちる。そのうち本人が気付いて直すだろうと思い放っておく。

「あれはマナポーションだよ。お前さんにも飲ませただろ?」

そう言いつつ酒瓶を持ち上げると、彼女が無言で盃《さかずき》を差し出してきた。どうやら美味しそうに呑《の》んでいたから気になっていたようだ。酒を注いでやると、彼女は酒を呑み、眉をピクリと動かす。そして「ほぅ」と色っぽい吐息を漏らすとフニャリと柔らかい顔をした。そして、俺が見ていることに気付くと表情を引き締めさらに質問をする。

『ガリオンは魔法使いではないはずでしょう？』

人は誰しも魔力を持っているのだが、それを消費するのは魔法使いだけ。だからこそ、テレサは俺がマナポーションを飲んだ意味がわからないのだろう。

空中に書く文字が乱れている。思考が定まらないのか聞き方がだんだんストレートになってきた。

「どうやら俺は特殊体質らしくてな、魔力を吸収することで肉体を強化することができるんだ」

今度は自分の盃に酒を注ぎ呑もうとするが、ふたたびテレサが盃を突き出してきたので注いでやる。

先程も一気に呑んでいたが、大丈夫なのだろうか？

「さっきの戦闘では、ミスリル鉱石があったせいで場の魔力濃度が低かったろ？」

俺が盃を口元に運びながら、先程の戦闘について触れると、テレサはゆらゆらと頭を揺らしながら頷いていた。

「基本的に俺も魔法使いと同じだ。魔力がない場所や魔力を吸われる場所だと力を強化できない」

それを補うのがマナポーションだ。通常は魔法使いが失った魔力を回復させるために使うのだが、俺が飲めばその分身体能力を強化することができる。

『他に、強化する方法はないのですか？』

興味を持ったのか、次々に質問をしてくるのだが、テレサはとうとう自分の席から這《は》い出し、俺の横に来ると酒瓶を引き寄せた。

「それは勿論あるぞ」

彼女が酒を呑むのを見ているのだが、目が蕩《とろ》けている。

『どんな方法?』

頭が回っていないのか、短い文を書いてきた。

「魔力が多い人間と接触することで吸収することができるんだ」

『具体的には?』

「そりゃ、性交い……」

方法を告げようとしたところ、睨まれてしまった。

「普通に触れた状態でも少しは吸えるけど、それより効率が良いのが粘膜接触だな」

『粘膜接触?』

「ああ、口付けとかだな」

接している部分が多い程、魔力を吸うことができる。

もしテレサの魔力を上乗せしたとしたら、これまで生きてきた中で最大の力を振るうこともできると確信している。

『口付け……?』

天然なのか、テレサは艶やかな唇を右手でなぞる。そういう仕草は男と二人きりの時にしない方が良いと思うぞ。

しばらくの間、考え込んでいたテレサだったが、酔いが回ってきたのか火が出そうなくらい顔を赤くすると、

『な、なるほど、色々参考になりました。わ、私は寝るので、決して部屋に入ってこないでくださ

い』
俺がテレサの唇を狙っていると勘違いしたのか、彼女は酒瓶を持って部屋へと引き上げて行くのだった。

★

「噂の発信源がわかったよ、ルクス！」

ライラがドアを開け、ルクスの宿泊部屋へと入ってきた。

「どこのどいつだっ⁉」

視線で射殺さんとばかりに睨みつけるルクス。その場にはアリアもいるのだが、怒気を感じ背筋に汗を流していた。

「犯人は、ガリオンとかいうCランク冒険者だよ！」

「ガリオン？　聞いたことねえぞ！」

思い出そうと眉根を寄せて考えるがわからない。無理もない。ルクスにとって男の名前など覚える価値が一切ないからだ。一度ガリオンは名乗っているのだが、どうやら完全に記憶の彼方《かなた》へと追いやられているらしい。

「ほら、テレサを追放した時に噛みついてきた男がいたでしょ？」

それでもライラは重ねてルクスに説明をする。

「ああ……そういえばいたな……」

ガリオンが放った一言のせいでその後大変なことになり、対応に追われてしまったのですっかり忘れていたのだ。

「ふざけたやつめ、引きずって俺の前に連れてこい！」

噂は日に日に広がっており、既に収拾がつかない状況になっている。

そのせいで、ルクスは後ろ指を指され、まともに表を歩くことができず、こうして宿に引き籠もっているのだ。

「そ、それが…………」

ライラは表情を歪《ゆが》めると、言い辛《づら》そうに口ごもる。

「言えっ！」

ルクスが怒鳴ると、彼女は観念したように口を開いた。

「現在、ガリオンとテレサは【ガクト】の街の鉱山へと向かっているらしいよ」

ガクトの街はカプセの街から徒歩で一週間程の場所にある。

王都ジームスとは正反対の方向になり、鉱山と温泉旅館があるくらいで、道中盗賊が出現することもあってか、わざわざ向かう人間は少ない。

「どうしてそんなところに？」

ルクスの右に座っていたアリアが質問をする。

「どうやら、鉱山にサイクロプスが出現したらしくて、その討伐にだって」

「こんな時に……討伐依頼を受けているだと？」

自分のことを嵌めておきながら、随分と良い身分だ。

もはや噂をなくすには、仕掛けた本人を衆目の下に晒《さら》し、罪を告白させるしかないのだが……。

「それが……。確認したところによると、討伐予定日を既に五日すぎているにもかかわらず、戻って来ていないんだって」

「なん……だ……と……？」

「もしかして、それ、サイクロプスに殺されてたりしませんか？」

アリアが最悪の事態を口にした。

ルクスを罠《わな》に掛けておきながら、本人は自分が関与することのない場所で既に死亡済みという……。

もし本当なら噂にはさらに尾ひれがつき、最悪ルクスがガリオンを嵌めて始末したというふうに捻《ね》じ曲がる可能性もある。

「頼む、生きて戻ってきてくれ！」

復讐を果たすためには生きていてもらわなければならない。

ルクスは復讐対象のガリオンが生きて戻ることを神に祈るのだった。

★

「おっ！　おはよう」

前日、良い感じで料理に舌鼓を打ち、酒を堪能した俺は、良い気分で目覚めると朝から温泉に浸かり、旅館を満喫していた。

老舗と言われているだけあってか、建物が古く趣がある。他に客がいないこともあり女将《おかみ》との会話を楽しみ、伝承やらこの周辺のことなど、様々な情報を教えてもらった。

『………』

頭痛がするのか、テレサは頭を押さえながら俺の前にストンと座る。

浴衣が乱れて足やら胸が零《こぼ》れそうになっているのだが、絶妙なバランスを保っており肝心な部分がはだけることはなかった。

あまり長く見ていると、テレサに気付かれ、いらぬ反感を買いそうなので目で追うのを止めておく。

「ほら、これでも飲んでおけ」

俺は彼女に声を掛けると、紙包みを渡す。

『これは？』

「二日酔いの薬だ。お前さん、あの後も酒を呑んだんだろ？　あまり強くなさそうなのに、あれは呑みすぎだ」

寝床に持ち込んだ酒瓶は、一本あれば男数人の晩酌に十分な量がある。俺も結構呑んだつもりだが、それでも半分以上はテレサが呑んでいる。

『助かります』

テレサは素直に礼を告げると包みを開き、粉薬を水で流し込んだ。

『早速効いているようですが、完全に治るには時間が掛かるかもしれません』

まだ本調子にはならないのか、青白い顔をしたテレサは辛そうに口元を押えた。

「無理はするな。急いで戻る必要もないからな」

『そうですね、御言葉に甘えさせてもらいます』

俺の言葉に、テレサは横になり目を閉じると「ふぅ」と息を吐く。あまりにも無防備な体勢に苦笑いが浮かぶ。

「今はゆっくりと休んでおけ」

戻ってからのことを考えた俺は、優しい目を向けるとテレサの安眠を見守った。

8

「さて、そろそろ出発するか」

テレサの酔いが治まるまで数日。温泉旅館を堪能した俺たちは、そろそろ帰路に就くことにした。

思わぬ醜態を演じたせいか、テレサは気まずそうな表情を浮かべ俺を見ていた。

俺にしても、弱っているテレサはなかなかに新鮮だったので、調子を崩している間は水を運んだり食事を運んだりと世話を焼いてやった。

「戻るルートだけど、行きとは少し変えてこっちの街道を通ろうと思う」

旅館にある地図を借り道筋を示す。俺が指差したのはあまり使われていない、周囲を森に囲まれた旧街道だった。

『どうして、そんな遠回りをするのですか?』

普通に帰れば一週間程なのだが、旧街道は両側に森が存在する歩き辛い地形をしているので、十日かかる。

なぜ整備されていない方を進もうとするのか、テレサが首を傾げているので、俺は理由を説明してやる。

「旅館の人たちから聞いたんだが、どうやらこの辺に出るらしいんだよ」

『い、一体、何が……ですか?』

指先が震え、文字の乱れから動揺が伝わってくる。

俺はニヤリと笑い、目に金貨を映すと言った。

「盗賊たちがだよ」


「んー、なかなか盗賊が現れないな?」

俺たちは現在、盗賊が出るという旧街道を進んでいる。

道は舗装されておらず荒れ放題。両側が崖になっており、盗賊たちが地の利を生かして襲い掛かってくるとしたらこの場所が最適だろう。

一方的に矢を射かけてこちらの戦力を奪い、金品などを強奪する。まことに非人道的で許しがたい所業である。

俺が憤りを覚えていると肩を叩かれた。振り返ってみると、テレサが何やら必死な様子で主張をしている。

『あの、盗賊に会いたいみたいな発言はどうかと思うのですが？』

文字が書かれ、テレサから不審な目を向けられる。

俺はその文字に触れ、魔力を吸い取り消し去るとはっきりと告げる。

「俺は、盗賊に、会いたい！」

断言したせいか、テレサが「スススッ」と素早く距離をとって引いた様子を見せた。

この足場で転ばずにそんな動きをするとは器用なやつだ。

「今回のサイクロプス討伐でマナポーションを使ってしまったし、高級旅館に宿泊して豪華な料理や酒を堪能して滞在費を支払った。つまり、金がないんだよ！」

マナポーションは本当に高価なアイテムなのだが、魔力が力になる俺にとっては必需品だ。

冒険者ギルドで報酬を受け取れば買うこともできるが、手元にないとどうにも落ち着かない。

だが、現状の俺の財布はかなり軽くなっており、途中の街で補充しようにも金がなければどうにもならないのだ。

『あの……私が使った分ならお金支払いますよ？』

「いや、あれはお前さんの魔法も計算の上で討伐するつもりだったからな。魔法を頼んだのは俺なんだから気にしないでくれ」

元々一人で倒せると高を括《くく》っていたのに、力まで借りておいて金を出させるのはプライドが許さない。

「なので、足りない分はここの盗賊が溜め込んでいる分を奪い取って解決しようと思ってる!」

【ゴブリン】や【コボルト】などの人型モンスターや、盗賊などの人型モンスターは略奪品を溜め込む習性がある。

そして、国はそれらを討伐した際に得られる金品に関して、討伐した者が所有者になることを認めているのだ。

『あの……、盗賊は人型モンスターではなく人ではないかと?』

テレサが困惑気味の表情で文字を書く。俺はテレサの主張を無視すると、その文字を手でなぞり消し去る。

「そういうわけだから、テレサもそんな強者オーラを出さず、もっと駆け出しの魔法使いみたいに怯えた様子を見せてくれ。じゃないとやつらが現れない」

『私まで巻き込まないでください!?』

俺の演技指導に、テレサは自分が餌として利用されているのだと気付き、もの凄く冷めた目を向けてきた。

「俺、ここで大金を得たら街に戻って祝杯を上げるんだ!」

まだ見ぬ盗賊とやつらが持つ財宝に想いを馳《は》せた俺は、早く彼らが現れてくれないかと心の底から祈った。

それからしばらくして、祈りが通じたのか、俺たちの前に下卑た笑みを浮かべる盗賊たちが立ちはだかるのだった。

★

――ドッカアアアアアアアアアアアアアン！！！――


突然の爆発に、盗賊たちは浮足立つ。

「何事だっ！」

「わ、わかりませんっ」

頭目が怒鳴りつけ状況を把握しようとするが、何が起きたかわかっている者はおらず、全員が戸惑いの表情を浮かべた。

「しゅ、襲撃です!!!!」

爆発が起こってから数十秒、一人の盗賊が慌てて飛び込んでくると状況を説明した。

「馬鹿なっ！　どうしてここがわかったんだ！」

この盗賊のアジトは街道から逸れた森の中にある洞窟で、発見されないように隠蔽工作をしているため、ここにアジトがあると知っていなければたどり着けないはずなのだ。

主要な街道に目を光らせており、王国の兵士や強そうな冒険者の場合は手を出さないようにしていたし、襲う場合も有利なポイントからのみ実行し、失敗したとしても地の利を活《い》かして離脱しているので捕まるようなことはなかった。

自分たちのアジトが襲われていると聞き、頭目は耳を疑った。

「それで、襲ってきたのはどこのどいつだ？　王国の兵士か？　それとも他の盗賊か？」

一瞬、呆然《ぼうぜん》としていた頭目だが、荒事を生業《なりわい》にしているせいか度胸がある。即座に切り替えると部下の報告を待った。

「二人組の冒険者です。男の剣士と女の魔法使い。先程の爆発は女の魔法のようです」

「たった二人で攻めてきただぁ？　ふざけやがって！」

頭目は顔に青筋を浮かべると、

「手前《てめえ》ら何をぼさっとしてやがる。今すぐそいつらをここに引きずってこい！」

部下を怒鳴りつけた。

今回の件でアジトの場所が割れてしまった。たとえ撃退したとしても、新しいヤサを探さなければならない。

頭目は残った部下に金品をかき集めるように命令し、自分もコレクションしていた宝石の回収へと向かう。

こんな時のために隠してある出口がもう一つあり、幹部連中にはそちらから撤退するように促していた。だが……。

「あれ、もう最深部か？」

「馬鹿な……早すぎる!?」

頭目の前に剣士の男と魔法使いの女――ガリオンとテレサが現れた。

ガリオンは目をぎらつかせ、テレサは半眼で緊張感なく立っている。

時間にして数分程度、アジトに詰めていた盗賊は数十人いたはずなのだが足止めにもなっていなかった。

「襲ってきた盗賊たちなら全員寝てもらったぞ」

「あの人数を制圧してきただと⁉ ありえない！」

大人数を相手に短時間でそれを行うのがどれだけ難しいことか頭目も理解している。

だが、ガリオンの余裕の様を見ていると、あながち嘘とは言い切れない。事実、待っていても部下が駆けつけることはなかった。

「さて、ごたくはどうでもいい。溜め込んでるものを吐き出してもらおうかっ！」

ガリオンは剣を突き付け、きっぱりと宣言する。

『その言い方、どちらが盗賊かわかったものではありません。私を巻き込まないで欲しいのですけど？』

テレサが文字を書き、ガリオンに抗議をする。

書かれた文字はガリオンが即座に消したので、頭目からは二人が何やら秘密のやりとりをしたように見えた。

「くっ！ 財宝を持っているやつは裏口から脱出しろ。残りはやつらの足止めだ！」

目的が財宝と言うことなら奪われるわけにはいかない。そう判断した頭目は部下に指示を出すのだが……。

「おっと、逃がすつもりはないぜ」

動き出した盗賊の向かう先に回り込んだガリオンは、

「無駄な抵抗をしないで寝てな！」

出口を塞ぐと盗賊たちの意識を刈り取っていく。

「【ファイア】」

盗賊の一人が魔法を使う。両方の出口をガリオンとテレサに塞がれてしまっているので退路がない。

こうなったら火事を起こして混乱している隙に逃げるしかないと思ったからだ。

最悪でもガリオンが魔法を避けるので何人かは抜けられる。そう判断していたのだが……。

「おっと！」

ガリオンは【ファイア】を避けることなく剣で受け止める。

「馬鹿な⁉」

放たれた魔法はその場で止まり、剣が火を纏《まと》い始めた。

「まさか盗賊の中に魔法を使えるやつがいるとはな」

「ぐああああああっ！」

斬られた盗賊が叫び声を上げ、倒れる。身体は斬られると同時に焼かれ、嫌な臭いが漂う。

「このままやってもいいけど、ここで火は物騒だから収めとくか」

剣から火が消え、ガリオンの身体に魔力が吸収された。

「うーん、いまいちだな。力強さも上品さも足りてない」

吸い取った魔力の評価を告げるが、ガリオンの特殊体質を知らない者にしてみれば意味不明だ。

「さて、打てる手がなくなったのなら全員お縄についてもらうとするか！」

その後、頭目を含めた盗賊はすべて二人の手によって倒され、縄で縛られると近くの街へと引き渡された。

★

「冒険者ギルドは『栄光の剣』のＢランク降格をお伝えします」

「どういうことよっ！」

ギルド職員にそう告げられると、ライラはテーブルを叩いた。

周囲には大勢の冒険者が集まっており、そのやり取りを聞いてザワザワとお互いに耳打ちをしていた。

偶然この場に居合わせたわけではなく、本日この時間に冒険者ギルドが栄光の剣に沙汰を言い渡すとの情報が出回っていたからだ。

「いきなり二段階降格だなんて、これまで私たちのパーティーがどれだけ貢献してきたかわかってるの？」

あれから数日が経ち、ルクスたちの悪評はさらに広まっており、彼が表に出ることを嫌ったため、代わりにライラが話を聞きにきたのだ。

「勿論です。栄光の剣は【ワイバーン】を単独パーティーで討伐したり、【ゴブリンロード】が作った集落を潰したり、他にもAランクでは成しえない数々の依頼をこなしていただきました」

受付嬢が栄光の剣の輝かしい実績を周囲の冒険者に聞こえるように読み上げていく。

「だったら！」

「ですが、現在の栄光の剣にはその力がありません」

職員に断言され、ライラは黙り込んでしまう。

「二段階降格の理由についてですが、まず、あなた方の素行についていくつか良くない噂が流れております」

最初は、ガリオンが他の冒険者などに金を握らせて流した噂がほとんどだったのだが、元々、栄光の剣のメンバーを良く思っていなかった者も多い。

そういった人間が、これまで我慢していた栄光の剣の所業をここぞとばかりに触れ回った結果、彼らの悪評は冒険者ギルドの中枢まで届いてしまったのだ。

「それは濡れぎぬよっ！　私たちの悪評を広めたやつがいるの！」

ライラは胸に手を当て「嵌められたのよ」と、無実を訴える。

「そうすると、同じパーティーに在籍していたテレサさんを追放した、というのも間違いなのでしょうか？」

受付嬢の鋭い指摘に、ライラは悪びれた様子もなく答えた。

「勿論よ！　あの時、私たちはテレサを追放するつもりなんてなかった。たまたま喧嘩《けんか》をしていたところに居合わせた男が場をかき乱したせいで、彼女と話し合うこともできなかったのよ！」

当然突っ込んでくるだろうと思い、用意していた言い訳を口にする。

「そうですか、それならランクを戻すことも可能かもしれませんね」

ライラはしてやったりと笑みを浮かべる。ルクスからは何が何でも処分を軽くするように言われていたからだ。

「何せ、あなた方を降格と判断したもう一つの理由はテレサさんですから」

「どういうことよ？」

「かつて、数々の高難度依頼をこなしてきた栄光の剣ですが、ある日を境に依頼失敗が増えるようになりました。我々が調査したところ、その時期は彼女がパーティーを抜けた時と一致しています」

「うっ、そ……それは……た、たまたまでしょう⁉」

ライラは顔に焦りを浮かべ周囲を見る。話を聞いていた冒険者たちも、受付嬢が言わんとしていることがわかった。

「おそらくですが、これまでの討伐依頼も彼女の魔法による活躍が大きかったのではないですか？」

指摘の通り、ワイバーンやゴブリンロードを討伐したのはテレサの魔法あってのことだった。

「もし彼女がふたたび栄光の剣に所属するのならAランク。悪評が本当にどなたかの仕掛けだと証明できるのであればSランクに戻ることも可能かと」

「わ、わかった。ルクスにはそう伝えるからっ！」

まだ挽回《ばんかい》できる。その言葉を聞いたライラは笑みを浮かべると、ルクスが待つ宿へと走っていくのだった。

9

『先程のあれは何だったのですか？』

向かいに座っているテレサは、唐突に質問をしてきた。

あれから、盗賊たちを連行し、近くの街を訪れ、財宝を山分けにして懸賞金をもらった。

財布が潤ったので、祝杯と称して酒場を訪れた俺たちは、メニューを片っ端から注文してそれらを平らげ、酒を呑んでいる最中だ。

「あれって、どれだ？」

既にテレサは酔っているのか半眼になり俺を見ている。気に入った酒があると歯止めが利かないようなので、俺が制限した方がよさそうだと考えた。

彼女が空中に書いた文字を消す、かすかに吸い取る魔力が極上の御馳走《ちそう》なので、俺はついつい手を伸ばさずにはいられなくなっていた。

『盗賊が放った魔法を受け止めた時のことですよ！』

コップに入った酒を呑み干し、新たに文字を書く。

俺はさりげなく酒を勧めるふりをして水を注ぐと、彼女の質問に答える。

「俺が魔力を吸収することで身体能力が上昇する特異体質だと言ったよな？　あれは実は魔法となって放たれている魔力でもいいんだよ」

両手でコップを持ち、こくこくと頷きながらそれを飲む。どうやらただの水だと気付いていないらしい。

「魔法は魔力を自然界の現象に変えて放つだろ？　火や水や風なんかの魔法なら、放たれた直後はまだ魔力のままだから余裕で吸収できる。氷や土なんかは放たれる前に物理現象になってるから無理だな」

『ですが、あなたは剣で受け止めてそのまま火を操ってましたよね？』

さらに追加で疑問を訴えかけてくる。

「受け止めた状態でならその属性のまま操ることもできるな。長時間は無理だが、疑似魔法剣みたいなことも可能だ」

指先から火を出してみせる。

これは先程の盗賊が放った魔法の魔力を利用しているのだが、結構時間が経っているのでこの程度の火しか再現できない。

『なるほど……そういうことでしたか』

納得した様子で頷くテレサ。どうやら俺への質問攻めに満足したようで、つまみを食べながら水を飲んでいる。一体いつ頃酒ではないと気付くのか？

そんな彼女を見ていると、ふと目が合った。しばらく目線を外したり合わせたりしてから何かを書き始める。

『あなたは……私に質問はないのですか？』

これもまた珍しい振りをしてくる。テレサはこれまで、自分のことについて語る素振りを見せなかったのに。

『いままで、多くの人が私に問いかけてきました「どうして喋《しゃべ》らないのか？」と。ですが、これだけ一緒にいてもガリオンは一度も聞いてきません。なぜですか？』

質問をしないでいると、彼女からさらに質問を重ねられる。これまで彼女の内面に触れなかったことで逆に疑惑をもたれたようだ。白銀の瞳が探るように俺を見つめている。

「気にならないわけじゃないけどな、こういう質問は相手の傷を抉《えぐ》っちまう場合があるから。誰だって聞かれたくないことの一つや二つあるもんだ」

知り合ってまだそんなに経っていない。軽々しく聞いて、本人が語りたくないことだった場合、人間関係が壊れてしまうこともあるだろう。

俺の答えに、テレサは目を丸くすると口を開け、あっけにとられた表情を浮かべた。

『意外です、ガリオンにそのような心遣いができるなんて』

そして、まったく褒めていない言葉を書き、わずかに口元を緩める。

「随分と好き放題言ってくれるな」

今だってテレサが酔い潰れないように酒と水をすり替えているし、酔った彼女に良からぬことを考えてそうな視線を感じ、睨みを利かせているのだ。目の前の酔っ払いはそのことに気付いてもおらず、楽しそうにしている。

『まあ、良いではないですか』

妙に上機嫌な彼女を見てふと考える。

最近までは依頼に必要なこと以外で意思の疎通をしなかったテレサだが、酒の勢いも手伝ってか、絡んでくることが多くなった。

白い肌が酒のせいでほんのりと赤くなっており、暑いからかはだけたドレスの隙間から下着が見えた。

無防備な姿で、これまで見たことのないような笑顔を向けられた俺は、椅子に掛けてあった彼女のマントを着せてやる。

「それで、俺から質問しても良いってことなのか？」

これまでは、お互いに一線を引いていたが、ここで質問をするということは、これまでよりも互いの内面に踏み込むことを許すという意味になる。

俺はそのことをテレサに確認するのだが……。

『ええ、構いません』

彼女はあっさりと返事をした。

「なら教えてくれ。お前さんが声を出さない理由とやらを」

テレサは頷くと、自分が声を出さない理由について長々と説明を書き始めた。

「……なるほど、幼い日に掛けられた呪いのせいで声を出せなくなった、と？」

テレサは真剣な表情で頷く。随分と長く説明をされたのだが要約するとそういうことらしい。

『私は冒険者を続けながら、自分の呪いを解く方法を探しています。ですが、いまだにその方法に手が届いていないのです』

テレサは自分が冒険者になった理由を俺に教えてくれた。

「そんな方法があるのか？　呪いを掛けたやつをぶっ殺すとかなら手っ取り早いかもしれないが」

彼女は首を横に振ると、

『既に殺しました。だけど、呪いは単独起動の魔法らしく、殺したところで解けなかったのです』

魔法と呪いは魔力を使うという点では同じものらしいのだが、時間が経てば効果が消える魔法とは違い、呪いは周囲から魔力を補い身体を蝕《むしば》む。テレサはそう説明を付け加えた。

「なるほどね……」

俺が読み終えた順に文字を消していると右手を彼女の両手が包み込んだ。

『ガリオン、私とこれからもパーティーを組んでいただけないでしょうか？』

熱に浮かされた様子で瞳を潤ませて俺を見ている。この表情に俺は覚えがある。

酒場で知り合った女性が一夜の関係を迫ってくるときに見せるもの。どうやらテレサは俺の強さに参ってしまったらしい。

「それは、俺と正式なパートナーになりたいって意味か？」

男女の間でのパートナーというと、恋人関係のことである。俺が聞き返すと、彼女はきょとんとした顔をする。

『いえ、そっちに関しては冗談ではありません。お断りさせてください』

パッと手を放すと、慌てて文章を書き、両手を振って拒絶してくる。あまりにもはっきりと答えるので、よほど勘違いされたくないのだろう。

『私の呪いを解くのに多くの資金が必要かもしれませんし、呪いを解く道具を得るためには今回みたいな荒事に首を突っ込まなければいけないかもしれません。普通の人間であれば、巻き込むのに良心の呵責《かしゃく》を覚えますが、ガリオンならいいかなと思ったもので……』

「ず、随分と俺のことを買ってくれているようだな？」

要は暴力要員として囲っておきたいだけではなかろうか？

「その口説き方で、俺がうんと頷くと思っているのか？」

口説くにしても、もう少し相手を気持ちいい気分にさせるべきではないか？　それこそ、テレサのような美少女なら、適当に褒めるだけでも男は舞い上がるに違いない。俺はテレサに話の持って行き方がおかしいのではないかと告げるのだが……。

『あなたは頷きますよ』

テレサは俺を見透かすと、透き通ったような笑顔を見せ断言した。

『それが、ガリオンという人物らしい行動ですからね』

あまりにもはっきりとそう言われた俺は、彼女の笑顔に一瞬見惚《みほ》れたこともあり二の句が継げなかった。

「へぇ、テレサは元々【レガイア王国】に住んでいたのか」

『ええ、十二歳のころに思い立ち、旅をしてきました。こう見えて数ヶ国は渡り歩いてますよ？』

翌日から、テレサとの会話が増えた。

昨晩、今後も正式なパーティーとしてやっていくことを決めた俺たちは、これまで踏み込まなかった相手の過去に興味を持ったのだ。

『それにしても、ガリオンは本当にただの村人だったのですか？　動きからしてどう見てもただ者ではないようですけど？』

「俺そんなこと言ったっけ？」

初対面の相手には素性を適当に言う癖があるので、どのように名乗ったか覚えていない。

『言いましたよ。私がパーティーを追い出されて落ち込んでいた時に、揚げパンを差し出してくれたじゃないですか、その時にはっきりそう名乗りましたよ』

じっとりとした瞳を向けてくる。内心では『嘘をついていたのですか？』と怒っていそうだ。

「まあ、俺の素性に関してはそのうち話す。長くなりそうで面倒臭いから」

『私にばかり話させてずるくないですか？』

不満げな表情で訴えかけてくる。

初めて声を掛けたころは無表情だったが、こうして話して見るとテレサは表情が豊かだ。

自分が今、どんな感情を抱いているのかストレートに表現しているのは、これまで声を出せず、他者とコミュニケーションを取らなかった反動だろうか？

一度打ち解けてしまえば、テレサはぐいぐいと距離を詰めてくる。

『ところで、ガリオン。少し気になることがあるのですがいいですか？』

「ん、どうした？」

『どうして、毎回私が書いた文章をすぐ消すのですか？　お蔭でこうして会話が弾むわけですが……』

無意識のうちに指が動いていたらしく、文章を読み終えたら魔力を吸収する癖がついていたようだ。

「お前さんの魔力がだんだん癖になってきてな、相当な魔法の使い手だというのもあるけど、魔力の質が高くて吸収するとジワリと身体に行き渡って気持ちいいんだよ」

こう見えて、俺は旅の間に様々な魔法使いの魔力を吸ってきたのだが、ここまで魅力的な魔力に出会ったことがなかった。

『…………』

テレサは無言で半眼になると俺から距離をとる。最近は一日に十回はこの表情を向けられている気がする。

『あなたも結局、私の身体が目当てなのでは？　ルクスと同じじゃないですか！』

頬を膨らませ白銀の瞳を輝かせ睨みつけてくる。腰に手を当てぷりぷりと怒っているのだが、どうにも子どもらしい態度に緊張感がない。

だが、聞き捨てならない言葉があったので、それは否定しなければならない。

「失礼な、一緒にしないでくれ。俺が惹かれているのはお前さんの魔力だ！」

『そのわりには、あなたも私の顔や身体をよく見ている気がするのですけど？』

テレサがあまりにも無防備な姿を晒すので、目が向いてしまうのは仕方ないと思うのだが、どうやら本人も気付いていていたらしい。

「それはそうだろう、目の前に良い身体があれば見るに決まっている。俺は本能に逆らう程愚かじゃないからな」

俺は開き直って本心を告げる。

浴衣の隙間からのぞく胸や、眩《まぶ》しい脚を見て目を逸らせるならそいつは間違いなくゲイだろう。

『相変わらずあなたはスケベで変態です。ですが単純な分、下心がないのはわかるからよしとしましょうかね？』

どうやらテレサの俺に対する信頼は結構高いらしい。だが、俺にだって下心の一つや二つある。

「信頼してくれてありがとう。とりあえず手でも繋ごうか？」

『……なぜ急にそのようなことを？』

「お前さん、声を出せないからはぐれると大変だろ？」

警戒するテレサにもっともらしい理由を言いながら手を差し出すのだが、当然彼女は応じてくれない。

『街道を歩いていてはぐれるわけがありません、万が一はぐれた場合は魔法で合図をおくりますけど？』

俺を疑うと、胡散臭そうな表情を浮かべる。これまでよりも一日に蔑んだ視線を送ってくる回数が増えている気がする。今日は新記録を狙えるかもしれない？

俺はテレサの文字を消し去ると告げる。

「こうして、小さな魔力を吸い上げるだけでもこんなに心地良いんだ。直接吸ったらどれだけなのか、一度試してみたいと思っている」

次の瞬間、テレサの表情が明らかに変化した。

あれはルクスに交際を迫られていた時と同等か、それ以上に嫌そうな表情だ。

「どうしてそんなに怯えている？」

テレサの様子に、俺は首を傾げた。

『魔力を吸うのは唇を触れ合わせる必要があるのでしょう？　もし、無理やりそのようなことをしたら、社会的にあなたを抹殺しますからね？』

以前話した内容を覚えていたらしい。どうやらキスされると勘違いしているようだ。

勿論、その方が効率よく吸収できるのだが、別に手を握る程度でも吸えないわけではない。

だが、今のテレサは警戒心が強く、話しても聞いてくれないだろう。

「安心しろ、無理やりにとかは俺の趣味じゃないから」

だからまず誤解を解くところから始めよう。

『信じますからね？』

そう答えると、警戒心を解き近付いてくる。俺がちょっと言っただけで信頼するのはあまりにも危険ではなかろうか？

なので俺は一言付け加えることにした。

「ああ、だから早く許可してくれよな？」

次の瞬間、テレサは杖を振るう。足元に魔法陣が現れ地面が盛り上がり、俺はテレサが作ったゴーレムにぶっ飛ばされた。

三章・無口な魔法少女は元Sランク冒険者との決闘を見守る

10

「ふぅ、ようやく戻ってきたな」

実に一ヶ月ぶりに、俺とテレサはカプセの冒険者ギルドに戻ってきた。

途中、盗賊のアジトを襲撃して懐が潤ったので、美味《うま》い物を食べ、気ままに寄り道をしたせいか、予定よりも半月程戻るのが遅くなってしまった。

とはいえ、テレサには話していないが、時間を掛けて戻るのは俺の中で決まっていたことだ。

「これ、依頼完了の証明な」

「はぁ……どうも？」

依頼人からサインをもらった書類を受付嬢に提出すると、彼女は気のない返事をした。その何とも言えぬ様子に俺は首を傾《かし》げる。

周囲の冒険者たちも腫れ物に触るかのように俺たちから距離をとっている。

「なあ、この空気なんだと思う？」

テレサに質問をしてみると、彼女はゆっくりと首を横に振った。

全員の視線が気になるので、俺が誰かに尋ねようと考えていると……。


――バンッ！！！――


「テレサが戻ってきたというのは本当かっ！」

ルクスたち栄光の剣のメンバーが乱暴にドアを開け、冒険者ギルドに入ってきた。

「いたわっ！　あそこよっ！」

ライラがこちらを指差すと、ドタドタと音を立てて走り寄ってくる。

テレサはビクリと身体を震わせると杖《つえ》をぎゅっと握った。

「テレサ、特別にパーティーに復帰することを許してやる！」

もの凄い形相をしたルクスがテレサを怒鳴りつけると、彼女は委縮してしまい肩を震わせ怯《おび》えてしまった。

「ちっ！　なんとか答えたらどうだ！」

苛立《いらだ》ちながら手を伸ばすルクス。それを見た瞬間、俺の身体が勝手に動いた。ルクスの右腕を掴《つか》むと握り締めた。

「なんだ、手前《てめえ》っ！」

初めて気付いたかのようにルクスが俺に視線を向けてくる。右腕に力を入れ、引き剥がそうとしてくるがそうはいかない。テレサに指一本触れさせてなるものか。

「ルクス、こいつよ！　例のCランク冒険者！」

ライラが俺を指差す。その言葉から察するに、俺が流した噂《うわさ》は良い感じに広がっていたようだ。

ルクスたちが苛立っているのは、自分たちの良くない噂が流れ、後ろ指を指されていたからに違いない。

「て、手前かっ！　舐《な》めたデマを流して……俺たちをコケにしやがったのは！」

ルクスは声を震わせると、怒りとも喜びともよくわからない表情を浮かべ俺を睨《にら》む。ちゃんと効果があったようで満足だ。

「デマって何ですかね？」

ルクスの注意が完全にこちらに向いたので、俺は手を放す。もう少し情報が欲しかったので、とぼけて状況を探ることにした。

「俺たちが魔法使いを使い潰して、いい様に利用しているって話だ！」

「それはデマではなく事実では？」

客観的に見てもそうだし、実際に他の冒険者の前でテレサを追放しているのだから、弁解の余地がまったくない。それを俺が流したデマと言い張られても、火種は色んなところにあったので困ってしまう。

「他にもあるわっ！　ルクスが、変態的なプレイを強要するとかっ！」

拍子抜けしていると、ライラが面白い噂を持ち出してくれた。

「えっ!?　ルクスさん！　変態なんですかっ!?」

彼女の言葉に大げさに驚いてみせ、わざと大声を出す。お蔭《かげ》で「ルクス」「変態」という単語が強調され、ギルド内に響き渡った。

周囲の蔑んだような視線がルクスに集中する。これまで噂として流れていたが、せいぜい身内の間で笑っていただけ。俺が皆に聞こえるように叫んだことで、噂を知らなかった冒険者もこれで知ってしまったからだ。

周りを見ると、ところどころで笑いを噛《か》み殺す声が聞こえる。冒険者ギルド内での栄光の剣の発言力はかなり低下していると見てよいだろう。

「そ、そう言えばっ！　サイクロプスの討伐依頼だったはずでしょ！　なんでこんなに戻るのが遅かったのよっ！」

ライラが俺に噛みついてくる。話題をルクスの変態話からすり替えたかったのだろう。

「戻る途中、旅館で寛《くつろ》いだり、観光をしたりしていたもので」

俺は彼らに良い笑顔を向けると旅行について思い出す。実に楽しい旅行だった。テレサと浴衣《ゆかた》姿で温泉街を歩いたり、古い神殿を訪れて礼拝を行ったり、途中に通った街でも祭りに参加したりした。

お蔭でテレサの笑顔をたくさん見ることができたし、良い気分転換にもなった。

「か、観光……だと？　俺たちをこんな目に遭わせておいて……？」

俺たちが予定より遅く戻った理由を告げると、ルクスは口を開き唖然とした表情を浮かべた。

「……あの、ルクス。今は一刻も早くテレサに言うことを聞かせないと」

ショックを受けているルクスに、アリアがボソリと囁《ささや》いた。

「とにかく、お前の相手は後回しだ！　テレサ、さっさとパーティーに復帰しろ！　お前が再加入すればパーティーランクは元に戻るんだ！」

身勝手な言い分に、先程までの旅行で感じた楽しみが消え、良くない感情が膨れ上がる。

テレサの実力は一緒に依頼を受けた俺が一番よく知っている。これまで栄光の剣がSランクでいられたのは、彼女の魔法があったからに違いない。

テレサを追い出した後、依頼を失敗しまくってペナルティを受けたらしく、元のランクに戻るための条件がテレサとパーティーを組み直すことのようだ。

「こっちにこいっ！」

テレサは後ずさると目を瞑《つぶ》り、ぎゅっと杖を握り締めて怯えている。大人に怒鳴られた幼子のようで、普段俺と話している彼女の面影がまったくない。

「あんたみたいな連携もとれない魔法使いをパーティーに戻してあげるって言ってるのよ！」

ライラがテレサをなじり、舌打ちをした。

「これまで、パーティーにいさせてあげた恩を忘れたのですか？」

アリアは過去を持ち出し、「恩知らず」とテレサを批難する。

テレサはただひたすら三人から吐き出される言葉に耐えていた。今までずっとこういう扱いを受けてきたのだろう。

「ちょっといいか？」

俺はテレサを責め立てる三人に声を掛ける。

「今はお前の相手をしている暇はないっ！」

一向に返事をしないテレサに苛立っているのか、ルクスは俺を睨みつけてきた。

全員が見ている中、俺は彼女に歩み寄り両肩に手を乗せて自分の方へと引き寄せる。

すると、彼女は驚きの表情を浮かべ俺の顔を見た。涙で目が赤く腫れている。俺はハンカチを取り出すと、ゆっくりと彼女の涙を拭き取った。

ハンカチを強く握り、テレサの頭を撫《な》でて優しく笑い、なだめてからルクスを見る。

彼女にしたのとは違い、真剣な怒りの表情を向ける。

「こいつは俺の大切な仲間だ。変態のいるパーティーに戻すわけにはいかないな」

「なんだとっ!?」

ルクスは怒りに身体を震わせると、俺に指を突き付けてきた。

「この……Cランクのくせに俺に……この俺に盾突くだと……」

ギルドによるランク制は時にこういう傲慢な人間を生むことになる。

「ランクが上だろうが何だろうが、変態は変態だ。魔法使いプレイを強要したらしいじゃないか？」

もはや下手に出る必要はないだろう。俺はルクスを嘲笑った。

「マジかよ……」

「杖を使ったプレイをしたとか……」

「ないわー」

周囲の空気が変わる。皆がルクスを指差して笑い、栄光の剣の連中は居心地の悪そうな表情を浮かべた。

「大体、話を聞く限りだと冒険者ランクが降格したみたいだが、今何ランクなんだよ？」

俺は現在のルクスたちのランクについて尋ねる。

「Bランクだぞ！」

離れた場所から冒険者が教えてくれた。てっきりAランクくらいかと思っていたのだが、随分と落ちたものだ。

「うるせえっ！　とにかく、今はランクを戻すのが先だ！　テレサさえパーティーに入れちまえば俺たちはAランクに戻せる。そしたら依頼をガンガン受けて、すぐにSランクに昇格してやる！」

驚く程自己中心的な発言をする。ルクスも取り巻きの女たちも、それが当然だと思っているのだろう。

「……ふざけるなよ」

ハンカチを握り呟く。幸い小声だったので、ルクスはおろかテレサにも聞こえなかったはずだ。

俺は内心の怒りを押し殺すと、おどけた態度でルクスに応対した。

「ところがだ、テレサは俺とパーティーを組んでいるんでね。あんたらのパーティーに戻ることはない」

「はぁっ？　たかだがCランクがテレサを使うだと？　お前こそ身の程を知れよっ！」

『テレサを使う』その言葉に反応して手に力が入ってしまった。どうにも彼女のことになると、いつものように自制が働かないようだ。俺は深呼吸をして気持ちを落ち着かせると、ルクスのペースにならないよう言葉を選んだ。

「身の程というのなら、テレサが抜けたせいでBランクまで落ちたそっちが知るべきじゃないのか？」

「何だと⁉」

「一人いなくなっただけでランクが落ちたのならその程度の実力だったたってことだろ？」

皆の前で「お前たちの適正ランクはその程度だ」と、事実を突き付けてやる。

俺の挑発にルクスは顔を真っ赤にして睨みつけてきた。

「……いいだろう。だったら、俺と勝負しろ。勝った方がテレサをパーティーに入れることができる。どうだ？」

後ろから、テレサがギュッと俺の腰を掴んできた。顔を見ると不安そうに怯えている。

「あー、悪いけどパス。疲れてるんだよ、俺。サイクロプスとか盗賊をぶちのめして帰ってきたからさ」

彼女の顔を見て、俺はルクスの条件を適当な態度で流した。

「に、逃げるのかよっ！」

「所詮口だけじゃないっ！」

「そっちこそ、テレサに寄生して甘い汁を吸いたいだけでは？」

ルクスたちが挑発してくるのだが、まったく気にする必要はない。今一番大事なのはテレサを安心させてやることだからだ。

「あんたら、頭が悪いみたいだからはっきり言ってやる。栄光の剣は一方的にテレサをパーティーから追い出した。俺は正式な手続きをしてテレサとパーティーを組んでいる。その上で、テレサを賭けて勝負して、こっちに何のメリットがあるんだ？」

この場には当時の騒ぎを目撃していた冒険者も何人かいる。話を大きくするというのなら、彼らに証言をしてもらうこともできるのだ。

いよいよ、周囲の目が厳しくなってくる。栄光の剣が身勝手に振る舞えたのは冒険者間の格付けでやつらがSランクだったからだ。

俺はルクスたちに思っていることを告げる。

「テレサは俺にとって最高の仲間だ。その仲間を賭けの対象にすることはできないし、彼女と離れるつもりもない」

隣を見ると、テレサは目元を拭ってじっと俺を見つめてきた。妙にキラキラした目をしていて居心地が悪いのだが、先程までの怯えた様子を見せられるよりは全然ましだ。

「だ、だったら！　お前個人に決闘を申し込む！　妙な噂を流したのがお前だということは知っているからな！」

どうあっても俺をぶちのめしたいらしい。それを引き合いに出すなら構わない。何せ……。

「受けてやるよ」

言葉でやり込めるだけでは気が済まない。これまでテレサに酷《ひど》いことをしてきたこいつらを、心の底からぶちのめしたいと思っていたからだ。

「そっちは『栄光の剣』全員で構わないからな！」

ルクスだけ倒しても溜飲《りゅういん》は下がらない。俺は栄光の剣全員に決闘を申し込んだ。

「ふざけやがって！」

激高するルクスがその場で掴みかかってこようとすると、

「これ以上の揉《も》めごとは許しませんよ！」

騒ぎを収めようと冒険者ギルドの職員が駆けつけてきた。

間に入り、決闘の取り決めを行う。

勝負は三日後となり、やつらの希望で闘技場を借りて行うことになった。

「三日後だ！　俺たちは全力でお前を叩《たた》き潰すつもりだから覚悟しておけよ？」

そう言って立ち去っていくルクスに……。

「おう、それまで変態プレイも程々にしておけよ！」

周囲の冒険者が笑い、彼らは晒《さら》し者になる。俺はルクスに貼られたレッテルを強調してやるのだった。

ルクスたちと揉めた後、俺たちはテレサが泊まる宿へと戻っていた。

冒険者ギルドを立ち去る際、半数程が俺のことを応援してくれているようで「頑張れよ」と声を掛けてきた。

彼らはいわゆる新参組で、これまでの冒険者活動でルクスに辛酸を舐めさせられてきた者ばかりだ。

ルクスは自分が気に入った冒険者には実入りの良い依頼を回し、それ以外には手間のわりに報酬が低い依頼を掴ませるように仕向けていた。

栄光の剣の発言力がふたたび強まると、彼らも困ることになる。

俺を睨みつけている連中もいたが、そいつらはルクスから甘い仕事を回してもらえなくなった冒険者だ。

楽な仕事ばかりしているので依頼達成率が高く、ランクが上がりやすい。Aランクはいないが Bランクや Cランクはごろごろしていたはず。

今回の決闘でルクスが沈めばやつらも不利益を被るので、何か仕掛けてくる可能性は高い。


――コンコンコン――


俺はベッドから身体を起こすとドアの外の気配を探る。元々利用していた宿に泊まるのが面倒だったし、ルクス側が何か仕掛けてくる可能性があったので、テレサと同じ宿に泊まっている。

俺がここに泊まっているのを知っているのはテレサだけなので、訪ねてくるとすれば彼女しかありえない。

「入っていいぞ」

予想通り、ドアを開けて入ってきたのはテレサだった。

これまでの野外活動するような服ではなく、可愛らしいパジャマを着ている。

風呂に入った後なのか、ボタンが上二つ程外されており胸元が見えている。相変わらずの無防備さに視線が吸い寄せられそうになる。

おそらく、先程のルクスとのやり取りについて話しに来たのだろう。

「まっ、好きなところに座ってくれ」

借りたのがシングルルームなので、ベッドを除くと椅子が一つしかない上、そんなに広くもない。

テレサは部屋の中に入ると、足元に置いてある鞄に目を止め『片付けもできないのですか?』という非難の視線を向けてきた。

結局彼女は椅子に座り、俺がベッドに座ると互いに向き合った。

二人の足元には鞄があり、テレサも気にしているようだが、他に置き場がないので仕方ないだろう。

『先程は助かりました』

テレサの綺麗《きれい》な字が空中に書かれる。

「別に気にすることじゃない。俺が連中にムカついたからでしゃばっただけだ」

元をたどればルクスたちのテレサを物扱いするような態度が気に食わなかった。そのせいで熱くなってしまい、揉めごとを大きくしてしまったのは俺の責任だろう。

『それでも、ガリオンがいなければ、私はきっとあのパーティーに戻されていましたよ』

「お前さんの方が強いのに？　あんな連中ぶちのめせばいいだろうに……」

テレサは目を瞑るとゆっくり首を横に振る。

『言葉が話せないというのは、それだけでもの凄いハンデなのですよ。ガリオンがいなければ私は依頼を受けられず困窮していたでしょうから』

そうなる可能性がある以上、力で跳ねのけることができないのだという。

『今回の依頼も、私に代わって説明をしていただき、宿の手配やその他色々、随分と助けていただきましたし』

「それは当然だろう？」

相手が声を出せないと知っているのなら、フォローするのが仲間というものだ。

テレサは潤んだ瞳を俺に向けてくる。今回ルクスたちから庇《かば》ったことで、俺のことを信頼してくれたのだろうか？

『今更、あなたがルクスたち相手に負けるとは考えていませんが、油断はしないでくださいね』

俺がテレサの実力を知っているのと同じく、彼女も俺の実力を知っている。主観で考えても勝てると思っているが、テレサに認めてもらえるのは何とも嬉《うれ》しいものだ。

テレサがいなくなった途端にBランク落ちする連中だ。Aランク相当のサイクロプスを討伐した俺たちの方が強いのは間違いない。

だが、ふとここで悪戯心《いたずらごころ》が芽生える。俺はわざとらしい笑みを作ると、

「いやいや、ルクスたちも元Sランク冒険者だ、連携だって磨き抜かれているだろうし、装備も最高品質の物を揃《そろ》えている。さらに魔導具も豊富で多彩な攻撃や作戦を展開してくるし、俺が負けることはありえなくもないな」

まったくそんなことを思っていないにもかかわらず「このままじゃ苦戦するかもなぁ」とわざとらしく嘆いてみせる。

先程までの尊敬するような熱い眼差しは影を潜め、呆《あき》れたような表情へと変わった。やはりこのくらいの方がちょうど良い。テレサは溜息《ためいき》を吐《つ》くと……。

『別に、口付けをせずとも肌が接触していれば良かったのですよね？　今回はやむなしです。ガリオンが負けるとは思いませんが、より確実に勝つために、コボルトに噛まれたと思うことにしますよ』

「よしっ！」

思わず拳を握り締めてしまう。これまで頑《かたくな》に拒否されてきたが、とうとう彼女からお触り許可が出たのだ。

彼女は立ち上がると、俺に魔力を吸わせるために近付いてくる。妙に恥ずかしそうにしているのだが、別に握手をするだけでも魔力を吸うことができるので、そこまで緊張する必要もない。

『……!?』

「おい、危ないぞっ！」

俺の傍《そば》に来る途中、荷物に足を引っ掛けたのか、テレサはバランスを崩すと倒れ込んできた。

慌てる彼女と、支えなければならないと手を伸ばした俺、それぞれの行動の結果……。

――ムニュン――


両手に極上の柔らかさを感じる。

目の前には驚愕に目を見開いたテレサの顔がある。俺としてもまさか、そこまでサービスしてくれるとは思っていなかった。

パジャマの隙間に俺の手が入り込み、彼女の胸に触れている。吸い付いて離すことができず、俺が両手を動かすとそのたびに形を変え、彼女の表情が変化する。向かい合って肩に手を置いた状態で息を切らし艶やかな表情を浮かべるテレサ。

浅い息が漏れ、吐息が頬を撫でる。

非常に良くない状況なのだが、やむを得ない事情について彼女に言い訳してみる。

「俺の方からは手を離せないみたいだ」

魔力を吸う時には相手の身体から手が離れ辛《づら》い感覚があるのだが、普段以上に吸い付きが激しい。

これは彼女から離れてもらわないと、どうにもならないだろう。

ふと、これまで感じたことのない、何やら奇妙な魔力を吸い出している感覚に気付いた。パジャマの隙間から覗《のぞ》く肌はしっとりと汗で濡れていて、よく見ると心臓部分に近い辺りに黒い模様が見える気がする。

俺はその模様が気になりながらも彼女の胸を揉み続けていると、ぷっくりとした何かがてのひらに

触れくすぐってきたので、それをてのひらで押してしまった。

「ぁんっ！」

テレサと目が合う。彼女は俺の肩を強く押し、反動で離れるとバランスを崩し、椅子に倒れ込んだ。

「っ!?」

火照った身体と潤んだ瞳を向け、艶《なま》めかしい吐息を漏らしている。着衣が乱れ、髪が汗のせいで頬に張り付いていた。

テレサの扇情的な様子に、思わず唾を飲み込む。彼女は自分の身体を抱き、顔を真っ赤にすると……。

「あっ！　おいっ！」

慌てて部屋から出て行ってしまった。

俺は先程まで触れていた感触を思い出し、てのひらを見る。

「今の、テレサの声か？」

初めて聞く声に驚きを隠せなかった。

★

——ドクンドクン——

テレサは自分の胸を押さえると、心臓が激しく脈打っているのを確認した。

ほんの数分前まで、彼女はガリオンの部屋を訪れていた。

ルクスたちからの強引な誘いから守ってもらった御礼を言うために訪ね、ガリオンがテレサの魔力を吸いたいと冗談めかしたので、その場の空気を変えるためというのもあったが了承した。

握手をして好きなように魔力を吸収させればよいだろうと考え、ガリオンに近付こうとしたテレサだが……。

（……っ!?）

彼女は先程、室内で起こったことを思い出すと顔を赤くしてしまう。

（なんであそこに荷物を置いていたのですかっ！）

足元に置かれた荷物に足を引っ掛け倒れそうになり、ガリオンがテレサを支えようとした結果、ガリオンの両手がパジャマの間から入り込み、テレサの胸を掴んだ。

まるでテレサが押し付けているのではないかというくらい、彼女の身体はガリオンから離れることができず、テレサは彼の肩に手を置き、押し寄せる感覚にどうにか耐えていた。

ガリオンが胸を揉みしだくたび、身体の力が抜けていく。

途中、心臓の辺りから魔力が吸収されていたのだが、余裕のないテレサはそれに気付くこともない。

普段、魔法を使う時の魔力放出とは違い、魔力が強制的に引っ張られる。思考を乱され、どうにか脱出しなければならないと考えていたテレサだが、突如ガリオンの手の動きが変化し、今までにない感覚に自然と声が出てしまった。

(一体、どうして?)

これまで、様々な薬や、魔法による治療をテレサは受けてきた。

だが、それらはテレサの呪いに対して一切効果がなく、彼女自身もそういったものにあまり期待しなくなっていた。

(まさか、ガリオンの特殊体質のせい?)

声を出そうとして口に力を入れてみるが、どうやっても発声することができない。先程は自然に出せたのに今は呪いによって声を封印されている状態だ。

テレサはパジャマをはだけさせると自分の胸を見る。心臓に近い位置にある黒い模様、これは呪いを受けた証《あかし》で、普段魔力を使っていないときは浮かび上がることもない。

こうして反応しているということは、ガリオンの吸魔の力が影響していることは疑いようもないだろう。

彼女は試しにパジャマに右手を滑り込ませると自分で胸を揉んでみる。

ガリオンの温かい手とは違い、ひんやりとした手が胸に触れ、熱を奪う。

それなりに何か感じないわけではないのだが、ガリオンにしてもらった時程ではなく声が出る前兆すらない。

(もう一度彼に試してもらって……、いえ、それはちょっと……)

自ら胸を触って欲しいと提案するのは抵抗がある。

テレサは、はだけた胸をしまうと考える。

いずれにせよ、治療法の一つの手掛かりとして考え、最悪の場合はガリオンに協力を求めることを念頭に置くべきだろう。問題はその前に……。

(明日、どんな顔して会えばいいのですかね?)

顔を真っ赤にし、両手で頬を挟み込む。

自分の胸を好き放題した異性とどう接すればいいのか、彼女は一晩中悩むのだった。

12

「くっ……静まれ俺の右腕!」

「何をされているんですか?」

フォークを手放し、暴れる右手を押さえていると、ミリィちゃんが引いた様子で俺を見ていた。

「いや、最近右手に何やら良くないものが封印されたらしくてな……」

俺が右腕に宿る力について説明をしていると、ミリィちゃんは完全にスルーして顔を近付けてきた。

「それより、ガリオンさん。元Sランク冒険者パーティーと決闘するって、大丈夫なんですか?」

心配してくれているのか、彼女は眉根を寄せ可愛い顔に影を落とす。

「おっ、よく知ってるな?」

「だって、今街で噂になってますもん」

決闘が決まったのが一昨日なのだが、俺みたいなCランク冒険者とルクスたちBランク冒険者の争いなど、そこまで注目度の高い話題だろうか？

多分、ルクスたちが意図的に広めているのだろう。公衆の面前で俺を倒し、テレサとパーティーを組むのにふさわしくないと喧伝《けんでん》して、観客を味方に付けるためだろう。

自分たちが勝つとは限らないのに御苦労なことだ。

「ところで、テレサはちゃんと飯食ってるのか？」

あの夜から二日が経ったのだが、テレサは引きこもってしまい、顔を見ていない。

今日はかなり早くから食堂を訪れ、彼女が食事をしに現れるのを待っているのだが、一向に姿を現さなかった。

「テレサさんですか？　最近は夜に現れて食事を注文されるので、部屋で食べているみたいですよ？」

どうやら俺を避けているようだ、確かに気まずいのはわかるのだが、せめて顔ぐらい見せて欲しい。

こっちも色々と話しておきたいことがあるのだが……。

「それなら伝言を頼む」

ちゃんと食事をしているようなので、ミリィちゃんに「ひとまず事故ってことで水に流してくれ。それと、明日は応援頼む」と伝えるように頼んでおいた。

「わかりました。私も応援していますから、頑張ってくださいね」

ミリィちゃんはトレイを抱くと華やかな笑みを浮かべるのだった。

ざわざわと観客の声が聞こえ周囲を見回す。

ここはカプセの街が運営するイベント会場で、周囲を囲むように観客席があり、満席という程ではないが席が八割くらいは埋まっている。

ルクスたちの宣伝効果なのだろうが、これ程多くの観客の前で戦うことになるとは想定外だ。

客席の上空には大型のボードがあり、そこには俺とルクスの名前と倍率が書かれている。文字を投影する魔導具なのだが、どうやら今回の決闘で賭けも行われているらしい。客席ではどちらに賭けるかを話し合っているようなのだが、圧倒的にルクスの方が倍率が低いことから、俺に賭けるやつはほとんどいないらしい。

俺の後ろには、テレサが杖にマントにリボンといつもの格好で控えているのだが、俯《うつむ》いており俺と顔を合わせないので、どんな表情をしているのか窺《うかが》うことができなかった。

今日はルクスとの決闘の日なので、始まる前に少し話したかったのだが、来てくれただけましと思うしかあるまい。

仕方なしに視線を向けると、離れた場所にルクスたちが立っている。

前衛のルクスは全身を高価そうな装備で包んでいる。

腰に下げているのは魔剣だし、鎧《よろい》や盾にサークレット、他にも首飾りに腕輪。いずれも魔力の気配を感じるので、何らかの効果を発揮する魔導具なのは間違いない。

その背後にはライラとアリアが並んでいる。

ライラは丈の短いスリットの入ったスカートを穿《は》いていて生足を晒し、太ももにはベルトが巻かれ、短剣を何本も固定している。

アリアの方は杖を抱えていて胸の谷間が強調されている。

俺が何気なしに敵の戦力を分析していると……。

「ん？」

踵《かかと》に衝撃を受けたかと思えば、テレサが背後に立って俺を睨みつけていた。目が合うと白銀の瞳が揺らぎ顔が赤くなる。

「勘違いするなよ。あくまで脅威となる武器がないか確認していただけだから」

『こんな時にどこを見ているのです？』と非難されているのだと感じ、言い訳をしておく。ようやく接触してきたかと思えば、気まずそうな態度をとるので普段通りに振る舞ったのだが、テレサはプイと顔を背けた。

「この日を心待ちにしていたぞ」

ガシャガシャと音を立ててルクスが近寄ってくる。その後ろにはライラとアリアの他に数十名の冒険者がまばらに立っていた。

「後ろに連れてきている連中は何だ？」

この決闘は俺とルクスたち『栄光の剣』の戦いだったはず。なぜ部外者がいるのか聞いてみた。

「こいつらは『栄光の剣』の新規メンバーだ」

ところが、ルクスはニヤニヤと笑うと種明かしとばかりに俺に告げてくる。

「勝負は『栄光の剣』の全メンバーとあんたの戦いよね？」

「今からでも撤回しますか？」

アリアとライラも見下すような表情を俺に向けてくる。自分たちの術中に嵌《は》めることができたので、俺が慌てたり、卑怯《ひきょう》だと抗議したりする姿を見たかったようだ。

なるほど、こいつらは日頃ルクスから甘い汁を吸わせてもらっていた冒険者たちだ。万が一負けることを考えて、人員を補強してきたということか。

俺は溜息を吐くと、

「そこまで恥を上塗りするとは、哀れだな」

可哀想な者を見るようにルクスたちに視線を送った。

「なんだとっ⁉」

俺が青ざめて謝罪する光景でも想像していたのだろうか？

反応が予想外だったようで、ルクスは俺を睨みつけてきた。

「雑魚が束になってかかってきたところで、どうにかできるわけないだろ？　これだけ色々手を回して負けたら、お前の評価は地に落ちるだろうよ」

真っ当な勝負を挑んで敗れたなら、Bランクに留まることができるかもしれないが、大人数で挑んでおきながら負けるのは大恥もいいところ。

億が一に勝てたとしても、汚点が残ると思うのだが、俺が憎いというだけで集まったやつらは自分を客観的に見られないらしい。

「減らず口をっ！　生きて帰れると思うなよっ！」

ルクスはそう言うと、自分たちの控え場所へと戻っていくのだった。

『やはり、私も戦った方が良いのでは？』

決闘開始の時間が迫るころ、テレサはようやく俺に顔を向けるようになった。

あの人数を前に不安になったのか、心配そうな表情を浮かべている。

「いや、俺一人で十分だろ」

あそこにいるのはBランクとCランクの冒険者がほとんどで、ルクスを除けば大した装備を身に着けていない。

全員、剣の一振りで倒せる自信があるし、やつらの攻撃が俺を捉えるビジョンが一切浮かばない。

「……いや、待て。やはり助けが必要かもしれない」

俺は真剣な目をテレサに向けると、

「今の俺ではルクスを倒すには力が足りない。テレサの魔力を補充できれば余裕なんだが……」

両手をわきわきと動かす。先日のことを思い出させてしまうが、冗談めかしたことで水に流せないかと考えた。

『あなたは本当に……この期に及んでそのようなことを言うなんて……馬鹿なんですか？』

目論見は成功し、彼女が文字を書くとそれを吸い取り満足する。不安が取り除かれたのか、テレサは口元を緩めている。

「馬鹿とは失礼な。俺は今、悪漢から姫を守る騎士のような気分だぞ」

ルクスたちでは力不足だが、こうしてテレサが信頼を寄せてくるなら気分が良い。

普段は蔑まれてばかりいるので、評価を上げられるこのイベントはボーナスポイントみたいなものなのだ。

そんなことを考えていると、いつの間にかテレサが近付いてきていた。

彼女は俺の頬に左手で触れると顔を寄せてくる。

不意に頬に感じる柔らかい感触と、流れ込んでくる魔力。

少しして、テレサは顔を遠ざけ口元を杖で隠すと……。

『不本意ではありますが、今だけはガリオンを騎士扱いしてあげます』

素早く文字を書くと頬を赤くして顔を逸《そ》らした。

★

「あの野郎、絶対に殺してやる！」

遠目に、テレサから笑顔を向けられているガリオンを見たルクスは、殺意を高めた。

これまで、冒険をともにしてきて、テレサがルクスに笑いかけたことは一度もなかった。

常に無表情で、声を出すこともなく、淡々と魔法を放ち続ける。

その多彩な魔法や思わず見惚《みほ》れてしまう立ち居振る舞いに、ルクスはテレサを傍に置きたいと考えるようになった。

だが、どれだけルクスが誘いを掛けようと、テレサは応じることなく、自分のモノにならないテレサにルクスはとうとうしびれを切らした。

一度パーティーから追い出し、周りに圧力をかけて依頼を受けられなくして、失意のところを助けてやる。そんな筋書きをルクスは描いていた。だというのに……。

「それでは『栄光の剣』とガリオンの決闘を行います」

冒険者ギルドが手配した立会人が宣言をする。

「勝敗は、どちらかのリーダーが敗北を宣言するか戦闘不能になるまで続けます」

「ああ、それで構わないぜ」

不敵な笑みを浮かべるルクス、公衆の面前でガリオンを叩きのめし屈服させたいという考えが滲《にじ》み出ていた。

「それでは、決闘を開始してください」

立会人の言葉と同時に、栄光の剣のメンバーは陣形を展開した。

★

ルクスを中心に、扇状に人員が散開している。

やつらは徐々に輪を広げており、このまま放っておけば俺の背後まで周りこむだろう。

この布陣を見る限り、油断は見られない。

冒険者登録して半年、ソロでCランクという肩書に、警戒心を持っているようだ。

武器を持つ者を前衛に固め、後衛は魔法で援護する。

囲い込んで死角を作るまでは決して襲い掛からずに、ルクスの命令を待っているようだ。

俺はつまらない者を見るように溜息を吐くと剣をさげた。

「この人数を相手にビビったのかっ！」

遠くからルクスが挑発してくる。獲物をなぶりものにすることに酔いしれているのか、嗜虐的《しぎゃくてき》な笑みを浮かべていた。

「いや、そっちからこないなら武器を構える必要もないからな。たった一人に臆病風吹かせているようだし、好きにさせてもらうさ」

「なんだとっ！」

観客に聞こえるように言うと、ルクスは顔を歪《ゆが》めた。こいつらにもプライドがある。言われっぱなしではいられないはず。

「ふざけやがって！」

「すぐに泣きを入れさせてやるっ！」

わかりやすい挑発にもかかわらず、二人の前衛がしびれを切らせて突撃してくる。

「あっ！　こっちの指示に従いなさいよっ！」

ライラが注意するが、頭に血が上っているのか、前衛の二人には聞こえなかった。

「死ねっ！」

上段から振り下ろす大剣を、身体を半身ずらして左に避《よ》ける。あまりにも遅い、隙だらけな動きなので欠伸《あくび》が出た。

「馬鹿めっ！」

あらかじめ避ける方向に回り込んだもう一人が横薙《よこな》ぎに剣を振ってきたので、それを読んでいた俺は姿勢を低くした。

頭上を剣が通りすぎる音がする。二人はまだ攻撃した状態から剣を引くことができておらず、俺は素早くやつらの懐に飛び込むと……。


――ガッ！　ガガッ！――


「ぐふっ！」

「おげぇっ！」

腹部に拳をめり込ませると、前衛の二人は白目を剥いて昏倒《こんとう》した。

「「なっ！」」

その場で俺の動きを目で追えたのは数人だ。

残りの連中は何が起こったのかわからなかったようだ。

「すっ、凄いぞっ！」

「あっという間に二人を倒した！」

「これは大番狂わせもありえるんじゃないか？」

観客が興奮しており、今のパフォーマンスで俺への応援が増える。

俺は観客の声援に手を振り応えた。ふと見ると、その中にはミリィちゃんもいて、友だちと一緒に観戦している。せっかく応援に来てくれたということで、俺はそちらにも愛嬌《あいきょう》を振りまいておく。

ふと、背後から圧を感じて振り返ると、テレサがジトッとした目で俺を見ていた。

予想だが『今は私の騎士のはずでしょう』とか考えている気がする。

「だから言ったでしょ！　確実に囲むまで手を出さないでよっ！」

「私たちの指示に従わない人は後でペナルティを与えます」

ライラとアリアの苛立つ声が聞こえ、全員の表情が引き締まる。

改めて、陣形を再構築し、今度こそゆっくりと俺を囲むまで手出しせずにいる。ようやく俺を囲いきると、

「よーし、前衛は前進。後衛は魔法の準備だ！」

ルクスの指示により前衛が武器を構え迫ってきた。

「ふわぁーーあーーー」

俺は欠伸をしてやつらの接近を待った。

「ふざけやがって！」

「この街で俺たちに逆らうんじゃねえよっ！」

「てめえは目障りだったんだっ！」

今度は三人、足並みを揃えて斬りかかってきた。

ランクが上がってからこいつらの仕事も奪っていたからな。ルクスどうこうより、元々俺に恨みを持つ者もいたらしく、真面目に働いていたつもりの俺は少し傷ついた。

「よっ！　っと」

今度は特に避けることなく一歩距離を詰めると、正面から顔面を殴り、吹き飛ばす。一人を吹き飛ばすとすぐ後ろにいた二人にぶち当たった。

「「ぐえええええっ」」

これだけでは済まさない。

俺はやつらがかかってきたお蔭で空いたスペースから陣形の後ろへと飛び込む。

急に接近された後衛の魔法使いが杖を構え魔法を放とうとする。

「くっ！　このっ！」

「駄目ですっ！　同士討ちになりますよっ！」

「「ぐっ！」」

アリアの一言で魔法使いの動きが止まる。

俺としては魔力を御馳走《ちそう》してもらっても構わなかったのだが、撃ってこないので残念だ。

「前衛は動いて後衛を守れ！　とにかく一度仕切り直しを――」

ルクスが陣形を建て直すよう指示を出すのだが、ここまで深く入り込んだ状況ではもう遅い。

「きゃっ！」

「いやっ！」

「あんっ！」

魔法少女には手心を加え、優しく無力化していく。

「お前がそこにいると攻撃できない！」

「そっちこそ邪魔だっ！」

「誰か早く何とかしてよっ！」

「いやあああっ！　こっちにきたっ！」

もはや陣形も何もあったものではない。いかに人数がいようが、同時に攻撃できる人数は限られている。

俺は素早く動き回ると、その場の全員を殴り倒していった。やがて……。

「ふぅ、残すはお前さんたちだけか？」

その場に立っているのは俺とルクス、ライラ、アリアの四人だけになった。

栄光の剣以外のメンバーをすべて拳一つで叩き伏せ、ルクスと対峙《たいじ》している。

三人の表情はこわばっており、まるで化け物を見るかのような目で俺を見ていた。

「ことの発端はお前さんたちだからな、ここからは容赦しないぞ？」

できる限り凄んで声を出すと、剣を抜いた。

「ままま、待ってよ！　ここはお互いに有益な話をしましょう」

両手を広げて待ったをかけ、ライラが話し掛けてきた。

「そそそ、そうです。ここで私たちが争っても誰も喜ぶ結果にはなりません」

アリアも必死な様子で俺に訴えてくる。

「でも、さっき。ルクスが『ぶっ殺してやる』って叫んでるのが聞こえたけど？」

テレサに祝福の口付けを受けたあたりから、やつがキレているのを遠目に確認している。

「お、俺は……」

何やら顔が青ざめている。やつは俯き必死に考えている。周囲の観客からは「早く戦えー」「どうしたー？」などとやじが飛んでくるが、追い込まれたルクスがどのような判断をするのか興味があった。

少しして、ルクスが顔を上げる。

「は、話があるっ！　ちょっと耳を貸してくれ」

急に言葉遣いが変化した、よほど余裕がないのか、懇願するように目で訴えかけてくる。

俺は近付くとやつの言葉に耳を傾けた。

「ガリオン、お前、うちのパーティーに入らないか？」

「あん、何を言っているんだ？」

このタイミングで仲間に誘ってくるルクスの思考がまったく理解できない。

「俺たち『栄光の剣』は一時期Sランクパーティーだった実績がある。つまり、懇意にしている依頼主がかなりいるんだよ。本来なら厳しい審査を潜《くぐ》り抜けなければ入ることはできないが、俺はお前の実力を認めている。今ならテレサと一緒に入れてやるぞ」

目を血走らせ、唾を飛ばし、必死の形相で訴えてくるルクス。普段涼しい顔で女性を口説いている姿は見る影もない。

「なるほどな、確かに美味《おい》しい仕事を回してもらえるのは助かるな。俺は楽して金が欲しいわけだし」

アゴに手を当てて考え込む。ルクスは俺の言葉を聞くと脈ありと思ったのか、

「お、お前たちっ！　お前たちも何か言えっ！」

ここが勝負どころと判断し、二人に指示を出した。

「もし、私たちのパーティーに入ってくれたら。サービスしちゃうよ」

ライラが腕を抱き、胸を押し当ててくる。テレサに比べると乏しいものだ。

「『栄光の剣』のメンバーになれば女性にもモテモテになります。使い切れない大金を得て、毎晩違う女性を抱くことも可能ですよ」

アリアが耳元で艶めかしく囁いてきた。色っぽい声だが、テレサの美声に比べると感情の一かけらも揺さぶられない。

「なるほどな、確かに。このまま働いたとしても、冒険者ランクを上げるには面倒臭い依頼をいくつもこなさなきゃならないし、女だってこの肩書じゃあ寄ってこない。人生を謳歌するには、やっぱり

肩書と後ろ盾があった方が良いに決まっているな」

まったく、人の欲望をくすぐるのが上手い連中だ。俺はライラの胸の感触を感じながら、アリアの温《ぬく》もりを肩に受け、ルクスのパーティーに所属した際の人生を妄想する。

「だ、だろっ！　どうだ？」

「だが、断る」

「「「なっ！」」」

三人の表情が固まった。

俺は控え場所で不安そうにこちらを見つめるテレサを見る。

「確かに、お前さんたちの提案は魅力的だ。だが、そもそもの話、俺はテレサにあんな顔をさせたお前さんたちを許すつもりはない」

初めて話し掛けた時、テレサはベンチに座って絶望した表情を浮かべていた。

あいつのあんな顔を二度と見たくない。それが俺の今の行動理念だ。

俺は右腕に意識を集中すると、暴れ出そうとしている力を制御する。

「観客も退屈しているみたいだし、ここからは俺の気が済むまでお前さんたちをボコらせてもらうかな」

ライラとアリアを振りほどき、右肩を回しながらルクスを見据える。

「し、審判っ！　こ、こうさ――」

「おっと！　させないぞ？」

俺の右腕から黒い靄《もや》のようなものが発生し、ルクスを包み込んだ。

『……ぐ、……あ!?』

喉を押さえるルクス。口を動かすが、声が出せないのか、時々音が漏れる。

「安心しろ、その症状は一時的なものだから。声を出せないというのがどんなものなのか、テレサの気持ちを少しはわかってやってくれ」

この勝負はどちらかが降参するか戦闘不能になって初めて決着する。リーダーはルクスなので、やつが負けを認めてしまえばそこで決闘終了。俺は合法的にルクスを殴り倒す権利を失ってしまう。

この力は、おそらくテレサが受けている呪いで、数日前から俺の右腕の中で暴れ回っていた。押さえつけている時の感触からして、そこまで強力ではないのだが、ここで使えるのではないかと考えて解放せずに留めておいたのだ。

「さて、自慢の防具のようだが、わざわざ俺が全力で攻撃しやすいように配慮してくれたんだよな?」

「は、早く！　ルクスっ！　早く降参してよ！」

「ま、待って！　そのいやらしい手の動きは……、どうして私の身体をそんな目で見るのですかっ！」

『……んー、……んー！』

実力で勝てないことを今更理解したのか、首を横に振って後ずさるルクス。

「さあ、観客も期待していることだし、この決闘のクライマックスを始めようかっ！」

そう言った俺は、口に出すのもはばかられるような制裁を『栄光の剣』に加え始めた。

「ふぅ、すっきりした」

目の前には鎧を変形させて顔面を腫らし白目を剥いて倒れているルクスがいる。

その傍には二つに折れた杖。

ライラとアリアは全身に汗を滲ませ、浅い呼吸を繰り返しており、全員これ以上の戦闘が不可能なのは明らかだ。

「しょ、勝者ガリオン！！！」

審判の判断で決闘が締めくくられる。その場には『栄光の剣』に与《くみ》する冒険者数十名が倒れており、無事なのは対戦相手の俺だけだった。

「うん？」

観客席からまばらに拍手が湧いている。

あまりに一方的な戦いだったので盛り上がらなかったのだろうか？

俺はそんな風に思いながら、控え場所へと戻ると……。

「おう、約束通り勝ってきたぞ」

杖を持ちこちらを見ているテレサに話し掛けた。

彼女も、途中の段階で不安そうな表情を浮かべていたので、これだけ完勝すれば文句もないだろう。

それどころか、決闘前は自ら俺の頬に口付けをしてきたくらいなので、あまりの格好良さに落ちていてもおかしくない。

今すぐ駆け寄ってきて涙目で『心配したんですよ』と上目遣いを見せ、今度は唇を重ねにくるのではないかと妄想する。

俺が両手を広げて待っていると……。

『変態』

空中に文字が書かれた。

「ここは、見事姫を守り抜いた騎士に御褒美を与える場面じゃないのか？」

物語で一番の見せ場ではないか？

俺は予想外のテレサの反応に困惑した。

彼女は首を激しく横に振ると、ルクスを見るような――いや、それ以下の視線を俺に向けてきた。

『ま、魔法使いプレイなんて……あんな、よくもっ！　身の危険を感じるので近寄らないでください！』

俺は倒れているルクスたちを見回す。身体をビクンビクンと震わせているのだが、噂に聞く魔法使いプレイとはどんなものか、少しやつらに試してみたのだ。

「なるほど、テレサも興味があるわけか」

俺はフッと笑うと、彼女に生暖かい視線を送った。

『ど、どうしてそうなるのです！　あんな鬼畜な所業。ガリオン頭おかしいですよ!?』

動揺したのか、顔を真っ赤にしながら文字を書き連ねている。

その隙に、俺はテレサに接近し彼女の肩に手を乗せる。

「色んなことに興味を持つのはいいことだが、ああいうのはまだお前さんには早いからな」

そう言って諭してやる。

目を大きく見開いて口をパクパクさせている彼女は、頭の中で先程の場面を自分に置きかえて想像してしまっているのだろう。

観客がまばらになり、倒れている連中が徐々に意識を取り戻し始めたのを見た俺は、隣で抗議するテレサの文字を見ながら、彼女を連れてその場を後にするのだった。

13　四章・無口な魔法少女は楽しそうに魔法を放ち続ける

宿の部屋に戻り、真剣な表情を浮かべたテレサと向き合っている。

前回の反省を踏まえたのか、今回は彼女の部屋に呼ばれたのだが、俺の部屋とは違ってそれなりに広く荷物も整理されている。

これでは間違っても転ぶようなことはないので、ハプニングは起こらないだろう。

『……何を考えているのです?』

テレサは文字を書くと、じっとりとした目を俺に向けてくる。

「そりゃ勿論《もちろん》、世界平和についてだよ」

俺は今考えていたことをおくびにも出さず、テレサに答えた。

『世界平和を説くというのなら、私は目の前にいる女の敵を消滅させたい気分です』

非常に辛辣な言葉を投げかけてくる。どういうわけかルクスたちと決闘した前よりも好感度が下がっているような気がする……。

テレサから視線を外さず笑って誤魔化していると、彼女は気まずそうにコホンと咳《せき》ばらいをして間を取った。

『それで、先程ルクスの声を封じた力についてですが……』

およそ見当がついているのか、彼女は右手を胸に持って行くとそっと触れた。

「ああ、お前さんの呪いの力を使わせてもらった」

テレサの胸に触れ、魔力を吸い出した時からずっと、俺の右腕には呪いの力が宿っていた。

『あなたはあのようなことまでできるのですね？』

テレサは驚きの表情を浮かべる。

「元々、受け止めた魔法を留める方法は知っていた。今回は長時間だから結構骨が折れたが、試しておきたかったんだ」

誰彼構わずに使うのも気が引けていたので、ルクスというちょうど良い対象がいてくれて助かった。お蔭《かげ》でテレサの呪いの効果をはっきりと見ることができた。

彼女はじっと俺を観察すると、質問をしてくる。

『その力で、私の呪いを解けると思いますか？』

瞳が揺らいでおり、緊張しているのがわかる。

この時ばかりは俺も曖昧な返事をするわけにはいかなかった。

「おそらく無理だろう」

『そう思う理由は？』

「俺が吸い取ったのはお前さんの呪いで間違いないだろう。だが、この手の呪いは本人の魔力を元に効果を継続させている。弱めることはできるかもしれないが、時間が立てば元に戻るのはお前さんの様子を見ればわかるだろ？」

胸に触れた時以外に、テレサが声を出したことはない。

わざわざ文字で会話しているのは、呪いが元に戻ってしまっているという証拠だ。

『そう……ですか……』

意外と冷静に見える。せっかく手掛かりを掴《つか》んだのに、完治させられないことでもっとショックを受けるかと思ったのだが……。

もしかして俺に気を遣っているのかもしれないな……。彼女が優しいのは既に知っている。俺のためにその程度の演技くらいはするだろう。テレサに中途半端な希望を植え付けてしまったことを後悔する。

『そんな顔しないでください。これでも私、ガリオンには感謝しています。一時的にとはいえ呪いを弱めることが可能だと、知ることができたのですから』

そう言って微笑《ほほえ》んでくれる。彼女が気にしないと言っているのにいつまでも凹《へこ》んでいるわけにはいかない。俺は頬をパンッと張ると、気を取り直した。

『少し、実験してみませんか？』

「うん？　というと？」

『完全に呪いを取り去ることができないという、ガリオンの意見は正しいと思います。ですが、あなたに触れてもらうことで声が出せるという事実もあります。どこまですれば声が出せるのか、条件を知っておきたいのです』

「なるほど……。一理ある」

俺の視線が自然とテレサの胸へと吸い寄せられていく。あの日触れた胸の感触を思い出してしまった。吸い出す魔力の極上さと相まっていつまでも触れていたくなった。

彼女が胸を揉《も》んで欲しいというのなら、俺に否定する理由はない。いくらでも実験に付き合おう。

『どこを見ているのですか？』

顔を上げると、テレサが俺を睨《にら》みつけていた。

『言っておきますが、今回、触っていただくのは手ですから。間違っても胸に触らないでくださいよ？』

「安心しろ。俺から強引に触れるようなことはしないさ」

危うく勘違いして触ろうとしていたが、軽蔑の眼差しをテレサが向けてくるので取り繕った。

『では、お願いしますね』

テレサは隣に来ると俺の左手をぎゅっと握る。以前も思ったが、相変わらずひんやりとしていてすべすべしている。

じんわりと魔力が流れ込んでくる。文字を消す時にも微量ながら吸っているが、俺はここまで心地よい魔力をこれまで吸ったことはなかった。

この魔力を使えば、これまでよりも強力な力を振るうことができるのは間違いない。

そんなことを考えていると、テレサが上目遣いに俺の様子を見ている。睫毛《まつげ》が長く瞳が透き通っている。小さな唇は艶やかで思わず触れて柔らかさを確かめてみたくなる。

至近距離から改めて見ると、テレサがそこらに滅多にいない美少女だと認識できる。

ルクスのやつがなりふり構わずものにしようと企てるのは無理もない。

瞳で『どうですか？』と訴えかけている。それ程長い付き合いではないのだが、俺はちょっとした仕草からテレサの表情を読めるようになってきた。

「これはあの時とは違うな。お前さんの魔力を普通に吸っているだけだ」

おそらく、テレサに呪いをかけている核のようなものは心臓付近に存在しているのだろう。

そこから発せられる黒い魔力を吸い取らない限り、テレサの呪いが弱まることはない。

彼女は左手で自分の服を引っ張ると、胸元を覗《のぞ》き込んだ。

俺も気付かれないように横目を動かし覗き見ると、肌には黒模様一つ存在していなかった。

あの時確かに見たはずなので、呪いが反応していないと浮き上がらないのだろうかと予想する。

テレサは服から手を離すと不意に顔を上げる。

『呪いが引き出されていませんね、前の時はこのような感じではなかったのですが……』

「このような感じ？　もう少し具体的に言ってくれないか？」

俺が魔力を引き出す感覚は理解している。今回の実験で明らかに違う点についても。

だが、テレサがどう感じているのかは本人にしかわからないのだ。きちんと伝えてもらう必要がある……。

『この前触れられた時の方が気持ち――』

そこまで書きかけて、指を適当に動かし文字を消してしまう。何と説明しようとしたのだろうか？

彼女は耳を赤くして黙り込んだ。

「どうした？　結局何が違ったんだ？」

俯《うつむ》くテレサを俺は追及するのだが、彼女は唇をすぼめると、変態でも見るかのような視線を俺に向けてきた。

『と、とにかく、手では駄目でしたので、次は腕を掴んでみてください』

テレサはそう言うと、袖をまくり上げて腕を差し出す。

指示に従い、腕に触れると……。

『……!?』

ピクリと肩を震わせた。横を見るとプルプルと震えている。口が開き、何かに耐えるような表情を浮かべている。まるで小動物のように目を瞑《つぶ》る彼女を見ていると、俺はついつい悪戯心《いたずらごころ》が目覚めてしまった。

唐突に、人差し指で腕をなぞってみる。

――ドンッ――

「いきなり何をするんだ？」

彼女は俺を突き飛ばすと、顔を真っ赤にして俺を睨みつけていた。

『手つきが厭《いや》らしかったからです！』

頬を膨らませて抗議してくる。くすぐったさに耐えるような姿を見て悪戯したくなってしまったのだが、どうやらテレサが耐える線引きを見誤ってしまったらしい。

「前回も、最後の刺激がきっかけで声を出しただろ？　今回もそうじゃないかと思って試してみたんだよ」

そんな考えをおくびにも出さず、俺は言ってのけた。

疑うような視線を俺に向けるテレサ。これぱかりはお互いの意思を証明する方法はない。

『それで、呪いを吸う感覚はありましたか？』

追及を止め、呪いの感触について聞いてくる。

「いや、なかったな。多分だけど、前と同じに胸を揉まないと無理だと思うぞ」

ここまで近づけて無理なのだ、後は直接触るしか方法はない。

『それだけは死んでも嫌です！』

これは照れ隠しをしている様子ではない。本気で嫌がっているようなので、俺はテレサから距離を取った。

「まあ、焦るなって。そこまで自分を安売りしなくても、一度声を出せたんだ。その内良い方法があるだろうさ」

『あなたのその楽観的な考えはどこから来るのでしょうかね？』

おどけてみせると、テレサは呆《あき》れたような表情をする。

「絶望して嘆いていたところで呪いが解けるわけでもないだろ？　それなら、いつか何とかなると思って明るくした方が得に決まっている」

俺とテレサがこうして行動をともにしていることにも意味があるはず。

『ガリオンもたまには良いことを言うのですね。確かにその通りです』

彼女はニコリと微笑みながらも俺を貶《おとし》めてくる。最近気付いたがこれがテレサなりの気安い接し方なのだろう。

「それにしても、残念だな……」

『残念？　何がですか？』

彼女は首を傾《かし》げると聞いてきた。

ここで話が終われば良いのだが、俺はつい思いついた言葉を出してしまう。

「あの時の可愛らしい嬌声《きょうせい》を聞けないと思うとな」

『……!?』

次の瞬間、テレサは枕を持ち上げると俺に殴りかかってきた。

「ちょっと待て、今何と言ったんだ？」

冒険者ギルドにて、俺は受付嬢に聞き返した。

「ですから、もっと依頼をいっぱい受けて欲しいんですよ」

受付嬢は頬に手を当て、悩まし気な表情を浮かべる。現在応対しているのはこのギルドの中でも一番人気の娘なのだが、こうして面倒ごとを持ちかけられると、嵌《は》められたとしか思えない。

「誰かさんが、このギルドの冒険者をボコボコにしてくれたじゃないですか？　お蔭で、高難度の依頼が余りまくってしまっているのですよ」

横目にテレサを見ると、じっとりとした視線を投げかけてくる。どうやらこの場で俺の味方をしてくれるつもりはなさそうだ。

「いや、だって……。勝手に『栄光の剣』に所属して決闘に入ってきたやつらですよ？」

正当なルールの下にボコボコにしたのだから、そこを責められても困る。

「勿論、強制することはできません。なのでこれはあくまで冒険者ギルド側からの要請だと思ってください」

とはいえ、ずらりと並べられている依頼書から圧を感じる。これらを放置して宿で寛《くつろ》ぐのはよほどの強心臓だろう。

受付嬢の言葉に俺は頭を掻《か》くと、

「あー、くそっ。仕方ない。近場の戦闘系依頼なら受けてやる」

「えっ？　よろしいのですか？」

受付嬢は驚くと聞き返してきた。

「だって、依頼が滞ると困るのは街の人だろ？　俺たちも含めて冒険者ギルド関係者は自業自得だが、街の人たちには関係ない話だ。迷惑掛けないようにするさ」

テレサが信じられないものを見るように俺を凝視してくる。心の中で『本当にガリオンですか？　ドッペルゲンガーに入れ替わられているのでは？』とか疑っていそうだ。

「そう言っていただけると助かります。ああ、良かった……。説得できると思っていなかったから奥の手を出すところでしたよ」

受付嬢はほっと胸を撫《な》でおろす。テレサに負けるとも劣らぬボリュームに俺の視線は自然と引き寄せられた。

「ほぅ、奥の手？　それはどんなもんだ？」

一体、どのような方法で俺に依頼を強制するつもりだったのか気になった。

「それはもう、ギルド職員の可愛い子を集めて酒の席でも設けるしかないかと考えていました。ガリオンさんならそれで釣れるとギルドマスターも判断してましたから」

流石《さすが》は冒険者ギルドのギルドマスター。大した観察眼だ。

テレサの目を見ると『そのくらい、あなたを見れば誰でもわかると思うのですが？』と訴えかけてくる。

「それでは、こちらのAランクとBランク依頼五枚程ありますので、受注のサインをいただけますか？」

満面の笑みを浮かべて、カウンターに依頼書を並べていく。

「あー、やっぱり俺もやる気が出ないから、その選りすぐりの受付嬢の接待とやらについて詳しく――あてっ！」

隣からテレサに蹴られた。彼女は俺を押しのけると次々にサインをしていく。

「ありがとうございます、テレサさん。冒険者ギルドは御二人の活躍に期待しておりますので、よろしくお願いします」

そう言うと、笑顔で送り出されるのだった。


「せめて、俺には接待を受ける権利があったと思ったんだがな……」

街を出ると依頼先へと向かう。隣ではテレサが『まだ言うか』と俺を睨みつけてくる。

俺たちが受けた依頼の内容を確認したところ、どれも同じ場所でこなせる仕事ばかりだった。

お蔭で無駄に移動で時間をとられなくて良いのだが……。

『一瞬、感心しましたけど、やはりガリオンはガリオンなんですね』

「おい、一瞬感心したならそのまま感心していて構わないんだぞ」

『わかりました、ずっと軽蔑することにします』

どうにも不機嫌な様子を見せる。何か嫌なことでもあったのだろうか？

俺は彼女の頭に手を置くと撫でてみる。

――パシッ――


叩《たた》かれる音がして、俺の手が彼女の頭から離れた。

『何ですか、急に？』

「いや、不機嫌そうだったから頭を撫でれば落ち着くかなと思って」

小さい子が怒っている時にこれをやればひとまず機嫌を直してくれるのでやってみた。

『ガリオン、もしかして、私のことをチョロいと思っていません？』

「いや、そんなことはないぞ」

内心では「よくぞ見破った」と考えるが表情に出さない。

『許可もなく、女性の頭を撫でるのは失礼です。ましてや、そんなことで私が機嫌を直すわけないでしょう』

俺の思惑を見切っていたらしく、テレサはさらに機嫌を損ねると顔を逸《そ》らし立ち止まる。

流石に子どもと同じ攻略方法は通用しないようで、新たな方法を考えなければならないだろう。

俺はそのまま前に進みながら反省する。足音がしないので、いまだに立ち止まっているであろうテレサが気になって振り返ってみる。

「どうした、頭でもかゆいのか？」

すると、彼女は自分の頭を妙に気にしながら触れていた。

『む、虫がいただけですから』

そう言い訳して足早に前に出る。

「虫なんて見当たらないようだが？」

俺は首を傾げ周囲を見回し、歩調を合わせると、後ろからついて行くのだった。


――ゴオオオオオオッ！　ヒュンッ！　ゴゴゴゴッ！――


背中から火の矢やら氷の柱やらが飛び、地面は土が隆起する。

どれも俺を紙一重で避《よ》けてはモンスターに突き刺さり、その命を刈り取っている。

「いいぞ、テレサ！」

俺は後ろで援護しているテレサに声を掛ける。

今は冒険者ギルドから受けた討伐依頼の最中なのだが、俺の動きを見極めて最適な攻撃を繰り出してくれるお蔭で、こちらは随分とやりやすい。

彼女が魔法でモンスターの気を引いてくれている間に、俺は奥へ突き進むと統率しているリーダーモンスターを攻撃する。

「はああああっ！」

気合とともに剣を一閃《いっせん》させる。

確かな手ごたえを感じると、モンスターの身体が上下にわかれた。

「よしっ！」

今回もテレサの魔力を吸っているお蔭で、これまでよりも鋭い攻撃を繰り出すことができる。

リーダーモンスターを倒したことで連携に乱れが出始めた。

後は、時間をかけて討伐していけばよい。そんな風に考えていると……。


――シュボボボボッ！　ドッガンドッカン！　キィィーーン！　ゴゴゴゴッ！――


テレサが先程までよりも張り切って魔法を使い始めた。

相変わらず無表情なのだが、漂う雰囲気はどこか楽し気で、逃げ惑うモンスターを次々と討ち取っていく。

「おーい、あまり飛ばしすぎるなよ？」

彼女の魔力量の多さはよく知っているのだが、流石に魔法を使いすぎだ。

「あっ、言わんこっちゃない」

しばらくすると、テレサは魔力が尽きてしまい倒れるのだった。


「だから言ったのに……」

俺は背中に感じるムニュムニュとした柔らかい感触を堪能しながら説教をする。

あれから、モンスターを全滅させた俺たちだったが、テレサが倒れてしまったのでおぶって戻ることになった。

「確かにモンスターの数は多かったが、お前さんが無理をする必要はなかったんだぞ?」

おそらく、俺の負担を減らすために広域に魔法を放ったのだろうと推測する。


――ムニュリ――


俺の背中に胸を押し付けながらもテレサは右手を伸ばして文字を書く。言われっぱなしでは納得できないらしい。

『確かにペースを乱して飛ばしすぎたことは認めます。だけど、今までならこのくらいの魔法で倒れることはなかったのです』

心なしか普段より文字が薄く見える。魔力が足りていないのに無理やり捻《ひね》りだしてるからだろう。

『おそらく、ガリオンに吸われて回復していなかったのかと……』

「そいつはすまんな。代わりにこうして背負ってるんだ。あいこで良いだろ?」

そう言うと、テレサはぐったりと身体を投げ出す。首筋に息がかかりくすぐったいのだが、それを言うのも面倒なので指摘しない。

「それにしても、やっぱりお前さんの魔法は的確だったな。ルクスたちの時も最大の援護ができるように見極めて放ってたんだろ?」

直撃させたという話は聞いたことがないし、多種多様の魔法を使い分ける判断力は素晴らしく、モンスターを倒す順番から与えているダメージまでコントロールしていた。

実際にテレサの魔法で多数のモンスターと戦った俺にしてみると、これ以上の援護はないと断言できる。

『それを、あなたが理解してくれているとわかったから、つい張り切りすぎました。反省しています』

じっとしていればいいのに、書かずにはいられないらしい。テレサは手を伸ばすと会話を続ける。

おそらく、これまで組んできたパーティーメンバーからは評価されたことがないのだろう。

言葉を発せないということもあるのだが、テレサが放つ魔法は戦闘時の理想的な動きに合わせてある。

同じレベルで動けるパートナーでなければ、一瞬で理解できるものではない。

今回、俺が呼応したことでやり易《やす》さを感じ、ついつい飛ばしすぎてしまったということなのだろう。

俺が話を振る限り、彼女は休まずに会話を続けるつもりのようなので、ここらで注意しておくことにする。

「まあいいから、今はゆっくり寝ておけ」

返事代わりにぎゅっと強く抱き着かれる。しばらくして、寝息が聞こえてくるようになると、

「本当に、一緒にいて飽きないやつだよ、お前さんは」

完全に寝落ちしているテレサに俺は思っていることを告げる。

★

ふかふかした柔らかい布団と、ちょうどよい高さの枕の感触を感じる。

テレサは目を覚ますと、周囲を見回した。

(どうしてここに?)

記憶が曖昧なので逡巡する。

ここは二人が依頼を果たすために借りていた隣街の宿の部屋で、ハンガーには彼女のマントがかけられている。テレサは今の自分の格好が気になり視線を落とすと、討伐時に着ていたドレスのままで、皺《しわ》を見て折り目がついてしまったことに少し不満を抱いた。

(そう言えばあの後、眠りに落ちてしまったんですね)

モンスターを討伐する際、魔力を使いすぎてしまったのか、途中で力尽きてしまったことを思い出す。

ガリオンの動きが、テレサの魔法を最大限に活《い》かすものだったというのもあり、これまで以上に自由に魔法を扱える喜びから限界を超えてしまったのだ。

その後、魔力が尽きたテレサは、ガリオンにおぶわれて街へと戻り、目覚めぬままにこうしてベッドに運ばれたのだ。

途中、何度かガリオンが声を掛けたのだが、テレサはガリオンの背中の暖かさと揺れが心地よく一切目を覚ますことがなかった。

彼女はベッドから起き上がるとスリッパを探して履く。鏡を見て、寝起きで乱れた髪を整えると、ガリオンがいるであろう、宿に併設されている酒場へと足を向けた。

「おっ、やっと起きたのか」

テレサが顔を出すなり、ガリオンが声を掛ける。そろそろ起きてくるころだと考えて、入り口を見張っていたのだ。

鎧《よろい》を外しラフな格好で寛いでおり、目の前に美味《おい》しそうな料理を並べ、酒が注がれたコップを手にしていた。

「ほら、メニューだ」

彼女がガリオンの向かいに座ると、メニューを差し出してくる。いつものように代わりに注文してあげるつもりらしい。

テレサは流し読みして、酒とサラダなど野菜が中心の料理名を指差す。

「注文いいか？」

手を上げて給仕を呼び注文する。声が出せないテレサに代わり、率先して面倒を見るガリオン。そんな彼に気付かれないようにテレサは頬を緩めた。

彼女はこれまで、様々な人間とパーティーを組んで、そして疎まれてきた。

原因は呪いのせいで声が出ないことだった。

同情してくる人間もいるのだが、根掘り葉掘り聞き出そうとしたり、テレサの身体目当てに優しい言葉を掛けたりする者ばかり。

テレサは下心を見抜くと、そういった相手に対しそっけない対応をするのだが、そうすると次第に疎まれて戦闘スタイルにもケチを付けられ始める。

彼女の攻撃魔法が彼らに当たったことはなく、魔法をばらまくことで敵を牽制《けんせい》しているので、敵の戦力を大きく削《そ》いでいるのだが理解されたことはない。

たとえ彼女が説明を試みても、流動的な戦況をすべて覚えている者もおらず、徒労に終わってしまった。

「しかし、お前さん。サラダとチーズドレッシング好きだよな？」

だが、ガリオンはテレサの動きを理解し、それとわかるように立ち回ってみせた。

彼女もガリオンの日頃の言動には辟易《へきえき》している。エッチだし、変態だし、意地悪だったりもするから。

だけど、今にして思えばそれらの態度はすべて演技ではないかと考えるようになった。

ガリオンはテレサが本当に嫌がることは絶対にしないし、声を発せない件についても無理に聞き出そうとしたこともない。

むしろ、何か困っている様子を見せるとテレサの意を汲《く》みフォローをするので、彼女はガリオンの強さも含めて信頼を置くようになっていた。

「それじゃあ、今回のモンスター討伐お疲れ！」

給仕が運んできたコップを受け取ると乾杯をする。

「くぁー、働いた後の一杯はたまらないぜ！」

ガリオンは宿の安酒一杯で何とも幸せそうな顔をする。こうしてみると、とても凄腕には見えないのにと、テレサはガリオンの仕草を見ていた。

豪快に酒を呑《の》むガリオンと違い、テレサは小さな口をつけ、少しずつ味わうように酒を呑む。

ガリオンはエールなど苦みのあるお酒が好みのようだが、テレサは果実などを使ったお酒が好みだ。

口の中に広がる甘味とアルコールが染みわたって身体が熱くなる。空腹の状態でお酒を口にしたので、早速身体がふわふわし始めた。

酔ったテレサをガリオンは優しい目で見ていた。普段は厭らしい視線を向ける彼だが、彼女が視線を外している時は見守るような目をすることが多い。

ガリオンは、目の前にある赤いソースがかかった料理をスプーンですくうと口に含む。

「これがまた酒に合うな」

いかにも美味しそうに食べる様子に、テレサは興味を惹《ひ》かれた。

「ん、お前さんも食べたいのか？」

じっと見ていたことでテレサも食べたがっていると思ったらしい。

彼女は口を開け、態度で答えを返した。

言葉を話せない彼女の直接的な行動に、虚をつかれたガリオンは苦笑いを浮かべる。

テレサの言動が、まるで恋人同士がする仕草そのものだったからだ。

少しすると、彼女は目で訴えかけてくる。ガリオンは「これは小鳥に餌をやるようなもんだな」と割り切ると、彼女の小さな口にスプーンを突っ込んだ。

（！？！？？！？？！？？！）

次の瞬間、テレサの表情が一変する。

口の中に辛みが……いや、痛みが発生し、燃えるような辛さに頭が混乱した。

先程までのほろ酔いも吹き飛び、突然の事態に首を動かしある物を探す。

「ほら、落ち着いて水でも飲め」

ガリオンが差し出したコップを受け取ると、一気に中身を飲み干し一息吐《つ》いた。

まだ舌がひりひりするのか、テレサは魔法で氷を生み出すとコップに入れ、欠片《かけら》を口に含むと必死に辛さを消そうとする。

「これ、この店のオリジナルソースらしくてな。あまりの辛さに地元の連中でも注文しない料理らしいぞ」

そう言いつつ美味しそうに食べるガリオン。

（そういうことは先に言ってください！）

よく考えると、水を渡すタイミングが随分と早かったとテレサは思った。彼女がこうなることを見越してガリオンは準備をしていたことになる。

テレサは遅れてそのことに気付くと、彼を睨みつけた。

「ほら、こっちのお菓子は甘いからこれでも食って口直ししろよ」

そう言ってテレサに甘い物を勧めてくる。先程、テレサが来た時に追加で注文していたものだ。

彼女は辛みを消すため、それを食べるとようやく落ち着いた。そして、目の前で楽しそうに酒を呑

むガリオンを観察すると、

(やはり私はこの男が嫌いなのかもしれません)

目の前の捉えどころのない男にどういう感情を抱けばよいのか考えるのだった。

15

足場の悪い森の中を黙々と歩いている。頭に当たりそうな枝と葉を避けながらの進行はなかなかに面倒くさく、体力を削られる。

『はぁはぁはぁ』

後ろから、テレサの息切れする声が聞こえてくる。

「大丈夫か?」

俺は振り返ると彼女に調子を尋ねる。

『問題ありません』

とてもではないがそうは思えない。事実、彼女が返答で書いた文字は薄く歪《ゆが》んでいて読み辛《づら》かった。

「無理しないで宿で待っていても良かったんだぞ?」

『いえ、ガリオンに任せて待つのは流石に気が引けますから』

疲れた様子とは裏腹に、彼女の瞳には力が宿っていた。自分の問題はあくまで自分で解決したいのだと考えているのだろう。

『それに、ターゲットを確実におびき寄せるには女性がいなければならないのでしょう？』

「それはそうなんだが……」

テレサの正論に俺はそれ以上説得する言葉が浮かばない。

「じゃあ、とりあえず進むけど、辛かったらちゃんと言えよ？」

自分の身を顧みない彼女に、俺は釘を刺した。

『はい、【ユニコーンの角】を手に入れに向かいましょう』

テレサはそう言うと、草をかき分け俺の前に出るのだった。


森の中を慎重に歩き続けて数時間。俺たちは獲物の探索を続けていた。

先日、冒険者ギルドで受けた討伐依頼は既に達成済みなので、本来ならとっととカプセに戻り依頼料を受け取っているはずだった。

ところが、宿に滞在している時、ある噂《うわさ》を聞いてしまったのだ。

その噂というのが「近くの森で【ユニコーン】を目撃した」というもの。

希少さから滅多に遭遇できないと言われている幻獣、ユニコーン。角が万病に効く薬として使えるらしく、大勢の人間に狙われているため、滅多に人前に姿を見せないとか。

俺がテレサに「そう言えば、ユニコーンの角はもう試したのか？」と、呪いに対して使ったか確認したところ首を横に振った。

ユニコーンの角は呪いに効く可能性があるアイテムということで、テレサも欲していたが、あまりにも高価すぎてこれまで手が出なかったのだという。

せっかく近くにいるというのなら、この機会を逃す手はないと話をした結果、こうして探しに来た。

彼女自身はまだ魔力が回復しておらず、本調子から遠いので疲労が色濃く見えている。このままでは遠からず倒れてしまいそうなので、俺は後ろを振り返り、テレサの様子を見つつ一度街に戻るか考えていると……。


――ガサガサガサ――


何者かの気配を感じ取った。

派手な音を立てているのでターゲットの可能性は低いが、正体を見極めておいた方が良い。

俺は目でテレサに合図を送ると、先行した。

「おっ？　同業かい？」

木々の間を抜けてみると、そこに四人の冒険者がいた。

男が三人に女が一人。女の冒険者はテレサと同じくらいの年齢で魔法使いのようだ。

「あんたたちは何かの依頼を受けている最中か？」

俺は探りを入れてみる。

「ああ、森の中に【ビッグボア】が現れたらしくてな。討伐依頼だよ」

ビッグボアはそれ程強いモンスターではないが、彼らはDランク冒険者だと告げてきたのでそこそこ苦戦するかもしれない。

「そっちは二人か？」

男たちは俺と後ろに隠れているテレサを見る。最近は俺と親しく話すようになったが、本来の彼女は人見知りなのだ。俺を盾代わりにして彼らの視線を避けている。

「まあな、こっちは採集依頼みたいなもんだ」

ここでユニコーンの存在を明かしてしまうと、彼らもライバルになりかねないし、彼らの狙いも実はユニコーンの可能性があるので誤魔化しておくことにする。

「なるほど、そういうことね。なら、良い採集ポイントまで連れて行ってやるよ、エミリー！」

「は、はい！」

名前を呼ばれて後ろに控えていた女魔法使いが返事をする。

「お前、普段は採集依頼を受けてるんだろ？　案内してやれよ」

「わ、わかりました」

突然話を振られ、エミリーは慌てて返事をした。

「お、おい。いいのかよ？」

「構わねえって、ビッグボアがいるのもその辺りだし、探索のついでだからな」

善意でそう言われると断り辛い。

「えっと、こっちです」

近付いてきて話し掛けてくるエミリー。背中から服の裾をぎゅっと引っ張るテレサ。二人のおたおたした魔法少女に前後から挟まれてしまう。

「……じゃあ、案内頼むわ」

どちらにしても、こちらも確実にいる場所がわかるわけではないので、彼らと行動をともにすることを選ぶのだった。


「へぇ、ガリオンはカプセの冒険者なのか……」

「ああ、一応な。今回は討伐依頼でこっちにきたんだ」

道中、お互いの自己紹介をしておいた。

「離れた街からの依頼を受けるとなると、相当凄腕なんだよな？」

「一応、個人ではCランクだが、テレサがもっと高ランクでな……」

「へぇ」

男たちの視線が彼女に向かうのだが、先程からテレサは俺の左腕を掴んで離さず、顔を埋めて表情を見えなくする。

「すまんな、人見知りするやつで」

俺は苦笑いを浮かべると、他の冒険者に謝っておく。

「同じくらいの歳《とし》なのに、高ランクだなんて憧れます」

エミリーとテレサは同い年なのだが、呪いのせいで若いころから冒険をしていたテレサと、最近冒険者になったばかりの彼女ではランクが違って当然だ。

女同士ならば仲良くできるのではないかと思うのだが、それでもテレサは俺に張り付いて離れようとしない。それどころか、より警戒すると強く抱き着き俺を盾代わりにする。

「あ、あははは、ごめんなさい。話し掛けちゃって」

エミリーは気まずそうにしながらも、どうにか愛想笑いを浮かべる。ルクスの取り巻きの女どもが虐めていたから、女性同士でも苦手なようだ。

「いや、こいつは滅多に人に懐かないんだ。すまないな」

エミリーが悲しそうな顔をするので、せめて俺の方でフォローをしておく。

「いえ、御二人は仲がよろしいんですね」

実際は盾代わりに使われているだけなのだが、人を疑うことを知らなそうなエミリーの瞳には俺たちが仲良く見えるらしい。

「これでも、将来を誓い合ったパートナーだからな」

「えっ……それって、もしかして……」

顔を赤らめ勘違いをするエミリー。

左から痛みがくる。テレサが俺の脇腹を強くつねって抗議していた。どうにもテレサは俺だけには強い態度をとるようだ。

「可愛くて強いパートナーと一緒とは、ガリオンもやるなぁ」

「ちげえねえ。あやかりたいぜ」

「そうは言うが、これはこれで大変なんだぜ」

男連中と軽口をかわしながら、俺たちは森を進むのだった。


「ちょっと、待て」

しばらく進むと、気配を察知する。大型だが、それ程重くなく、軽やかな動きをしている足音。どうやら、俺とテレサのターゲットの方が先に見つかったようだ。

全員に声を出さないように合図をすると、俺たちは茂みから正面を見る。すると、そこには二本の巻き角を生やした白馬がいた。

「情報通り、ユニコーンだ。俺たちはあれの角を取りに来たんだ」

「でも、お前、採集にきたって……」

「ああ、だからユニコーンの角を採集にきたんだよ」

そう言ってニヤリと笑ってみせる。嘘は言っていない。

「だけど、あれ多分ユニコーンじゃねえぞ」

「なんだって!?」

男の一人は白馬に目をやると告げる。

「角の形が違う。二本が巻き合っているだろ？　あれは【ユリコーン】だ」

「あん、なんだそりゃ？」

「ユニコーンよりも希少な幻獣で、女同士が絡み合ってるのを見るのが大好物なんだ。それを見ている間はおとなしくなるとか……」

「ユニコーンに似ているけど、性癖がちょっとおかしいよな？」

ユニコーンの処女好きは有名だ。なので、テレサを囮《おとり》にしようと思ったのだが、今の話だとそれだけでは不十分のようだ。

「なあ、あいつ俺たちで捕まえないか？」

男が提案してくる。

「角はガリオンたちが優先で構わないからさ」

俺は思案する。話が本当だとすると、より強力な効果を生む角が手に入りそうだ。

希少モンスターということで、捕らえればそれなりの金になる。それなら、下手に競合するより協力したほうが楽だろう。

「ああ、構わないぞ。それでどうする？」

手順について確認すると、

「そりゃお前、ちょうど餌が二人いるわけだし……」

「そうだな。その通りだ」

『…………』

「ななな、なんでそんな目で私たちを見るんですか!?」

俺たちは欲望にまみれた視線を、二人に向けるのだった。

★

「テ、テレサさん。もっとこちらに来てもらえませんか？」

先程、ユリコーンを発見した場所から離れたところにある広場、その中央にある大きな木の下にエミリーとテレサは並んで座っていた。

目的は、ユリコーンをおびき出して捕らえることだ。ユリコーンはその性癖から、女性二人が仲睦《なかむつ》まじくしている姿を好むという。

そんなわけで、ガリオンたち男衆は、二人を餌にしてユリコーンを釣るつもりだったのだが……。

『…………』

テレサは「はぁ」と溜息《ためいき》を吐くと、仕方ないとばかりに距離を詰める。

これまで、男女問わずに酷《ひど》い目に遭わされてきたので、初対面の相手と接することが苦痛なのだ。

それでも、ガリオンが自分のために動いてくれているのがわかっているので、わがままを言うわけにもいかずこうして従っている。

「ユリコーンを騙すために、私から抱き着きますね」

エミリーはそう告げるなり、有無を言わさずテレサに抱き着いた。

「うわっ、腰が細い……、む、胸が柔らかくて大きい……」

身体を密着させ、感想を告げるエミリー。強く抱き着かれて苦しくなったテレサは身をよじって逃れようとした。

(あばらが当たって痛いです)

テレサと違い、起伏に乏しいエミリー。彼女はテレサの視線の意味に気付くことなく、夢中でテレサの身体に触れ、評していた。

「魔法の腕だけでなく、身体まで……、こんな人存在したんですね……」

そんな感じでしばらくされるがままに戯れていると……。

『ユリリリリーン！！！』

ユリコーンの鳴き声が森一面に響き渡った。

「き、来ましたよっ！　テレサさん！」

木々の陰から現れたのは先程見たユリコーン。

ユリコーンは、躊躇《ためら》うことなく出てくると二人を見る。

『ユルルルルッ！』

まず、険しい目でエミリーを観察する。

「ななな……、何ですか!?」

つま先から頭のてっぺんまで見て、満足げに頷《うなず》く。

『ユリッ！』

どうやら合格のようだ。

次に、ユリコーンが視線を向けたのはテレサ。彼女は無愛想な様子でユリコーンに冷めた視線を送っている。

『ユリ？』

そんなテレサを見たユリコーンは疑いを抱いたようだ。

「て、テレサさん。もっとこっちに抱き着いて！　疑われていますよ」

ユリコーンから感じる険しい視線に圧が混ざっている。テレサは仕方ないとばかりに、エミリーを抱き返した。

「え、えへへへ。テレサさん柔らかくて良い匂いです」

その言葉に、一瞬身の危険を覚えて離れたくなる、テレサ。

『ユルルルルル？』

ユリコーンが徐々に近付いてきて二人を観察しているので、そうすることもできなかった。

「後少しですよ」

もう少し近付けば男連中が潜む草木の傍《そば》だ。無事に確保して作戦は終了となるはずだったのだが
…………。

『ユリリリリ？』

再びユリコーンの視線に疑いが混ざる。テレサの表情がまだ硬く、演技を疑っているようだ。

「だ、駄目ですよ、テレサさん」

このままでは距離をとられてしまいかねない。エミリーは焦るとふと良いアイデアを思い付いた。

「そうだ、抱き着いてるのが私ではなく、意中の相手だと思ってみたらどうですか？」

（意中の相手？）

作戦行動中なので、テレサはエミリーの言葉に従い考えてみる。すると、次の瞬間顔が赤くなった。

「それです、今のテレサさんはとても可愛いです」

何を思い浮かべたのか、テレサの顔が熱くなり瞳が潤んでいる。

『ユリッ！　ユリッ！』

その姿を見たユリコーンは疑いを晴らし、機嫌よさそうに近付き、二人の間に頭を埋める。

「きゃっ⁉」

二人の膝に頭を預けるユリコーン。意外なことに、角は柔らかく服を傷つけることもなかった。

後は、完全に油断しているユリコーンを取り押さえれば良いだけとなったのだが……。

『ブルルルルルッ』

「嘘っ⁉　このタイミングで……」

木々の間から一匹のモンスターが現れた。

「……ビッグボア」

モンスターは鼻息を荒くすると二人に突進してきた。ユリコーンは顔を上げると俊敏な動きでその場から離脱する。

『ブルルルルルルルルッ！』

座り込んでいる二人の間にビッグボアは突っ込んでいく。

「きゃああああああああああっ！」

テレサが立ち上がり身体をずらし、エミリーが悲鳴を上げ、その場から動けないでいる。

ビッグボアの牙が今にもエミリーを押しつぶそうとした瞬間。

「危ないっ！」

横から、飛び出してきたガリオンがエミリーを抱き寄せその場を離脱した。

『ユリリリリッ！　ユリリィーーン!?』

「あっ！　くそっ!?」

男の存在を認識したユリコーンが、騙されたと思ったのか前脚を浮かせ空に叫ぶ。ユリコーンはガリオンに憎悪の視線を向けると森に逃げて行った。

「後少しだったのにっ!!」

他の男たちも出てくる。

「よりによって何て間の悪いやつだ」

嘆いていても仕方がない。このビッグボアこそ、彼らが受けた依頼の討伐対象なのだから……。

こうなっては仕方ない。まずはこいつを倒してしまおうとテレサが考え、ガリオンに手を伸ばし魔力を供給しようとする。

魔力で力を底上げできるガリオンならば、ビッグボアを瞬殺してユリコーンを追いかけることも不可能ではない。その力を貸すのは彼のことを一番理解している自分の役目。そう考えたテレサだったが……。

「悪いけど、ちょっと魔力を吸わせてもらうな」

テレサは手を伸ばした状態で固まる。大きく目を見開くと目の前でガリオンがとった行動を凝視した。

「へっ？　ぁん……」

ガリオンがエミリーを抱きしめ、全力で魔力を吸うと、彼女から艶やかな声が漏れたからだ。

「これだけ補充できれば十分。後は任せろ！」

エミリーをおろし、ビッグボアと向き直るガリオンが剣を振るうと、次の瞬間。ビッグボアは身体を斬り裂かれ絶命した。


「駄目だ、何処《どこ》にもいない」

ビッグボアを瞬殺し、慌てて周囲を捜してみたがユリコーンは見つからなかった。

「ううう、申し訳ありません。私が動けていれば……」

ガリオンが飛び出したのは、エミリーがビッグボアに襲われたからだ。

確かに、あの場面で避けていればまだ何とかなったかもしれない。ユリコーンも離脱することはなく、角が手に入った可能性は高い。

「まっ、気にするなって」

嘆くエミリーに、ガリオンは笑顔で対応した。

しばらくの間話し込んだガリオンが、テレサの下に戻る。

「せっかくの機会だったんだが、すまなかったな」

ガリオンはテレサに謝る。

『……いえ、ガリオンは正しいことをしたと思いますので』

そう文字を書きつつ、テレサはガリオンから視線を逸らした。

「疲れてるんじゃないか？　帰りも背負おうか？」

その様子を見て、ガリオンはテレサが疲労しているのだと判断する。

『いいえ、平気です。戻りましょうか』

ガリオンの問いかけに、テレサは笑みを浮かべると歩き出す。しっかりとした足取りだし、機嫌も悪くなさそうだなと判断したガリオンはテレサの後を追うのだが、

「何だったんだ？」

その直前、一瞬だけ見えた悲しそうな表情は見間違いではないかと首を傾げるのだった。

16

五章・無口な魔法少女は冒険を楽しんでいる

「今回の依頼達成報酬になります」

近隣の街に出現するモンスター討伐を終えた俺たちは、カプセに戻ると依頼達成の報告をしていた。

Aランク相当の依頼に偏っていたようだが、お蔭《かげ》でこちらも稼ぐことができ、懐が暖まったので言うことはない。

またしばらくの間は裕福な生活を送ることができる。

「それにしても、後一週間はかかるとばかり思っていましたが。ガリオンさん、相当優秀なのではないですか？」

流し目を送ってくる。カウンターに上半身を乗せ、胸元を強調してきたことから、ふたたびハニートラップを仕掛けてきているのだろう。

「さて、どうなんでしょうかね？」

だが、二度も同じ手を食う俺ではない。さりげなく開かれた胸元に一瞬視線を流そうとした瞬間、

――ガンッ――

何者かに踵《かかと》を蹴られた。

「俺とテレサが組んだ結果だ。こいつの魔法が的確だからこそモンスターを討伐するのに大して時間がかからないんだよ」

視線を向けるとテレサが目を逸《そ》らして不機嫌そうにしている。モンスターを討伐して回ったから疲れたのだろう。帰路でもあまり話し掛けてこなかったし、漂うオーラが『早く休みたい』と告げているようだった。

「もし良かったら、今度一緒にお酒を呑《の》みに行きませんか？」

そんな彼女の不機嫌に気付くことなく受付嬢は会話を続ける。いつの間にか逃げられないように両手で俺の手を握っていた。

誰もが見惚《みほ》れそうな笑みを浮かべており、数多《あまた》の冒険者がこの笑顔に騙され、死地（面倒な依頼）へと追いやられたに違いない。

騙されるものかと決意して、俺が彼女の手の温かさに意識を集中していると、不意にテレサの視線が外されたのを感じ取った。

「すまんな、そのうち機会があったらな？」

ときおり感じる、彼女からの無関心の気配、これまでなかったものに自然と意識を引っ張られた。

俺は受付嬢の誘いを断ると、テレサの背を押し、宿へと引き上げていくのだった。


「お帰りなさい、テレサさん、ガリオンさん」

宿に戻ると早速ミリィちゃんが出迎えてくれる。

以前に泊まっていた宿に比べて料金が高いのだが、彼女の笑顔を見られるのならそれもサービス料金ということで構わないだろう。

「随分と早いお帰りでしたね」

「ああ、テレサが凄く頑張ってくれたからな」

その言葉に、テレサの耳がピクリと動く。

「そうなんですか？」

ミリィちゃんが質問をするので、俺はここぞとばかりに言葉を重ねる。

「俺も今まで様々な魔法使いを見てきたが、テレサ程優秀な魔法の使い手は見たことがない」

ここに来るまで不機嫌だったのは間違いない。原因がわからない俺は、結局褒め殺し作戦というあさましい手を実行するしかなかった。

おそらく、この方法はテレサに見破られているだろう。これまで、俺の思考を散々読んできた彼女にわからないわけがないからだ。

「流石《さすが》は俺のパートナーだけのことはある！」

これで彼女が呆《あき》れてくれれば言うことなし。雑な言葉に対する反応を待っていたのだが……。

――パンッ!!――


「テ、テレサ?」

「テ、テレサさん?」

突然、テレサが自分の頬を両手で叩《たた》いたので、俺もミリィちゃんもびっくりした。

『何でもありません、虫がいたので』

テレサはそう書くと、俺たちが二の句を継げないでいるうちに部屋へと向かってしまった。

そんなテレサをあっけにとられながら見送った俺たちは視線を合わせる。

「何か良いことでもあったんですか?」

テレサの歩みは軽やかで、とてもではないが帰路で無言の圧力を放っていた人物とは思えなかった。

「さあ、俺が知りたい……」

なぜ急に機嫌が良くなったのか、取り扱いの難しい魔法少女に、俺は首を傾《かし》げ悩むのだった。


――トントントン――

屋根の上で金槌を振るい、釘で板を打ち付けていく。

先日まで冒険者ギルドからの依頼をこなしていた俺は、とある理由で朝から大工作業をしている。

ある程度の収入を得たら休暇を取るのが生活パターンなのだが、今日に限っては事情があったからだ。

「すみません、屋根の修理をしてもらっちゃって」

屋根に出る窓からミリィちゃんが顔を出す。

「このくらい構わないさ。俺にも利があるわけだし」

昨晩、飯を食っている最中にミリィちゃんが「最近雨漏りする部屋があって、修理しないといざとなった時に使えないんですよね」と話を振ってきた。

その部屋というのが俺が泊まっている部屋だったので、修理を買って出たのだ。

勿論タダというわけではない。修理する代わり一週間分の宿泊費を免除してもらう約束になっている。

「これ、差し入れです」

そう言ってバスケットを掲げる。俺は金槌を置くと、彼女からバスケットを受け取る。

中には水筒に温かいお茶が入っており、揚げパンが数個程同梱《どうこん》されていた。

「ありがとう、後で食べさせてもらうよ」

彼女から受け取った差し入れを、落ちないように気を付けて窓の横に置くと、俺は修理を続ける。

「今日は天気もいいし、風が気持ちいいな」

修理を終え、風に身を委ねていると、コの字型の建物の窓からこちらの様子を窺《うかが》っている者の姿が見えた。

パジャマを身に着けたテレサだ。今回も初めて見るパジャマを身に着けており、一体何着持っているのだろうかと俺はどうでもいいことを考える。

休日ということもあってか、昼前に目覚めたようで、完全に開いていない眠そうな目をしていた。

俺が手を振ると、テレサが反応し窓に張り付く。手を振り返すこともなく、しばらくして彼女は引っ込んでしまった。

「なんだ、無視された？」

せっかく手を振ったのだから、もう少し反応があっても良いのではないか、パートナーに対する態度が良くないのではないか？　そう考え、憤慨していると下の階に気配を感じとった。


――トントントン――


階段を上る音が聞こえ、屋根に出る窓からテレサが顔を出した。

「よう、テレサ。おはよう」

俺が挨拶をすると、彼女は片手を挙げて応じる。そしてそのまま窓を出ると、俺の傍《そば》まできた。

「ん、これか？　これは屋根の修理を頼まれたんだよ」

じっと横に置いてある金槌を見ているので、俺がなぜ屋根に登っているのか説明をする。

テレサは俺の説明を聞くと首を縦に振った。どうやら理解してくれたようだ。

彼女は俺から視線を逸らすと空を見る、天気も良く、のどかな気候だ。

風が吹き、彼女の髪を揺らすと、太陽の光を受けて輝く銀糸が俺の頬をくすぐった。

彼女は目を瞑《つぶ》り穏やかな表情を浮かべている。もしかしてまだ眠いのだろうかと思ったのだが、口元が緩んでいて寛《くつろ》いでいるだけのようだ。

「そうだ、ミリィちゃんから差し入れもらったんだけど、食うか？」

揚げパンを見せると、テレサは首を縦に二回振った。

ぼーっとした表情で空を見上げながら二人で揚げパンを食べる。

冒険中と違って平和な時間がゆっくりと流れていく。サラサラと髪が流れ、一心不乱に揚げパンを食べてるテレサを観察する。

『どうかしたのですか？　こちらを見ていて？』

見ていたことに気付かれたので、文字が書かれた。

「あまりにも幸せそうに揚げパンを食ってたからな。そんなに好きなのか？」

ここ最近で一番表情が緩んでいる。パジャマ姿でこんな屋上で緩んだ表情を見せられたら疑問が浮かんだ。

テレサはしばらく無言でいると、

『ええ、私は揚げパンが大好きなんですよ。知りませんでしたか？』

そう告げてくる。

「他にも美味《うま》い物なんていくらでもあると思うけどな……。変わったやつだ」

俺がそう答えると、彼女は笑い。

『そういうところがガリオンは駄目だと思います』

いきなり謎の罵倒をしてくると、水筒からお茶を注ぎ一息吐《つ》くのだった。

17

「おめでとうございます。今日からガリオンさんはAランクになりました」

冒険者ギルドを訪れると、受付嬢がそんなことを口走る。

「……いきなりだな。何を企んでいる？」

「いえいえ、企むだなんてとんでもない。ただ、他のAランク冒険者からも迅速に人員を補強して欲しいと言われていましたし、ガリオンさんたちは先日も立て続けに高難度の依頼をこなしたじゃありませんか。実績として十分だとギルドマスターを交えて協議しました」

「まあ、テレサと組めば三流冒険者でも実力が底上げされるからな」

俺は受付嬢に皮肉を言っておく。

それで勘違いしたルクスたちがのさばったせいで、今の冒険者ギルドは人手不足に陥っているのだ。

簡単にランクを上げては同じことになるぞ、と。

そんな風に牽制《けんせい》していると、ちょいちょいと腹を突《つつ》かれた。見てみるとテレサが顔を上げ、俺と視線を合わせてくる。

何を主張しているのか読み解こうとすると『大丈夫です。ガリオンはルクスたちと違いますから』とフォローをしてくれているのがわかった。

「そうか？　テレサも言うようになったな……」

俺は相棒の不敵な発言にニヒルに笑みを返す。

「いえ、彼女は何も語っていないかと思うのですけど？」

俺とテレサのやり取りに、受付嬢がドン引きしつつ口を挟む。確かにテレサの感情を読み解くにはコツがいる。俺くらい打ち解けていなければそうそうに読めるものでもないからな。

彼女のことなら何でも聞いてくれとばかりに、俺が満足げに頷《うなず》いていると、テレサはさらに目で俺に訴えかけてきた。

『だって、ガリオンはルクスも及ばないくらいの度し難い変態ですし』

テレサの瞳はまったく曇ることなく俺に何かを訴えかけてくる。

「そうだな、たしかにテレサは何も言っていない」

そのゴミを見るような視線は明らかにそう告げていると直感するのだが、ここは読めなかったことにしてしまおう。

「とりあえず、Aランクになるのは承諾するが、あまりこき使うのはやめてくれよな？」

元より俺は困らない程度に稼いで気ままな生活を送るのが気に入っている。ルクスか何だかの尻ぬぐいをするのはまっぴら御免だ。

「勿論です。一応他の冒険者の手前ですから、これからも自由に依頼を受けていただいて構いませんので」

その笑顔の奥で何か企んでいそうに見えるのだが、女の本性は暴いてもろくなことにならない。最近テレサと接していて学んだので、俺は特に何も言わなかった。

「テレサ、何か受けたい依頼あるか?」

確認すると、首を横に振る。元Sランク冒険者で魔法のエキスパートにしてみれば、どの難易度の依頼でもこなすことは変わらないのだろう。何でもいいらしい。

「こちらにあるのは、他のAランク冒険者さんも嫌な顔をするものばかりですから、私としては全部受けていただけると大変助かります!」

随分といい性格をしている。どうやら俺を相手にする場合、取り繕うのを止めたようだ。

内容を見てみると、確かに危険そうだったり、依頼先が遠かったりと外れ依頼が多くある。

俺は適当に依頼内容を流し読みしていき…………。

「本当にろくなのがない。こうなったら適当に引かせてもらうことにするか」

そう言って、一枚の依頼を抜き取ると、サインをして受付嬢へと渡した。

「はい、受注のサインありがとうございます。今回の依頼は――」

「さあ、テレサ。早速依頼に出掛けるぞ! 困っている人々が俺たちを待っている」

不思議そうに首を傾げるテレサ。俺は彼女の背中を押すと、新たな仕事へと向かうのだった。

『それで、今回の依頼は何ですか？』

街を出てしばらくすると、テレサが聞いてきた。

「今回、俺たちが受けたのは【グレートタートルの卵】の入手依頼だ」

Aランクモンスター【グレートタートル】。こいつは全長十メートル、高さ数メートルの巨大な亀で、鉄よりも硬い甲羅を持つ巨大なモンスターだ。

水場に棲《す》み、身を甲羅に潜めながら水魔法を操り攻撃してくることから、生半可な攻撃力では討伐することができない厄介な面を持つ。

他のAランク冒険者が依頼を受けたがらないのは、その辺の事情があってのことなのだが……。

『今回は討伐ではなくて卵を入手すればいいのですよね？　なら簡単です』

俺たちに限って言えば避ける理由がない。他のパーティーでは厳しいかもしれないが、こちらにはテレサがいる。

「ああ、お前さんの睡眠魔法で眠らせてしまえば、安全かつ確実に仕事を終えられるってわけだ」

テレサは使える魔法の種類が多く、中には睡眠系の魔法もある。討伐する必要がないので気楽なものだ。

『ガリオンにしてはちゃんと考えていますね』

テレサが歩きながら文字を書く。意外そうな表情を浮かべているが、からかいの色が見て取れる。

「失敬な、俺はいつだって真剣に依頼内容を吟味しているさ」

そう言って憤慨してみせる。どの依頼を受けてどのような事態になるかまで考えて受けているのだ。

そのことをテレサに説明してみせるのだが『どうだか？』とばかりに俺を一瞥すると興味を失《な》くしたように目を逸らした。

『そうなると、この辺りでグレートタートルが生息しているのは【エレエレの水洞】ですね。ついでに【ゲソギンチャク】でも狩って帰りましょうか？』

ゲソギンチャクは食材としての需要がある。ミリィちゃんに渡せば、良い酒の肴《さかな》になるだろう。振り向きそう提案してくるテレサに、

「ああ、それもありだな」

これから挑む依頼について考え、俺は笑みを浮かべるのだった。

目の前でテレサの頭が揺れ、倒れそうになる。

「おっと、大丈夫か？」

彼女は服が濡れ、肌に吸い付いて動き辛《づら》そうにしている。

テレサは俺に目を向けると『ありがとうございます』と伝えてくる。その姿は艶《あで》やかで、特にくっきりと浮かんだボディラインが素晴らしく目の保養になっている。

「まさか、数日前の大雨の影響でこんなことになっているとはな……」

【エレエレの水洞】の壁の高い位置に穴があり、そこから水が流れてきて水面の高さを上げている。以前来たときはせいぜい足元までだったのだが、今回は腰近くまで水が迫っている。

俺でさえそこまで浸《つ》かっているので、背の低いテレサは移動するだけでも足をとられてしまう。

そのせいで、倒れそうになるたびに俺が支えてやっているというわけだ。

『雨季はすぎたとばかり思っていましたが、こればかりは仕方ないです。でも、ガリオンが支えてくれるので助かりました』

こちらも目の保養をしているのでありがたいのだが、テレサは飾らない態度で礼を言い頭を下げた。

「まあ、ここまで来たんだ。さっさと卵を回収して戻ることにしよう」

俺はテレサの肩を押すと前へと進む。支える代わりに現れるモンスターはすべて彼女が一撃で仕留めているので出番がなかった。

「さて、案の定起きているようだな」

水洞の奥で、岩場に横たわるグレートタートルの姿を発見する。甲羅から顔を出し半眼を開いている。

その周囲には池ができていて、水面の底がゆらゆらと揺れている。

「奥にあるのがグレートタートルの卵だ。作戦としてはテレサがまずグレートタートルを眠らせる。俺が一足飛びに向こう岸に着地して卵を確保する。戻るまでの間はテレサが他のモンスターを警戒し、現れたら相手をする。これでどうだ？」

コクコクと首を縦に振る。作戦に異存はないようだ。

早速、テレサが杖《つえ》を掲げると魔法陣が浮かび上がる。今回使用する睡眠魔法を使うのだ。

『…………!!』

完全に無音で魔法が放たれ、グレートタートルの眼が閉じる。

どうやら魔法が成功したようだ。

「じゃあ、行ってくるからな」

俺はテレサに声を掛けると助走を付けて飛び上がり、グレートタートルのいる岸へと着地した。

テレサはその様子を見て警戒しながら池へと近付く。そこから入り口を監視し、モンスターが入ってこないか見張るつもりなのだろう。

俺は用意していた網で卵をくるむと背負う。

後はこれを持って街に戻れば依頼達成。楽な仕事だ。

そんなことを考えている間に異変が起こった。

――カランッ――

杖が落ちる音がしてそちらを見ると、

『…………』

テレサが触手に捕らえられていた。

ゲソギンチャクが数匹這《は》い出してテレサを囲み、触手を伸ばしている。テレサは必死に抵抗するのだが、触手が胸や太ももを撫《な》でるたびにビクビクと身体を揺らし反応していた。

ゲソギンチャクの触手は柔らかく、それ自体に攻撃力はないのだが、何かを求めて彷徨《さまよ》うように伸び、スカートや服の中へと侵入していった。

触手がうごめくたびにテレサの表情が変化する。何かに耐えるような表情だったり、妙に色っぽい表情を浮かべたり。

ゲソギンチャクはここに来るまでにも倒したのだが、水の浅い場所にしか生息しないはず。おそらく、この池も本来はもっと水嵩《みずかさ》が低いのだろう。

先日の大雨のせいでここも水が流れ込んでしまい、ゲソギンチャクが水没していることに気付かなかった。

目で必死に訴えかけてくるテレサ。もうしばらく観察していたかった俺だったが、これ以上放置すると後が怖い。

池を飛び越えると、ゲソギンチャクを斬り捨て彼女を救い出した。

「はぁはぁはぁ」と地面に崩れ落ち息を切らす、テレサ。彼女の身体は斬ったゲソギンチャクの粘液まみれになってぬるぬるしている。

その姿は扇情的で、他の男がいたら全員目を潰して記憶が飛ぶまで殴り飛ばさなければいけないくらいエロかった。

「大丈夫か？　まさか、ゲソギンチャクが潜んでいるとは予想できなかった」

俺はそんな彼女の姿に動揺を見せることなく話し掛けると、手を取って起こしてやる。ぬるりとした感触がして、これを瓶に詰めて持ち帰れば何かに使えるのではないかと考えた。

『助かりました、身体中を這いまわる感触が気持ち悪くて死にそうでした』

よほど嫌だったのだろう、テレサは目に涙を浮かべ、俺に縋り付くと感謝を述べてきた。俺はそんな彼女の頭を撫でて慰めるのだが、普段と違う感触に彼女も微妙な表情をしたため手を引いておく。

あまり弱っている彼女を見ているのも申し訳ない。俺は水に濡れないように包んだ服を出すと……。

「とりあえずここを出たら着替えるといい。粘液まみれのその服だと戻る時にも不快だろ？」

そう言って慰める。彼女は俺の準備の良さに感激し『素敵。抱いてください』と熱烈に抱き着いて
――はこなかった。

『あの、どうして私の着替えが用意されているのですか？』

先程までの、泣きそうな表情から一転して、テレサは疑問の表情を浮かべる。

「えっと、それはだな……」

水場で服が透けるのを予想していたからなのだが、このタイミングで出したのはまずかった。

俺が答えあぐねていると、テレサは考え込み始める。ゲソギンチャクの粘液がポタポタと落ちる音が聞こえる。

『そもそも、水洞の水量が増えているというのは本当に予想できていなかったのですか？　そう考えるとこの場にゲソギンチャクがいるというのも……』

伊達《だて》に修羅場は潜《くぐ》り抜けていない、不用意な俺の発言一つから、テレサは真実に辿《たど》り着きつつあった。彼女は俺から離れると、地面に転がっている杖を手に取った。

『答えてください、ガリオン』

杖の先からパリパリと紫電が発生する。

「いや、待て。本当に俺はゲソギンチャクがいるとは知らなかったんだぞ？」

俺の目的は彼女を水で濡らして目の保養をするまでだった。風邪《かぜ》をひかないようにこうして着替えを用意したのは親切心からだ。

ゲソギンチャクは天然の罠《わな》なので読めるかどうかで言えば半々くらいなので、そこまで考慮していない。

『なるほど、ゲソギンチャク以外は読めていたんですね？』

テレサは俺から着替えを奪うと距離を取る。そして……。


――パリパリッ――


一筋の紫電が走り背中へと抜けていく。

『私ばかりモンスターと戯れたのは不公平ではありませんか。ガリオンはそいつと遊んでから戻ってきてください』

背後を振り返ると、

『グオオオオオオオオオオオオオオオオオ』

卵に視線を向け、激怒するグレートタートルの姿があった。

その日、テレサは良い気分で目が覚めた。

ここ数日、冒険に出ていないせいか身体も軽く、魔力も充実している。

元々、眠るのが好きな彼女は、予定がない日はベッドでダラダラと過ごすのが好きだった。

日の入り方から結構な時間睡眠をとっていたことに気付いたテレサは、身体を起こすと着替えを終え、朝食を摂《と》るため食堂へと向かった。

朝食を食べ終えたのか、大半の人間は仕事やらに向かっているため、席がガラガラになっている。

「あっ、おはようございます、テレサさん」

テレサが周囲を見回していると、ミリィが挨拶をしてきた。テレサはコクリと頷くと、普段自分が座る席に着いて、いつものようにメニューを指差す。

ここを定宿にしてしばらく経つので、これだけで注文を通せるのが便利だ。

「それにしても、連休いいなぁ。私も休みたいですよ」

ミリィは料理を運ぶと、羨ましそうに溜息《ためいき》を吐いた。

基本的に、冒険者は自由な職業なので、自分たちが働かないと決めていればずっと休むことができる。

前回の、グレートタートル討伐の際、ガリオンは持っていた武器を破壊してしまった。その修理に一週間かかるので、その間を休みにしたのだ。

そんなわけで、大義名分を得て毎日ダラダラ過ごしているテレサだが……。

(ガリオンの姿が見当たらない)

普段はテレサが出てくるまで待ち、一緒に朝食を摂ってその日を過ごすのだが、今日に限って姿が見えないことが気になった。

（少し、起きるのが遅かったでしょうか？　でも、このくらいならガリオンは待っていてくれるのに……）

普段と違う流れに収まりの悪さを感じる。朝からガリオンと軽口を叩くのもいつの間にかテレサの日常になりつつあった。

そんな風に考えていると、ミリィが話し掛けてきた。

「もしかして、ガリオンさんを捜していますか？」

テレサの内心をピタリと言い当てたミリィ。テレサは勢いよく首を横に振る。もし、自分が彼を捜していると認め、それを本人に伝えられたら、ガリオンのことだから絶対に調子に乗るに決まっている。

『なんだ、朝から俺に会えなくて寂しくて捜したんだって？』

そう、ニヤけた顔でからかわれるのが容易に想像できたからだ。

「ガリオンさんなら、今日は朝早くに食事を摂って出掛けましたよ」

どうやら、最初からテレサを待つつもりもなく、自分だけ朝食を済ませて外出しているらしい。

（うん？　でも、武器の修理は手配済みのはず、冒険の準備以外で何の用事が？）

この街でガリオンが親しくしているのは自分だけ。冒険者ギルドで他の冒険者と話をしている姿は見たことがあるが、休日に会っている様子はない。それに、今は昼間。まともな冒険者なら依頼で出

ているはず。テレサがそんな疑問を頭に浮かべていると、

「もしかして、気になります？」

ミリィはにんまりと笑うとテレサに質問をした。その表情にからかいが含まれていたので、テレサは首を横に激しく振ってミリィを睨《にら》みつける。

「そうですか、ところで私、ガリオンさんが何処《どこ》に行ったかある程度予想できているんですよね」

ミリィのその言葉に、テレサは顔をばっと動かし彼女を見た。

「お父さん、お客さん少なくなったし私出掛けてくるねー」

ミリィは厨房《ちゅうぼう》で料理の下ごしらえをしている父親に声を掛けるとエプロンを外す。

「さーて、ガリオンさんの後をつけちゃおっと」

わざとらしくそう口にしたミリィは、テレサに流し目を送る。

「それで、テレサさんは気にならないんでしたよね？」

既に皿は空いており、紅茶も飲み終えている。ガリオンが何をしているかという餌を目の前に吊り上げられたテレサが、首を横に振ると、

「やったぁ、それじゃあ早速尾行に出掛けましょう！」

はしゃぐミリィを見て、テレサはこめかみを指で押さえ、溜息を吐くのだった。

「さて、ガリオンさんはどこでしょうか？」

テレサが横を見るとミリィが右手を上げ、遠くを見渡している。普段の給仕姿ではなく、よそ行き

のドレスに白の帽子を被《かぶ》っている。

元々、これまでただの客と宿の娘という関係だった二人だが、ガリオンが来てからというもの、なぜかミリィが話し掛ける回数が増えた。

「テレサさん、今日は一段と可愛いです」

ガリオンをつけるということで、テレサもミリィの手により変装させられている。ドレスに着替え髪形を変え帽子を被せられている。眼鏡を掛けた上化粧までしているので、たとえガリオンでも簡単に気付くことはできないだろう。

自分がどんな姿をしているのか確認させてもらえなかったテレサは、周囲の人間がチラチラ観察してくるので、もしかして似合わない格好をさせられているのではないか？　と不安に思った。

「くふふふ、磨けば光ると思っていたんですよね。まさか、ここまでになるなんて」

ミリィは企みが成功したように、口元を隠すと笑い声を押し殺す。やはり彼女についてきたのは失敗だったのではないかと、テレサは今更後悔した。

テレサがミリィに冷たい視線を送っていると、その視線にようやく気付いたのか、彼女はガリオンの行先について説明をする。

「私たちが今向かっているのは、図書館です」

なぜなら、ガリオンが図書館の書物を持っているのを見たからだとミリィは言った。

ここカプセの街には図書館が存在している。

元々、貴族の蔵書を保管するために建てられた建物なのだが、街が発展するにしたがって様々な蔵書が寄付されるようになった。

街の福利厚生の一環として、住民権を持つ者であれば誰でも気軽に利用することができる。かくいうテレサも、何度か恋愛小説を読みに訪れたことがある。

呪いで言葉を発せないテレサと、静寂が支配する図書館というのは存外に相性が良かったりする。夢中で本を読むあまり、閉館時間に気付かず閉じ込められたのは良い思い出だ。

「ガリオンさんが読むというからには官能小説でしょうかね？」

ミリィの興味は、ガリオンが一体どのような書物を読むかに移っていた。確かにガリオンは表面上エッチな素振りを見せているが、あれで見境がないわけではない。

嫌なことに対する線引きははっきりするし、露骨にエッチなアピールをしてみせているところから、素の自分を隠しているのだとテレサは考えている。

ミリィが憶測を話し続ける中、図書館へと入る。流石にミリィも小声になり、静かな落ち着いた雰囲気が流れ、テレサはホッと息を吐いた。

薄暗い館内を歩く、日中ということもあってか、館内にいるのはテレサやミリィとそれ程歳《とし》が変わらない少女たち。制服を着ていることから学生なのだということがわかる。

彼女たちは、何をするわけでもなく互いに顔を寄せ、何かに気をとられている。

「どうやら、あっちにいるみたいですね」

ミリィはそう言うと、本棚の陰からそっと先を覗《のぞ》き込んだ。すると、そこにはガリオンの姿があった。彼は、何やら真剣な顔をして書物のページを捲《めく》っていた。

普段、宿で見るようなラフなシャツではなく、整った格好をしていた。

後ろから学生さんたちの「きゃー」という奇声が聞こえてくる。

「はぇ〜。やっぱり様になってますねぇ」

ミリィも感心した様子でそう言うのだが、テレサにはガリオンが普通に本を読んでいるだけにしか見えない。

「ん？」

ふとガリオンが顔を上げ女学生を見た。自分を見る気配に気付いたらしいのだが、間一髪というところでミリィとテレサは顔を隠した。

「……ああ」

学生さんたちを見たガリオンは納得すると、ふたたび本に目を落とした。

「危ないところでしたね。スリルがあって楽しいです」

まるでスパイの追跡みたいに楽しむミリィ。今回は学生がいたので良かったが、ガリオンは勘が良いのでいずれ気付かれる可能性が高い。

もっとも、変装をしているので普段とは姿が違っている。あまり近寄らなければよほどのことがない限り大丈夫だろう。

しばらくの間、ガリオンを見張っていた二人だが、彼は真剣な表情で本を読み続けていた。テレサはそんなガリオンを飽きることなく見続ける。

「テレサさん？」

どれだけの時間が経ったのか、ミリィが身体を揺さぶってきたので意識を取り戻した。

「ガリオンさん、出るようですよ」

気が付けば、ガリオンの姿が棚の奥へと消えていた。後ろの本棚を回り込んでそのまま入り口に向かったようだ。

二人はガリオンを追いかけるべく、同じように本棚を回り込むと背に張り付く。通りかかる際、テレサはふと気になり本棚を見た。ガリオンが何を読んでいたのかが気になったのだ。

「あっ、あっちですね」

外に出ると再び尾行開始だ。一度見つけてしまえば、魔力による目印をつけることも可能なので見失うことはない。二人は距離を取るとこっそりとガリオンをつけた。

「なーんだ、お昼ですか。意外に屋台で済ませるんですね」

ガリオンのことだから豪華な食事でも摂るとミリィは思っていたらしいが、武器の修理に掛かる費用は結構な金額になる。テレサは彼の金銭状況をある程度把握しているので、違う推測を思い浮かべる。

(私も少しは出した方が良かったでしょうか?)

彼の武器が壊れた原因は自分にもあるので、財布から少し出そうか考えるのだが……。

(いえ、やはり自業自得です)

ゲソギンチャクの群れに放り込まれたことを思い出すと、怒りが湧いてきた。

「テレサさん、顔が赤いです。風邪でも引きました?」

顔を覗き込んで来たミリィに、テレサは手を振り否定した。

その後、ガリオンは食事を終えるとふたたび図書館へと戻って行ってしまった。

「うーん、ガリオンさんのことだから、もっと、ファンの女性に手を出してるかと思ったんですけど、普通の休暇……にしても面白みがないですね」

宿の仕事は娯楽が少ないらしく、客の個人情報が気になるようだ。ミリィは変化のない見張りに飽きてしまったらしい。

テレサとしても、ガリオンの目的がわかったのでこれ以上この場に留まる必要性を感じていなかった。それどころか、時間を追うごとに注目が増しているので、このままでは遠からずガリオンに発見されてしまう。

そう考えたテレサは、ミリィの首を掴《つか》むと、ガリオンに気付かれる前に図書館をあとにするのだった。


「ただいま」

夜になり、ガリオンが戻ってきた。

「ミリィちゃん、いつもの頼む」

「はーい」

尾行していたことなどおくびにも出さないミリィは、返事をすると厨房へと向かった。

『珍しく出掛けたのですね。ガリオンはどこに行っていたのですか？』

テレサは本から視線を外すと、ガリオンに質問をする。

「俺は……、昼間からぶらぶらして酒場で呑んできたな」

『そのわりには、酔ってないようですけど?』

目を逸らすガリオン。普段からかわれてばかりなので、こういう彼の態度は珍しい。

「まあ、別にいいじゃないか。それより腹減ったから飯食おう」

露骨に話題を逸らすガリオンだが、テレサの手許にある本に気付く。

「テレサ、それどうしたんだ?」

テレサは本を閉じると、ガリオンに差し出した。

『この本は、たまたま借りてきたんですよ』

ガリオンはタイトルを目で追うと、ばつが悪そうな表情を浮かべる。対してテレサは嬉《うれ》しそうな笑みを浮かべると、こう告げた。

『図書館の「呪術関連」を扱うコーナーで』

19

テレサは混乱していた。

自分の部屋に戻ると、ベッドの上にメイド服があったからだ。

(なぜここにメイド服が?)

摘《つま》み上げてみると、フリルをあしらい胸元を強調したメイド服で、スカートの丈が短く妙にいかがわしい。使われている生地は高級品で滑らかな触り心地をしていた。

こんなことをするのはガリオンに違いない。目的はいつも通りのいやがらせだろう。

そう考えたテレサは即座にそれを燃やそうとするのだが……。

（待ってください。だとすると妙ですね？）

日頃からセクハラまがいの行動を繰り返すガリオンだが、テレサにちょっかいを掛ける時は趣向を凝らしてくる。

単純にメイド服を置いておくだけというのは目的もはっきりしない上、着なければ済むだけの話だ。

（もしかしてガリオンの狙いは……）

テレサはアゴに手を当て、彼との会話をシミュレートしてみる。

『よお、テレサ。俺が買ったメイド服を知らないか？』

『それでしたら、なぜか私の部屋にあったので燃やしましたが？』

『何っ!? あれを燃やしたのか……。高かったのに、持ち主の許可もなく燃やすとは何てことをするんだ……』

『えっ？ だ、だって……あんないかがわしい衣装を置いておく方が悪いですよ』

『そうは言うが、別にお前さんに「着ろ」と強要したわけでもないだろ？ それなのに燃やすのはやりすぎじゃないか？』

『……確かにそうですけど、ではどうすれば許していただけますか？』

『そうだな……。これを着てくれるなら許してやらんでもないが』

そこでガリオンは厭《いや》らしい笑みを浮かべ、とても口では言い表せない露出の激しい衣装をテレサに渡してきた。


テレサは首をぶんぶんと横に振ると、その想像を振り払った。

(危ないところでした。まさかこれを燃やさせるのがガリオンの手だったとは)

一見すると何も考えていないように見えるガリオンだが、テレサにセクハラをするときは未来予知に近い読みを見せることある。

だとすると、このままガリオンの思惑に乗るもっときわどい衣装を身に着けさせられるかもしれない。

テレサは寸前のところで思いとどまると、ふたたび考え始める。

これはガリオンからの挑戦状なのだ。ただ見すごすだけでは駄目で、ガリオンの思考を読み切った上で策を躱《かわ》さなければならない。

手掛かりがないかとメイド服を見回していると、服の下に何かが置かれていることに気付いた。

(こ、これは!?)

ガーターベルトと白いネコミミへアバンド。さらには尻尾まであった。

(この衣装にこの装飾、ガリオンはそこまで私にこれを着させたいのですか？)

これまでも散々『エッチ』『変態』と罵ってきたが、こういう自分の趣味を全開で押し付けてきたことはなかった。常にテレサの様子を窺い、あくまで自主的に行動するように仕組んできたのだ。

(ガリオンがそんな風に思ったところで見せてあげる理由がありませんけどね)

ふと、もしこれを着た時のガリオンがどんな顔をするのか気になった。あくまで見せるつもりはないのだが、身に着けてみることでガリオンの思考を読むことができるかもしれない。

(やむを得ませんね。この部屋から出なければガリオンに見せることにはなりませんし、サイズの確認もしないといけませんから)

着ている服を脱ぎ捨て、メイド服を身に着け、ネコミミヘアバンドと尻尾を付けてみる。

(着心地は良いですね、耳と尻尾も自然に見えます)

衣装はテレサの身体にピッタリだった。鏡の前に立ち、おかしなところがないかくるりとターンして確認する。

(少しスカートが短すぎるのと、胸元が強調されているのは良くないですね。やはりガリオンはエッチです)

もし今、自分がこれを着ていることを知ったらガリオンはどうするのだろう？

そんな思考をしながら勝ち誇った笑みをテレサは浮かべる。

たとえ察知しても、ガリオンが強引に部屋に入ってこないと信頼しているからだ。

(だけど、この耳と尻尾の選択は……。もしかして彼は猫が好きなのでしょうか？)

テレサは鏡の前で屈《かが》むと胸元を強調しつつ猫のポーズを取ってみせる。そして口を動かし……。

（にゃーん）

当然声は出ないのだが、傍《はた》から見ると可愛らしい子猫そのもの。

（はっ！　私は一体何を……？）

気が付けば、メイド服を着て猫のポーズをとっていた事実に震撼《しんかん》する。

テレサが我に返った瞬間……。

「私としたことが、テレサさんの部屋に衣装を置きっぱなしにするなんて……」

ガチャリとドアが開き人が入ってくる。この宿の娘で食堂の給仕をしているミリィだ。

「えっ？」

ミリィの声が聞こえたがテレサは猫のポーズのまま固まっている。お互いの目がバッチリ合い、ミリィは「ニヒッ」と笑うと……。

「お邪魔しました。そちらの服は後程取りに来ますので、御自由に使ってください」

そう言って出て行く。

実はガリオンの策略ではなくテレサの考えすぎで、ミリィがメイド服を置き忘れただけだった。

この後、しばらくして我に返ったテレサは、自分の恥ずかしい格好を見られたことで引き籠もり、枕に顔を埋めるのだった。

「はあっ！」

俺は気合を入れてハンマーを振るい、壁を破壊していく。

午前中から数時間に渡ってこの動作を行っているのだが、終わりの見えない作業に溜息が漏れる。

離れた場所ではテレサが杖を掲げ、魔法で風の刃《やいば》を生み出し、楽しそうに壁を切り刻んでいる。

今回、俺たちは古くなった建物の解体依頼を受けていた。

俺としてはモンスターを倒して爽快な気分になりつつ依頼料を受け取りたかったのだが、テレサが『ガリオンの受ける依頼は怪しいです』と拒否してきたのだ。

結果、今回は彼女が選んだ依頼を受けるということになったのだが、まさか俺が解体作業をする羽目になるとは……。

俺は解体用のハンマーを見る。それなりに硬い金属でできているので振るえば壁も砕けるのだが、本気を出して剣を振るった時程効率はよくない。

とはいえ、大切にしている愛剣で斬ろうにも、何かの拍子に欠けてしまったり、力の入れ方を間違えて折れてしまったりしては目も当てられない。せっかく修理から戻ってきたのにそんなことになったら泣く自信がある。

その点、テレサはいつものように魔法を振るえばよいので、楽々と壁を破壊している。

壁などが細かくなって舞い上がり、大半は庭へと落ちていく。

中には細かくなりすぎた木くずなどがあり、上空からゆっくりと落ちてきた。

明らかに破壊を楽しんでいて、軽快に壁を吹き飛ばしていくテレサを見ていると、急にこちらを振り返り首を傾げる。

『何を見ているのですか？』とばかりに視線で訴えかけてきた。

「テレサ、頭に木くずが積もってるぞ」

細かい木くずがテレサの綺麗《きれい》な髪にくっついている。

彼女は俺の言葉を聞くと両手を頭上に持っていき、木くずを払い始めた。

『どうですか、取れましたか？』

俺に聞いてくる。だが、見えていないせいか取り切れないようだ。

「いいからじっとしてろよ？」

金槌を床に置き、俺は彼女に近付くと木くずを一つずつ摘んで捨てていく。

テレサに至近距離から見上げられ、じっと動作を観察されているのだが、されるがままになっているテレサは、目を細めると嬉しそうに笑った。

「とりあえず、目につく木くずはとったけど、もう少し大人しく破壊した方がいいぞ。でないとまた汚れるからな」

俺がそんな忠告をすると、

『ガリオン、知っていますか。この建物を壊した後、ここに何ができるか？』

ふと話題を変えてくる。

「いんや、随分古い建物だし、単に危ないから取り壊しになったんじゃないのか？」

俺は壊す前の建物を思い出すと、推測を口にした。

『実はこの依頼、この土地を買った新婚夫婦さんからなんですけど、子どもができたので新築するらしいんですよ』

「ほぅ、そりゃ幸せなことだな……」

今のうちに新居を用意して出産してすぐに赤子を新居に迎え入れたいと告げていたとテレサから聞かされた。

『私たちの仕事が誰かの幸せに繋《つな》がっている。そう考えると楽しくなりませんか？』

それが、彼女が楽しそうに破壊活動をしていた理由だったらしい。

「俺が考えているのは、この面倒な仕事を早く終わらせて一杯ひっかけたいってことくらいだな」

汗を掻《か》いているので水分を欲している。天気が良いのでなおさらだ。

『あなたは本当にもう、わかってくれるとは思いませんでしたけどね……』

欲望に忠実な言葉に、テレサはじっとりとした視線を向けてくる。

「だが、まあ。金になる依頼をくれる依頼人は嫌いじゃない。そうだな……あと半年もしたらポワポワ鳥でも狩りに行って差し入れてやるとするかね？」

俺は金槌に寄りかかるとそう呟いた。

『ガリオン……あなたって人は……』

テレサが文字を紡ぐ。ポワポワ鳥というのは御祝い事の際に振る舞われる料理に使われる食材で、今の俺の言葉はその新婚夫婦に生まれてくる赤子を祝うという意味だったからだ。

基本的に嫌なやつは不幸になればいいと思っている俺だが、新しい命を大切にしたいと思っている。

そんな話を聞かされたら祝わずにはいられないだろう。そんなことを考えていると……。

『あなた、半年後も私に付きまとうつもりなのですか？』

テレサが文字を書くと距離を取っている。その反応は俺が想定していたものとまったく違っていたので、俺は苦い笑いを浮かべた。

「俺以外の男の下へ行くのか？」

真剣な表情を作り大げさな声を出して見る。

こうやってふざけて呆れさせるまでが俺とテレサの程よい距離感というやつだからだ。

ところが、彼女はじっと俺を見て近付いてくると……。

『まあ、半年後、お付き合いしますけどね』

そう書き残して仕事へと戻っていくのだった。

六章・無口な魔法少女は願いを言葉にする

21

「私としましては、こちらの港街で開かれる『深海祭の警備』依頼を受けて欲しいんですけど」

受付嬢は眉を歪《ゆが》めると、カウンターに身体を乗せ、胸元を強調しながら俺を見つめた。

「いやーはっはっは。それって祭りの雰囲気を損なわないように着ぐるみ姿で警備するやつだろ？

去年この依頼を受けて地獄を見たんだ。二度と御免だ！」

冒険者ギルドにて、俺は受付嬢と額を突き合わせながら交渉をしている。

「俺としてはこっちのAランクモンスター討伐の方を受けたいんだけどなぁ？」

「そちらは、別なAランクパーティーと交渉している最中です」

前回の依頼からそれなりに日が経ち、そろそろ財布も軽くなってきたので、ここらで新しい依頼でもと考え、冒険者ギルドに顔を出すなり、俺は受付嬢と戦っていた。

受付嬢は長期の警備依頼を、俺は討伐依頼をそれぞれ推しており、互いに引くことなく交渉している最中だ。

このままでは埒《らち》が明かず、強引に請負のサインをしようと書類を引っ張り合っていると、

――クイクイ――


後ろから裾を引っ張られた。

「何だよ？　テレサ」

こんなことをしてくるのは俺の相棒にして魔法少女――Sランク冒険者の肩書きを持つテレサしかいない。

『このAランクモンスター討伐は遠方で、特に美味《おい》しい依頼ではありません。それに対して港街までは馬車で数日ですし、海の幸も美味しいかと思います。こっちにしませんか？』

彼女は首を傾《かし》げると警備依頼を受けたそうに白銀の瞳をキラキラと輝かせている。

「いや、俺は暑いのは嫌いなんだ。そんな依頼を受けるくらいならAランクモンスターを大量に相手した方がましだな」

適当に理由を告げ、討伐依頼を受けようとする。というのも、この警備依頼にはテレサを伴った際に発生する懸念事項があったからだ。

『むぅ、確かにモンスターの被害に遭って困っている人を助けるのは大事ですけど……』

テレサは眉根を寄せながらも俺の説得に応じつつある。これも日頃の行いのお蔭《かげ》だろう。俺は彼女

の肩に手を置くと優しい声を掛けてやる。

「それに、今まで俺が選んだ仕事に間違いはなかっただろ？」

次の瞬間、テレサは詐欺師を見るような瞳で俺を見た。

「おいっ！　何をするっ！」

説得の甲斐《かい》もなく、彼女は俺が止めるのも聞かず、警備依頼を請け負うサインをしてしまった。

「何て勝手なことをするんだ！」

俺はテレサに憤慨してみせるのだが、

『ガリオン、信用、できません』

テレサは短く告げると、至近距離から俺を見上げてきた。あまりの迫力に、俺は二の句が継げなくなる。テレサが頑《かたくな》になるのは、これまでの俺の言動のせいだからだ。

「で、では。こちらの依頼用紙は下げさせていただきます。港街には祭りの数日前には入って代表の方の指示を仰ぐようにしてくださいね」

受付嬢はテレサにビビったようで、そそくさと退散していった。今度埋め合せに酒を奢《おご》らせるとしよう。

「まったく、どうなっても知らんからな」

俺がテレサを非難する目で見ると……。

『海の幸やら祭りやらと楽しい仕事になりそうですね』

そんな俺の懸念など知らず、テレサはまだ見ぬ海辺の祭りを楽しみにするのだった。

潮の甘い匂いが鼻をくすぐり、カモメの鳴き声が耳を打つ。太陽がさんさんと輝き、波の音が響く中、俺とテレサは普段通り冒険をする姿で港街の浜辺に立っていた。

「えー、今回は『深海祭』を盛り上げるために集まってくれてありがとう。この祭りが始まってから実に七十八年の歴史があるわけだが、規模が年々拡大してきて、今では他の街からも多くの人が集まるようになっている。毎年それなりにトラブルが発生しているが、今年も滞りなく行事を終えられるように協力頼みます」

壇上に立つのはこの街の代表の男で、日に焼けた黒い肌をしている。この辺りは太陽の光も強く、すぐに肌が焼けてしまうのだろう。

そんな中、運営スタッフとして集まっている冒険者たちは、汗をだらだら流しながら整列して話を聞いていた。

「つきましては、今回の運営に当たっていくつかのルールをここで読み上げたいと～」

テレサなどは、既にふらふらになっており、俺の背中に頭をもたせかけ、意識をもうろうとさせていた。

周囲の冒険者も目の前の男に睨《にら》みを利かせている「何もこんな熱い場所でミーティングしなくても良いのではないか?」と。

だが、このミーティングは実は試験なのだ。イベント当日ともなれば長時間炎天下に身を晒《さら》すことになる。それも深海祭の開催期間は二週間もあり、その間多くの観光客の相手をするという条件付きだ。

そんな過酷な労働をするのに、この程度で音を上げるような冒険者はいらない。そういう考えなのではないかと俺は思っている。

もっとも、そんな深いことを考えておらず、地元なので単に暑さに強くて鈍感なだけなのかもしれないが……？

「テレサ、大丈夫か？」

もそもそと動くテレサは顔を上げると目が虚《うつ》ろになっていた。そして小さく首を縦に動かすと、また俺の陰に隠れてしまう。

「だから言ったんだよ……地獄だってさ？」

そう、去年の俺は冒険者ではなかったがこの仕事をやったのだ。なので過酷さを知っている。

「それでは少々長くなりましたが、これで説明を終了します。正式に依頼を受けていただける冒険者の方は、こちらが用意した宿舎へ移動してください」

その言葉で多くの冒険者がゾンビのような動きでそちらへと向かう。長時間の説明で熱中症になっていて、動くものに反応しているだけに見える。

「ほら、俺たちも行こうな？」

俺はぐったりとしたテレサの身体を支えると、宿舎へと向かうのだった。

「【テンタクルス焼き】の待ちはこちらに並んでくださーい」

炎天下の中、水着に着替えた俺は列の整理を行っていた。

さんさんと太陽の光が降り注ぎ、肌がじりじりと焼けていく。浜辺には大量の観光客が訪れては、名物のテンタクルス焼きを食べようと大挙して行列を作っている。

街の代表からも「今年は特にテンタクルス焼きに力を入れていますから」と聞かされているが、どうやら本気で人気の料理らしい。

周囲では、同じく依頼を受けたのであろう女性冒険者たちが水着姿で案内をしている。

警備という名目なのだが、観光地でいかにもな連中が武器を持って警戒していては、祭りの楽しい雰囲気を損ねるということで、このスタイルで警備をさせられていた。

途中、すれ違うたびに同じ警備の女たちが声を掛けてくる。内容は「あっちは問題なし」「向こうで注意が必要な人物がいた」「仕事終わりに呑《の》みに行かない？」などと、警備に関するものも多いのだが、祭りの雰囲気に影響されたのか、全体的に浮ついているように見える。

毎年この仕事で恋人同士になる連中も出るらしく、独身の冒険者は張り切っており、そこら中から獲物を狙うような気配を感じる。

俺はそれらの気配を警戒すると、ひたすら警備の仕事をこなしていく。

周囲から美味しそうな匂いが漂い、ときおりお姉さんからかき氷や串焼きを勧められていただいている。ちなみに、警備中の水分などの補給は特に咎《とが》められないので、この手の行為は特に問題ない。

むしろ、街の代表からは「とにかくお客さんには愛想よく」と言われているので、お姉さん方と仲良くなるのも仕事と割り切っている。

惜しむらくは、仕事中なので酒が呑めないことだ。食事は問題ないがどれも酒に合う物ばかりなので辛《つら》い。

暑くはあるが、昨年の経験を生かして水着での警備枠を勝ち取ったため、まだ余裕がある。揉《も》めている人間がいないか周囲を見渡していると、

「うおっ!?」

おそろしい怒気に満ちた魔力が発生しているのを確認した。

視線を向けると、そこには地元のマスコットキャラクターの【テンタ君】の着ぐるみがいた。

全部で十本ある触手がうごめいており、実に気持ち悪い造りとなっているのだが、信じがたいことに子どもに人気があるらしい。

あの着ぐるみは魔力に反応して触手が動くので、着ることができるのは魔法使いだけと決まっている。

子どもたちにどつかれたりしながら浜辺で戯れている。一見するととても微笑《ほほえ》ましい光景なのだが、中の人は怒っているらしく、プラカードを掲げプルプルと震えていた。視線だけは決してこちらから逸《そ》らそうとせず俺を監視しているようだ。

瞬間、暑い浜辺のはずなのに寒気がする。

「と、とりあえず、もう少し真面目にやるか」

そう呟き、人の整理に戻るのだが、その後も着ぐるみの中の人は俺の警備時間が終わるまで、ひたすら俺を睨みつけてくるのだった。

「ぷはっ！　汗掻《か》いた後の酒は美味《うま》いなっ！」

仕事を終え、汗を流した俺とテレサは、宿舎を出て屋台で食事をしている。

祭りも夜の部へと突入しており、酒で酔っ払う大人や、遊戯系の屋台を楽しむ子どもを連れた家族などで賑《にぎ》わいをみせていた。

「最初は渋っていたが、警備の後でこうして屋台を巡れるのも悪くないな？」

酔っ払いや迷惑を掛ける客がいた場合は働かなければならないが、その代わり警備の仕事をしている者が身分証を見せれば屋台の酒や料理が半額となる。

昼間は酒が呑めなかったからか、テンタクルス焼きが実に美味しく感じられた。

先程から俺が話し掛けているのに反応することなく、目の前の人物は一心不乱に食事をしている。

どうやらかなり機嫌が悪いようだ。

やがて、彼女はエールを口に含み、料理を流し込むと『ガリオンばかりずるいです』とでも言いたそうに俺を睨みつけてきた。

「仕方ないだろう、着ぐるみを動かす魔法使いは必要だったし、俺だって警備の仕事をして大変だったんだから」

そう、あのテンタ君の中に入っていたのはテレサだったのだ。

前日の夜、翌日からの警備担当を決めることになったのだが、誰もが嫌がる仕事がテンタ君だった。

俺はその仕事をテレサに割り振ったのだ。

『私があの着ぐるみを着ている最中、何度子どもに蹴られたかわかりますか？　途中頭が沸騰しそうになり、危うく触手を凶器に変えてガリオンに襲い掛かろうとして思いとどまりました』

ぶすぶすとフォークをテンタクルス焼きに振り下ろすテレサ。相当ストレスが溜《た》まっているようだ。

「……何で俺に襲い掛かるんだよ？」

既に沸騰していたのではないかと思ったのだが、思いとどまってくれたあたり、テレサにも理性が残っていたようだ。

「だから言っただろ、後悔するってさ……」

きつい仕事を押し付けたのは俺だが、そもそも依頼を強行したのはテレサだ。自業自得だろう。

こういう時、真面目な彼女には正論が通じる。痛いところを突かれたという表情を浮かべて押し黙り、しばらく考え込む。

『明日は代わってください』

それから、そんな希望を書き出した。

恨めしそうな視線が俺に注がれ続ける。普段から俺は、テレサに対し甘い部分があるので、このような目を向けられると非常に弱いのだが……。

「駄目だ。交代はできない」

ショックを受けたのか、ハンマーでぶん殴られたかのような顔をするテレサ。それだけ俺の返事が意外だったのだろう。

「俺はこの依頼を受ける時に止めた。それに背いたんだから自己責任としてちゃんと最後まで仕事をまっとうするんだ」

ここで甘やかすのは本人のためにならないし、今のこいつをあの場に解き放つのはありえない。

『ほ、本当に、このまま働かないといけないのですか？』

テレサが手を伸ばし、俺の腕に触れる。庇護欲《ひごよく》を誘うような上目遣いで白銀の瞳が揺れている。思わず言うことを聞いてやりたくなるが、俺はテレサのために心を鬼にする。

「ああ、依頼が終わるまでこのままだ」

表情を変えることなく、俺が告げると、彼女は手を引き……。

『わかりました。もういいです』

席を立つと、一人で宿舎へと帰って行った。

★

（ガリオンの意地悪）

ガリオンと別れたテレサは、大股で宿舎へと戻っていた。

（今までなら、話を聞いてくれていたのに）

彼女が本当に辛そうな時、ガリオンは率先して手を差し伸べていた。

なので、今回も助けてくれるのではないかと期待していたのだが、答えは無情にもノーだった。

（こうなったら、交代してくれる人物を自分で探して……）

そこまで考えると、宿舎に入ってピタリと立ち止まる。

（いえ、そもそもそれができるのなら、最初からこのような目に遭ってません）

先日、警備の役割を決める際、それぞれの希望を聞く機会が設けられていた。

テレサは自身が発声できないこともあってか、ガリオンにその役割を委ねたのだ。

（ガリオンはどうして今回に限り頑なのでしょうか？）

これまでの言動を考えると、彼に何らかの思惑があるのは間違いない。でなければ、あんなに強く否定してこないはずだとテレサは考える。

（どちらにせよ、私には無理だと踏んでいるのでしょうね）

何せ、ガリオンに助けてもらわなければ何もできないのだ……。

（もし彼が、他の魔法使いとパーティーを組みたいと考え始めたら……）

先日のユリコーン騒動が思い出される。あの時、ガリオンは近くにいたテレサではなく、エミリーから魔力を受け取った。

（魔力さえもらえれば誰でも良いのですか？）

胸にちくりと痛みが発生する。これまでに、何度もその疑問が浮かび、ガリオンに質問しようとした。だが、答えを聞くのが怖くて、思いとどまっていたのだ。

テレサが浮かない表情を浮かべ、立ち尽くしていると、

「どうしたんですか？」

背後から誰かが話し掛けてきた。

二日目となり、テレサは警備の仕事のため浜辺を歩いていた。

昨日とは違って着ぐるみを着ておらず『こちらが最後尾です』の看板を掲げながら周囲を観察している。

周りの人間は、一人の例外もなくテレサを見ると魂を抜かれたように立ち止まってしまう。

自分が注目されていることに気付くテレサだが、これまで感じたことのない類いの視線を受け、首を傾げる。

何かやってしまったか考えてみるがわからず、結局、看板が目立つからだろうと見当をつけている間に持ち場へと到着した。

(ガリオンが代わってくれないのなら構わないです。自分で交渉しましたから)

先日、ガリオンに意地悪をされ「ずっと着ぐるみ姿でいろ」と言われたテレサは、宿舎に戻ると魔法を使える人間に交代を迫ったのだ。

最初は断っていた魔法使いの子も、テレサの熱意に圧《お》された形で頷《うなず》くと、着ぐるみを着て担当場所へと向かった。

(ガリオンは一人だけずるいです。他の冒険者の女性や観光客の女性ともべったりして)

自分が炎天下の中、子どもに蹴られて耐えている間、ガリオンは若い女性からおやつを食べさせてもらい、他の冒険者とも和気あいあいと楽しそうに話をしていた。

その姿を見るたびになぜか胸が痛み、イライラしてしまう。ガリオンを着ぐるみに閉じ込めてしまえば、このような想いをしなくて済むのに、と考えるようになった。

これまで、ガリオンが自分以外の人間とどう接するのかあまり知らなかったテレサだが、思いの他社交的な面を見て不安がよぎった。

(私だってやればできるんです)

普段のテレサなら、大人しくガリオンに従っていたのだが、この時の彼女は謎の焦りに突き動かされていた。

テレサは『こちらが最後尾です』という看板を掲げながら客の整理をする。

相手はモンスターでも冒険者でもない。ただ流れるように人の後ろに立っていれば良いだけ。そう考えていたのだが……。

「わぁお、君、可愛いね?」

(えっ?)

テレサが振り返ると、そこには三人の若い男が立っていた。

彼らは厭《いや》らしい視線をテレサに向け、下心を隠そうともしない。

テレサはその視線に嫌な物を感じると、一歩下がって距離を取った。

「毎年ここの祭りに顔出してるけど、君みたいなレベルの高い娘は初めて見るよ」

「ほんとほんと」

「水着も気合が入ってるしな」

着ぐるみを着ない冒険者は水着で案内をするということで、適当な水着を選んだテレサだったが、祭りを盛り上げるため、女性の魅力を引き出す水着が貸し出されていた。

ただでさえ良いデザインの水着を、テレサが着ればどうなるか？　その答えは、これまで浜辺を歩いていた時にすれ違った観光客の態度を見れば明らかだった。

突然話し掛けられたテレサは、どう反応すべきかわからないでいる。

男たちは観光客なので無下にするわけにもいかず、かといって声が出せないので自分の意志を伝える手段もない。

「今から、俺たちと呑みに行こうぜ」

「仕事なんていいからさ。あっちで話そうぜ」

敵ならば魔法でぶっ飛ばせばいいが、ここでトラブルを起こすと祭りが台無しになってしまう。運営側からも、客とのトラブルはくれぐれも避けるように言われているし、あまりに対応が酷《ひど》ければクビになるとも言われている。

もし、ここでトラブルを起こして自分だけがクビになった場合、ガリオンはどう考えるだろうか？

自分に見切りをつけて他の冒険者――あの娘とパーティーを組むのではないか？

嫌な予感が浮かび、そのせいで男たちに抗《あらが》うことができなくなっている。

周囲を男三人に囲まれると、魔法を制限されているテレサでは抵抗もできない。

「はい。決まりっと！　それじゃあ、俺たちが泊まっている宿で呑み直すってことで行こうか！」

決して逃がすまいと、男たちの手が伸びてきてテレサの肩に触れそうになると……。

――ドドドドドドドドドドドドドドドッ――

砂煙が上がり、遠くから誰かが走ってきた。

「ちょ、ちょっと待った!!!!」

「なんだ、あんたは？」

「はぁはぁはぁはぁはぁ……」

炎天下の中、足場の悪い砂浜を全力ダッシュしてきたガリオンは膝を突き、即座に息を整えると立ち上がる。

「な、なんだよ……」

対峙《たいじ》してみると、全身が引き締まっているガリオンに比べ男たちの身体は貧相に見える。

自分たちが目立っていることに気付くと、急に居心地が悪くなったようだ。それでも、テレサのことは諦めきれないのか、男たちはガリオンに食ってかかった。

「お、俺たちは客だぞ。まさか暴力振るうつもりじゃないよな？」

テレサとて普段の状況なら男たちを撃退して終わりだった。

だが、今は街の依頼を受けてこの場に立っているので、無下にすることができなかったのだ。

立場が変わっても同じこと。今のガリオンではこの場を穏便に収めることはできない。テレサがそう考えていると、ガリオンは男の手を握り締めた。

「はっ？　何を急に手なんて握って……」

「お前さんたち、実にいいやつだなぁ？」

「「はっ？」」

ガリオンが満面の笑みを浮かべる。

「ただで酒を振る舞ってくれるってんだろ？　あまりにも美味しい話だったから、あっちから走ってきちまったぞ」

有無を言わさぬ態度で肩を抱く。その力があまりにも強いため、男たちは強制的にテレサから距離をとらされた。

「なっ、別にあんたに言ったわけじゃあ……」

ガリオンの想定外の態度に男たちが混乱していると、

「安心しろって。俺は男もいける口だからな、楽しませてやるからよぉ」

「「ひっ！」」

残る二人が両手で自分の尻を庇《かば》う。ガリオンの言葉の意味を正しく理解したようだ。

「というわけで、テレサ。お前さんは着ぐるみに戻れ。俺はこいつらと呑みに行くから列の整理も頼んだぞ」

そう言うと、男たちの肩を抱き、その場から離れていく。

「ちょ……待てっ⁉　俺たちは……アーーーーッ！」

男たちの悲鳴を聞きながら、テレサは突然の事態にポカーンと口を開くのだった。

★

男たちの相手を終え宿舎に戻ると、テレサが沈んだ表情を浮かべて待っていた。

『ありがとうございます。先程は大変助かりました』

ナンパ男がよほど怖かったのだろう、テレサは丁寧に頭を下げると礼を言った。反省が見えるしおらしい態度なのだが、今回ばかりはそれだけで済ませるわけにはいかない。

「お前さんは、隙だらけなところがあるからな。あんな格好でいたらウルフの群れの真ん中に生肉を放り込むようなもんだ」

テレサはもっと自分のことを客観的に見られるようになった方がいい。

儚《はかな》げで、守りたくなる雰囲気に加えて、誰もが羨むようなプロポーションをしている。特に目を惹《ひ》くのが胸で、水着姿を晒せば男が黙っているわけがない。

むしろ、声を掛けなければ失礼なレベルになるので、ナンパ男どもの行動は正しかったとさえいえる。ああなることを懸念して、俺は別な依頼を受けようとしたのだが、彼女の強引な横やりのせいでこうした事態に陥ってしまったのだ。

「それで、どうしてあんなことをした？」

俺が断れば、彼女が着ぐるみから出ることはないだろうと高をくくっていた。実際、テレサは声を出せないので他の冒険者とコミュニケーションをとることができないし、その度胸もない。

今までのテレサなら、他の人間に自分から話し掛けてまで表に出てこようとしなかったので、なぜ今回に限り、彼女が行動を起こしたのか、原因が気になった。

『ガリオンが、他の女性冒険者や、観光客と楽しそうにしているのが嫌だったのです』

そう告げるテレサは、顔を上げると不安そうな表情を浮かべる。ここ最近、彼女はこのような愁いを帯びたような表情をよくしていることがある。

なぜそのように不安がるのか、俺にはテレサの内心がわからない。

「悪かったよ。でもな、こっちも仕事なんだから、客から勧められたら断れないし、他の冒険者とも警備の配置について話さなければならないんだ」

なので、ごく当たり前の返事をするしかない。ひとまず、俺だけが良い思いをしていることへの不満が文面の端々から見えるので、そこに関しては頭を下げておいた。

『別に……ガリオンが謝るようなことでは……。そうだ、今回の依頼、私が強引に受けてしまったわけですし、こうなるとわかっていたから、頑に拒絶したんですよね？』

先程の落ち込みが嘘のように、一転して明るい顔をするテレサ。俺が依頼を受けなかった理由を正しく認識したようだ。

事実その通りなのだが、あまり過保護なのを知られてしまうのも良くない。

「違うぞ、俺は暑いのと人が多いのが苦手なんだよ」

『ふふふ、そういうことにしておいてあげますね』

叱っていたのはこちらなのだが、なぜか主導権をテレサに握られてしまっている。こういうのは良くないので話題を変えることにしよう。唐突に振っても不自然じゃない話題となると……。

「そういえばなんだが」

『何でしょうか？』

「お前さんの水着姿――」

『えっ？』

テレサはゴクリと喉を鳴らすと俺を見上げる。白銀の瞳が揺らぎ、不安そうな……何かを期待しているような様子でそわそわと身体を揺らしている。

俺はテレサの水着姿を頭に思い浮かべ、あの時一番感じた言葉を口にした。

「凄くエロかったな！」

次の瞬間、テレサは海に浮かぶクラゲを見るような目で俺を見ると、大きな溜息を吐《つ》いた。

「いや、違う。そういう意味じゃないぞ！　見ていて、触った時の胸の感触を思い出したし、胸だけじゃなくて太ももももエロかったし、とにかく男どもが夢中になるのもわからなくなかった！」

『私、明日から絶対着ぐるみから出ませんので』

フォローを入れるも、かえって警戒心を引き起こさせてしまったようだ。今では男すべてを汚物のように考えていそうな顔をしている。

そんなテレサを見ていると、

『まったく、ガリオンはもっと女性を褒める語彙を磨いた方がいいですね』

彼女はそう書き残すと部屋へと戻って行く。

その足取りは、今日散々な目に遭ったとは思えない程に軽く、機嫌が良さそうに見えた。

翌日になり、俺が仕事をしようとすると、

「ガリオン君は表に出すにはちょっと良くない噂《うわさ》があるようだから、今日からは着ぐるみを着てくれ」

街の代表から声を掛けられた。

「なん……だ……と……?」

先日の『男もいける』と口にしたことが周囲に広まってしまったらしい。

他の男冒険者も女冒険者も距離を取り、俺を避けていた。

何者かが俺の腰にツンツンと触れる。

唯一俺に近付くのは……。

『今日からは一緒に働けますね、頑張りましょう!』

機嫌よさそうに笑みを浮かべるテレサだけだった。

22

夜明けとともに目が覚めると、俺はラフな格好に着替えて外に出る。

宿舎を出て、街を一周軽く走っていると、ところどころに散歩をしているお年寄りの姿があった。

毎日同じ時間にここを通るので、時には手を振ってきたり「元気だね」と声を掛けられたり。滞在して一週間もすると、それなりに現地の人との交流も増えてきた。

街中をしばらく走り回ってから宿舎に戻り、水分を補給する。

追加でコップに水を注ぎ、愛用の剣を携えると裏庭へと移動する。

ここは、洗濯物を干すスペースで、俺たち雇われ冒険者が毎日使うベッドのシーツは宿舎の管理人さんによって洗われている。

そのお蔭で、毎日気持ちよく睡眠をとることができるので感謝している。

日中は大量のシーツが干され壮観なこの場所には、早朝だというのにそれなりに人がいる。

そこかしこで武器を振る男女。すべて武器を扱うことを生業《なりわい》にしている冒険者たちだ。

俺たちのような人間は、とにかく一日に一度は武器を振らないと落ち着かない。

別に、危険人物的な意味合いではなく、この手の、身体をあまり使わない仕事だとなまってしまうからだ。

一日武器を振らなければ取り戻すのに三日。これが武器を扱う冒険者の常識だ。なので、俺たちは誰に言われるともなく早朝に集まり、こうして身体を動かしているのだ。

彼らは俺に気付くと、軽く手を振って挨拶してくる。先日の俺に関する悪い噂もどうにか落ち着いたようで、俺は皆から離れた場所に陣取ると、剣を振り始めた。


――ヒュッ！　ヒュッ！――

風を切り裂く音を聞きながら、もどかしさを覚える。自分が満足できる剣筋をなぞれるのは百回に一回もない。まだまだ自分の剣に満足することができない。

途中、俺の鍛錬を見ていた男冒険者が試合を申し込んで来た。

剣を交えることで互いのことを知り、いざどこかの依頼で会った時には共闘するための儀式めいたやり取りだ。なので、勝ち負けは重要ではなく、相手の呼吸を知って、共闘できるだけの動きに対する理解が重要となるので、なるべく長い時間剣を交えることが重要と言われている。

「はぁっ！」

「ま、まいった！」

そんなやりとりを、俺は剣を一閃《いっせん》させて一瞬で終わらせる。長く戦った方が良いとはいえ、実力に差があるのは最初の打ち合いでわかっていたし、力量差がある者と共闘する機会はあまりないので構わないだろう。

男冒険者は肩を落としてすごすごと退散していく。他の冒険者に声を掛けられ、何かを話しているようだが、俺は黙々と素振りに戻った。

しばらくすると、今度は女冒険者が近付いてきた。

彼女の得物は鞭のようで、自分と違う武器を持つ相手との試合もまた非常に高い経験値となることを俺たちは知っている。

「はっ！　やっ！　せいっ！」

――ピシッ！　ピシッ！　ピシィィ！――

変幻自在の鞭を見切って避《よ》ける。最初は左右に、見切れるようになってからはその場から動かず身体をかがめて……。

周囲で見物している冒険者たちから「おおおおおっ！」と歓声が聞こえるが、今の俺にそこまでの余裕はない。

なんせ、鞭の動きを読み切ろうと集中しているのに邪魔が入るからだ。

「はぁはぁ、んっ！　やぁっ！」

息切れする女冒険者の声が非常に気になる。

わざとやっているのか、苦しそうな表情を浮かべ、時に艶《なま》めかしく聞こえるそれが俺の五感の一つを完全に封じている。ひとまず、耳から得られる情報は諦め、俺はその声をひたすら記憶することに自身の潜在能力の半分を割き、勝負を続ける。

「【スパイラル】」

技を仕掛けてきた。鞭の動きが加速し、螺旋《らせん》を描くと俺に向かってくる。

俺はその動きを見て焦ることなく地を這《は》うと攻撃を避けた。

「「「おおおおおおっ！」」」

観客の感嘆の声が聞こえる。

「今の見たか？」

どうやら彼らも気付いたらしい……。

「くっ、今のを避けるなんて。こうなったら今使える最高の技を……」

彼女が腕を振るたび、胸が大きく揺れていることに。

これのせいで、俺は彼女の動きから目が離せない。比率で言うと四割を胸に、五割を声に。そして一割は鞭の動きに集中している。

「【スネーク】」

次の瞬間、鞭が唸《うな》り、生物のように俺に襲い掛かってきた。

俺はその軌道を完全に見極めると、

「えっ？」

「はっ？」

観戦者と女冒険者の驚く声が聞こえる。鞭をすり抜け、無防備な彼女の前に立つと柄の尻で胸を押す。

「あんっ！」

女冒険者はバランスを崩し、尻もちをついた。

「これで終わりかな？」

息を吐き汗を拭う。まったく、最後まで気が抜けない戦いだった。

「今のどうやったんだ？」

「鞭の不規則な軌道を読み切って、攻撃を全部避けた？」

「嘘だろ？　まるで幻のように攻撃をすり抜けてみえたぞ」

ペタリと尻もちをつく女冒険者に手を貸し、起こしてやる。良い試合をした彼女との握手も兼ねている。

「俺はそろそろ上がらせてもらう。あんた、いい物持ってるな」

「あ、ありがとう。あんたみたいな凄腕にそう言われると照れるよ」

俺はよい試合をしてくれた女冒険者に声を掛けて宿舎へと戻った。

早朝の運動を終えて食堂で食事を摂《と》っていると……。

『おはようございます』

目をごしごしこすりながらテレサが現れた。

『いつもながら早いですね。早起きするのにコツでもあるのでしょうか？』

テレサの代わりに朝食を注文すると、彼女が首を傾げた。

俺は、ふと思いついて……。

「早起きすると、結構いいことがあるからな」

疑問を浮かべる彼女に、そう告げるのだった。

23

「死ぬ程暑い……」

予報によると本日は今年最高気温に到達するらしく、午後になった現在、太陽の光が俺たちを容赦なく責め立てていた。

俺に関する妙な噂は払拭できたものの、一度代わってしまった時点で他の冒険者が着ぐるみに入るのを嫌い、交代する人間がいないためずっと着ぐるみを着続けている。

隣では、夜に見ると子どもにトラウマを与えそうな気持ち悪い造形の「テンタ君」――着ぐるみを着ているテレサがいるのだが、彼女もこの暑さのせいで言葉が出ないようだ（元々しゃべれないが）。

あまりの暑さに、俺たちが屋根がある屋台の一角で休んでいると……。

『そんなに暑いというのなら、次の休みに泳ぎに行きませんか？』

目の前には海が広がっている。観光客はこの日差しの中でも楽しそうにしている。テレサの提案はとても魅力的だった。

「そうだな、そうするか……」

考えてみれば、せっかく海に来ているというのに仕事しかしていない気がする。俺もテレサも今遊びに来ている連中と同じくらいの歳《とし》なのだ。もっと楽しんでもいいのではないか？

そんなことを考えていると、かすかに違和感を覚えた。

「ん？　何やら、魔力の反応を感じる」

至近距離から魔力がほんのりと漂ってきて俺の感覚に触れる。この吸い慣れた魔力はテレサのものに違いない。

『ええ、私が魔法を使っていますので』

彼女は「テンタ君」の十本ある触手を器用に動かすと、文字を書いてみせた。着ぐるみの先端から魔力を発するとは操る技術がとてつもなく上達している。

「触手を動かすためにしても、そんな魔力は必要ないだろ。一体、何をしてるんだ？」

漏れてくる魔力から常時魔法を発動しているようなのだが、こんな警備で何をしているのかが気になった。

『身体中に冷気を纏《まと》う魔法を掛けていますからね。これのお蔭で中はわりと快適なのですよ』

「それって……とんでもない技術じゃないのか？」

魔法でもっとも難しいのは魔力の制御だ。一見すると、強力な魔法こそ難易度が高いと思われがちだが、途切れるか途切れないかギリギリの魔力を継続して魔法を行使する方が難易度が高い。

テレサが連続使用しているのは冷気の魔法だが、少しでも強くなれば寒いし、弱すぎれば魔法が途切れてしまう。

適温になるように常時魔法を制御し続けるというのは、よほど技術が卓越していなければできないだろう。

『この暑さをどうにかできないかと考え、必死に努力しましたから』

「こんなことで、新たな才能を開花させるなよ……」

常人が五年十年と費やして身に付ける魔力制御技術を『暑かったから』という理由で習得するテレサに、俺はまともな魔法使いに対して申し訳なさを感じた。

「それ、俺にも掛けてくれよ」

とはいえ、今は非常時である。俺も暑さで脳がゆだって限界がきており、喉がからからの状態だ。着ぐるみ姿ではお姉さん方の差し入れも期待できないので、体内の水分が不足している。

かといって、この暑さの中着ぐるみを脱いで水を買いに行く気力もないので、まずは適温に身体を戻して休みたい。

『申し訳ありませんがこの魔法は一人用です。仮に掛けられたとしてもガリオンの特殊体質では維持できないでしょう』

ごもっともな話だ。俺の体質は大気に流れている魔力を無意識に少しずつ吸ってしまう。テレサの冷気魔法は微妙な調整で成り立っているらしいので、掛けてもらってもすぐに途切れるだろう。まさか自分の体質を呪う日が来るとは……。

『あの、どうして私に向かって手を伸ばしてくるのですか？』

自分だけが苦しいのは納得がいかない。ましてや、この窮地に追いやられたのはテレサのせいなのだ。こうなれば、テレサの魔法を妨害して仲間に引きずり込んでやろうと手を伸ばす。テレサが触手を動かし必死に身体を守ろうとしているのを見ていると……。

「あっ、あのっ！」

視線を向けると、視界に水着姿が飛び込んで来た。

テレサの実り育ったそれとは違い、凹凸の少ないそれはデザインの素晴らしい水着で補っても悲しくなる程に目を惹かない。

「こ、これ……差し入れです」

などと失礼なことを考えて無言でいると、目の前の女神は俺に水を差し入れてくれた。

「ありがとう、助かった」

水を受け取り、着ぐるみの頭を外すと水分を補給する。上半身が涼しくなり生き返った。

「ん、そういえば、どこかで会ったことがあるような？」

俺は改めて、目の前の心優しい女の子（の胸）を凝視する。

確かに見た顔なのだが、暑さで思考力が鈍っているのか一向に答えが出ない。

「あのっ！　以前、ユリコーンの時に助けていただいた……」

その一言で思い出す。あの時と格好が違いすぎたので思い出せなかったが、

「確か、エネミーとか言ったか？」

「エミリーですぅぅぅぅ！」

涙を浮かべ悲しそうな声を出す。周囲の客が思わず一斉に俺たちを見たくらいだ。

「今のは冗談だからな？」

そう言って頭を撫《な》でてなだめてやる。小柄な身体をしているので非常に収まりが良く頭を撫でやすい。

「ううぅ、本当ですか？」

一瞬、テレサの魔力が高まった気がするが、魔法の制御に失敗して掛け直しただけだろう。今は目の前の再会を喜んでおこう。

「それにしても、偶然だな。そっちも、この仕事受けていたんだな？」

何せ、一大イベントなので雇われている冒険者の数も多く、割り振られた役割も多い。戦闘が苦手

な人間は屋台の調理補助にまわったり、救護室で働く者もいるのだ。

知り合いがいると思って注目して見なければ、見逃していても仕方ない。

「えっ？　そちらのテレサさんとは、先日着ぐるみと交代していたんですけど……」

どうやら、テレサとは既に再会していたらしい。彼女は無言で顔を逸らしている。

「まあ、何にせよこの差し入れはありがたい。着ぐるみの中は灼熱《しゃくねつ》地獄な上、水もろくに買いに行けなかったからな」

「わかります。触手も動かさないといけない上、結構重たいので、私も一日でこりごりでした」

エミリーはヘニャリと顔を変化させると苦笑いをした。テレサと交代した日の話なのだろう。俺たちが苦労話で盛り上がっている間も、テレサは口を挟むことなくじっとしている。

「とにかく、この水の礼をしないといけないな……」

砂漠で遭難している最中に得た水筒にも等しい。命の危機を救ってもらっておきながら恩を返さないというのはあり得ないだろう。

「そんな、御礼だなんて……、でももし良かったら、休みの日にでも一緒に――」

エミリーが頬を染め、期待の眼差しを俺に向け何かを言おうとしていると、

「ううーん、こいつはまいったなぁ？」

「どうしたんですか？」

近くにいた、街の代表が声を上げた。

「おっ、君たちはイベントスタッフとして参加している冒険者だな？　実はだな――」

俺たちは、街の代表に相談を持ちかけられるのだった。

◇

――ザッザッザ――


砂浜を歩く。

一部の場所では魔法による光が眩《まぶ》しいくらいに輝いており、俺たちはその周囲に立っていた。

夜とはいえ気温が高く、現在は武器と防具を身に着けているので、こうしているだけでも汗が噴き出してくる。

なぜ俺たちが夜間にこうして息を殺して砂浜にいるのかというと、仕事をするためだ。

周囲には、俺と同じように武器を持つ冒険者がおり、緊張を滲《にじ》ませている。

魔法で作られた高台で見張りをしていた冒険者が叫ぶ。

「来たぞ！　西側から接近中！　大物だっ！　気を付けろっ！」

「テレサ、俺はそろそろ行ってくるよ」

先程から俺と手を繋《つな》いでいたテレサは、あっさりと離れると……。

『この戦いが終わったら、一杯やりましょう』

そう書き残して下がっていった。ちなみに、戦いの前に約束を取り付けるのは縁起が悪いことなのだが、彼女は悪意を持っているのか、それとも人付き合いが希薄で知らないのか、どちらなのだろうか？

そんな疑問が浮かぶが相手も待ってはくれない。俺は気を引き締めた。

「さて、海上で戦うのは初めてだが、やってみるかな……」

次の瞬間、飛沫《しぶき》が上がると、巨大な何かが海上に浮き上がってきた。

水棲《すいせい》巨大モンスターのテンタクルスだ。

このモンスターは夜間になると行動を開始し、特に強い光に引き寄せられる習性を持っている。

今回、この祭りではテンタクルス焼きを一般に広めるためのキャンペーンを行っていた。

地元で根付いたB級グルメを宣伝したいという思惑で気合を入れて推しまくっていたのだが、そのお蔭もあってかテンタクルス焼きは売れまくった。

その結果、祭り期間がまだ半分しかすぎていない段階にもかかわらず、食材の在庫が切れそうになったのだ。

チラシや通信網まで使って宣伝しているので、ここでテンタクルス焼きを提供できなくなってしまえば、遠方からの観光客の不満が爆発し、この港街は大きな損失を被ることになるだろう。

そんなわけで、急遽《きゅうきょ》編成されたのが、高ランク冒険者による討伐隊というわけだ。

「テンタクルスは十本の触手を不規則に動かして獲物を捕獲する！　気を付けろよっ！」

討伐指揮を執る冒険者が注意喚起する。

俺を含む冒険者たちはそのことを念頭に置きながら全員で突撃する。

風や氷の魔法が飛び交い、剣や槍で突く。流石《さすが》は高ランクばかりを集めただけあって、俺たちは優位に立ち回ることができた。

「きゃあああああ！　止めて！　離して！」

女の子の悲鳴が聞こえる。見るとエミリーがテンタクルスの触手に捕まっていた。彼女は俺たちと一緒に話を聞いていた上、魔法を使えるので今回の討伐に参加していた。

「や、やだっ！　誰か助けて！」

触手が絡みつき、彼女を拘束する。

「くそっ！　あれじゃ攻撃ができないぞっ！」

テンタクルスはエミリーを盾に俺たちを牽制《けんせい》し始めた。

「た、たすっ……助けてっ！」

触手にまさぐられながら、涙を浮かべてエミリーが叫ぶ。俺はそんな彼女と目が合った。

「せめて、足場さえ何とかなれば……」

水中にいられると、接近して触手を斬り落とすこともできない。どうするべきか考えていると、背中を一筋の冷たい風が撫でた。

振り返ってみると、テレサが杖《つえ》を掲げて頷く。それだけで、俺は彼女が何をしようとしているのか察する。

「皆っ！　海から出ろっ！」

全員が戸惑いながらも俺の指示に従って行動する。

中には以前俺と模擬戦をした男冒険者も鞭使いの女冒険者も含まれている。

あの時、実力を見せておいたことで、彼らの信頼を得られたというのも大きかった。

次の瞬間、テレサの杖の先から冷気が噴き出し、テンタクルスへと向かう。触手を海ごと凍り付かせ、テンタクルスの行動を封じ込めた。

「す、凄い。こんな範囲を限定しながら一気に冷気で海面を凍り付かせるなんて……、どれだけ高度な魔法技術なの!?」

ここ最近のテレサの研鑽《けんさん》の成果だ。元々魔法をコントロールして攻撃するのが得意だった上、魔力の制御の腕も上がっている。

テンタクルスの脚だけを封じ込め、エミリーに魔法が掛からないように配慮までしていた。本当に頼もしい限りだ。

「よし、これなら何とかなる!」

先程まで、一進一退の攻防を繰り広げていたのは、敵が海上から動かなかったからだ。

海中で戦うと、素早い動きをすることができず、致命傷を負わせるのにも限界がある。

俺は戦いながら、徐々にやつを砂浜へと誘導していたので、それを見ていたテレサが援護したのだ。

「エミリーっ！　今助ける！　もう少しの辛抱だぞっ！」

くじけそうになっているエミリーに声を掛けると、

「ガリオンさん！　助けてっ！」

彼女は必死に手を伸ばすと俺に助けを求めた。

剣を掲げると、遠くから飛んできた冷気が直撃して剣にまとわりつく。俺はその冷気を維持すると、

「これでお終《しま》いだっ！」

「「「「「「「なっ！」」」」」」」

凍っている地面を蹴って飛び上がり、高速で剣を振るうと、テンタクルスを斬り刻んだ。

24

「あんた凄えな！」

「パーティー登録は？　良かったらうちに入ってくれないか？」

「本当に助かりましたっ！　ありがとうございますっ！」

テンタクルスとの戦闘を終え、宿舎へと戻ったガリオンたちは、徹夜明けのテンションでそのまま宴会へとなだれ込んだ。

今回の特別依頼のお蔭で、丸一日警備の仕事から除外されているので、ガリオンを含めた冒険者たちは今日の仕事を気にする必要がない。

「いや、あれは俺が凄いというよりは、テレサが支援してくれたからだぞ」

テンタクルスを凍り付かせた冷気魔法。ガリオンが剣を掲げると同時に意図を察し、テレサにしかできない精度で剣に氷結魔法を当てるコントロール。

さらに言うと、ガリオンの身体能力が高かったのは、テンタクルス出現直前までテレサが魔力を与え続けていたからだ。いくらガリオンが優れた剣士でも、あのサポートがなければ、あそこまで鮮やかにテンタクルスを討伐することはできなかっただろう。

ガリオンの周囲には男女ともに冒険者が集まっている。その中には先日試合をした男冒険者や鞭使いの女冒険者、エミリーもいて、しきりに彼を褒めている。

「またまた謙遜を！　あんな鋭い剣技見たことないぞ。瞬きする程の間にテンタクルスが輪切りになっていたもんな」

「あのパワーも素敵よ。重量を乗せたテンタクルスの触手攻撃に押し負けてなかったもの。きっと下半身も鍛え上げられてるんでしょうね？」

女性冒険者がしなだれかかって胸を押し付けてくる。

「わ、私、またガリオンさんに助けていただいて。是非、御礼を受け取ってください」

エミリーが顔を真っ赤にしてそう言う。

周囲の賑わいが最高潮となり、宿舎の冒険者たちがガリオンを中心に盛り上がる中、

――パタン――

ドアが閉まり、一人の人物が出て行く。

「まあ、とりあえず皆の援護があってのことだろ。今夜は呑もうぜ」

ガリオンは、そのことに気付くことなく、皆と仲良く打ち解け、酒を酌み交わしていた。

空は明るくなり始めており、夜と朝の境目が曖昧になる。水平線から太陽が昇り始め、輝きが横顔を照らし目を細める。

テレサはその光景を一人、宿舎のテラスで眺めていた。

中で行われている宴会は終わりに近付いているのか、騒ぎも落ち着き始めている。

テーブルにはグラスが二つとワインが一本置いてあるが、手を付けた形跡がまったくなく、ワインはぬるくなってしまっていた。

(私は何をしているのですかね?)

テレサがこうして一人で外にいるのは、騒がしいのが苦手ということもあったが、もしかするとガリオンが来てくれるかもしれないと期待していたからだ。

知り合ってから毎日、どこに行ってもガリオンがいた。

だけど、この依頼を受けてから、ガリオンは他の冒険者と話すことも多く、その分テレサと一緒にすごす時間が減っていた。

テンタクルス討伐後、ガリオンの周囲に人が集まることをテレサは予想していた。

ただでさえ優秀な剣士で、人当たりも良く、自分とは違って誰とでも仲良くなれる存在。

テレサが魔力を分け与えたことにより、討伐の最大功労者になるのは間違いなく、そうなればその後の宴会でガリオンが主役となるのは想像がついたからだ。

だから討伐前に一緒にお酒を呑む約束をしたのだが……。テレサの一方的な約束を、ガリオンは気にも留めていなかったようだ。

もうすぐ朝日が顔を出す。テレサは椅子から立ち上がると、自室へと引き上げていく。

テーブルに置かれたワインと二つのグラスが日の光を浴びて輝いていた。

★

「ガリオンさんっ！　今日って暇でしょうか？」

宴会を終え、一度眠り、起床してから遅めの朝食をテレサと摂っていると、エミリーが話し掛けてきた。

「えっと……、確かに今日は休みだが？」

テンタクルス討伐に参加した人間は全員そうなのだから、改めて確認するまでもないと俺は思った。

「よ、よかったら、私と一緒に遊んでもらえないでしょうか？　テンタクルスから助けてもらった御礼がしたいんです」

「礼なら、昨日散々聞かされたから十分だぞ」

ことあるごとに俺に礼を言うので、これ以上は不要だ。冒険者は助け合い協力し合うのが当然なのだから……。

俺がそう告げると、エミリーが困った顔をして、それでも何か言いたそうにしている。

そのタイミングで、テレサが食器を持って立ち上がった。

「おい、テレサ」

この状況で置いていかれては困る。俺は彼女を呼び止める。

『何ですか？』

普段よりも表情に陰りが見えた。モンスター討伐で魔力を吸いすぎてしまい、疲れているのかもしれない。

「今日は泳ぎにいくんじゃなかったのか？」

以前『次の休みになったら泳ぎに行きましょう』と言っていたので、俺はそのつもりだったのだが……。

『昨晩の疲れが抜けません。私は部屋で休むことにします』

そう告げると、こちらを見ることなく去っていく。どうもテンタクルス討伐後から様子がおかしい。

「なんだ……あいつ？」

俺は彼女を追いかけて話を聞きたいと考えるのだが……。

「決まりですね。えへへへ、楽しみましょうね」

エミリーはそう言うと、嬉《うれ》しそうに笑いかけてきた。

「うわぁ……今日も暑いな」

日差しが降り注ぐ中、そこらでは冒険者の警備員が汗水流して働いている。エミリーは右手で日差しを遮ると、そんな感想を口にした。

「こんな日に働かずに済むなら、テンタクルスを後数匹倒してもいいかもしれないな」

俺たち討伐組は、警備の仕事を一日免除されているので、降って湧いた休暇ということもあり、こうして海へと繰り出した。

「流石に、それはちょっと嫌ですよぅ」

昨晩のことを思い出したのか、エミリーは顔を歪める。

彼女は水着の上からパーカーを身に着けており、浮き輪を横に置いている。この後泳ぎに行く予定なのだが、周囲の客も可愛らしい容姿のエミリーに振り返っていた。

食事を終え、海へと向かう。

彼女がパーカーを脱ぐと、周囲の野郎どもの視線が一気に集中する。

「ちょ、ちょっと恥ずかしいです」

大人しい性格とは裏腹に大胆な水着を着ている。彼女ははにかむと頬を赤く染めた。

「暑い中こうして泳ぐのも悪くないな」

海水の冷たさが気持ちよく、波に揺られる。

ある程度沖に進むと、流れに身を任せる。エミリーは浮き輪に腕と足を掛けると、目を閉じて気持ちよさそうにしていた。

昨晩のテンタクルス戦で魔力を結構使っているので疲れているのだろう。

「こうしていつまでも浮かんでいたい気分ですね」

エミリーはそう言うと、俺の手を握ってくる。

「……んぅ」

咄嗟《とっさ》だったので、かすかに魔力を吸い上げてしまう。彼女から艶《あで》な吐息が漏れた。

「おっと、悪い」

「いえ、前の時もそうでしたけど、ガリオンさんには何か秘密があるんですよね？」

最近、テレサからよく魔力をもらっていたので、手を握られると自然と吸い上げてしまった。エミリーは何かに気付いた様子だ。

「特に秘密にしているわけじゃないが……」

いちいち話して回る程のことでもないので黙っていたのだが、何度も彼女の魔力を吸っているからには事情を話しておくことにした。

俺が一通り説明を終えると、エミリーは「打ち明けてもらえて嬉しかったです」と笑った。

海面に浮かび波の音を聞きながら、俺は先程のテレサの様子を思い出す。

一緒にパーティーを組むようになって、それなりに上手くやってきたつもりだった。だが、最近彼女の様子がおかしいと感じていた。

徐々に見せるようになってきた笑顔は消え、不安そうな表情を浮かべている。

ふと、視線を感じたかと思えば、テレサが遠くからこちらを見ていることもあった。今まで、様々なちょっかいを掛けてきたが、ここまであからさまに避けられたのは今回が初めてだ。

「もう、ガリオンさん。聞いてましたか？」

「いや、ごめん。なんだっけ？」

意識が引き戻される。目の前に笑みを浮かべたエミリーの顔があった。

「良かったら、夜の食事も私と摂ってもらえませんか？」

最初はおどおどしていたが、こうして打ち解けてくれると話しやすい。彼女自身もそう感じてくれているのか、こうして誘ってくれる。

「そんなことなら、勿論《もちろん》……」

特に問題もなく話を受けようとした瞬間、テレサの顔が浮かび――

★

もぞもぞとベッドから身体を起こし外を見る。

夕日が差し込み、外はだんだんと暗くなりつつあった。

(結局、一日寝て過ごしてしまいましたね)

ガリオンの誘いを断り、宿舎に戻ったテレサは寝て過ごしていた。

昨晩の疲れが残っていたので眠っていたのだが、目を閉じると悪い夢ばかり見てしまい、かえって疲労が溜まっている。

(ガリオンは今頃……)

胸をぎゅっと掴む。先程まで見た夢にガリオンが登場していた。夢の中のガリオンは、楽しそうに皆と話していて、テレサがいくら呼んでも見向きもしなかった。

周囲を透明な壁に阻まれ、声が届かない。そんな夢を見せられて不安にならないわけがない。

この仕事を受けてからというもの、ガリオンとすごす時間が減っているのを感じる。それに比例して、テレサの心を占める不安が大きくなっていた。暗い気持ちを抱える中――。


――コンコンコン――


(誰でしょうか?)

ここは女子の宿舎なので男は立ち入ることができない。テレサを訪ねてくるような人間は、エミリーくらいなのだが、彼女は今頃ガリオンと一緒のはず。

そう考えつつもドアを開けてみると……。

(えっ?)

「良かった、起きてたな?」

目の前にガリオンが立っていた。

『ここ、男性は立ち入り禁止ですよ』

驚きつつも、テレサは急いで文字を書く。

「そんな硬いこと言うなよ。それより、出てこられるか?」

先程まで悩んでいたのが何なのかとばかりに、ガリオンはテレサに笑顔を向ける。

『生憎《あいにく》、気分が優れないので……』

テレサが文章を書き断ろうとするのだが、

「あまり長居すると誰かに見つかる。とりあえず、水着に着替えて浜辺に来てくれよな」

(あっ……)

ガリオンは返事を聞くことなく、その場を去っていく。

(何なんですか、いつも。こっちの意見も聞かずに)

テレサは憤慨しながらも着替えの用意をする。その口の端は緩んでいた。

★

「おっ、来たな！　こっちだ」

宿舎から出てきたテレサを発見すると、俺は手を振った。

彼女はパーカーにサンダル姿をしており、艶めかしい足が目に映った。

近くまできた彼女は、じっと俺を見上げてくる。まだ本調子ではないのか表情に陰りがあるが、そんな彼女だからこそ強引に呼び出したのだ。

『一体、何なのですか？　こんな時間に呼び出して』

テレサは眉根を寄せると、空中にキラキラと輝く魔力文字を書いた。

「地元の人たちからちょっと面白い場所の話を聞いたもんでな、散歩しようぜ」

そうはぐらかすと、俺は彼女に背を向けて歩き出す。しばらく無言で足音だけが聞こえる。

岩肌が露出する場所が増えてきた。

周囲に何組かのカップルの姿が見える。彼らは肩を抱き、見つめ合っており、互いしか見えていない様子だ。

テレサは気まずそうに早足になると、ピタリと俺の背に張り付いた。

しばらく進むと洞窟があり、中に入る。ひやりとした空気が流れ、テレサが腕を擦《こす》る。

彼女がいよいよ顔に疑問を浮かべ、俺に再度問いただそうとしたとき、ちょうど目的地に着いた。

「ここだ、見てみろ」

『…………』

テレサは目を大きく見開くと、目の前の光景に心を奪われる。

「この洞窟から見える夕日が沈む水平線は絶景ポイントらしいんだ」

最近打ち解けた冒険者の何人かにこの場所に誘われていたのだが、実際にこの目で見てみると納得せざるを得ない。

夕日が海に沈んでいく様子が見えるのだが、洞窟からわずかに見える海が真っ赤に染まっており、言葉を失う美しさだった。

しばらくの間、美しい光景に見惚《みほ》れていると、彼女がギュッと手を握ってきた。

そして、熱に浮かされたかのような目で俺を見ている。

俺は、これまで彼女が見せたことのない表情を見て、何を訴えているのか知りたくなったのだが、彼女は声を出すことができないので現状ではそれを聞くことができない。

テレサは左手を動かし、文字を書こうとするのだが、指先が震えており迷っているようだった。

急かすと益々何も言えなくなるだろう。俺は彼女を見守り続ける。

そうこうしている間に夕日が完全に落ち、他に明かりもなく洞窟内が真っ暗になってしまった。どうやら時間切れのようだ。

「そろそろ戻るか」

他にいたカップルたちも既に浜に戻っているようで、この場には俺たちしか残されていない。

美しい景色を見たことで、一時的に明るくなったテレサだが、今では顔を伏せてしまっている。

岩場ということもあり、転ばないよう彼女の手を握ったまま宿舎へと向かうのだが、その際、彼女が握り締める手の力は弱く、俺が力を込めなければするりと抜け落ちてしまいそうになっていた。

25

宿舎に戻ったテレサは、潮しぶきを浴びて濡れてしまったので改めて風呂に浸《つ》かるため、大浴場に来ていた。

先程までの幻想的な光景を思い出すと感動が蘇《よみがえ》る。ガリオンはテレサにあの景色を見せるためだけに呼び出したのだ。

ガリオンがテレサを心配してあの場所に連れ出したことは彼女にもわかった。だから嬉しさのあまり、余計なことを期待してしまった。

その時感じた想いを衝動的にガリオンに伝えようとした瞬間、テレサの頭に別な疑問が浮かんだ。

たまたま落ち込んでいたのが自分だったからというだけで、これがエミリーの場合でも彼はこうして元気づけたのではないだろうか？

ガリオンは女性に優しいのでなおさらだ。

そう考えると、先程までの想いはしぼんでしまい、いつしか不安が大きくなっているのを感じた。

胸に手を押し付け、少しでも痛みを和らげようとする。先程まで繋いでいた彼の手の温《ぬく》もりを感じるため……。

「あれ、テレサさん？」

浴場に入ったところで、ちょうどエミリーと遭遇した。

「今からお風呂ですか？」

彼女は日中ガリオンと一緒にいた。ガリオンが食事の誘いを断ったので、一人で食事をし、こうして風呂に浸かりにきたのだ。

避けるわけにもいかず、二人は隣り合って座り身体を洗う。

テレサは髪を洗うエミリーを横目に観察する。彼女はとても機嫌がよさそうだ。

日中のことについて、ガリオンはテレサに何も話していない。

エミリーの様子からして、楽しい時間を過ごしたことは間違いない。

「テレサさんは、身体洗わないんですか？」

湯で泡を流し、テレサの視線に気付いたエミリーは首を傾げる。正面から見た裸体は、一部こそ乏しいもののエミリーもまた可愛い少女だった。

急速に不安が押し寄せる。ガリオンがエミリーに優しい笑顔を向けているのを思い出したからだ。これまで、散々、テレサの面倒を見てきたガリオンだが、彼が優しいのは何もテレサに限った話ではない。先程、特別な場所に彼女を連れて行ったのだって、深い意味はないのかもしれない。

身体を洗い、隣り合って湯船に浸かっていると、エミリーが蕩《とろ》けた目をしてテレサに話し掛けた。

「ガリオンさんって、素敵な人ですよね」

その言葉にテレサは何と答えて良いのかわからない。世話になってはいるが、意地悪だったりエッチだったりする部分もあるので素直に頷くことができない。

「私、これまであんな素敵な人に出会ったことがないです」

そうしている間にもエミリーはガリオンを称賛し続ける。テレサは『彼はそこまで言う程の人物ではありません。騙されているのでは？』と告げようかと考えるが、なぜか彼女にだけはガリオンの悪口を漏らすことができなかった。

そうこうしている間にも話は進む。

「彼の特殊体質については聞きました。魔力を吸えるって、そのお陰でテンタクルスと戦えたって言ってました」

その言葉に、テレサは少なからずショックを受けた。ガリオンが自分の秘密をエミリーにも打ち明けたからだ。ガリオンは自分の能力を特別秘密にしているわけではなく、必要があれば説明している。

だが、そんなことを知らないテレサにしてみると、ガリオンがエミリーに話したということは、彼女をパートナーにする気があるという風に捉えた。

「彼の能力って、魔法使いのパートナーと相性がいいんですよね。テレサさんもそれがあるからガリオンさんと組んでいるんですよね？」

エミリーの問いに対し、テレサは明確な答えを返せない。

確かにエミリーの言う通り、テレサとガリオンが組む理由は能力を最大限に活《い》かせるからというのが大きい。だけど、それ以外にも言葉にできない理由があるのだ。そのことをどうにかエミリーに知って欲しく、悩んでいると……。

「私、ガリオンさんのことが好きなんです」

エミリーが自分の想いをテレサに打ち明けた。

テレサの頭の中が真っ白になる。これまで漠然と感じていた不安が大きく膨らんでいく。

ガリオンと組んでいる最大の理由は自身の呪いを解くため。彼女の真剣な気持ちに対し、利益による繋がりしか示せない自分が酷くいやな存在に思えた。

唇を噛《か》み、顔を青くするテレサにエミリーは告げる。

「もし、テレサさんがパーティーを組む理由がガリオンさんの能力なら、私、告白してもいいですか？」

頭に言葉が浮かび、咄嗟に否定しようとするが、口を開いても自分の気持ちを言葉にすることができない。

「私は彼の正式なパートナーになりたい。できれば一緒に冒険をして、これからも恋人として寄り添いたいんです」

そうこうしている間にも話は進み、エミリーは自分の……否、自分とガリオンの未来についての話をする。まるで、断られることなど微塵《みじん》も予想していないかのように楽しそうに語る彼女に対し、テレサは頷くことしかできなかった。

★

夕日が沈む水平線を見に一緒に洞窟へ行ってから数日、一度は持ち直したと思っていたテレサがまた落ち込んでいる。

俺の方から話し掛けても距離をとり、避けるようになっていた。

俺はもっと彼女が何に悩んでいるのか相談に乗り、気に掛けてやりたいのだが、エミリーや他の冒険者が絶えず傍《そば》に集まってくるので、そうすることができずにいた。

「それにしても、この仕事も後二日ともなると名残《なごり》惜しいよな」

冒険者の男がエールを一気呑みすると残念そうな声を上げた。

「今回は色々勉強になったわ。まさか私たちより若くてそれだけ動ける男がいるなんてね」

鞭使いの冒険者の女も熱いまなざしを向けてくる。しばらく二人の相手をしていると、先程まで無言だったエミリーが酒を一気に呷《あお》りコップを空にした。

「よし！」

ここ数日、彼女は常に俺の傍に立ち、親し気な笑顔を俺に向けてきていた。

「ガリオンさん、ちょっと散歩しませんか？」

視界の端にテレサが映るのを意識する。ほんのわずかに身動《みじろ》ぎしたのが気になった。

「ふ、二人っきりで、お話ししたいことがあるんです」

酔っているからか、エミリーは顔を真っ赤にすると、瞳を潤ませ俺にそう告げてきた。

俺が立ち上がり、彼女について行こうとするとテレサと目が合った。彼女は不安そうな表情を浮かべると、気まずそうに俺から視線を外した。

「こっちです」

声を掛けるわけにもいかず、俺はエミリーについて行くのだった。


沈黙が支配し、目の前を歩くエミリーを見ている。

夜道とはいえ、これまで滞在して歩き回ったお蔭か、どこを歩いているのかがわかる。そして、この先に何があるのかも……。

話し掛けることもできず付いて行くのだが、エミリーは明らかに緊張した様子を見せており、ときおり振り返るとぎこちない表情で俺に笑いかけてきた。

「ここです」

少し歩いて立ち止まったのは『恋』の文字が彫り込まれた石の前だった。

ここで告白し、両想いになれば永遠の愛で結ばれるという伝説がある場所で、実際、何人もの男女が名所で告白を成功させていた。

エミリーは両手を胸の前で組むと、深呼吸をする。

やがて、覚悟を決めたのか、エミリーは近付き、両手で俺の手を包みこむと言った。

「私、ガリオンさんのことが好きです。私と、正式なパートナーになって一緒にいてください」

潤んだ瞳が正面から俺を見つめている。告白をするには相当な勇気がいる。彼女は勇気をもって自分の気持ちを俺に伝えてくれた。だからこそ、俺も真剣に答えなければならないだろう。

「ありがとう、エミリー。俺は——」

26

「冒険者の皆さん『深海祭』の期間、警備のお仕事お疲れ様でした。例年よりも盛り上がりを見せた今年、大きなトラブルもなく乗り切れたのは皆さんの働きがあってのお蔭です。宿舎には、明日の昼まで滞在していただいて構いませんので、本日はこちらが用意しました料理と酒を、心ゆくまでお楽しみください」

街の代表が台の上に立ちそう告げる、その手には酒が入ったコップを持っている。

日がすっかり傾き、夜のとばりが下り始めた現在、俺たちは依頼を終え、酒が入ったコップを手に締めの挨拶を聞いていた。

「乾杯！」

代表の音頭で周囲にいる人間と杯をぶつけ合わせる。

宿舎前の敷地にはテーブルが並べられ、様々な料理が置かれている。

テンタクルス焼きにテンタクルスの唐揚げにテンタクルスのソテーなどなど……。

離れた場所では火を熾《おこ》して肉を焼いており、何とも言えない良い匂いが漂ってくる。

大半の冒険者はそれらの料理につられて、酒が入ったコップを片手にわいわいと移動を開始した。

そこら中に、男女の組み合わせができている。リゾート地での仕事にかこつけて付き合い始めた連中だ。

冒険者ランクやパーティーなどの垣根を越えて、互いに惹かれあった者同士が仲睦《なかむつ》まじくしている。

互いに好意を寄せているのだが、勇気がなくて切り出せないヘタレな連中も、今夜の催しで酒の勢いを借りてどうにかしようと気合を入れている様子だ。

そんな、恋人未満の初々しい様子を達観して見ていると……。

「ここにいたんですね、ガリオンさん」

エミリーが登場した。

「おお、どうした？」

彼女に対して俺は笑顔を作ると返事をする。

「ただ、最後くらいは一緒にいたいなと思いまして」

そう言って柔らかい笑みを浮かべてくる。

「別に、最後でもないだろう。冒険者を続けていればこれからも……」

そんなことを話していると、近付いてきた彼女がバランスを崩すのが目に入った。俺は慌ててエミリーを支えるのだが、勢いがついていたせいか彼女が胸に飛び込んできた。

「す、すみません、ガリオンさん」

エミリーが顔を上げると至近距離で目が合う。抱き合った状態で少し顔を動かせばキスができる状態だ。

この場の雰囲気もあってか、俺たちもそのように見られているのだろうなと考えていると……。


――ゴロン！――


何かが落ちる音が聞こえ二人してそちらを見ると、テレサが目を見開いて口を大きく開けていた。

彼女の足元には二人分のコップが落ちていて、ワインが地面を濡らしている。

口元を震わせ、白銀の瞳から大粒の涙がこぼれる。明らかに正常ではない様子に、俺はテレサに手を伸ばすのだが……。

「あっ、テレサ⁉」

彼女は俺が呼び止めるのも聞かず、背を向けると走り去って行った。

★

『はぁはぁはぁ……』

息が苦しく、私は胸を押さえると俯《うつむ》いてしまった。

目の前にあるのは、恋が成就すると言われている恋石だ。

深海祭の間も、この場所で多くの男女が恋仲になったと聞いている。祭りが終わった今、この場には私以外誰も見当たらなかった。

(どうして、こんなに胸が痛むのですか?)

先程のガリオンとエミリーの姿を思い出す。抱き合い顔を近付け、今にもキスをしそうな雰囲気を漂わせていた。

ガリオンもまんざらでもないのか、エミリーに笑顔を向け楽しそうにしていた。

(やはり、エミリーと恋仲になってしまったのでしょうか?)

こんな時だというのに、ガリオンのことを素直に祝えない自分が嫌になる。

これまで、彼に散々面倒を掛け世話をしてもらった。

ガリオンは、私がどれだけ冷たい態度を取ろうとも、優しく接してくれた。彼が決めたことならばパーティー解消も止むを得ない。これまでと同様、一人に戻るだけ。

頭ではそう納得しているのに、心がそれを拒絶する。お蔭で、残りの仕事期間の間、私はガリオンと接する勇気が持てないでいた。いざ改まると、彼にパーティー解消を切り出されるのではとおそれていたから……。

いつしか私はベンチに腰掛けると涙を流していた。

どれだけの時間が経っただろう。ふと鼻先を甘い香りが掠《かす》める。

「ここにいたんだな」

顔を上げるとガリオンが立っており、両手に揚げパンを持っていた。

彼は私の隣に座ると、黙って揚げパンを差し出す。初めて出会ったあの日のように……。

「まずはこれでも食って元気を出せ！」

あの時と完全に同じ言葉に、私は自然と懐かしさを覚える。私と彼の関係のすべてはその言葉から始まったのだから……。

私は彼から揚げパンを受け取ると食べ始めた。あの時はルクスにパーティーから追放されて途方に暮れていたが、揚げパンを食べて空腹を紛らわせることで精神を立て直すことができた。

でも、今の私は想い出の詰まった大好きな揚げパンを食べても元気になれない。なぜなら、手を差し伸べてくれたガリオンが離れてしまうと知っているから。

「長かったこの依頼もようやく終わったな」

始まってみたら地獄のような暑さや、テンタクルス討伐など、面倒ごとばかりだったが、こうして終わりを迎えると寂しいものがある。彼は今までのトラブルを懐かしそうに語ってみせた。

私も、これまでの依頼を思い返すと、自然と口元が緩むのを感じる。彼と過ごしたこの数ヶ月は大変なことばかりだったのだが、どれも楽しかったからだ。

そんな風に想い出を懐かしみ、悲しさを押し殺していると、ガリオンが私の顔を覗《のぞ》き込んでくる。

「なあ、俺、お前さんに何かしたか？」

私は首を横に振った。何かをしたのは彼ではない。私が一方的に気まずさを覚え、彼を避けるようになったのだ。

「どう考えてもわからず、好きだと聞いていたから揚げパンを用意したんだが、元気出ないよな？」

こんな時でも優しいガリオンに、私の心はより一層傷つけられる。

今回の件は私の弱さが招いた結果だ。嫌なことを嫌と言わず、不安なことを内側にため込み、今もこうして心配してくれているガリオンの気を引こうとしている。

既に新しいパートナーがいる相手に対して未練がましいにも程がある。

「俺はエスパーじゃないからな、言ってくれないとわからないんだ」

その言葉に、私は抑えていたものがこみ上げてきた。

好きで語らないんじゃない、言いたくても言えない、呪いのせいで声が出ない。どれだけ苦しくてもわかってもらえないのだ。

目に涙が浮かび、それでも言いたいことの一割も彼に伝えることができない。頭の中はぐちゃぐちゃになり、文字を書こうにも手が震えてしまう。

「ここしばらくのテレサの態度には俺も気付いていた。多分俺のせいだよな？　どうしてテレサが怒ってるのか、見当がつかないんだ。すまない」

私の身勝手な態度なのに、彼は謝ってしまう。このままではいけない。最後くらいきちんと話をして、それで彼を解放しなければ……。

どうするべきか考えると、私は一つ方法を思いついた。彼の右手をとると、胸へと導く。

「お、おい……。それは流石に」

力を入れて手を引こうとするが、私はさらに力を込め、彼の目をはっきりと見る。

『私の魔力を吸ってください』

確かな意思が伝わると、彼は頷いてくれた。

彼の温かいてのひらが私の胸に触れる。吸い付くように、魔力が吸われ官能的な心地よさに身を委ねそうになった。胸元に黒い模様が浮かび上がり、次第に薄くなっていく。口を動かし、あの時の感覚が戻ってくるのを感じる。

「わ……わた……、私は怖かったんです」

いきなりだったので違和感があったが、久しぶりに声を出すことができた。

「これまで、私とパーティーを組んだ冒険者は、身体や魔法を目当てに近付いてきました。呪われて声が出せない私は、その人たちと冒険するしかなかったのです」

私は、これまで感じていた不安を声に出しガリオンに説明する。

「ガリオンとパーティーを組むようになって、世界が変わりました。あなたはエッチで変態だけど、私に優しくしてくれ、仲間だと認めてくれました。これまで人から疎まれ続けてきた私にとって、それがどれだけ救いになったかわかりません」

彼は黙って私の独白を聞き続ける。

「だけど、気付いてしまったのです。私にはあなたが必要ですが、あなたは別に私でなくても良いのだと」

ユリコーン騒動の際、彼が私ではなくエミリーさんの魔力を吸った時、はっきりと認識してしまった。

「そう考えると、この関係がいつか終わってしまうのではないかと思い、あなたにかかわるのが怖くなったのです」

それと同時に、私がどれだけ彼に依存していたのか意識してしまったのだ。

「エミリー、可愛い人です。私と違い、ガリオンに優しくしてくれるのでしょう？　彼女とパーティーを組んだ方がいいに決まっています」

もう手遅れなのだ、エミリーは彼に告白をし、彼はそれに応えたのだ。先程の二人の距離を見ればわかる。私は諦めたように乾いた笑みを浮かべる。

「エミリーの告白なら断ったぞ」

だけど、ガリオンは私に向かい、はっきりとそう告げた。

「ど、どうして……？」

断る理由がない。こんな呪いを持つ女より、エミリーの方が彼と長くやっていくことができる。

「どうしても何も当たり前だろ、俺は約束を守る男だぞ」

呆《あき》れた様子ではっきりと告げてくる。

「半年後も一緒にいるって言っただろ？」

「信じられません」

「一緒に絶景も見ただろ？」

「そんなのたまたまじゃないですか」

私は頑な態度で彼の言葉を否定する。今更期待させられて裏切られるのは嫌だ。彼の言葉を聞きたくなく、耳を塞いで言葉を遮る。だけど、ガリオンは私の手に触れ耳から離すと、

「俺はお前と一緒にいたいんだ。傍にいろ！」

私が今一番欲している言葉を口にした。

「私、呪われているんですよ？」

「だから、その呪いを解く手助けをするって言っただろ？」

「変な思い込みでガリオンに冷たい態度をとりました」

「そりゃお互い様だ。俺だっていつもテレサにちょっかいを掛けて怒られているからな」

こんな時だというのに、いつもの調子で笑ってみせる。その笑顔が「このままでもいいんだ」と私に告げていた。

次第に、身体から力が抜け、意識が朦朧《もうろう》としてくる。魔力が尽きかけているのだろう。ガリオンにこのままでもいいと言ってもらえ、安心して気が抜けていく。

「私は……ガリオンと……ずっと……一緒に――」

久しぶりに喋《しゃべ》るせいか、心の奥に隠していた想いまでがとめどなく溢れてくる。

「ああ、俺も……だよ」

最後に、自分が何と言って彼が何と答えたかもわからず、私は意識を失うのだった。

エピローグ

「よう、おはよう」

一夜が明け、昼の手前になったあたりでテレサが姿を現した。

この宿舎を出なければならないので、荷物を抱えている。

他の冒険者はとっくに手続きを済ませ、報酬を受け取って、それぞれが活動している街へと戻って行ったので、残るのは俺たちくらいだ。

『最後の方の記憶が曖昧です、私はあなたと何を話していたのでしょうか？』

胸を触った勢いにかこつけてベッドインしたのではないかと疑っているのだろうか？

「安心しろ、お前さんを宿舎まで送り届けて戻って寝たからな」

ところが、テレサは不安を払拭するどころか、より食いついてきた。

『本当に何もしなかったのですか？』

その追及に少し間があく。彼女の表情に「何かしても良かったのですよ」という希望的なものが見えた気がしたからだ。

目の錯覚かもしれないので、ここは全力で流すことにする。

「はぁ……帰りたくねぇ」

思いっきり大きな溜息《ためいき》を吐《つ》いた。

『確かに、なんだかんだで楽しい仕事でしたからね』

炎天下の中、着ぐるみを着せられたり、テンタクルスと戦ったり、他の冒険者と交流したりした。

思い返すと、半分はろくな目に遭ってないような……。

だが、俺が言いたいのはそこではなかった。

『何か、この地に思い残したことでもあるのですか？　たとえば、想いを告げたいとか？』

俺はその言葉に首を横に振る。そんな感傷的な理由ならばまだよかった。

「だってよ、あの冒険者ギルドだぜ？　戻ったらまた厄介な仕事をこっちに振ろうと溜め込んでるに決まってるじゃねえか！」

特に、あの巨乳の受付嬢は厄介だ。あの凶悪な武器を使い、こちらが意識を逸《そ》らしている間に仕事を押し付けてくる。

「とにかく、だ。戻ったらしばらくは遊んで暮らすから、テレサもそのつもりでいろよ！」

『はいはい、わかりました。次に一緒に受ける仕事を決めてしまいましょうね』

「俺の話を聞いてた!?」

テレサはなぜか上機嫌で次の仕事について話し始めるのだった。

書き下ろし 番外編・テレサちゃんは撫でられたい

「最近、御二人とも、ちょっと変じゃないですかね？」

いつものごとく宿の食堂で食事をしていると、ミリィちゃんが首を傾《かし》げ俺たちを見ている。

『ガリオンが変なのは今に始まったことではないのでは？』

そんなミリィちゃんの疑問に、俺の正面に座っているテレサは素早く文字を書くと、変だという原因を俺に押し付けてきた。

「いえ、ガリオンさんが変なのは確かに今に始まったことではないのですけど、何というか……二人の間に漂う雰囲気が何かこう……？」

そう言って顔を近付けてくるミリィちゃん。吐息が掛かるくらいに距離が近く、彼女の瞳や形の良い唇に視線が吸い寄せられた。

年頃の男にこのような態度をとるべきではないので本来は注意すべきなのだが、彼女に関しては理解した上でやっているようだし、誰にでも同様の態度をとっているようではないので、あえて指摘するまい。

恋人くらいの距離でミリィちゃんが俺を観察し、俺も彼女から視線を逸らさず見つめ合っていると、

――コツコツコツコツコツ――

テレサが短い間隔でテーブルを指で叩《たた》き、俺たちの気を引こうとする。

「あっ、はい。何でしょうか？」

ミリィちゃんが振り向くと、テレサはメニューを持ち、一点を指差した。

『紅茶セットのお代わりお願いします』

空中に素早く文字を書く。

まだテレサのコップには紅茶が残っている。そんなに慌てて頼む必要はないのだが、どうしてもすぐに注文したかったようだ。

「わかりました、少々お待ちください」

ミリィちゃんが注文の品を用意するため厨房《ちゅうぼう》に向かうと、テレサは俺に不満げな視線を送ってきた。

『ガリオン、ミリィに手を出すのは良くないです。私たちはあくまで客と従業員ですから』

頬を膨らませ俺に注意をする。心なしか、背後にオーラが立ち昇って見えた。

「いや、今のは別にそういうのでもないだろ？」

ミリィちゃんがいつものごとく、好奇心を抱き探りを入れてきただけで、妙な下心を持った覚えはない。

『ガリオンは信用なりませんから。前だって、エミリーをあっという間に落としたり、私にも……』

途中まで書いて、テレサは顔を赤くすると文字を塗り潰す。あまりにも素早い動きだったので、後半を読むことができなかった。

「お待たせしました、新しい紅茶セットです」

そうこうしている間に、ミリィちゃんが戻ってきた。

彼女はテーブルに紅茶セットを並べ、俺の前にはちょっとしたツマミが入った皿を置いてみせた。

「あれ？　俺は何も頼んでないよな？」

まだ珈琲《コーヒー》も残っているので追加注文した記憶はない。俺が確認すると、ミリィちゃんが理由を告げた。

「この前、常連の人が【シルクワーム】を差し入れてくれたんですよ」

シルクワームと言えば森に生息する昆虫の一種で、滑らかな手触りの糸を吐き出す。一生の間にとれる糸の量が決まっており、糸を吐かなくなったシルクワームは高級食材として取引されるとか。

「お父さんが私に料理してくれたんですけど、外見が怖くて食べられないので、ガリオンさんならどうかなと思って持ってきたんです」

市場でもシルクワームの糸で作られたドレスは貴重品だ。シルクワームの数も少なく、市場に出回ることはほぼない。そんなわけで、酒呑《さけの》みの間では高級珍味として噂《うわさ》されているのだが、ミリィちゃんはそれを俺に差し入れてくれるのだという。

「ありがとう、ミリィちゃん」

「えへへへ、ガリオンさんは大切なお得意様ですからね」

幻の珍味を差し入れてくれた彼女の頭を俺は撫《な》でた。ミリィちゃんも嬉《うれ》しそうにすると、撫でやすいように頭を下げてくる。

――ゴツゴツゴツゴツッ!!――

先程よりも強い音でテーブルを指で叩くテレサ。

「何だよ、一体?」

「また何か注文するんですか?」

俺とミリィちゃんがふたたびテレサに注目すると、

『このシーザーサラダも追加でお願いします』

テレサはメニューで口元を隠すと、注文を告げた。

ミリィちゃんが立ち去ると沈黙が流れる。先程から、奇妙な行動をとるテレサが気になるのだが、当人はそっぽを向いており、妙に不機嫌そうな様子を醸し出している。

テレサはチラリと俺に視線を送り、わざとらしく咳《せき》ばらいをするとようやく話し掛けてきた。

『時にガリオン、先日行ったモンスター討伐の件なのですが……』

「ああ、オークの集落を潰した時の話だな?」

俺の返答に、テレサは頷《うなず》く。

『あれはモンスターの数も多く、矢が飛び魔法も飛ぶ厄介な依頼でしたね』

「確かにそうだったな」

どうやら、先程からの奇妙な行動は、先日受けた依頼の反省会をしたかったからのようだ。

「数が多くなると流石《さすが》に攻撃を躱《かわ》しきるのは不可能だからな、テレサが火の壁でオークを分断してくれて随分と助かったぞ」

もはや打ち合わせせずとも、互いに最善の行動を選ぶことができる。あの依頼で俺とテレサがパートナーとして信頼し合っているというのを再確認できた。

以前、海で受けた依頼で壮大にすれ違ったのは良い経験だ。今の俺には彼女の考えが手に取るようにわかる。

『でしたら、取るべき行動があるのではないですか?』

「うん?」

取るべき行動と言えば、反省会だろう?

それならば現在進行形で進めているので、改めて指摘されるまでもない。

『ガリオンは……そう、自分が誰かにされて嬉しかったことがあると、よく相手にその気持ちを行動で伝えるではありませんか?』

突然話が飛んだ。依頼の反省会はどこにいったのだろうか?

「まあ、よくしてくれた相手には相応に報いたいと思うのは当然だな」

それは何も俺に限った話ではない。良識ある人間なら大体そうだろう。今更一般常識を説くテレサに、俺はいよいよ疑惑の視線を投げかけた。

『だったらほら、私にも何かあるでしょう？』

水を得た魚のように、テレサは手を自分に向かってあおぎアピールをする。流石にそこまで要求されれば俺でもわかる。彼女は前回の依頼での活躍に対し、物品を要求しているのだ。

「あまり高い物は買ってやれないぞ？」

『誰もそんなこと言ってないでしょう⁉』

俺が釘を刺すと、テレサは驚愕の表情を浮かべ否定する。

『ガリオンは一体、私のことを何だと思っているんですか？』

どう思うも何も、たった今、活躍の見返りを求めてきたのはテレサだろう。彼女は恨みがましい目を俺に向けてくるのだが理不尽だ。

だが、俺だって成長している。以前までの俺ならこのまま考え込み、テレサの不満を溜《た》めこんでいたが学んでいる。

「なら、どうして欲しいかハッキリと言ってくれ。俺がお前さんを大事に思っているのはわかっているだろう？」

胸元に手を当て真剣な目でテレサの瞳を覗《のぞ》き込む。

すれ違いにより、テレサを不安にさせた俺はもういない。わからないのならわかろうとする。彼女から出た要望を俺は実行するだけだ。

『そ、そんなの……言えるわけないじゃないですか‼』

ところが、テレサは動揺すると、視線を泳がせた。

「なんだ、そんなに高い物が欲しいのか？」

『違いますっ！　欲しいのは物ではなく――』

「物ではなく？」

俺は怪訝《けげん》な顔をしてテレサに聞き返した。

「お待たせしました、シーザーサラダです」

そのタイミングで、ミリィちゃんがサラダを運んできた。

テレサは息を吐くと俺から視線を逸らし、この宿の自家製ドレッシングを掛け、フォークを突き刺すとサラダを食べ始めた。

「また、ガリオンさん、余計なこと言ってテレサさんを怒らせたんですか？」

テレサの態度が、ミリィちゃんの誤解を生む。余計な一言はしょっちゅうだが、今回に限って俺は悪くないと思う。

時々厄介な側面を見せるが、こう見えてもミリィちゃんもテレサと歳《とし》の近い女性だ。ここは彼女に意見を求めてみるべきだろう。

「ところでミリィちゃん、物以外で何かして欲しいことってあるか？」

俺が質問すると、ミリィちゃんはトレイを抱え指を唇に当てて考えた。

「えっと、そうですね、納屋の戸の建て付けが悪くなっているので直して欲しいのと、歩いて一時間のところに仕入れの品を受け取りに行くんですけど、荷物が重たいので運ぶのを手伝って欲しいくらいですね」

「そのくらいならお安い御用だ」

参考意見にしようと思ったのだが、ミリィちゃんが困っているようなので引き受けた。

「本当ですか⁉　助かります。お父さんに頼んで今夜のおかずを一品サービスしますね」

「そりゃ助かる、ありがとう」

手伝いの申し出に対し、ミリィちゃんは即座に対価を提示してくれる。俺は感謝の気持ちを込めて頭を撫でた。


——ザクッ！　ザクッ！　ザクッ！——


「ひっ⁉」

テレサがサラダにフォークを突き立て、禍々《まがまが》しい魔力を発し、俺たちを睨《にら》んでいる。

「ガ、ガリオンさん。本当に何をしたらこうなるんですか、謝ってくださいよ！」

ミリィちゃんは涙目になり、俺に顔を寄せると耳元で囁《ささや》いた。

「いや、さっきから、何か俺にさせたいらしいんだけどな、一向に希望を言わないんだよ」

俺はテレサの願いなら何でも叶《かな》えるつもりなのだが、肝心の本人が言葉にしないため、こうして苦労している。

テレサは相変わらず俺たちを睨みつけているし、何が不満なのかわからない。しばらくテレサの様子を観察しているのだが、ミリィちゃんの頭を妙に気にしているように見える。

「あっ、私、わかっちゃったかもです」

「……聞かせてくれ」

テレサのパートナーである俺よりも彼女のことを早く理解したというのは本当だろうか？　俺は挑戦的な視線をミリィちゃんに送った。

「もしかして、テレサさん、ガリオンさんに頭を撫でてもらいたいのでは？」

次の瞬間、テレサは動きを止めた。身体をぷるぷると震わせ、目を泳がせ始める。まるで追い詰められた犯人のような挙動不審な態度をするのだが、

「いや、それはないだろ？」

俺はその説を否定しておく。

「どうしてですか？　こんなにわかりやすいのに」

「ふっ、ミリィちゃんはまだまだテレサのことがわかっていないようだな」

「えぇ……そうですかぁ？」

勝ち誇った笑みを浮かべると、俺はミリィちゃんに説明してやる。

「以前、依頼の合間にテレサの頭を撫でたことがあったけど、不機嫌そうな態度で手を払われたんだ。その際に『気軽に女性の頭を撫でないでください』と言われている。だからミリィちゃんの推測は見当はずれなんだよ」

俺は「そうだよな？」とテレサに正解を聞いてみる。

テレサは何やら唇を噛《か》みしめ、後悔しているかのような表情を浮かべた。

『……ええ、勿論《もちろん》です。私がガリオンに頭を撫でてもらいたいなんて、ミリィは面白い妄想をしますね』

「まったくだ、ありえないよな」

俺とテレサは二人揃《そろ》ってミリィちゃんを見た。

「ちょっと言ってみただけなのに、そこまで言います!?」

自分の推測をテレサに妄想扱いされたミリィちゃんは涙目になって叫んだ。

「というわけで、テレサが俺に何をして欲しいかが振り出しに戻ったわけだ。いい加減教えてくれよ」

そうしなければこの問題は解決しない。ここまで気になった以上、流すつもりはない。

『えっと……それは、あの……』

テレサはどうしようか困惑している。そんな彼女を俺とミリィちゃんが見守っていると……。

「はぁ、本当に面倒くさい人たちですね」

ミリィちゃんは食器を片付けて歩き出すと、

「わぁー足が滑りましたー（棒）」

パンくずが乗っていた皿をテレサの頭上で傾けた。

パラパラとパンくずがテレサの美しい髪へと落ちる。

「ごめんなさい」

「いや、今のは明らかにわざとじゃあ……」

転ぶわけでもなく、皿を落とすこともなくパンくずだけテレサに掛ける。もしかするとこの二人、実は仲が相当に悪いのではないだろうか？

「私は掃除道具を取ってきますので、ガリオンさんはテレサさんの頭に乗ったパンくずをどかしておいてもらえませんか？」

ミリィちゃんはそう告げると、目にも留まらぬ素早い動きでその場から立ち去った。あれだけ動けるなら冒険者をやった方がいいのではなかろうか？

「まったく、接客態度がなってないぞ」

客にやらせることではない。テレサも当然憤慨していると思い、そちらを見ると……。

「テレサ？」

彼女は上目遣いで白銀の瞳を揺らすと、何かを期待しているかのように頭を差し出してきた。

俺が右手を動かすと、テレサはつられてそちらを見る。

「俺に払って欲しいのか？」

気軽に触れるわけにもいかず、彼女の意思を確認すると、テレサは縦に首を振る。

「はぁ、わかったから動くなよ」

俺は立ち上がり、テレサの横に立つと彼女の頭からパンくずを一つずつどかしてやる。その際彼女の髪に触れるのだが、滑らかな感触とテレサの温《ぬく》もりを感じる。

俺が作業をしている間に、テレサはだんだんと身体を寄せ、もたれかかってきた。

「すまないが、あまり寄りかかられると取り辛《づら》いんだけど……」

身体が密着したせいで、手を動かそうとすると、頭以外の部分に触れそうになった。

俺が一度距離を取ろうとすると、テレサはその気配を察してか俺の手を掴《つか》み頭上で固定する。

胸元に柔らかい感触を感じ、首筋にテレサの吐息がかかりくすぐったい。俺の手を掴むためテレサも立ち上がったため、最早正面から抱き合っている状態だ。

「もしかして、このまま続けろというのか？」

俺の問いにテレサはコクンと頷く。

「わかった」

本人の希望とあらば仕方ない。俺は手を優しく動かし、彼女の頭からパンくずを払ってやる。

パラパラとパンくずが落ち、その間も無言の時間が流れる。腹に感じるテレサの心臓の鼓動が激しくなり、俺がいつまでこうしていればよいのか考えていると……。

「なーるほど、そういうことだったんですね」

ミリィちゃんが箒《ほうき》と塵取《ちりと》りを持って戻ってきた。

「随分と遅かったな？」

掃除道具を取ってくるだけなら十秒もかからない。彼女が出て行ってから結構な時間が経っている。

「それは、御客様の意を汲《く》むのが良い看板娘の条件ですから」

「そもそも、良い看板娘はパンくずを御客様にかけないだろう」

あるいは、倒錯した人間であればその手の性癖を持っているかもしれないが、ノーマルな俺には理解できない。

ミリィちゃんと話すのをきっかけに、俺はテレサから離れる。頭を確認するとパンくずは残っていなかった。

「どうですか、テレサさん。これで良かったでしょう？」

俺が距離を取ると、ミリィちゃんはテレサに近付き耳元で囁いていた。おそらく、頭を汚したことについて謝っているのだろう。

しばらくして、テレサはミリィちゃんに頷いた。

「それはそうと、俺にも一言ないのか？」

ミリィちゃんの不始末を代わりに片付けたのだ、一言感謝の言葉があっても良いだろう。

俺が憤慨していると、

「そうですね、ガリオンさんもありがとうございます」

ミリィちゃんは手を伸ばすと俺の頭を撫でてくる。年下の女の子にこうして触れられるのは随分と久しぶりなので、懐かしい感覚だ。

ムッとするテレサをよそに、ミリィちゃんは俺から離れる。

「ガリオンさんに撫でて――いえ、払ってもらったとはいえパンの油とかが髪についちゃいましたからね。私お風呂の用意してきます」

そう言って、ミリィちゃんは準備に走り出す。

「結局何だったんだ？」

一連の流れがわからず首を傾げている俺の頭に、バサッと何かが降り注ぐ。先程テレサの頭から取り除いたパンくずのようだ。

「一体、何をしている？」

今度は俺に対する嫌がらせだろうか？　嬉々《きき》として悪戯《いたずら》をしてきたテレサを見ると、

『次は私がガリオンの頭からパンくずを取る番ですね』

そう言って俺を屈《かが》ませると、楽しそうにパンくずを摘《つま》むのだった。

あとがき

この度は、本書を手に取っていただきありがとうございます。

著者のまるせいです。


本書は２０２２年6月頃『小説家になろう』様、『カクヨム』様にて投稿を開始した小説を加筆・改稿した作品になります。


約半年前に会社が倒産した私は、当時かなりだらけておりました。

一応専業作家という肩書になっており、自分の時間を自由に使えることから、普段できないことをやろうと考え、旅行に行ったり、夜中にラーメンを食べに行ったり、徹夜で漫画を読みふけったりと、今考えれば割と駄目な行動ばかり取っていました。

それでも、仕事が一切なくなってしまえばただの無職。とにかく書かなければと重い腰を上げ、書き始めたのが本作品、通称『無口少女』です。

当時、Web小説界隈では「追放ざまぁ」なるジャンルが流行っておりまして、それを見ていた私は「主人公じゃなくてヒロインが追放されてそれを助けるというのはどうだろう?」と、微妙に流行からずらしつつ面白くなるように設定を考え、30秒後には書き始め、できあがり次第小説を投稿しました。

結果として、設定が嵌ったのか、人気が出たお蔭で初投稿から一年と二ヶ月をもちまして、本書を発売することができました。

この『無口少女』は現時点で私が書いた作品の中で最高傑作であると自負しております。

個性的なキャラクターに、可愛い無口なヒロイン。いつまでも読んでいたくなる、いつまでも話を書き続けたくなるような魅力がこの作品には備わっております。

既に本書をお読みいただけた読者様なら、おわかりいただけているかと思います。

ワクワクと可愛さが敷き詰められた本書を楽しんでいただければ幸いです。

イラストレーターの福きつね様。今回は素晴らしいキャラクターデザインと口絵・挿し絵を描いていただきありがとうございます。

無口な魔法少女であるテレサの様々な表情が引き出され、とても魅力的なヒロインに仕上がっており、初めてデザインを見た時は感動しました。

M編集様。出版までの改稿と校正作業にお付き合いいただきありがとうございました。

最後に、本作品制作に携わってくださったすべての関係者の方々に感謝を申し上げたいと思います。

願わくば、またお会いすることができると信じて、一旦筆を置かせていただきます。

まるせい

「お前《まえ》を追放《ついほう》する」追放《ついほう》されたのは俺《おれ》ではなく無口《むくち》な魔法少女《まほうしょうじょ》でした

初出
「お前を追放する」追放されたのは俺ではなく無口な魔法少女でした
小説投稿サイト「小説家になろう」で掲載

2023年8月5日　初版発行

著者　まるせい

イラスト　福《ふく》きつね

発行者：野内雅宏

発行所：株式会社一迅社
〒160-0022　東京都新宿区新宿3-1-13　京王新宿追分ビル5F
電話　03-5312-7432（編集）
電話　03-5312-6150（販売）
発売元：株式会社講談社（講談社・一迅社）

印刷・製本：大日本印刷株式会社

DTP：株式会社三協美術

装丁：伸童舎

ISBN 978-4-7580-9543-3

おたよりの宛先
〒160-0022　東京都新宿区新宿3-1-13　京王新宿追分ビル5F
株式会社一迅社　ノベル編集部
まるせい　先生・福きつね　先生

お詫びと訂正

図76、図77のキャプションにおいて、製作上の不手際により、左記のとおり、傍線で示した写真提供者名が脱落しておりました。関係各位に深くお詫び申し上げ、ここに訂正いたします。

図76　重要文化財　大覚寺客殿（正寝殿）　旧嵯峨御所
大本山大覚寺提供　　（図77も同様）

二〇二三年一月

吉川弘文館

歴史文化ライブラリー
566

天下人たちの文化戦略

科学の眼でみる桃山文化

北野信彦

吉川弘文館

目次

工芸・絵画編

科学の眼でみる桃山文化——プロローグ

1　科学の眼でみる桃山文化

海外との距離感からみた日本文化

日本文化の特徴をザックリみると、そこには海外との距離感が大きく関わっているように思える。仏教伝来に伴い、大陸から新しい文化と科学技術がもたらされた古代（飛鳥《あすか》・白鳳《はくほう》・奈良時代）には、その後の「日本の文化は木の文化」を体現する法隆寺《ほうりゅうじ》などの木造建造物の造営をはじめ、日本文化の基礎の数々が形成された。

時代は飛ぶが、鉄砲伝来《てっぽうでんらい》に端を発し、織田・徳川連合軍と武田軍が激突した長篠合戦《ながしのかっせん》に代表される戦国武将たちの鉄砲の運用（図1）。その後、徳川幕府がヨーロッパから大筒《おおづつ》を導入して堅固な大坂城や島原《しまばら》の乱の舞台となった原城《はらじょう》を攻略したことで、戦国乱世は終焉する。その後の蝦夷地《えぞち》（北海道）を除く国内は、二六〇年余の内戦のない平和な時代

図１　「長篠合戦図屛風」（徳川美術館所蔵©徳川美術館イメージアーカイブ／DNP Partcom）

が訪れる。

ところが、「太平の眠りを覚ます蒸気船」と表現された浦賀《うらが》沖への黒船来航に端を発し、やがて幕府は瓦解して明治の近代国家に生まれ変わる。日本の歴史と文化の価値観が大きく動いた激動の時代の背景には、海外からの強烈な文化的・科学技術的なインパクトを受けたことがあり、そのことが政治と社会を動かす大きな原動力の発端となった。

一方、遣唐《けんとう》使《し》廃止以降に育まれた平安時代後期の「国風《こくふう》文化」は、源氏《げんじ》物語《ものがたり》に代表される平安文学や三十六《さんじゅうろっ》歌仙《かせん》などの和歌の世界とともに、絵巻物に描かれた女官の十二《じゅうに》単《ひとえ》の姿、さらには平等院《びょうどういん》鳳凰堂《ほうおうどう》や厳島《いつくしま》神社の建造物など。ここからは、雅な平安文化の世界がイメージされる。また、江戸幕府がヨーロッパや中国などとの海外交易を長崎出《で》島《じま》に集約して海外情報を一括統治した、いわゆる鎖国令以降に華開いた「江戸文化」。これを象徴する歌麿《うたまろ》・北斎《ほくさい》・写楽《しゃらく》・広重《ひろしげ》らの「浮世絵《うきよえ》」の斬新・大胆な配色とデザイン性など。平安と江戸の二つの文化は、いずれも日本文化を代表するものとして、国内以上に海外からの評価が高い。

以上のように日本では、海外との距離感の違いを反映して、特徴ある独自の歴史と文化がその都度生み出された。本書は、そのなかでも戦国乱世から江戸時代に移り変わる激動の時代を取り上げ、この時代に華開いた「桃山文化」と、それに引き続く「寛永文化《かんえい》」にも一部ふれることとする。

天下人たちの文化戦略とは

戦国時代とは、腕一本・槍《やり》一本。己が才覚次第で一国一城の主にもなれた戦国ドリームの時代ともいえる。彼ら戦国武将たちの軍事拠点である山城《やまじろ》などの城郭《じょうかく》は、近年とみに人気が高い。そのなかで、さまざまな戦いを経て天下を統一していった織田信長《おだのぶなが》・豊臣秀吉《とよとみひでよし》・徳川家康《とくがわいえやす》らが築いた大規模な城郭御殿《ごてん》の姿は、まさに天下人たちの富と権力、文化力を象徴する物的証拠といえよう。

天下人とは、「天下布武《てんかふぶ》」の印章《いんしょう》を掲げて並みいる強豪の戦国武将や旧勢力を力で切り従えていった信長、蝦夷地の大半と琉球《りゅうきゅう》を除く日本国内を支配下に置いた秀吉、江戸に幕府を開いて長く国内安定をもたらす礎を築いた家康など、全国を統一した支配者という意味合いが強い。なお、近年の歴史研究では、あくまでも政治・文化の中央拠点の都を中心とした畿内《きない》一円の政治・経済を手中に収めた為政者《いせいしゃ》という意味で、最初の天下人の戦国武将として三好長慶《みよしながよし》の名をあげることも多い。

いずれにしても彼らは、その優れた知略・武力・経済力、さらには文化力で、畿内のみならず全国統一を目指していく。彼らは、常に巧みに、そして柔軟・貪欲に、海外の文化や物資・科学技術を取り入れ、さらには東山文化で育まれた茶の湯などの上級武家の教養（たしなみ）や室町将軍家の御用絵師であった狩野派《かのうは》、御用蒔絵師《ごようまきえし》の幸阿弥家《こうあみけ》などの「モノづくり」工房をも取り込み、これらを新たな文化力として遺憾なく活用した。

「桃山文化」と呼ばれるこの時代の文化の登場と発展は、新しく支配者となった彼らの富と権力、斬新で前向きな気風と嗜好性のみならず、自らの文化力を高めることで他を圧倒しようという緻密で冷静な戦略の上に成り立った賜物なのである。

本書では、「文化史」というジャンルの中で、武力ではなく、当時最先端と考えられた科学技術の知識なども取り込んだ文化の力で、他より精神的優位に立つ＝「戦わずして勝つ」、もしくは人心掌握する戦略を「文化戦略」と位置付けている。まさに天下人たちのイメージは、彼らが形作った「桃山文化」の特徴そのものといえよう。

桃山文化期という表現

読者の方には、天下人たちが活躍した時代を「安土・桃山時代」、政治史的には「織豊《しょくほう》期」という表現の方が馴染みがあろう。

この時代には、大規模な城郭御殿が各地に造られた。このうちの伏見《ふしみ》城《じょう》は、江戸幕府の政策により寛永年間（一六二四～四四）には完全に破却《はきゃく》され、城跡の木幡《こはた》山《やま》（近年では伏見山《ふしみやま》と呼ぶ場合もある）には多くの桃の木が植えられた。そのため、後に「桃山」と呼ばれた。このことが、安土・桃山時代や桃山文化の「桃山」にその名を留める所以《ゆえん》となっている。

「桃山文化期」とは、「桃山文化」が存在した時代である。この時代は、戦国乱世の覇者となりつつあった信長が、富と権力の象徴として天正四年（一五七六）に築城を開始した安土城《あづちじょう》の出現に端を発する。そして「桃山文化」を強く印象付ける秀吉の時代を経て、元和九年（一六二三）の「一国一城令《いっこくいちじょうれい》」に伴う寛永期に入っての伏見城の破却、さらには、国内騒乱が完全に終結する寛永一四年（一六三七）の島原《しまばら》の乱《らん》（島原天草一揆《しまばらあまくさいっき》）、寛永一六年（一六三九）のポルトガル船来日禁止令に至る江戸幕府による一連の対外交易制限政策とキリスト教禁令の確立、参勤交代《さんきんこうたい》（江戸参府令《えどさんぷれい》）を伴う幕藩体制の確立までの過渡期も含めることにしたい。

すなわち「桃山文化期」とは、織豊期に相当する安土・桃山時代から、江戸時代前期の一六世紀末～一七世紀中期に至る約七〇年ほどの文化期を筆者はイメージしている。

言うまでもなく、政治史と文化史には、ある程度のタイムラグがある。ちなみに、筆者は高度経済成長期の昭和の生まれ。家では、昭和時代の食器や家具がまだまだ現役である。

ところが主に仕事をしているのは、昭和というよりは、平成・令和の時代である。話を本題に戻す。秀吉の正室であった北政所《きたのまんどころ》（高台院《こうだいいん》〈おね、もしくは、ねね〉）や戦国武将として人気が高い伊達政宗《だてまさむね》が亡くなったのは、寛永期に入ってからである。そのため本書では、彼らのジェネレーションの桃山気風の文化が、新たな江戸文化に完全に置き換わるまでの過渡期の時代をも考慮に入れて、徳川政権成立後の約三〇～四〇年も含んだ年代幅とした。その結果、三代将軍家光《いえみつ》による日光東照宮造替《にっこうとうしょうぐうぞうたい》や野々村仁清《ののむらにんせい》に至る色絵《いろえ》京焼《きょうやき》の登場など、「桃山文化」がさらに洗練された「寛永文化」の内容にまで一部踏み込むことをご容赦いただきたい。

桃山文化期の文化的特徴

この時代の文化的特徴は、日本の文化史上、極めてポジティブで海外に目が向いた勢いのある時代背景のもと、「金と黒、極彩色《ごくさいしき》」で彩られた豪壮・華麗で新鮮味にあふれているというイメージが強い。

まず海外からのインパクトとして、天文一二年（一五四三）もしくは天文一三年（一五四四）に種子島《たねがしま》へ鉄砲が伝来する。たちどころにそれを取り入れた戦国武将たちは、柔軟にその後の戦闘形態を変化させ、この状況に即応した当世具足《とうせいぐそく》や、とにかく目立つ「変わり兜《かぶと》」と称される、斬新なデザインと色彩感覚を持つ甲冑が登場する。実はこの背後には、海外交易で富を築いた堺《さかい》や博多《はかた》の豪商たちの影も見え隠れする。

そして、大規模な城郭御殿の造営と、これらを荘厳《そうごん》するダイナミックな画風と色使いの金碧障壁《きんぺきしょうへき》（障屏《しょうへい》）画や彩色木彫《さいしきもくちょう》の制作、千利休《せんのりきゅう》によって確立したとされる「わび・さび」の茶の湯文化を彩る桃山茶陶《ももやまちゃとう》、辻《つじ》が花染《はなぞめ》などの華やかな染織品《せんしょくひん》の数々など、独自で特徴ある日本文化が創設された。この時代は、大量の武器・武具類の調達、大規模な城郭御殿や社寺、霊廟《れいびょう》建築の造営、城下町の整備など、日本史上、漆《うるし》や金箔《きんぱく》の需要が最も高まった時代でもある。

図２　「豊国祭礼図屏風」（豊国神社所蔵）

このような新鮮味あふれる文化が華開いた背景には、キリスト教の布教や、東南アジア交易を通じたヨーロッパ文化や東南アジア文化に刺激を受けた「南蛮様《なんばんよう》式」の出現がある（図２）。すなわち東南アジア交易に伴い招来された舶来品の数々、イエズス会などによる活発なキリスト教の国内布教活動に伴うヨーロッパ文化との接触と、最新の科学技術の導入などが大いに関係したことは想像に難くない。

例えば、信長は、イタリア人宣教師オルガンチノに安土城下町におけるセミナリヨ（神学校）造営の便宜を図っている。また家康は、日本へ漂着したオランダ船リーフデ号の航海士であったイングランド人のウイリアム・アダムス（三浦按針《みうらあんじん》）やオランダ人のヤン・ヨーステン（耶揚《やよう》江《す》）などを重用するとともに、スペイン人造船技師・航海士、金銀を効率的に抽出するアマルガム法鉱山技師の招聘《しょうへい》を目的として、京都の貿易商人の田中勝介《たなかしょうすけ》をメキシコ（ノビスパン）に派遣している。さらに、最後の戦国武将ともいわれる伊達政宗《だてまさむね》も、支倉常長《はせくらつねなが》ら家臣団を遣欧使節《けんおうしせつ》として派遣するなど、天下人たちやそれを取り巻く武将・豪商らは、海外の優れた技術と人材を積極的に取り入れて活用しようとした。すなわち、桃山文化のさまざまな文化的特徴には、彼らの世界をも意識した広い視野が大きく関係したのであろう。

隠された歴史の真実はモノ＝文化財にあり

ところで、歴史事象の真実を知るための歴史学の基本的なアプローチ方法は、古文書などの文字で書かれた記録を丹念に検証することが基本である。しかし、自分自身の日々の行動や心の動きを書き留める『マイ日記』はともかく、昨今多くの人が参加しているＳＮＳやブログなど、他人が見ることを前提とした場合、自分に都合の悪い内容はなるべく省いて、人に読まれてもよい内容は少し盛って書きたいのは、だれもに共通する人情であろう。当然、我々のご先祖様たちも同じであったと考えられる。このことが、「歴史事象の多くは勝者の歴史」ともいわれる所以である。そのため、古文書などの文字記録の研究は、同時代性の高い客観性を有した信頼できる一次資料を最も重視する。すなわち、文献の「史料批判」を前提として記録を丹念に収集して読み解き、その内容を冷静に精査することに多くの労力が割かれる。

一方、筆者が日々相手にしているのは、物言わぬ歴史の証言者である文化財である。文化財は、それぞれの時（時代）と場所（地域）で生活してきた先人たちが生み出した「文化」を、我々にストレートに伝えてくれる物的証拠でもある。このような、時折々の政治や経済・文化史上の出来事を反映した美術や建築・さらには技術などの諸分野の典型例・代表例として、行政が指定したオンリーワン（一押し）のモノが、国指定の国宝や重要文化財。二番手が都道府県、三番手が市町村が指定する「文化財」なのである。近年では、「文化の財産＝文化財」という名称よりは、未来へ守り・伝えるべき貴重で大切な遺産という観点から「文化の遺産＝文化遺産」という名称も市民権を得るようになってきた。

そこには、歴史上の勝者も敗者もない。モノが有する生の声を、科学（サイエンス）の力を援用して紐解き、文献史料の記録と併せてこれらを精査する。それが歴史上の出来事の真実を理解する上で有力な手掛かりになるのではないか。これが本書のテーマでもある。

保存修復科学とは

それでは、いかにしてこれら文化財に歴史の一側面を語らせるか？

筆者が長年専門としている仕事は、考古学的な発掘調査で検出された出土資料や、文化財建造物・絵画資料などの各種文化財を後世に残す「保存修復科学」という分野である。聞きなれない分野と思われる方が多いかもしれない。主役である文化財は、モノ＝物質である以上、形あるものはいずれ滅びる運命にある。そのため、少しずつ劣化していく。文化財の保存修復科学の分野とは、文化財の延命措置を図り、「文化の遺産」として少しでもよりよい状態で次世代に継承していくための仕事なのである。

「文化財」を、傷ついた人間の患者さんに置き換えて例えると、保存修復科学の分野とは、「文化財の医者（ドクター）」という言い方がわかりやすい表現かもしれない。

このうちの「保存」とは、人間の医療行為では内科医に相当し、物＝文化財の周りの環境（温湿度変化・生物劣化・照明や日光の紫外線劣化・空気汚染など）を整えて延命措置を図る「保存科学」の分野である。「修復」とは、いわゆる外科医に相当し、劣化が著しい物＝文化財の傷みに対して、伝統材料や合成樹脂などによる強化や破片の接着などの何らかのケアを行う「修復技術」の分野である。最後に「科学」とは、人間のドクターが手術の前に血液型を検査したり、骨折の可能性があったらX線透過撮影をするのと同じように、各種分析機器や顕微鏡などを用いて文化財の臨床検査を行う「文化財科学」の分野である。

相手を知る・相手の劣化状態を把握する。事前にそういう基礎調査をしなければ、正しいその後の措置（医療行為）は行えない。もちろん、文化財の保存修復科学担当者は、たとえ研究目的とはいえ、個人の興味の範疇で分析調査を行うことはない。あくまでも、大切な文化財の延命措置を図るための非破壊・非接触調査が大前提である。どうしても保存修復方法策定のために必要な場合のみ、医師が細胞組織を採取して病理検査を行うのと同じように、所管する行政機関や所有者同意のもと、必要最小限度の試料を採取して、詳細な分析調査を実施する場合もあることを申し述べておく。

保存修復科学とは、まさに文化財の医者（ドクター）が実施する文化財に対する三つの医療行為を併せた造語なのである。

歴史の証言者＝物的証拠を読み解く

近年では、科学技術の進歩に伴い、貴重な文化財の調査には、最先端の理化学的な手法が用いられる機会が増えてきた。そのため保存修復科学の担当者は、だれよりも自分たちの患者さんである文化財の状況をよく知ることができる立場にある。もちろん経験に裏付けられた目視観察は基本であり、重要である。その上で、対象となる文化財の材質・技法・構造を客観的に事前に把握するために、サイエンスの力を援用する文化財科学的な分析・観察・画像解析を実施することは、そこに実に多くの「歴史の真実」の情報を得る機会があるともいえる。すなわち、物言わぬ歴史の証言者＝モノの文化財資料に、多くのことを語らせることができる可能性が高いのである。この点こそが、本書が主題とする各種文化財＝歴史の物的証拠のリアルな姿から、その時代の歴史と文化の特徴を読み解こうというスタンスである。そこには、これまでわからなかった新たな発見と驚きがあるのではなかろうか。

本書では、筆者が三〇年以上かけて付き合ってきた多くの貴重な資料群のなかで、特に天下人たちが躍動した桃山文化期のモノ＝物的証拠である文化財を題材として、科学の眼を通して新たに知ることができた秘められた数々の情報を、当時の文献史料と併せて読み解いていく。そこから、彼らが、自らの知略と経済力・軍事力を背景に、いかに世界とのつながりのなかで、科学技術と文化力を効果的に活用して、生き残りをかけたのか。天下人たちの天下を目指すための文化戦略のあれこれを浮き彫りにしたいと思う。

いずれにしても本書は、天下人たちとその時代を「モノ」の考察から文化史として描いていく。このような科学分析を援用した歴史研究が、読者の皆さんにとって歴史を学び・楽しむための新たな視点（アプローチ法）の一助となれば幸いである。

武器・武具編

「本能寺の変」の現場

出土瓦・焼壁土と鉄砲玉痕跡

本書のテーマは、当時知り得た最新の科学技術の知識を活かした文化力で天下を目指した、天下人たちの文化戦略である。ここでいきなり、武力を使った「本能寺《ほんのうじ》の変《へん》」を扱うことに違和感を覚える読者の方もおられるであろう。しかし「本能寺の変」は、天下人が信長から次の秀吉へと移るきっかけを作った歴史的な事件である。その現場の発掘調査で出土した瓦や壁土などの物言わぬ歴史の証言者たちからは、当時のリアルな現場の状況が読み取れる。

さらに、筆者の調査で確認することができた「本能寺の変」の現場で使用されたと考えられる明智軍の鉄砲玉痕跡などからは、戦国武将たちが原材料の調達に苦慮しながらも、それを何とか乗り切ろうとした努力の姿もみえてくる。ここでは、蛍光X線分析や鉛同《なまりどう》位体比《いたいひ》分析などの科学調査でわかった「時代の変革のその時」を伝えたいと思う。

史料にみる「本能寺の変」

天正一〇年（一五八二）六月二日（新暦六月二一日）の未明。静寂な京の町に所在する本能寺周辺は俄《にわ》かな喧騒に包まれ、やがて火の手が上がった。日本史上有名な、織田信長が家臣の明智光秀《あけちみつひで》に討たれた「本能寺の変」の現場、その時である。

この時の様子は、後世の記録ではあるが、有名な太田牛一《おおたぎゅういち》著の『信長公記《しんちょうこうき》』によるところが大きい。信長の祐筆《ゆうひつ》（秘書官）であった太田牛一は、主君信長の最期の様子を、本能寺の現場から辛くも逃れた侍女からの聞き取り調査した内容として記録している。それによると、「信長の京都の宿所であった本能寺周辺は、夜明け頃に明智軍に包囲され、兵が四方から乱入してきた。信長も小姓衆《こしょうしゅう》も、最初はその物音を、単に下々の者がその場限りの喧嘩をしているかと思っていたが、鬨《とき》の声と銃声が響くに至り、軍勢の急襲と気づく。信長が誰の仕業かと問いただすと、攻手の旗印から、森長定《もりながさだ》（蘭丸《らんまる》）が『明智の軍勢と見受けられる』と報告する。ここで信長の有名な『是非に及ばず』の一言。表の御堂や厩《うまや》に詰めていた近習《きんじゅう》らとともに、信長自身も最初は弓で、次に槍《やり》で自ら防戦したが、弓の弦切れ、肘に槍傷を負うに至り、近くに付き従っていた女房衆に逃れるようにと命じて本能寺から退去させる。その後、自らは敵に討ち取られることを嫌って、火をかけた御殿《ごてん》奥深くへ入り、内側から納戸《なんど》の戸を閉めて自刃した」としている。この一連の状況こそ、映画や大河ドラマなどでおなじみの「本能寺の変」定番のクライマックスシーンである。

「本能寺の変」の謎

しかし、①夜明け前とはいえ、明智の大軍が、木戸のある京都町中を周りに悟られずに移動して、密かに本能寺四方を囲めることが可能であろうか？　明智光秀配下としてこの戦いに参戦したとされる本城惣右衛門《ほんじょうそうえもん》は、後世語りである『本城惣右衛門覚書《おぼえがき》』で、本能寺突入時は寺院内は静寂に包まれており、スムーズに侵入できたという証言をしている。したがって実際は、誰かが千人程度の少数精鋭の部隊を手引きして、急襲したのではないか？　②いかに堅固な本能寺といえども、鉄砲の一斉射撃を受けたらひとたまりもないし、第一、大きな銃声を盛んに響かせては周囲に異変を知らせ、信長の援軍が来てしまう。そのため、威嚇程度以外は、鉄砲の使用は極力なかったのではないか？　③本能寺が紅蓮の炎に包まれたら、周辺地域への大きな類焼は免れない。しかし、その記録はない。そのため、本能寺炎上はなかったか、もしくはあってもごく一部の建造物の小火事程度に留まったのではないか、などなど。従来のイメージとは異なる説や疑問も、巷《ちまた》では出されている。

図３　「上杉本　洛中洛外図屏風」に描かれた本能寺の様子（米沢市上杉博物館所蔵）

舞台となった建物配置

現在の法華宗《ほっけしゅう》本能寺は、寺町通沿いにある。これは後に、豊臣秀吉が現在の地に移したためであり、「本能寺の変」の舞台となった本能寺は、現在の本能寺より西南約一二〇〇メートルの所。東は現在の西洞院《にしのとういん》通、西は油小路《あぶらのこうじ》通、南は蛸薬師《たこやくし》通、北は六角通に囲まれた、方一町（現在の一二〇メートル四方）の平安京左京四条二坊十五町に所在したようである。

そのころの建物の様子は、信長入洛以前の姿ではあるが、天正二年（一五七四）に織田信長が上杉謙信《うえすぎけんしん》に贈ったと伝えられて有名な、狩野永徳《かのうえいとく》（一五四三〜九〇）作画の「上杉本洛中洛外図屏風《らくちゅうらくがいずびょうぶ》」に描かれている（図３）。京都市中の様子を描いた「洛中洛外図屏風」は、戦国時代から江戸時代前期にかけて一〇

○点ほど現存している。そのなかで、この「上杉本　洛中洛外図屏風」のみ、三層目だけ金箔を施した金閣寺の楼閣《ろうかく》、連子窓《れんじまど》や板扉の位置が現状の建造物と唯一符合する三十三《さんじゆうさん》間堂《げんどう》、街中の道路木戸や堀割水路、などが忠実に描かれている。このことから、おそらく永徳本人もしくは弟子が、実際の建物や町の配置をリアルにチェックして描いたと考えられ、当時の京都市中の様子がよくわかる絵画資料である。

そのため当時の本能寺も、比較的リアルに描かれていたと考えられる。屏風にみられる本能寺は、堀に囲まれた寺域内に、本堂《ほんどう》・講堂《こうどう》の瓦葺《かわらぶき》建物二棟、檜皮葺《ひわだぶき》・柿葺《こけらぶき》もしくは板葺《いたぶき》などの方丈《ほうじょう》御殿、さらには板葺塀も描かれている。前記した『本城惣右衛門覚書』にも、本能寺には、「ほり」「もん」「だう（堂）」「ひろま」「くり」などが存在し、明智勢は、南北から突入し、惣右衛門は、そのうちの南門から寺院内に入ったとしている。また、『信長公記』の「本能寺の変」のくだりでは、明智勢は「御殿」に鉄砲を打ち込み、「表の御堂」に詰めていた信長側近は「御殿」に合流して戦ったこと、そして討ち死にした側近・中間《ちゆうげん》の名前も「御厩」と「御殿」に分けて記録しており、永徳の描いた本能寺の様子とよく似た建物配置であったと推測される。

それでは、実際の「本能寺の変」とは、どのような戦いであったのか。ここで、何よりもその実態を具体的に知ることができる「物的証拠」が、本能寺跡地の発掘調査で検出された建造物の柱痕や溝・堀跡などの遺構《いこう》と出土遺物である。

発掘調査と出土資料群

周辺の地域開発に伴う事前の発掘調査が、これまで京都市埋蔵文化財研究所などにより四回行われた（図４）。一連の調査の結果、信長時代の本能寺の周囲は堀で囲まれ、境内の内部にも石垣を備えた堀で一部区画されていたことが確認されている。特に、東側堀跡は、現状では幅四メートル×深さ一メートルを測り、その西側には一抱えもある大きな石材で、少なくとも三段以上の石垣が検出された。さらに境内の中央北西寄りには、礎石を持つ建造物遺構が検出され、本能寺を表す「能」銘《めい》のある軒丸瓦《のきまるがわら》や、人気の高い「戴輪宝鬼瓦《いただきりんぼうおにがわら》」を含む多くの瓦なども出土した（図５）。このことから、瓦葺の建物が確実に存在したことがわかる。

このような出土遺物のなかで代表的なものが、二〇一九年度に京都市指定文化財に指定された。この文化財指定のための調査報告書の作成の際、筆者は建物の出土壁土の科学調査を担当した。目視観察では、これらの内部には植物スサ痕跡がみられる。そのため、壁土であることは理解できる。表面は基本的に土色をしており、一見、普通の土壁であるよ

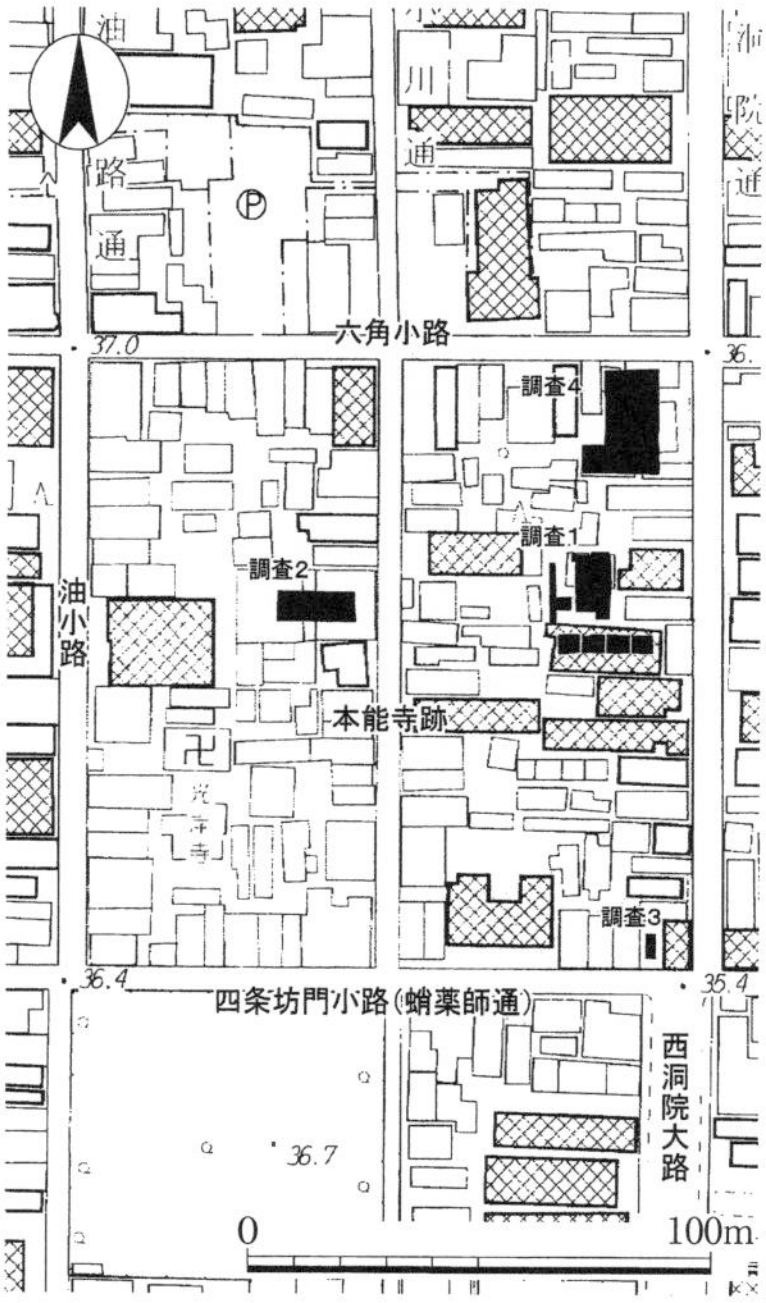

図４　本能寺跡発掘調査位置

図５　本能寺跡出土瓦（京都市所蔵）

うに見受けられた。しかし、この表面に漆喰《しっくい》などの化粧土が施されていた痕跡があれば、本能寺内には、白壁塗りの立派な伽藍《がらん》の建物が存在していた可能性が高くなる。そのための確認の分析調査を実施したのである。調査は、筆者の研究室にある蛍光X線分析装置を用いて、壁土資料の表面箇所に白漆喰の主要成分であるカルシウムが多く存在するかどうかを、一点ずつ丹念に分析した。しかし、どの資料からも強いカルシウム成分は検出されなかった。そのため結論としては、目視観察通り、普通の土壁であると考えられた。

発掘調査から見えてくる現場のその時

さて、出土遺物のなかで、特に境内の中央部から奥にかけての発掘区から出土した瓦や土壁には、熱を受けた痕跡があるものが多い（図6）。周辺の地面にも、火災に伴うと考えられる痕跡が確認された。その一方で、西洞院通に面した東門付近の出土瓦には、破損の激しいものが多いものの、熱を受けていない瓦が中心であり、周辺の地面にも被熱の痕跡は確認されなかった。

図6　火災痕跡のある出土瓦
（京都市所蔵）

この一連の「本能寺の変」のその時を示す物的証拠は、何を意味するのであろうか。その日、本能寺では確かに火災が発生した。ところが、本能寺の東門周辺には火災の痕跡が見られなかった。そのため火災は、信長宿所の御殿エリアと考えられる区画が中心であり、基本的には限定的であったと推察される。それでも、御殿のなかで紅蓮の炎に包まれる信長最後のシーンを彷彿とさせる、何ともリアルな話ではある。

また、東門周辺には火災の痕跡は見られないものの、破損の激しい瓦が多かった。このことから、東門は激しく引き倒されて明智軍が突入した、という可能性も想定されよう。当然、明智軍が突入した入口付近は、後詰《ごづめ》の明智軍が陣取っていたであろうから、火災に遭っていないのは当然かもしれない。ここで一つの疑問が生まれる。前記した『本城惣右衛門覚書』には、惣右衛門は南門から本能寺境内に入ったものの、寺院内は静寂に包まれており、スムーズに建物内に侵入できたと証言している。いくら後日談とはいえ、突入時の様子は鮮明に覚えているもの。突入時間によって戦闘の様相は異なっていたのであろうか？　それとも、東門周辺が主戦場となったため、惣右衛門たちが攻めた南門の守りは手薄となっていた。そのため惣右衛門たちはやすやすと本能寺に侵入できたのであろうか？

出土壁土資料の鉄砲玉痕跡

さて、前記した出土壁土群の分析調査での話。お目当ての白漆喰の痕跡は見いだされず、普通の土壁である、というちょっと残念な結果となった。しかし、大体このような調査では、もう終わりかというあたりで新たな発見に遭遇することが、時折ある。

この調査でも、どれも同じような結果だなあと思った最後の壁土資料の分析で、土色の壁土表面にやや灰白色を呈する直径一センチ強くらいの丸い鉛と錫《すず》の合金物質の痕跡が検出された（図7）。

この大きさの丸い金属物質といえば、鉄砲玉が想定される。しかし、鉄砲玉といえば今でも一般的には鉛玉。実は、京都市内でもいくつか鉄砲玉と考えられる資料が出土してお

図8　京都市中出土鉄砲玉（京都市考古資料館所蔵）

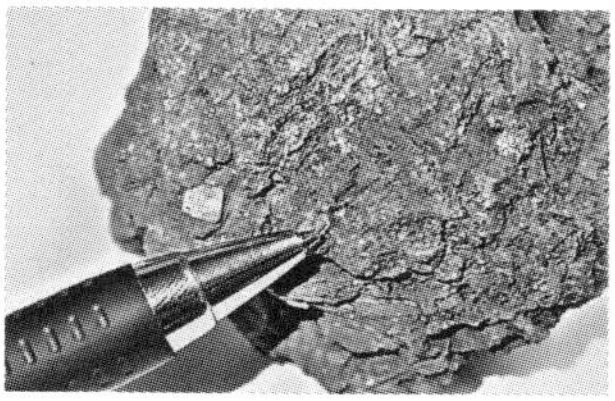

図7　壁土資料の鉄砲玉痕跡

り、筆者は京都市内の発掘調査を行っている京都市埋蔵文化財研究所に協力して、出土した鉄砲玉の分析をいくつか行っている（図8）。その結果、鉛のみが検出される玉とともに、青銅製や鉄製の玉など、材質はバラエティーに富んでいた。この点は、すでに近世の火縄銃研究で著名な宇田川武久氏が、各地の出土鉄砲玉の分析結果から指摘したとおりである。

しかし、鉛と錫の合金を材料とした鉄砲玉の痕跡は、筆者が分析したなかでは初めてであった。ただし、これとよく似た分析結果の報告例がある。戦国乱世のなかで急速に普及した火縄銃運用を象徴的に伝える天正三年（一五七五）の「長篠合戦」の古戦場跡では、戦で使用されたと考えられる鉄砲玉がこれまで二六点出土している。愛知県教育委員会による長篠古戦場跡の発掘調査報告書によると、これらのうち長篠城跡からは、鉛玉の他、鉄玉が一点、さらに本能寺跡と同じ鉛と錫の合金玉が一点出土している。戦国大名の武田氏の研究で知られる平山優氏は、その著書のなかで、この鉛と錫の合金の鉄砲玉は、鉛玉に使用する鉛材料の増量補塡として錫を混ぜたのであろうという論を述べている。

鉄砲玉の調達方法

確かに、当時の戦場では鉄砲の運用が活発となり、威力が強い鉛玉の原材料は少しでも多く入手したいところ。その一方で、鉱山開発に伴いヨーロッパから灰吹法《はいふき》技術、つまり金・銀を含む鉱石を鉛粉に入れて溶け込ませて、そこから金・銀を取り出す方法が導入され、特に銀鉱山では、銀素材を効率よく回収するために鉛材料が必要であった。そのため、鉛材料の需要は、それまでに比較して格段に高まっていたようである。ところが、国内には安定的に大量の鉛材料を供給できる鉱山が少なく、その調達には各戦国大名ともかなり苦慮したようである。この点について平山氏は先の著書の中で、当時、武田家中では消耗品であった鉄砲玉の数量確保のために、古銭の青銅材料を鋳つぶして鉄砲玉としたという文献史料を示している。このような時代背景が、単純に鉄砲玉は鉛材料というのではなく、青銅玉や鉄玉、なかには土玉などの代用材料の使用となったと考えられている。

一方、戦国乱世の世を勝ち残った信長・秀吉・家康ら天下人たちは、膨大な鉛玉の材料をどのように調達したのであろう。この点について、先ほどの長篠古戦場跡で発見された鉛玉の鉛同位体比の分析を行った平尾良光氏による、興味深い調査報告がある。

それは、織田軍の鉛玉の原材料には、国産鉛のみならず、タイ産鉛も含まれていたという分析結果である。確かに信長は、その豊富な経済力と軍事力を背景に、東南アジア交易を活発に行っていた貿易都市の堺から、大量の鉄砲や火薬を入手していたことは有名である。同時に、鉄砲玉用の東南アジア産の鉛材料も大量に調達していたのであろう。このことから、国内で苦労しながら必死に鉄砲玉の原材料を集めていた武田軍を圧倒する火力を有し、圧勝することに繋がったと考えられる。

筆者も、やや時代は下るが同じような経験をしたことがある。それは、秀吉時代もしくは家康時代の京都御所近くの室町殿跡や、木幡《こはた》山伏見《ふしみ》城《じよう》周辺武家屋敷であった浅野《あさの》但馬《たじまの》守《かみ》（長晟《ながあきら》）屋敷跡から、いずれも金箔瓦と一緒に出土した鉛玉二点の分析調査の結果である。鉛同位体比分析を日鉄テクノロジーに依頼した結果、これらはいずれも日本産鉛ではなく、中国華南産鉛であるという結果を得た。

桃山文化期は、東南アジアや中国などの海外と活発な交易が展開された、外に開かれた時代でもある。たかが消耗品の小さな鉄砲玉。されど鉄砲玉。この入手を巡って展開された戦国大名たちの苦労と努力の一端が垣間みえるようである。

話を戻そう。確かに、鉛と錫の合金の鉄砲玉の存在は、足りない鉛材料の補填として錫を混ぜたためであるという考え方が一般的であろう。ところが、むしろメタルとしての錫は今日でも鉛の一〇倍ほど高価である。さらに、日本の錫鉱山の開発の多くは江戸時代以降、むしろ近・現代である。

本能寺跡出土鉄砲玉痕跡の意味するもの

それでは、なぜあえて鉛に高価で希少な錫を混ぜた鉄砲玉が造られたのであろう。そのヒントは、同時代の文献史料に記録されていた。それは、宇田川武久氏が著書のなかで引用している、宮崎内蔵人佐《みやざきくろうどのすけ》が南《みなみ》左《さ》京亮《きょうのすけ》へ授けた鉄砲玉作成の伝書である、天正一三年（一五八五）六月吉日付『玉こしらえの事』（国立歴史民俗博物館所蔵）の記述である。「本能寺の変」から三年後に記されたこの文献史料には、三〇種類以上の鉄砲玉を図示して、製法も詳細に記載されている。ここで注目されるのは、天正年間頃には「いぬきたま　鉛とすず（錫）とうふん（等分）」という鉄砲玉が存在しており、これは通常の鉛玉よりも射貫き、すなわち貫通力が強いと認識されていたようである。

「本能寺の変」における明智軍の鉄砲の使用について『信長公記』は、「信長公御宿所本能寺取巻勢衆五方より乱れ入也　御殿へ鉄砲を打入れ（中略）」と記述する。一方、筑前《ちくぜん》柳河《やながわ》（川）城主の田中吉政《たなかよしまさ》の家臣であった川角三郎《かわすみさぶろう》右衛門《えもん》の『川角太閤記《かわすみたいこうき》』にも、明智光秀旧臣として「本能寺の変」に参戦し、後に前田利家《まえだとしいえ》に仕えた山崎長門守《やまざきながとのかみ》からの聞き書きとして、京都市中に入る直前の明智軍の戦支度の状況の一項目に、「鉄砲の者どもは火縄一尺五寸にきり、其口に火をわたし、五ッ宛火先を逆様にさげよとの触なり」と記している。いずれも後世談話ではあるが、これらの証言からは、本能寺急襲時には、確かに明智軍は鉄砲を所持しており、その運用に気を配っていたことがうかがえる。

時間との闘い「本能寺の変」のリアルさ

さて、当時の明智軍の軍役編制を知る文献史料に、本能寺の変が勃発する前年の天正九年（一五八一）九月六日に記録された『明智光秀家中軍《ぐん》法《ぽう》』がある。この史料を検討した平山優氏は、明智軍では知行高一〇〇石につき軍役動員人数六名程度を基本とし、家臣は馬乗と槍の携帯が義務づけられ、鉄砲の携帯は知行高三〇〇石以上の家臣団に義務づけていることを明らかにしている。軍内に専門の鉄砲衆（鉄砲隊）が組織されたかどうかは不明であるが、天正年間頃の戦国大名は、いずれの家中でも、基本的に弓・槍とともに鉄砲も広く擁していた。少なくとも若き日に鉄砲指南役の橋本一巴《はしもといっぱ》から、鉄砲術指導を直接受けた織田信長。重臣の明智光秀家中にも、鉄砲運用に長けた部隊がいたことは想像に難くない。

通常、鉄砲玉は鉛玉が基本である。これは、鉛は比重が鉄や青銅より重く柔らかいため、対象物にあたった場合、相手に対するダメージ（衝撃力）は大きくなる。つまり、貫通力自体は比較的弱いため、体内に鉛玉が残ると後々鉛中毒で体力が弱り、結果的には殺傷能力が高くなるのである。

また、鉄や青銅より融点が低いため、戦場でも自前で造りやすい。戦国大名は、国内では貴重な鉛材料を必死に求めた。鉛と錫の合金は鉛単体より融点はさらに低いため、作業効率はあがる。確かに錫は鉛よりも希少で高価であったと考えられるが、今日でも錫の原産地は、中国南（西）部やマレー半島・インドネシアなど、東南アジア交易の拠点でもあり、天下人たちにとって入手は比較的容易であったのかもしれない。

さらに、それ以上の武器としてのメリットが存在した。それは、「射貫玉」と呼ばれるように、鉛単体よりは鉛と錫の合金はやや硬くなるため、鉛玉に比較して貫通力が高く、命中した場合、即効的に相手の体力と精神力を削ぐには最適な鉄砲玉の材質ともいえる。果たして明智軍はそこまで理解して、時間との闘いでもあった「本能寺の変」の現場でこの鉄砲玉を活用したのであろうか？　興味は尽きない。

塗装にみる文化戦略——秀吉の仁王胴具足

武具にみる天下人たちの文化戦略

前節では、「本能寺の変」の現場で出土した火災の痕跡がある瓦や壁土、とりわけ戦国武将たちが調達と運用に熱心であったと考えられる鉄砲玉などのモノ＝物的証拠について、科学の眼から検証した。

さて、熾烈な戦いの場である戦場では矛と盾＝武器と武具は切っても切り離せない関係である。

本節では、鉄砲の防御対策として登場した当世具足《とうせいぐそく》に焦点をあてる。戦場は、戦国武将たちの晴れの舞台でもあった。そのため桃山文化期には、防御性や動きやすさなどの機能性とともに、戦場での働きが目立つ、独特でインパクトが強いデザインと色彩の当世具足や変わり兜が登場する。そのうちの一つが、この節で取り上げる仁王胴具足《におうどうぐそく》である。

これを科学分析することにより、天下人たちと海外とのつながりも垣間みえてきた。彼らが、武器そのものではなく、いかに見た目で相手を圧倒しようとしたのか。その実態をみていこう。

桃山文化期に登場した当世具足

日本の甲冑《かっちゅう》といえば、源平合戦などで登場する、繊細な飾金具や鮮やかな色彩の縅糸《おどしいと》で綴《つづ》られた大鎧《おおよろい》が有名である。肩や腕、裾などに盾を張り付けた弓矢対策の防御構造であり、騎馬に乗る武将格が身に着けた武具である。「もののふ（武）の道は弓馬《きゅうば》の道」といわれるように、鎌倉武士の嗜《たしな》みは馬術と弓術《きゅうじゅつ》の組み合わせであった。

戦国期以降は、小札《こざね》を重ね綴《と》じた従来の縅糸鎧では、破壊力のある鉄砲玉対策には不利である。必然的に鉄板をいくつか貼り合わせた甲冑のほうが、機能性と防御性の点で有利である。そこで、南蛮《なんばん》交易などを通じてヨーロッパの文化が流入した戦国後期には、西洋甲冑の構造や意匠の影響を強く受けた「当世具足」が登場した。

「当世」とは今の世という意味である。鉄砲が多用された時代に即応した今風の武具、というところであろう。これらには、豪放・華麗な桃山気風の世相を反映して、変わり兜などに代表される奇抜で大胆な意匠や華麗な装飾とともに、従来の漆塗装では基本的に黒色漆の黒色と朱漆やベンガラ漆による赤色に色彩は限られるが、それ以外の緑色や茶潤色・肌色、さらには金・銀箔の金・銀色など、多様な色で彩られた、「視覚」を強く意識したものも登場する。戦国武将たちは、己がため、家がため、戦場では目立って強さをアピールすることが何より重要と考えたのであろう。

強い仁王をイメージした具足

当世具足の奇抜さを代表する甲冑の一つが、「仁王胴具足」である。この具足の大きな特徴は、「肋骨胴具足」とも称されるように、男性の肋骨や胸板筋肉が浮き出た半裸を模した、力強い仁王像を意識した形態にある。通常、当世具足は、鉄板や皮革製の大ぶりの小札、板金の上に黒色や赤色の漆塗装が施され、一枚もしくは数枚板の胴部には、金箔貼りや象嵌《ぞうがん》を施こすものもある。ところが仁王胴具足には、まさに裸体と見まがうようなインパクトが強い肌色が、黒漆の上に塗られたものがいくつか現存する。

このような仁王胴具足には、豊臣秀吉との関係で歴史上記録された有名な甲冑がある。それは、スペインから来日した宣教師ルイス・フロイス（一五三二～九七）が、著書『日本史』の天正二〇年（一五九二）七月二五日の項に記述した、秀吉がインド副王に贈呈した二領の甲冑のうちの一領である。

それによると、贈呈された甲冑は「日本で作られる様式で、お互いに異なった体裁である。胴身がはなはだ脆弱であるから、実際には、我らヨーロッパ人の槍に耐えるものでは

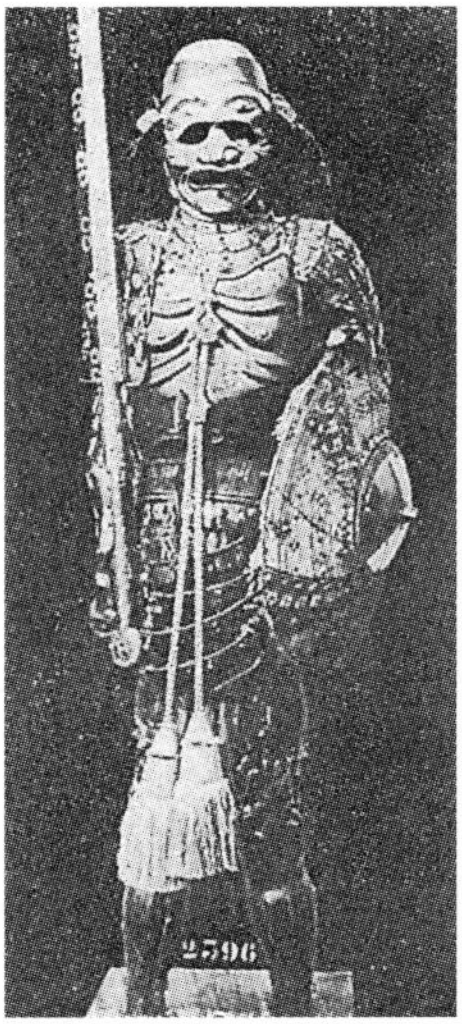

図９　焼損前のマドリッド王宮武器庫博物館所蔵仁王胴具足

ないが、非常に珍しく、また彼らの目を喜ばせるに足りる。さらにその装飾のゆえに立派であり、価値も高い。なぜならば、すべて日本にいる最良の工匠の手で、極めて自然に掘り込んだバラの花や、二、三の動物を象った板金を被せたからである」としている。鉄板を貼り合わせて、構造的にも防御対策万全の西欧甲冑に比較して、防御の点で「多少難あり」としながらも、工芸品としての美しさに高い関心が寄せられている。

フロイスにとってこれらの具足は、一部には模様は入るもののメタリックな鉄板がむき出しである西洋甲冑と比較して、あくまでも実戦用ではない贈呈品として作られた見場《みば》を重視した具足であると認識されたのであろうか。

このうちの一領が、「いかにも自然の顔と髪を有する頭を出し、日本人の様式の兜をかぶり、腰から上は半裸体の一日本人をまるで生きているように作ってある」と記している仁王胴具足である。この甲冑は、その後スペイン国内に招来され、古写真も存在する（図9）。現在、前胴・兜鉢《かぶとばち》・頰当《ほおあて》がマドリッド王宮武器庫博物館に保存されているが、惜しくも一八八四年の火災で欠損しており、フロイスの述べた肌色塗料の正体は不明のままである。

肌色塗装の仁王胴具足

肌色で塗装された現存する具足の一領が、現在、愛知県一宮市博物館に保管されている「仁王胴具足」（一宮市指定文化財）である（図10）。この具足は、痛みは著しいものの、塗装には後世補修の痕跡が少なく、オリジナルの状態を比較的よく残している。

愛知県一宮市周辺は、木曽川《きそがわ》を挟んで美濃《みの》と尾張《おわり》の国境にも近く、斎藤道三《さいとうどうさん》・織田信秀《おだのぶひで》・織田信長ら、戦国武将ゆかりの地である。地元には、山内一豊《やまうちかずとよ》の父で尾張黒田城主であった山内盛豊《もりとよ》（一五一〇～五七もしくは五九）が、この仁王胴具足の所有者であるという伝承も残っている。一宮市博物館では、平成二六年（二〇一四）のリニューアル展示に伴い、この具足の修理と復原資料の制作を行うことになった。復原制作には、この肌色塗料の材料と技法を知らなければならない。筆者らは、この点も併せた仁王胴具足の総合調査

図10　仁王胴具足（一宮市木曽川資料館所蔵，一宮市博物館保管）

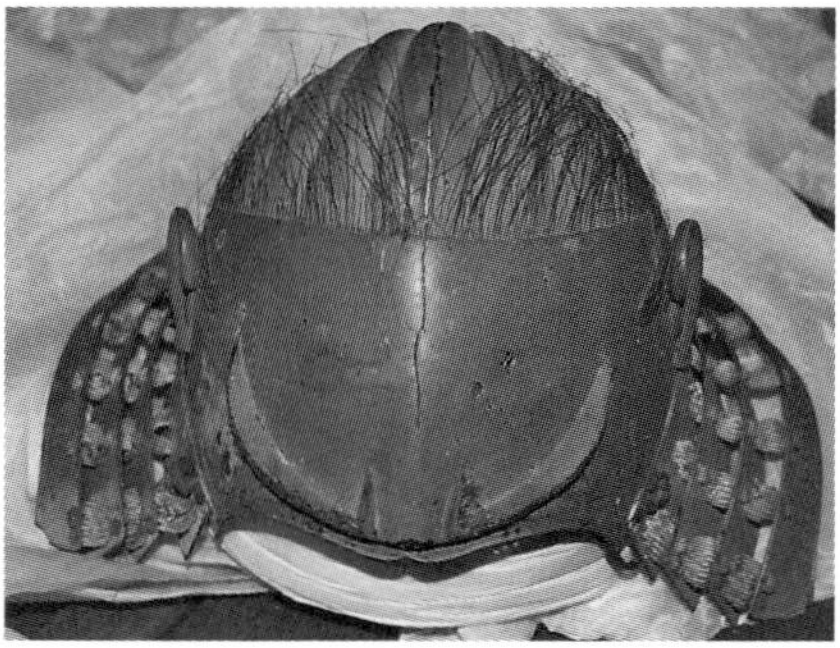
図11　尉頭形兜（高知城歴史博物館所蔵）

を担当した。

さて、あまた存在する当世具足の内、来歴や所有者が明確な実戦用の甲冑は少なく、貴重である。本書では、仁王胴具足と同じように肌色の上塗り塗装がある当世具足として、高知城歴史博物館所蔵の、土佐《とさ》藩二代藩主山内忠義《ただよし》所用とされる「萌黄糸威胴丸具足《もえぎいとおどしどうまるぐそく》」の「尉頭形兜《じょうとうなりかぶと》」も取り上げる（図11）。この経緯は、甲冑師の西岡文夫氏（甲冑修復で国の選定保存技術保持者）の依頼により、この甲冑の修理作業に伴い、筆者らが基礎調査に関わることになったためである。「尉頭形兜」の所有者とされる山内忠義（一五九二〜一六六五）は、山内一豊の同母弟の山内康豊の長男として遠州掛川《かけがわ》で生まれ、やがて一豊の養嗣子となり土佐山内家二代藩主を継いだ江戸時代初期の大名である。忠義は、一宮博物館保管の仁王胴具足の所有者との伝承がある山内盛豊よりは二世代後の寛永文化期頃に生きた第三世代の大名である。

仁王胴具足の特徴

一宮市博物館保管の仁王胴具足は、前胴は乳と肋骨を、背胴は背骨を、鉄板の打ちだしと下地の盛り上げ調整で表現しており、これらを蝶番《ちょうつがい》で繋ぐ二枚胴である。兜鉢、胴、籠手《こて》、臑当《すねあて》には、人の肌を模した肌色塗料が上塗り塗装されており、いずれもルイス・フロイスが記録した秀吉ゆかりの仁王胴具足の特徴と一致する。兜鉢の髪型は、その部分が剝落《はくらく》しているため不明であるが、他の類例から、総髪《そうはつ》で長い獣毛により髷《まげ》が結われた「野郎頭兜《やろうとうのかぶと》」であったと推測される。

兜鉢の前頭と前胴胸板には、鉄砲の試し打ち痕跡もしくは実戦の銃弾痕による凹みが各一箇所ずつ、総合調査に参加した東京国立博物館の池田宏氏により確認された。

一見、鉄砲の試し打ちをすると大切な甲冑を傷つけると思うが、実際にどの程度鉄砲玉に強いかを知る、すなわち安全性を担保するうえで大切なことである。池田宏氏によると、試し打ち痕跡がある当世具足はいくつか伝世しているとのこと。このことからも、これが実用性の高い実戦用の具足であったことがわかる。

この具足の背中には、戦場で個人や所属を示す家紋《かもん》入などの旗（旗差物《はたさしもの》）を差すための鉄製の合当理《がったり》と待受《まちうけ》が金具で装着されていた。待受とは、合当理に通した旗の竿棒を受けるためのものであり、黒漆の上に豊臣家ゆかりの五七桐紋《ごしちのきりもん》が、金蒔絵粉《きんまきえふん》と針描《はりがき》技法で平蒔絵《ひらまきえ》されていた（図12）。さらに銅製鞐《こはぜ》金具にも、魚々子《ななこ》打ちの地金に金鍍金《ときん》で、これも豊臣家ゆかりの五七桐紋と菊紋《きくのもん》が繊細に表現されていた（図13）。

更に興味深いことは、残存状態は決して良好ではないが、籠手鎖内面に、西洋風の柘榴《ざくろ》

図12　待受の五七桐紋蒔絵

図13　五七桐紋と菊紋の鞐金具

文様が刺繍で表現された、オリジナル裂《きれ》と想定される絹緞子《どんす》裂が縫い付けられていたことである（図14－1、14－2）。この絹緞子裂とほぼ同じ色と模様・材質の裂が、京都国立博物館に隣接する京都七条の豊国《とよくに》神社所蔵の（重要文化財）豊臣秀吉所用「菊桐紋卍《きくきりもんまんじ》字《じ》繋《つな》ぎに牡丹《ぼたん》文様《もんよう》胴服《どうふく》」の衿部分にも使用されていることが、同じく具足の総合調査に参加した京都国立博物館の山川暁氏により確認された（図15）。

再びこの仁王胴具足の来歴

この具足は、もともと一宮市黒田大畑町内会の旧蔵品である。昭和五四年（一九七九）に旧木曽川町に寄贈され、町村合併により一宮市博物館の保管となった経緯がある。

前記したように地元の伝承では、この具足の所有者は山内盛豊とされてきたが、彼が活躍した時代は仁王胴具足が登場する時代よりは一世代古いため、年代が少し合わない。

実は、地元にはもう一つ、この具足の由来に関する説がある。それは、明治三九年（一九〇六）に黒田大畑町の伊冨利《いぶり》部《べ》神社神主の林吉信氏が、「山内家の後に尾張黒田城主となった澤井雄重《さわいかつしげ》が馬具と甲冑を伊冨利部神社に寄進奉納した」と記録した内容である。

澤井雄重とは、天正一〇年（一五八二）に尾張黒田城に入城し、天正一二年（一五八四）の小牧《こまき》・長久手《ながくて》の戦や、慶長五年（一六〇〇）の関ヶ原の戦にも参戦した歴戦の武将である。文禄元年（一五九二）には大坂城内において秀吉に謁見した後、織田信雄《のぶかつ》の家臣から秀吉の甥秀次の家臣となり、最終的には松平忠吉《まつだいらただよし》の家臣として馬飼料《うまかいりょう》三〇〇〇石を拝領し、尾張津島《つしま》において大坂の陣直前の慶長一三年（一六〇八）に没している。澤井雄重の経歴は、織田家→豊臣家→徳川家と天下人の家臣として乱世を渡り歩いた、絵にかいたような腕一本・槍一本の戦国武将である。彼の活躍年代と仁王胴具足の登場する時期はほぼ一致する。

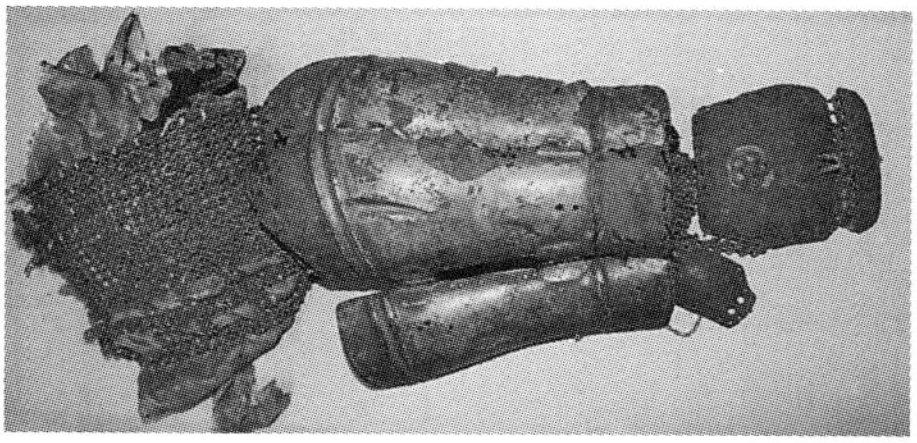

図14-１　絹緞子裂が縫い付けられた籠手

この澤井雄重の所有ならば、具足に加飾された蒔絵や金具の五七桐と菊紋、裂のモチーフ、さらに仁王胴具足好みの秀吉の存在を総合的に考えると、大坂城における秀吉謁見の際に、この具足を下賜されたのでは？　と想像できる。そうすると大変面白いストーリーである。

図15 「菊桐紋卍字繋ぎに牡丹模様胴服」衿部分の絹緞子裂の刺繍模様（豊国神社所蔵）

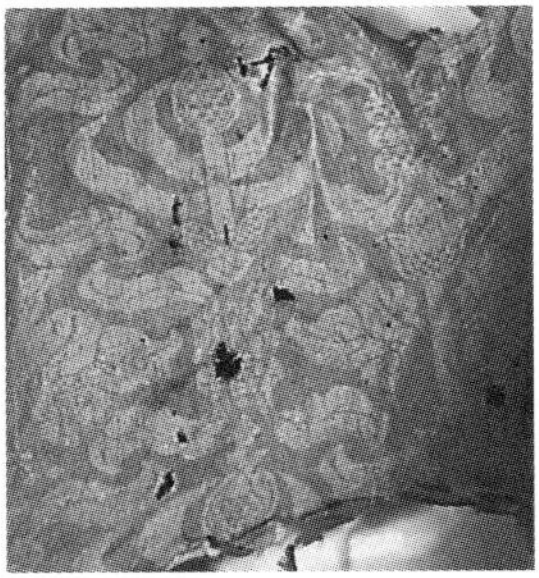

図14-2　籠手絹緞子裂の刺繍模様

秀吉からインド副王に贈られた仁王胴具足と、豊臣家ゆかりの痕跡がいくつかみえるこの仁王胴具足。残念ながらこの仁王胴具足には所有来歴の銘文《めいぶん》がないため、厳密には使用者不明と言わざるをえないが、なんとも興味をそそられる話ではないか。

それでも本書の目的は、物言わぬ歴史の証言者である文化財＝物的証拠を科学の眼からみて、歴史の謎を紐解くことである。それでは、いよいよ科学調査の結果を検証していこう。

肌色塗装の謎を科学する

秀吉がインドのゴア副王に贈呈した仁王胴具足の最大の特徴は、男性の半裸体を強調する上でも効果的な肌色塗装の存在である。一宮市博物館保管の仁王胴具足も、前記の記録を彷彿とさせる肌色塗装が施されていた。しかし、長年の表面劣化によりやや黒ずんだ刷毛目《はけめ》が目立つ暗い肌色であった。ところがよくみると、威組紐《おどしくみひも》が欠損した箇所には、淡い肉肌色の塗装が観察された。そのため当初は、全体的に、かなり見た目にインパクトが強い鮮明な肉肌色であったことがわかる。

この肌色の謎解きは、どのような材料と技術の塗装であるかを科学的に解明することである。筆者は、まず顕微鏡を用いた拡大観察と、可搬型《かはんがた》蛍光X線分析装置による非破壊分析を行った。その上で、修理と復原資料の作製には詳細な分析が必要であるため、剥落しかかっている肌色塗装の数ミリ角程度のごく微量の塗膜《とまく》試料を担当学芸員の久保禎子氏と相談の上、注意深く採取した。この塗装膜について、断面構造観察と、熱分解ガスクロマトグラフィー分析による塗料の主要脂質成分の同定を行った。

塗装膜の断面構造観察とは、警察の科捜研《かそうけん》などが、例えばひき逃げ車両の車種特定などの鑑識《かんしき》調査として用いる一方法である。警察では、まず鑑識班が事故現場で車両の剥落塗膜片を慎重に回収する。次に科捜研の研究員が、回収したごく微量の剥落塗膜片を垂直に立てて樹脂に埋め込み、それを磨いて塗料の色・材質・塗り重ねなどを顕微鏡観察や機器分析をして車種を特定する。この方法を応用すれば、この仁王胴具足や高知城歴史博物館所蔵の尉頭形兜の上塗り塗料はどのような材料で着色しているのか、どのような塗装技術であるのかなどの、肌色の謎が解明できるのである。

また、熱分解ガスクロマトグラフィー分析とは、ごく小さな破片試料を、五〇〇℃で燃やしてガス化させ、ガスの有機成分から、塗料の主要脂質成分を特定する方法である。これは、この分析に熟練している明治大学理工学部の本多貴之氏にお願いした。

肌色塗料の材料と技術

一宮市博物館保管の仁王胴具足の肌色塗装の表面を、デジタル・マイクロスコープという顕微鏡で拡大観察した結果、堅い表面の塗装が劣化して割れた小さい亀裂が多数確認された（図16）。これは、漆工品で確認される亀甲《きっこう》状の亀裂とは異なり、西洋の古い油彩画の彩色表面でよくみられる小さい割れ現象と類似している。さらに塗り方を観察すると、具足を構成する鉄板の上に、焼き付け漆を一層↓粘土鉱物を生漆などに混ぜて作るサビ下地（今日の輪島塗《わじまぬり》などの下地と同じ作り方の堅牢な下地）↓一～二層の中塗りの黒色漆の塗膜層↓白色顔料《がんりよう》のなかに微細な赤色顔料を混入して淡肉肌色とした上塗りの塗膜層の塗り重ねが確認された。

この肌色塗料は、蛍光X線分析では、鉛の元素が強く検出されたため、当初、この肌色は、鉛系赤色顔料の鉛丹《えんたん》（四酸化三鉛）であろうと推定した。しかし、鉱物の種類を同定できるX線回折分析の結果、鉛丹ではなく鉛白《えんぱく》（塩基性炭酸鉛）であった。これに微量の朱《しゅ》（硫化水銀）も検出された。そのため、仁王胴具足表面の肌色は、白い鉛白に深紅《しんく》色の朱を混ぜて肉肌色（桃色）にしていたことがわかった。

次に、この肌色塗料を熱分解ガスクロマトグラフィー分析した結果、漆塗料の主成分であるウルシオール成分ではなく、乾性油成分であった。このことから、肌色塗料は漆塗料や膠《にかわ》塗料ではなく、西洋の油彩画と同じ油絵具であることがわかった。

一方、高知城歴史博物館所蔵の尉頭形兜の肌色は、白い鉛白に橙色系の鉛丹、これに黄色い鉱物顔料である石黄《せきおう》（三硫化二ヒ素）と深紅色の朱を少し混ぜて濃肌色とする、かなり複雑で繊細な色合わせがなされていた。そして、この肌色塗料も、仁王胴具足と同じ油絵具であることがわかった。

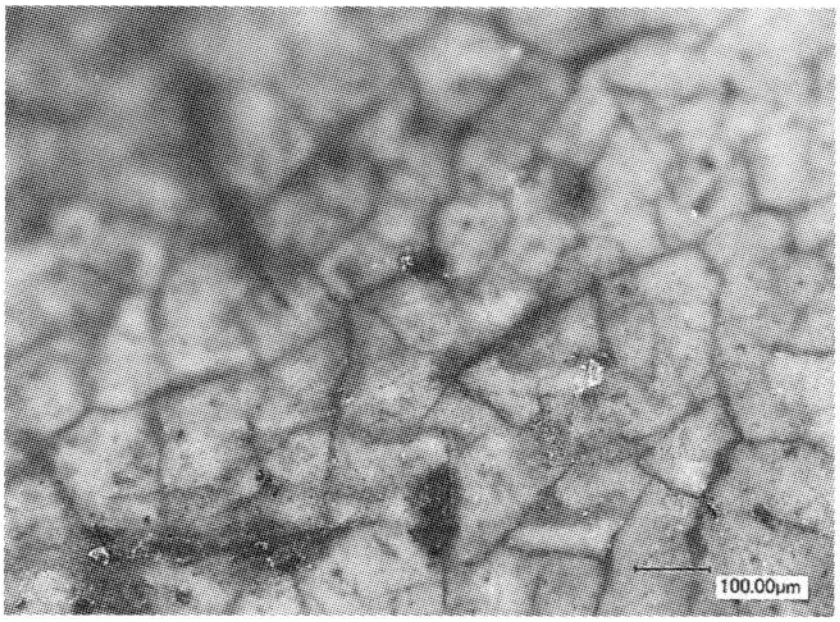

図16　肌色塗装表面の拡大

二つの具足の肌色塗料の違い

「仁王胴具足」は、インパクトの強い鮮明な肉肌色。一方、「尉頭形兜」は、やや黄味がある濃肌色である。両者の肌色の色相の違いは何であろう。

確かに両者の制作年代は若干異なる。仁王胴具足は、おそらく天正年間（一五七三～九二）頃。尉頭形兜は、元和～寛永年間（一六一五～四四）。もちろんいずれの具足も大量生産ではなく、専門の甲冑師工房によるオーダーメードと考えられる。フロイスも秀吉が作らせた具足を、「日本にいる最良の工匠の手で」と記録しており、具足を所有した武将の好みが反映された可能性が強い。また、肌色の調色に使用された鉛白・鉛丹・朱は、伝統的な顔料として古くから使用されてきた。

興味深いのは、尉頭形兜の肌色に使用された石黄の存在である。石黄とは、古来、雌黄《しおう》とも呼ばれた透明感がある黄色い鉱物顔料である。

寛永一五年～承応三年（一六三八～五四）の『長崎オランダ商館長の日記』には、バタビア（インドネシア）から寛永一八年（一六四二）八月二九日に四五四斤《きん》（マクシミリヤン・ルメールの日記）、寛永二一年（一六四四）八月三〇日に四〇五斤（ヤン・ファン・エルセラックの日記）の雌黄（石黄のこと）を長崎へ入荷したことが記録されており、元禄六年（一六九三）の菊本幸甫《きくもとこうほ》『古今和漢万宝全書《ここんわかんばんぽうぜんしょ》　絵具題名』には、「雌黄　渡来乃物なり」という記述がある。しかし、東南アジアとの直接交易が途絶すると、東南アジア産の石黄の輸入もやがて減少したようである。

筆者の近世出土漆器《しっき》の調査でも、一七世紀前～中期には蒔絵の代用顔料として天然石黄は多用されたが、一八世紀になると銀粉や錫粉が一般的となり、石黄漆の使用は途絶する。石黄の使用が再開されるのは、一九世紀中期以降に蘭学技術を活かした人造石黄が量産された以降である。

仁王胴具足の制作は、石黄の輸入がまだ少ない一六世紀。一方、尉頭形兜の制作は、東南アジアから海外交易を通じて石黄顔料の輸入が盛んであった一七世紀前期である。想像を逞《たくま》しくするならば、この顔料調達の違いが、両者の具足の肌色の色の違いに影響を与えたとも考えられる。

肉肌色の油絵具登場の謎

初めに記したように、古来、日本の甲冑を構成する鉄板や皮革板の小札などの表面に上塗りする塗料は、黒色の漆塗料が一般的である。なかには、赤色漆（朱漆）塗装の甲冑もあり、この代表例は、武田軍団の板垣《いたがき》信方《のぶかた》隊、大坂の陣で家康を追い詰めた真田《さなだ》信繁《のぶしげ》（幸村《ゆきむら》）隊、さらに徳川四天王の一人として知られる井伊《いい》直政《なおまさ》の流れを汲む江戸時代の彦根《ひこね》藩井伊家の歴代藩主の赤備え当世具足などが有名である。その意味では、肌色の塗装はかなり異例である。

調査の結果、この仁王胴具足と尉頭形兜の肌色塗料は、いずれも日本国内では伝統的な色漆や膠彩色ではなく、油絵具であった。

古くから日本では、漆塗料に荏油《えあぶら》や桐油《きりあぶら》などの乾性油を混ぜて艶揚《つやあ》げや伸びをよくして塗装作業の効率性を図ったり、建物の部材保護のための油拭き作業などが、伝統的に行われてきた。日本に乾性油系の彩色絵具が初めて登場するのは、大陸から仏教とともに寺院伽藍の造営法や瓦製法などの最先端の技術が導入された、飛鳥・白鳳時代に遡るとされる。いわゆる密陀絵《みつだえ》技法である。

乾性油は紫外線ライトを照射すると微弱ながら黄色い蛍光を発するが、漆は全く蛍光を発しない。日本の文化財科学分野の黎明期を牽引した名古屋大学の故山崎一雄氏は、一九五〇年代に、この性質を応用して法隆寺《ほうりゅうじ》所蔵の玉虫厨子《たまむしのずし》や正倉院御物《ぎょぶつ》の彩色材料を調査した結果、①顔料を乾性油で練った油彩画技法、②膠材料と顔料で彩色した上に乾性油を塗布して光沢を出す油色技法、の二つの技法の存在を報告した。

ところが、奈良時代以降の乾性油系の塗装彩色の系譜には不明な点が多い。当世具足の肌色塗料の技術系譜は、本当に飛鳥・白鳳期に遡る日本独自の密陀絵技法であろうか。

仁王胴具足が私たちに語るもの

やや年代幅がある桃山文化期。輸入された亜麻仁油《あまにゆ》や胡桃油《くるみあぶら》などは、ルイス・フロイスの『日本史』によると、キリスト教の導入に伴いヨーロッパから伝えられた宗教画などの油彩画絵具として、また『平《ひら》戸《ど》イギリス商館長日記』や『長崎オランダ商館長日記』によると、彼らの西洋建築の塗料として使用されたようである。

このような乾性油系塗料の乾燥促進には鉛が必要である。胡粉《ごふん》や白土《はくど》の白色顔料に微量の鉛丹顔料を混入して淡肉肌色の色調調整を行うより、仁王胴具足や尉頭形兜のように、鉛系の白色顔料である鉛白を主材料にして、微量の朱や鉛丹を混入した方が、被膜形成を効率的に行う点では効果的であり、理に適った油彩画の塗装技術である。

当世具足が制作された時代は、戦国乱世から勝ち残った武将らが好んだ豪放・華麗な桃山文化期、さらにはこの気風の最後の名残がある寛永文化期頃までの、海外に眼が向いた時代である。当時の時代背景を考慮にいれると、肌色塗料が上塗りされた仁王胴具足や尉頭形兜は、有力武将の優品であるとともに、当時の塗装技術の一側面を端的に示す指標資料でもある。

改めて、このうちの尉頭形兜の肌色塗料を鉛同位体比分析した結果、京都市中で出土した鉛玉と同様、日本産鉛ではなく、中国華南産の輸入鉛のみが使用されていた。この結果を総合的にまとめると、鉛白・鉛丹・石黄などの肌色の調色顔料は、いずれも海外交易で入手した輸入顔料であり、肌色塗料自体は油彩画技法であった。

このことから、仁王胴具足も含め、当世具足に採用された斬新な肌色塗装の技術系譜は、古代以来の密陀絵技法の細々とした系譜の残像（中世期の油彩画技法の物的証拠は、現状では報告事例がないため）というよりは、視覚的にもインパクトのある色相が得られる、西洋の油彩画技法を応用した、すなわち宗教画や初期洋風画の人物像の肌を描いた彩色油絵具を、当世具足の肌色に応用したと考えた方が理に適っているのでなかろうか。

その他の油彩塗料の使用例

筆者は当世具足の表面塗装材料として、仁王胴具足・尉頭形兜の肌色塗料以外に、佐賀県の鍋島報效会《なべしまほうこうかい》（徴古館《ちょうこかん》）所蔵の「青漆塗萌黄糸威《あおうるしぬりもえぎのいとおどし》二枚胴具足《にまいどうぐそく》」に表面塗装された深緑色塗料についても、同様の分析を実施した。この調査の経緯も、前記した甲冑師の西岡文夫氏が、この甲冑の修理作業を実施するのに伴い、筆者らが基礎調査に関わったためである。

この具足の桃形兜は、西洋の兜の影響を受けた変り兜の一形式である（図17）。この具足は、佐賀藩初代藩主の鍋島勝茂《なべしまかつしげ》（一五八〇～一六五七）が、寛永一四年（一六三七）の島原《しまばら》の乱の際に着用して武功を挙げたため「武運之瑞器《ずいき》」とした、と前胴内側に金泥《きんでい》で記している。島原の乱から五年後の寛永一九年（一六四二）には、この具足は、勝茂の末男である直長《なおなが》に与えられ、以後、直長を祖とする鍋島内記《ないき》家に伝来しており、所有者と使用年代が明確な数少ない当世具足である。

具足の表面塗装は、植物藍と石黄で調色した緑色を漆に混ぜて作る緑色漆と比較すると艶光沢が少なく、表面が粗く凹凸のザラツキ感があった。そこでこの具足についても、塗膜断面観察と熱分解ガスクロマトグラフィー分析を行った。その結果、この深緑色塗料は、植物藍の微粉末を乾性油に混入して藍色に染め、これに粉砕した天然石黄顔料を混入して緑色とした油彩塗料であることがわかった。ほぼ同年代の寛永期頃に作成された山内家伝来具足（兜・頬当）の肌色塗装と同様、鍋島家伝来具足の深緑色塗装も、油彩画技法が応用されたものであった。それぞれの具足を所有していた山内忠義と鍋島勝茂。ともに父は天下人の秀吉・家康に仕え、その跡を継いだ同世代の西国の有力大名である。きっと面識もあったのであろう。

当世具足の色と海外とのつながり

彼らが生きた一七世紀前期〜中期頃の桃山文化↓寛永文化移行期は、東南アジア交易を通じて、ヨーロッパや東南アジア文化と日本の文化が融合した「南蛮文化」の総決算の時代である。戦国乱世の最後の国内戦となった「島原の乱」の決着は、幕府の要請で使用されたオランダ船の大筒《おおづつ》であ

図17　青漆塗萌黄糸威二枚胴具足（公益財団法人鍋島報效会所蔵）

ったとされる。その戦いの現場を彩った有力大名たちの当世具足の表面塗装にも、日本とヨーロッパとのつながりが感じられた。そこには、当時最先端の西洋の南蛮文化を象徴する物的証拠の一つとして、当時では斬新な西洋油彩画の材料・技術を、戦いの場の装いである具足のビジュアル面にも効果的に応用したという構図が想定されるのである。

天下人秀吉も、そこまで理解して斬新なデザインと色相の仁王胴具足を好んだのであろうか？　南蛮趣味の嗜好性を、人心掌握ツールとして贈呈用武具のビジュアル面にも遺憾なく表現する。海外を意識した彼の外向き思考は、「無邪気な新しもの好き」というよりは、冷静で緻密に計算された「文化戦略」の側面が併さった結果かもしれない。

工芸・絵画編

桃山茶陶から色絵京焼へ

本章では、天下人たちの文化戦略の一つとして大きく変革して華開いた、桃山文化を特徴付ける工芸と絵画の世界をみていく。

桃山文化を象徴する桃山茶陶

さて、世界が認める日本を代表する伝統文化の一つが「茶の湯文化」である。そこで使われる茶道具の主役は、なんといっても茶碗《ちゃわん》や茶入《ちゃいれ》、水指《みずさし》や花入《はないれ》などの陶磁器類。これに、和食の原点である茶懐石料理《ちゃかいせきりょうり》を盛り付ける向付《むこうづけ》や角皿《かくざら》などの飲食器が加わる。

これら茶の湯文化を彩る陶磁器の代表格が「茶陶《ちゃとう》」と呼ばれる焼物である。これらが出揃うのは、実は桃山文化期になってからである。初めて、世界の陶磁器のなかでも特徴のある篦目《へらめ》や歪《ゆが》み、手づくねなど、桃山気風の大胆・斬新なデザインの「茶陶」が、この時代に出現した。文化史の分野で「桃山茶陶」と呼ばれる焼物とは、天下人たちとの関わり合いのなかで技術革新を遂げ、国内で焼かれた特色ある陶磁器のことである。この技術的な原点の一つが、京都市中で焼かれた「初期京焼《きょうやき》」と呼ばれる、後に野々村仁清《ののむらにんせい》らが確立する色絵《いろえ》京焼のルーツともなった焼物である。

本節では、桃山茶陶の登場と、その後の色絵京焼へつながる世界について、主に焼物生産の先端地域であった瀬戸《せと》・美濃《みの》地方と京都市中で焼かれた出土品の科学分析を通して、それぞれの技法の違いと、それらが生産された背景も含めて読み解いていく。調査の結果、中国大陸と朝鮮半島からの技術の招来により変革がもたらされた「茶陶」の作陶技術は、やがて海外へも影響をもたらしていく、ダイナミックなモノづくりの姿がみえてきた。

茶の湯文化の登場

中世の鎌倉時代には、中国から伝来した禅宗《ぜんしゅう》文化とともに、栄西《えいさい》が記した『喫茶養生記《きっさようじょうき》』などにより喫茶の風習が京都や鎌倉の禅宗寺院で広まった。

室町時代になると、室町幕府三代将軍の足利義満《あしかがよしみつ》が造営した鹿苑寺《ろくおんじ》（北山殿《きたやまどの》）金閣《きんかく》では、中国式の机と椅子で、茶道が執り行われた。その際、茶器や室礼《しつらい》の花器《かき》などは、もっぱら中国の宋《そう》・元《げん》から輸入された「唐物《からもの》」と呼ばれた器類が貴ばれており、中国文化に憧れた北山文化の象徴といわれている。その後、八代将軍の足利義政《よしまさ》も「東山御物《ひがしやまごもつ》」と呼ばれる唐物の名品を蒐集《しゅうしゅう》した。一方で彼が造営した東山殿《ひがしやまどの》（寛永年間以降には銀閣寺と呼称）では、床の間・四畳半の畳敷座敷《たたみじきざしき》が造られ、今日の住宅建築の和室の原点となったことは有名である。そのなかで、村田珠光《むらたじゅこう》（一四二二〜一五〇二）から武野紹鴎《たけのじょうおう》（一五〇二〜五五）、さらには千利休《せんのりきゅう》（一五二二〜九一）へとつながる「侘茶《わびちゃ》」の作法が確立する。

いずれにしても、室町時代以降には茶を楽しむ文化が広がり、上級武家のみならず、庶民も屋台で一服一銭《いっぷくいっせん》の茶を楽しむ風習が登場し、茶の湯文化は地方へも広がった。この状況を示す物的証拠が、越前朝倉氏《えちぜんあさくらし》の一乗谷《いちじょうだに》遺跡をはじめとする、戦国期の地方豪族の屋敷跡から出土する数多くの茶器や茶臼などの出土品である。茶の湯文化の広がりに即応するように、中世期には、中国・朝鮮半島から、大量の茶碗類などの陶磁器が輸入された。

天下人たちと桃山茶陶

さて、ここでいよいよ天下人たちの登場である。信長は、東山御物をはじめとする名だたる名物茶器を蒐集（名物狩りとも呼ばれる）して、配下の武将や有力商人たちなどに褒章《ほうしょう》として与えた。それにより茶器に莫大な価値を付け、それまで武家のたしなみ（教養）の一つであった茶の湯文化を、「茶器一つが国一つ」ともいわれるように、政治・経済・文化的な側面から、人心掌握の戦略の一つとして大いに活用した。

秀吉もそれを継承した。特に、李氏朝鮮《りしちょうせん》時代の朝鮮半島では、千利休・織田有楽斎《おだうらくさい》

（一五四七〜一六二二）・小堀遠州《こぼりえんしゅう》（一五七九〜一六四七）をはじめとする名だたる茶人が、「一井戸、二楽《らく》、三唐津《からつ》」として好んだうちの第一、「井戸茶碗《いどちゃわん》」と呼ばれる高麗茶碗《こうらいちゃわん》が作られており、有力な戦国大名たちは、わざわざ朝鮮半島の窯元《かまもと》に、生産を依頼して茶碗を調達したようである。

ところで、国内で磁器生産が開始されるのは、一七世紀初めになってからである。その作陶技術と基本的な原材料の陶石の調達は、秀吉による文禄《ぶんろく》・慶長《けいちょう》の朝鮮の役（朝鮮侵略）の際、佐賀や薩摩《さつま》などの九州諸大名が、朝鮮半島から、陶工たちを招来したことに始まる。また、陶器についても、桃山茶陶の一つの唐津が、朝鮮半島の技術を導入して作陶されるようになった。なぜ、主に九州の大名たちは、朝鮮半島から陶工を招来したのか？当時、日本国内の窯業《ようぎょう》技術に比較して、中国や朝鮮半島のそれは高度なものという認識が常に高かったためであろう。

信長は、あくまでも大陸から輸入した茶陶器を蒐集して、それを世に示すことで天下人としての権勢を示そうとした。対して秀吉は、結果として陶工人を招来することで国内に大陸の作陶技術を伝来させた。天下人たちが好んだ茶の湯文化を支える憧れの茶器生産地をも抑える。案外、秀吉の朝鮮、さらには明《みん》への大陸侵略を目指す目的の一つには、このような茶の湯文化を支える手工業生産技術の獲得をも視野に入っていたのかもしれない。

いずれにしても、茶の湯文化には、茶陶の存在は欠かせない。輸入陶磁器から国産陶磁器の登場へ。「茶の湯文化」は、信長・秀吉ら天下人、彼らを取り巻く松永久秀《まつながひさひで》（弾正《だんじょう》）・細川藤孝《ほそかわふじたか》（幽斎《ゆうさい》）・古田織部《ふるたおりべ》ら、幾多の戦国武将、千利休・今井宗久《いまいそうきゅう》・津田宗及《つだそうぎゅう》などの豪商たちが形作った、「桃山文化」を象徴するイメージの一つとなっている。

陶芸史からみた桃山茶陶

さて、陶磁器と一口で言っても、粘土を原材料とする「土もの」が陶器。白い陶石を原材料とする「石もの」が磁器である。

日本の陶芸史を技術面からみていくと、まずは野焼きの縄文土器や弥生土器、土師器《はじき》へとつながる長い土器生産の系譜がある。古墳時代になると、土器より高温で焼く須恵器《すえき》生産など、大陸から窯焼技術が導入された。奈良時代には、中国の唐三彩《とうさんさい》などを手本として、鉛と長石《ちょうせき》を混ぜた比較的低温で溶け易いガラス質鉛釉《なまりゆう》による、奈良三彩などの施釉《せゆう》陶器や緑釉瓦《りょくゆうかわら》が登場する。平安時代には、平安宮主要建造物や大規模寺院の屋根に葺《ふ》かれた緑釉瓦や什器《じゅうき》類などは、平安京の北部に所在する栗栖野《くるすの》や、小野瓦窯《おのがよう》などで作陶が行われた。しかし、その後の中世段階には、鉛釉を使った国産陶器の生産は一旦途絶し、後に述べる桃山文化期の中の「初期京焼」の出現まで待たねばならない。

平安時代以降、特に中世期になると、尾張《おわり》の猿投窯《さなげよう》に起源を持つ東海系の瀬戸・美濃窯業、さらには備前《びぜん》・信楽《しがらき》・常滑《とこなめ》・越前《えちぜん》・丹波《たんば》（これらは六古窯とも呼ばれる）などに代表される陶器生産が、単室の大窯などを使用して盛んとなる。猿投窯や瀬戸窯などの東海系の窯では、当初は鉛釉陶器の生産もあったが、燃料の薪の木灰《もくはい》や藁灰《わらはい》が器表面にかかって自然に溶けたガラス質の自然釉が一般的になる。さらに、鎌倉時代の瀬戸窯では、灰釉《かいゆう》や長石釉を器の表面に掛けて焼く、中国陶器を模した完成度の高い施釉陶器が登場する。

そして桃山文化期になると、瀬戸・美濃や、備前・信楽・伊賀《いが》など各地の生産地では、「瀬戸黒《せとぐろ》」・「黄瀬戸《きせと》」・「志野《しの》」・「織部《おりべ》」や、朝鮮半島からの渡来技術者による連房式登窯《れんぼうしきのぼりがま》を伴う九州の「唐津」など、いわゆる「桃山茶陶」が作られるようになる。

一般的には、「桃山茶陶」の確立期は、秀吉や千利休の時代とイメージされるが、正確には、それより少し遅い一七世紀初頭〜前期頃の秀忠《ひでただ》・家光《いえみつ》の時代。「織部《おりべ》」の名前の由来となった古田織部（一五四三〜一六一五）、幕府の伏見奉行を長年勤めた作庭家であるとともに武将茶人でも有名な小堀遠州（遠江守）、同じく武将茶人の金森宗和《かなもりそうわ》（一五八四〜一六五六）らが活躍した、慶長〜元和期である。

京都市中で出土した桃山茶陶

一九八〇年代後半、京都市中京区中之町・弁慶石町《べんけいいしまち》地区では、都市再開発に伴う土中掘削工事中に、保存状況が大変よいため未使用と考えられる美濃元屋敷窯産の「織部」「志野」や、尾張瀬戸窯産の「瀬戸黒」「黄瀬戸」、さらには、信楽・備前・高取・唐津産などの「桃山茶陶」が、大量にみつ

図18　京都市内で大量に出土した桃山茶陶（京都市考古資料館所蔵）

かった（図18）。三条界隈《さんじょう》は、元和七年（一六二一）制作の「洛《らく》中洛外図屏風《ちゅうらくがいずびょうぶ》」（佐渡《さど》・妙法寺《みようほうじ》所蔵）や、狩野孝信《かのうたかのぶ》（一五七一〜一六一八）作画と伝わる「洛中洛外図屏風」（福岡市博物館所蔵）などに、陶磁器販売業者の唐物屋店先が描かれており、寛永年間の古絵図にも「瀬戸物屋町」と記載されている（図19）。

そのためこの地区で出土した資料群は、一七世紀初期〜前期頃の陶磁器販売業者（瀬戸物屋）が購入した商品のうち、不用品を一括処分したものであると考えられている。

京都市中で出土した初期京焼

さて、近年の京都市内の発掘調査では、一六世紀末〜一七世紀前期頃に、京都市中で作陶された、後の「楽焼」につながる一点モノの資料が多数出土するようになった。陶芸史の分野では、これらを「初期京焼」と呼ぶ。登窯で焼くことでできる硬質の陶器ではなく、一点ずつ小規模な内窯で焼く、軟質の施釉陶器である。

この作陶技術の登場と発展過程は、同時期に登場する瀬戸・美濃産の登窯で焼かれた織部・志野などの硬質の施釉陶器や、輸入陶器の華南三彩《かなんさんさい》（唐三彩）、さらには、後の京焼の完成形といわれる野々村仁清の「御室窯《おむろよう》」や尾形乾山《おがたけんざん》の「乾山窯《けんざんよう》」の色絵陶器との相互の関連性も含め、具体的な技術的系譜の詳細については不明な点が多い。

図19 「洛中洛外図屏風」に描かれた瀬戸物屋町の様子（福岡市博物館所蔵）

今のところ、「初期京焼」の初現期資料は、一六世紀末～一七世紀初頭期の、伏見《ふしみ》城下町関連遺跡出土の緑釉・透明釉掛けの軟質施釉陶器の茶碗と、中之町・弁慶石町地区出土の、「華南三彩写し」・「織部写し」・「鳴海《なるみ》織部写し」の陶器皿である（図20、21、22）。

筆者による蛍光X線分析の結果、この施釉は鉛と長石を混和した鉛釉であり、釉薬《ゆうやく》の褐色は鉄、緑色は銅、黒色は鉄のみか鉄と銅の両方が着色材料であった。さらに、弁慶石町では、「軟質施釉陶器」の茶陶と同じ、鉛釉である緑色釉と褐色釉、透明釉が付着した窯道具の一つである内窯のサヤ鉢片も出土した。

時代は下るが、元文元年（一七三六）に書かれた長次郎《ちょうじろう》を陶祖とする楽家の『楽焼秘抄《らくやきひしょう》』や、元文二年（一七三七）尾形乾山著の『陶工必用《とうこうひつよう》』には、本焼用登窯ではなく、錦窯《にしきがま》もしくは金炭窯《きんすみがま》、楽焼窯と呼ばれる小規模な内窯を使用して、赤絵《あかえ》・色絵付《いろえつけ》・楽茶碗《らくちゃわん》などを焼く作陶技術の存在が記録されている（図23－1、23－2）。ちなみに、初代長次郎の父は、中国から渡来した陶工とされている。おそらく京都の町中で焼かれた初期京焼も、このような小規模な内窯のなかに、燃料である薪の灰が降りかかるのを防ぐ目的でサヤ鉢に陶器を入れて、一点ずつ焼かれたのであろう。

図20　華南三彩写し（京都市考古資料館所蔵）

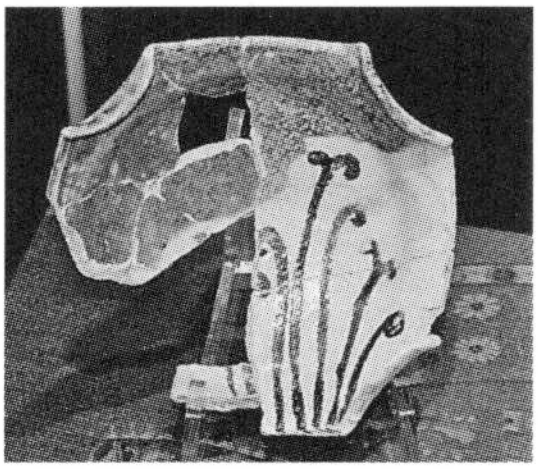

図21　織部写し（京都市考古資料館所蔵）

図22　鳴海織部写し（京都市考古資料館所蔵）

華南三彩と初期京焼の関連性

『陶工必用』は、「京都の押小路《おしこうじ》、柳馬場《やなぎのばんば》の東に、押小路焼物師一文《いちもん》字屋《じや》助左衛門《すけざえもん》という職人がおり、唐人から伝えられた手法で内窯焼の陶器を製造した。楽焼の元祖、長次郎より古いと申し伝えるが、どちらが先かはわからない」さらに「この助左衛門の焼物には、交趾《こうち》焼を写した器物や、樹、花、動物などを地文様に彫って緑色、黄色、紫色の色絵を付けたものもある」などと述べている。

中之町では、中国産「華南三彩」の陶器資料とともに、「華南三彩写し」ともいえる「初期京焼」も一点出土している。分析の結果、輸入「華南三彩」と初期京焼の「華南三彩写し」は、共に鉛釉であった。今後さらに慎重に検証する必要はあるが、乾山が述べるように、「華南三彩」の技術が、初期京焼の製陶技術に導入されたものであろう。

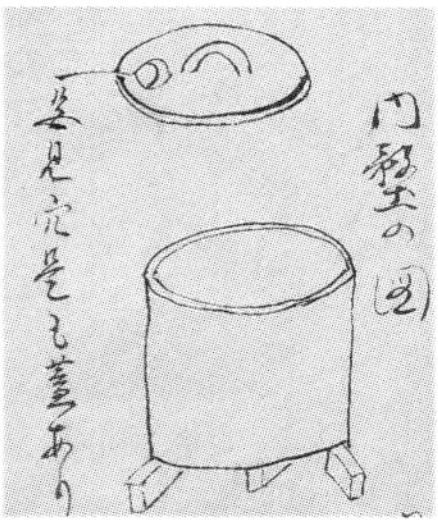

図23-２　同　サヤ鉢
（『楽焼秘抄』龍谷大学所蔵）

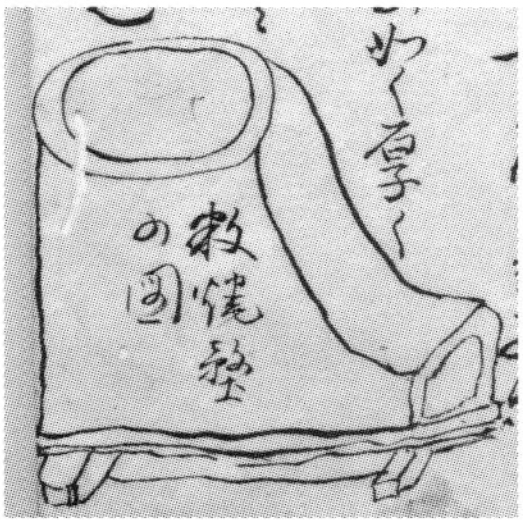

図23-１　楽焼の内窯
（『楽焼秘抄』龍谷大学所蔵）

図24　中之町出土美濃産「織部」の破片
（京都市考古資料館所蔵）

自然釉である灰釉の技術的系譜を汲む陶器生産の先進地域であった瀬戸・美濃地方では、一七世紀初期～前期頃には高温焼成が可能な連房式登窯が登場し、木灰と長石を混ぜてつくる灰釉もしくは長石釉を掛けた「桃山茶陶」を代表する「志野」・「黄瀬戸」・「織部」などが盛んに量産されるようになる。

美濃産「織部」と「織部写し」の相違点

さて、初期京焼にも、緑釉と鉄絵と呼ばれる酸化鉄系の茶褐色絵具で抽象的な図様を描いた上に透明釉を掛ける、美濃産「織部」（図24）とよく似た形と意匠を持つ、「織部写し」といわれる施釉陶器が存在する。両者の技術的な相違点について、双方を分析比較した結果、緑釉および褐色釉の着色材料は、両者とも銅および鉄で同じであった。

ところが釉薬は、初期京焼の「織部写し」は、鉛と長石を混ぜた鉛釉、美濃産「織部」は、長石と木灰を混ぜた灰釉もしくは長石釉であり、両者は全く異なっていた。さらに施釉状態を拡大観察した結果、前者は、低温焼成であるためか、気泡の沸き痕跡は観察されなかった（図25）。一方、後者は、高温焼成のためか、釉薬のガラス質のなかには沸いた気泡痕が多数みられた（図26）。

また、赤土と白土を貼り併せて陶胎を作る「鳴海織部《なるみおりべ》」と見た目はよく似た、初期京焼の「鳴海織部写し」も、焼成すると赤肌色になる聚楽土《じゅらくつち》と呼ばれる鉄分を多く含んだ陶土と、鉄分を水簸《すいひ》して精製した白土を貼り合わせて陶胎を作って素焼きし、ベンガラ系の赤色顔料と緑青《ろくしょう》（銅）系の緑色顔料で模様を描く。その上に薄い透明釉（鉛釉）と緑釉（鉛

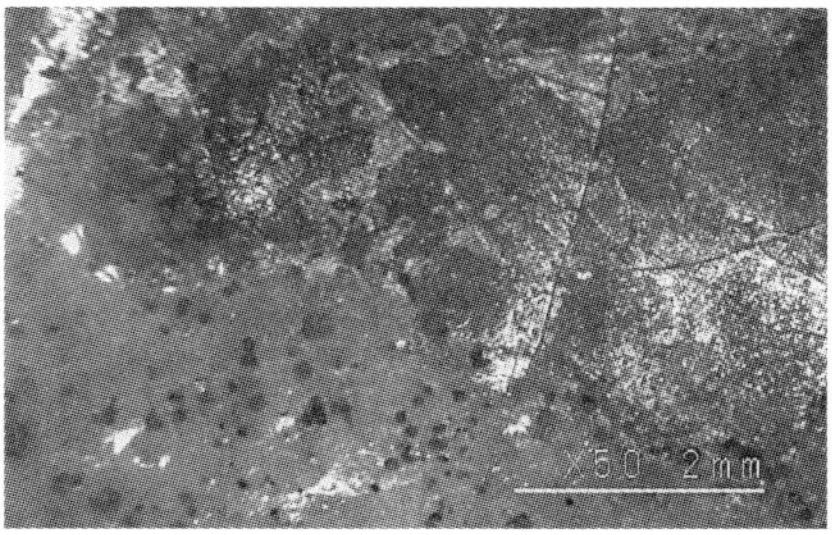

図25　織部写し鉛釉の拡大

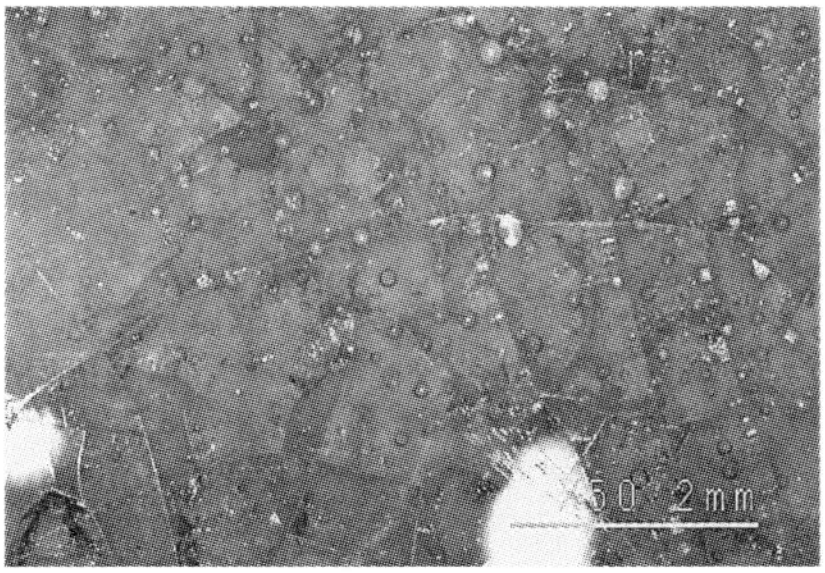

図26　織部長石釉の拡大

釉）・褐色釉（鉛釉）で本焼きするという、手が込んだ作陶技術であった。

いずれにしても、一六世末〜一七世紀前期頃に出現する「初期京焼」の作陶技術の系譜は、あくまでも、中国の華南三彩などの技術の導入によって開始されたと考えられ、瀬戸・美濃窯などの作陶技法とは、根本的に異なる技術系譜であることがわかった。そして、「織部写し」や「鳴海織部写し」の茶陶は、オーダーメードで丁寧に作られていた。

以上のことから、瀬戸美濃の茶陶を京都で真似したと考えるより、逆に、先に京都でオリジナルのプロトタイプ「織部」がイメージされ、その写しが、むしろ量産の美濃産とも考えられ、そうであるならば、文化・芸術センター京都の面目躍如であろう。

色絵京焼のルーツである押小路焼（今焼）

さて、京都市中の旧柳《りゅう》池《ち》中学校構内遺跡（平安京左京三条四坊十町跡）は、尾形乾山の『陶工必要』が、「一文字屋助左衛門なる人物が押小路焼《おしこうじやき》を製造していた」と記載する「押小路柳馬場ノ東」の南隣接地に相当する（図27）。この記述を裏付けるように、二〇〇三、四年度に京都市埋蔵文化財研究所が実施した発掘調査で、ゴミ廃棄土坑から「押小路焼」との関連性が想定される色絵陶器の未成品や「けふやき（京焼）」という墨書銘がある窯道具片などが一括で出土した。

仁清や乾山に代表される「京焼」は、元禄年間（一六八八〜一七〇四）には作陶技術が確立したとされ、華麗な色絵陶器を含んでいる。その直接的なルーツとされる陶器が、固焼きの初期硬質施釉陶器と呼ばれる「押小路焼（今焼《いまやき》）」である。押小路焼（今焼）が生産された時期は、軟質施釉陶器の「初期京焼」に続く、寛永年間（一六二四～四三）頃と考えられている。すなわち、野々村仁清や尾形乾山らが作陶を開始する以前であり、仁清が、仁和寺《にんなじ》門前で御室窯操業を開始したとする正保四年（一六四七）を下限としている。

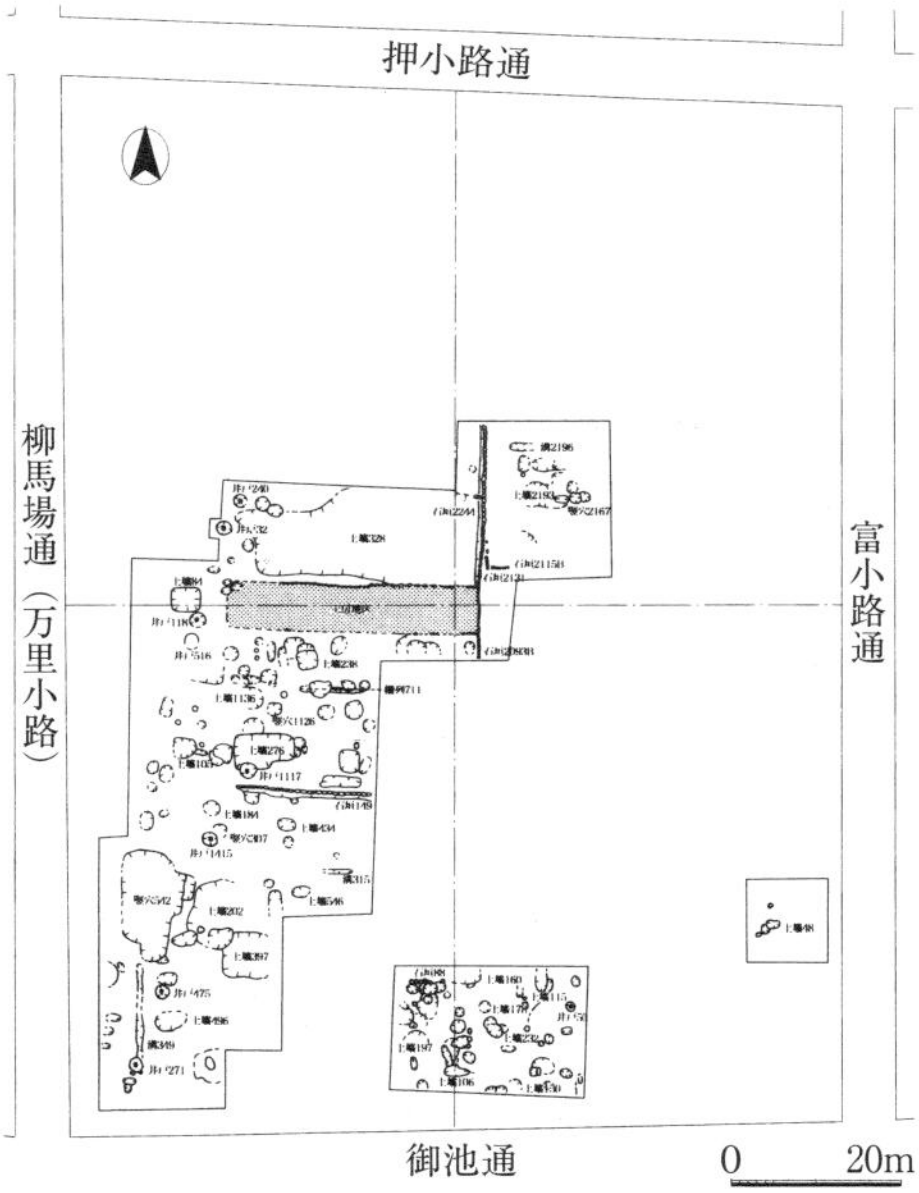

図27　旧柳池中学校構内遺跡（京都市の正式名称：平安京左京三条四坊十町跡）

図28　絵付茶碗未製品（京都市考古資料館所蔵）

そして、この旧柳池中学校構内遺跡からは、押小路焼（今焼）との関連性が指摘される、素焼きの未製品である硬質陶器の破片が多く出土したのである。

仁清・乾山につながる絵付け技術

ここで出土した陶器未製品には、のちの仁清の作陶として有名な「色絵《いろえ》月梅図茶壺《げつばいずちゃつぼ》」や「色絵藤《いろえふじ》花図茶壺《はなずちゃつぼ》」などの一連の色絵壺と共通する、赤肌色の素焼きの聚楽土の胎土に白化粧土を掛けただけの素焼きの陶器片や、白土の素焼きの陶器に、精緻で繊細なタッチで楼閣などの下絵が墨書きされた陶器破片が含まれていた。

波模様などの墨書き下絵の上を肉持ちよくなぞった白い物質は、筆者の分析の結果、焼成前の白い鉛釉であったが、これとよく似た図様の輪郭をなぞって白泥釉付けしたものに、仁清作陶の（重文）「銹絵《さびえ》水仙文茶碗《すいせんもんちゃわん》」（天寧寺《てんねいじ》所蔵）などがある。このなかで、筆者が特に注目した出土資料は、固焼き（硬質施釉陶器）の絵付茶碗の未製品である（図28）。このような硬質で薄手の陶器の茶碗を焼くには、本格的な登窯による高温焼成が必要である。

分析の結果、この薄手茶碗の上薬釉薬は、八〇〇℃前後の低温で溶ける鉛釉ではなく、一二〇〇℃以上の高温で初めて透明で緻密なガラス質が施釉できる、木灰と長石をブレンドした気泡痕が多数見られる長石釉であった。このことから京都市中の作陶技術に、上薬釉薬の長石釉が登場するのは、この遺跡の年代の寛永年間頃であることが判明した。

陶磁器愛好者のなかでファンが多い繊細で華麗、そして洗練された金襴手《きんらんで》をも交えた色絵陶器の完成は、野々村仁清や尾形乾山らの登場以降といわれる。それは、この旧柳池中学校構内遺跡から出土した、長石釉を用いた薄手茶碗である硬質施釉陶器が作られた時代より少し後のことである。そのため、旧柳池中学校構内遺跡で出土した薄手茶碗の未製品の存在は、金彩色絵碗のごく初期の物的証拠として、非常に貴重なのである。

この色絵陶器片の作陶工程をまとめると、①薄い陶胎の茶碗を作る↓②素焼き↓③上薬である長石釉を掛ける↓④登窯で高温焼成による本焼きをする↓⑤ベンガラを用いた赤色鉛釉と、緑青顔料を用いた緑色鉛釉で絵柄を絵付けする↓⑥蓋付きのサヤ鉢に絵付けした茶碗を入れて、工房内の内窯（後に錦窯《きんがま》もしくは金炭窯といわれる）に設置し、一旦低温焼成して色絵を定着させる↓⑦金粉（泥）を布海苔《ふのり》や膠《にかわ》、生硼砂《きほうしゃ》などに溶いて最終の金彩の線描を描く↓⑧再度、先ほどよりは低温で内窯焼成して金彩を定着させる↓⑨金彩部分を磨いて最終仕上げとする、という仁清の色絵陶器とほぼ同じ、高度な技術であることが

図29-１　京都御苑出土乾山角皿
（京都市考古資料館所蔵）

図29-２　同　裏面

わかった。

初期京焼は仁清・乾山らの京焼へ

京都市内では、京焼関連資料もいくつか出土している。なかには、仁清窯をあらわす小判形枠の印が押された硬質施釉陶器や、乾山窯作陶と考えられる染付け陶器も多数存在する。筆者は、調査する機会に恵まれた数点の資料の非破壊分析も実施した。このなかには、長石釉の上薬で胎土を施釉した上に褐色系の鉄釉で模様を描いた、高温焼成からなる硬質の御室窯の陶器資料、呉須《ごす》で下絵書きをした上に長石釉の上薬を施釉して高温焼成した乾山窯作陶など、サビ色絵や呉須染付け陶器などの作陶技術を有する資料なども含まれていた。

このなかで特に注目したい陶器が、京都市埋蔵文化財研究所による京都御苑内の和風迎賓館建設に伴う公家屋敷跡の発掘調査で一点出土した。表には、鉄によるサビ絵やベンガラ顔料で伸びやかなタッチの絵柄が描かれ、裏には、「乾山」の鋳絵銘が肉筆書きされた、軟質施釉陶器の角皿である（図29－1、29－2）。この角皿は、下泥掛けは行わずに、素焼き胎土の上に絵や乾山銘を肉筆で描き、透明な鉛釉の上薬を薄く上掛《うわが》けして、気泡の痕跡がない低温焼成で焼かれていた。この色絵角皿は、軟質施釉陶器の初期京焼に通じる作陶技術が踏襲されていたのである。量産品が増えるなか、京都市中では一点ものの制作も失われてはいなかったのであろう。

天下人が動かした日本・世界の窯業史

以上、桃山文化期に独特の発展を遂げた茶陶の世界を、唐津焼にみられる朝鮮陶工による作陶技術や、中世以来の瀬戸・美濃焼の技術、畿内における初期京焼から色絵京焼へと至るそれぞれの技術系譜からみてきた。ここからは、登窯における長石釉、内窯における鉛釉の二系統の作陶技術の存在が明らかになり、それが天下人たちの動きと深くかかわっていたこともわかってきた。

まず桃山茶陶の登場の発端は、信長が、室町時代にはあくまでも武家のたしなみの一つであった「茶の湯」に着目して、名物茶器を政治的な力として利用したことである。

さらに、天下人となった秀吉の中国・朝鮮半島の作陶技術とその製品への憧れが、朝鮮侵略に伴う九州大名による朝鮮陶工の招来をもたらした。朝鮮陶工の作陶技術は、まずは桃山茶陶の一つである唐津で始まる。

さらに、利休・秀吉らは、中国作陶技術者の長次郎らの手づくね茶碗を愛し、それが特徴ある茶陶のデザインへ、さらには洗練された初期京焼から華麗な色絵京焼への作陶技術へとつながる。色絵陶器の作陶技術の確立は、野々村仁清以降の京焼であるが、その背景には、華南三彩や中国の作陶技術から派生した初期京焼があることは間違いなかろう。それは、同時代の瀬戸・美濃窯の「桃山茶陶」の意匠や、生産体制・流通にも影響を及ぼす。

また、招来された朝鮮陶工の作陶技術は、肥前有田《ありた》から始まった初期伊万里《いまり》と称される国産磁器や薩摩焼の生産につながる。特に、有田では、寛永期頃に柿右衛門《かきえもん》の赤絵が登場し、やがて元禄年間以降には長崎交易を通じてヨーロッパへの色絵磁器の輸出へ。それは、やがてマイセン窯やウエッジウッド窯などのヨーロッパ磁器生産に大きな影響を与えていくことになるのである。

いずれにしても、天下人たちが愛した「茶の湯」の文化は、中国・朝鮮半島・ヨーロッパをも巻き込んだグローバルな世界レベルでの作陶技術の伝播と交流、さらには現代社会における茶の湯を通じた日本文化の理解へとつながっていく。天下人たちがはたしてここまで見通していたかはわからないが、彼らの壮大な文化戦略の結果であることだけは間違いなかろう。

金碧障壁（障屏）画と初期洋風画

絵画からみた天下人たちの気風と嗜好性

本節では、天下人たちが活躍した時代に、彼らの気風や嗜好性にマッチして華開いた桃山の絵画を取り上げる。

桃山文化といえば、その象徴の一つとなるのが、豪放・壮大な構図で大画面の金箔地に、モチーフを青・緑・茶・赤などの鮮やかな色彩と、大胆で力強い墨筆線で描いた金碧障壁《きんぺきしょうへき》（障屏《しょうへい》）画である。これらは、次章で取り上げる戦国乱世を勝ち残った天下人たちや、彼らを取り巻く戦国武将たちの城郭御殿、大規模社寺建築を華やかに荘厳した。そして、海外交易で富を築いた豪商たちの屋敷の屏風なども含め、自らの力をある意味アピールするアイテムとして、遺憾なく活用されたのである。

また、キリスト教布教に伴い、宗教画である西洋油彩画もこの時代に持ち込まれ、その技法を学んだ日本人画工の手による南蛮絵《なんばんえ》もしくは初期洋風画も登場する。天下人たちをはじめとする当時の人々が、海外へ抱いた旺盛な知識欲により、この一時期に華開いた異国情緒あふれる「南蛮文化」を象徴する姿であろう。

この節では、永徳を中心とした狩野派など、この時代の絵師《えし》集団が使用した材料をまず文献から読み解き、次に、京都の街中から実際に出土した彩色顔料（絵具）と、伝世した初期洋風画の顔料などの科学分析の結果をもとに、当時の彩色技法の実態を紐解いていく。

その上で、武力ばかりでなく、文化に対しても熱い目を向けた天下人たちの存在があったからこそ生み出された、従来の日本絵画とは印象が大きく異なるこの時代の絵画と、それを取り巻く世界を見ていきたい。

桃山気風を伝える絵画

「大画様式」と呼ばれる濃絵《だみえ》の代表は、『信長公記《しんちょうこうき》』が記録する安土城天主内部を彩った、狩野永徳《かのうえいとく》を中心とした狩野派《かのうは》絵師集団による金碧障壁（障屏）画の数々であろう。

その後、秀吉が、幼くして亡くなった息子鶴松《つるまつ》供養のために造営した、京都東山七条の祥雲寺《しょううんじ》（現智積院《ちしゃくいん》）に濃絵を描かせた長谷川等伯《はせがわとうはく》を中心とした長谷川派《はせがわは》絵師集団なども登場する。なかには、旧浅井家の家臣団ゆかりの海北友松《かいほうゆうしょう》や狩野山楽《かのうさんらく》、大坂《おおさか》（石山《いしやま》）本《ほん》願寺《がんじ》合戦のさなかに信長に反旗を翻した有力武将の荒木村重《あらきむらしげ》の遺児であった岩佐又兵衛《いわさまたべえ》など、自身が戦国武将の一族の者も絵師として活躍したことは、この時代の気風を考えると興味深い。

一方、我が国における初期洋風画の登場は、イエズス会がキリスト教布教に伴い、礼拝用としてヨーロッパからインドを経由して持ち込んだ聖画像絵画が諸源である。

その後、キリスト教の普及に伴い、各地に増加したキリスト教会に掲げる輸入宗教画の補填を目的に、徐々に日本国内でも作画が始まる。さらにイエズス会は、信長をはじめ諸国の有力な戦国大名に対して、布教の便宜や支持などを得るために、珍しい西洋の品物の数々を贈呈したことが知られるが、そのなかには、海外の戦いや世俗的風俗を描いた西洋油彩画も含まれていたようである。

キリスト教禁令の確立以降は、キリスト教宗教画は世の中では影を潜めるが、宗教色のないエキゾチックな「南蛮油絵之御屏風」などと記録される西洋風の絵画が、大名家などに好まれ、そのいくつかが伝世している。これらの多くは国内で作画されたようであり、サントリー美術館や神戸市立博物館などがそれぞれ所蔵する「泰西王候騎馬図屏風《たいせいおうこうきばずびょうぶ》」や永青文庫《えいせいぶんこ》所蔵の「洋人奏楽図屏風《ようじんそうがくずびょうぶ》」などが、その代表として有名である。

狩野派絵師集団

足利《あしかが》将軍家の御用絵師《ごようえし》であった狩野正信《かのうまさのぶ》（一四三四～一五三〇）を祖とする狩野派は、正信から四代目となる永徳（一五四三～九〇）の時代には、信長や秀吉らに重用されて、彼らの城郭御殿や、宮中や皇族・公家の屋敷、有力社寺の御殿建築を荘厳する障壁（障屏）画を数多く手掛ける絵師集団となる。当時の御殿荘厳の様子は、ルイス・フロイスも『日本史』のなかで、聚楽第《じゅらくてい》の御殿内部の記述として「内部はすべて金色に輝き、種々の絵画で飾られており」「天井の表面は、人物、魚、小鳥、動物などさまざまの絵で装飾されていた。内部の部屋や広間には、すべて金が塗られ、芳香を放つ木材には種々の絵が描かれていた」と記している。時の権力者の要求に応じて城郭御殿の大画面を、より豪華にダイナミックに荘厳する大画様式の金碧障壁（障屏）画の物的証拠は、「唐獅子図屏風《からじしずびょうぶ》」（宮内庁三の丸尚蔵館蔵）や「檜図屏風《ひのきずびょうぶ》」（東京国立博物館蔵）などがあり、当時の豪壮・華麗な雰囲気は十分にイメージできる。

永徳の後を継いだ子の光信《みつのぶ》（一五六五〜一六〇八）や、孫の探幽《たんゆう》（一六〇二〜七四）らは、永徳の描く、画面からはみ出すまでの大胆な構図と筆描線の荒々しく力強いタッチから、花鳥画題を優美・繊細に描く柔らかい表現にシフトしていく。これも、歴史の変革期真っただ中を生きた信長・秀吉・家康・永徳たち初代の桃山気風の時代から、世の中が落ち着きつつあった家光・探幽たち孫の時代への変化かもしれない。探幽は、名古屋城本丸御殿《ほんまるごてん》や二条城《にじょうじょう》二の丸御殿《にのまるごてん》、日光東照宮《にっこうとうしょうぐう》などの作画を通じて、幕府御用絵師としての地位を確立していった。

その後の狩野派絵師集団は、一貫していわば天下人たちの公的な表の顔ともいうべき江戸城本丸《ほんまる》や西丸御殿《にしまるごてん》などを荘厳する御殿障壁（障屏）画の作画を一手に手掛け、各地に数多くの門人を抱えた近世を代表する絵師集団となる。この作風を確立した狩野派には画題や画材に一定の型があった。そのため、画工の下図や手本帳ともいえる『粉本《ふんぽん》』もいくつか現存する。その一方で、彩色材料や作画技法を具体的に記録した史料は、案外少ない。

このなかで、江戸狩野《えどかのう》と分派して京都に残留した、永徳の高弟であった狩野山楽（一五五九～一六三五）を創設者とする京狩野《きょうかのう》では、後に宗家となった狩野永納《えいのう》（一六三一～九七）が、元禄四年（一六九一）に『本朝画伝《ほんちょうがでん》』を著した。これは、山楽の後を継いだ永納の父、狩野山雪《さんせつ》（一五九〇～一六五一）の遺稿をもとに、黒川道祐《くろかわどうゆう》の助力を得て著された本格的な画人伝である。『本朝画伝』の「近世画家所用絵具題名」の項には、狩野派の秘伝として、門人に与えた絵具の種類と調合法が列記されている。この内容を知ることは、翻って、幕府御用絵師集団の狩野派として、御殿内を荘厳する金碧障壁（障屏）画の原点を築いた永徳・山楽・探幽らの彩色材料・技術の基本を知るヒントになろう。

狩野派における彩色材料の取り扱いと調達

「近世画家所用絵具題名」の「彩色ノ法」は、基本となる色料として以下を記している。

下塗りなどに用いる白い貝殻胡粉《ごふん》は、いくつかの品質別の種類がある。

赤色顔料である朱・鉛丹は、中国産の光明朱《こうみょうしゅ》と光明丹《こうみょうたん》が国産品よりは良質であるが、鉛丹自体は経年劣化で黒変する。経年劣化の黒変は、銀泥《ぎんでい》も同様であり、画材としては好まない。緑色顔料は、岩緑青《いわろくしょう》が上品、粒子の細かいものが岩白緑《いわびゃくろく》。一方、「銅ヨリ出ル」銅の錆である人造緑青（奈良緑青《ならろくしょう》ともいう）は下品であるとしている。青色顔料は、天然岩群青を「紺青《こんじょう》」（現在は、岩群青と呼称されており、混乱を避けるため以下、岩群青と記す）、これを磨り潰した粒子の細かいものを「群青《ぐんじょう》」（現在は、白群《びゃくぐん》と呼称され、以下白郡と記す）と呼称したようである。青色顔料として一般に多用された染付《そめつけ》原材料である中国産の花紺青《はなこんじょう》（コバルトガラスを主成分とするスマルト）は、下品のため狩野派は用いないとしている。


この岩群青と天下人たちとの接点は、慶長年間に秀吉直轄地であった摂州多田銀山《ただぎんざん》で、岩群青や岩緑青の原材料となる藍銅鉱《らんどうこう》や孔雀石《くじゃくいし》が、同時に採掘されたことにある。狩野山楽がそれを秀吉に献上したところ、採掘許可である御朱印《ごしゅいん》が下賜された。以後、これらは狩野派の彩色顔料として調達されたことを、『本朝画伝』のみならず『古今和漢万宝全書』や『方勤要用帳』なども記録している。

また、「唐画《とうが》ノ衣紋隈《えもんくま》ハ、何色ニテモ生臙脂《しょうえんじ》ヲ用ユ」などとして、彩色には、赤色の生臙脂、燕紫《えんじ》色の蘇芳《すおう》などの有機染料も一部では用いられたようである。

京都市中で出土した絵具顔料

それでは、桃山〜寛永期頃に使用された画材の絵具顔料そのものは、存在するのであろうか。この点について、京都の夏の風物詩である祇《ぎ》園祭《おんまつり》の山鉾の一つ「函谷鉾《かんこほこ》」を出している四条烏丸《しじょうからすま》函谷鉾町地内の有力町衆屋敷跡の発掘調査が京都市埋蔵文化財研究所によって行われた。この町衆の屋敷跡からは、一七世紀前期頃（元和〜寛永期頃）に作陶された美濃系灰釉ソギ皿や美濃系天目茶碗《てんもくちゃわん》の内面の底に、赤色・緑色・青色の彩色顔料が付着した状態で出土した（図30）。

筆者による調査では、いずれも、純度が高い良質な天然鉱物を磨り潰して粒を揃えた、赤色（ベンガラ）・緑色（緑青）・青色（群青）の天然岩絵具《いわえのぐ》の顔料であった（図31）。

次章で詳しく述べるが、朱・鉛丹以外で、赤色のベンガラ顔料となる天然鉱物は、赤鉄鉱である。江戸時代の文献史料によると、良質な天然赤鉄鉱は、日本国内ではほとんど産出せず、数少ない奥州《おうしゅう》津軽《つがる》産のものは、鉱脈の石英《せきえい》や鉄メタルなどを多く含んでいるのが特徴である。それ以外は、長崎交易を通じて中国産の天然赤鉄鉱を薬用として輸入し、これを磨り潰して作製したもの、さらには江戸時代中期以降には緑礬《りょくばん》を原材料とした人造ベンガラの生産が始まる。

　京都市函谷鉾町で出土した赤色顔料は、桃山文化→寛永文化への移行期、まさに、京都市中では、二条城二の丸御殿や西本願寺《にしほんがんじ》の対面所《たいめんしょ》などの金碧障壁（障屏）画が、狩野派画工によって数多く制作された時代の資料である。この時代には大量の画材である顔料が、それぞれの場で調達されたと考えられるが、本資料は、赤い色味がよく鉱物の純度も高いため、高価な輸入のベンガラ顔料であると考えられた。

　いずれにしても、当時の絵画に使用された顔料を調べるには、非接触分析以外ではあくまで修復中にやむなく剥落した破片を調べるしかない。また、それも後世の補修材の可能

図30　青色顔料が付着した四条烏丸町家跡出土皿

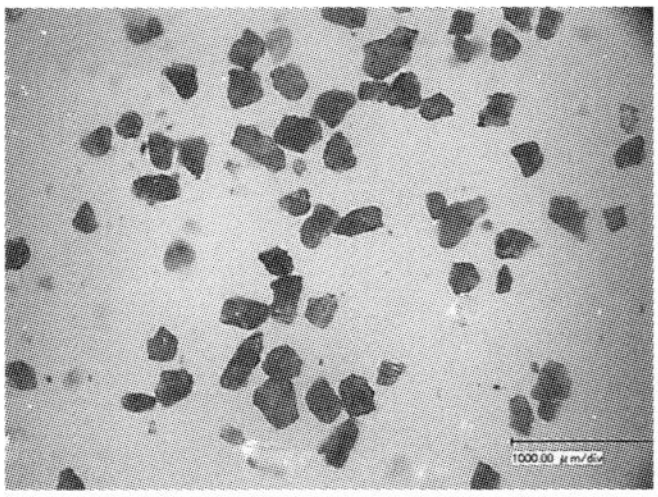

図31　青色顔料の拡大

性も考慮に入れなければならない。その点、この四条烏丸函谷鉾町地内の出土顔料の資料群は、少量とはいえ採取分析が許可されたため、この時代の絵具顔料の様子を直に知ることができる稀少なモノ＝「物的証拠」の一つとなった。

金地著色絵画と西洋絵画との関係は？

さて、ここで大きな疑問がある。紙本金地《しほんきんじ》に濃絵でダイナミックな大画を描く金碧障壁（障屏）画を確立したのは、言うまでもなく狩野永徳であるが、少なくとも狩野派二代元信も、金地著色の初現期絵画として、一五五〇年頃に興福寺《こうふくじ》の依頼で「四季花鳥図屏風」を描いている。それでは、なぜ一六世紀中頃に突如、金箔の上に鮮やかな彩色画を大胆に描く、金地著色の技法が日本国内で登場するのであろうか。

この時期は、鉄砲伝来、さらにはフランシスコ・ザビエルの鹿児島上陸と相前後する時代でもある。金地著色は、狩野派二代元信（一四七六〜一五五九）・三代松栄（一五一九〜九二）・四代永徳らが独自に生み出したオリジナル作画法とされているが、安土城築城と城内を荘厳した金地濃絵を発注した信長は、宣教師と積極的に会見をしており、その際、金地著色の聖人像なども眼にしていることは想像に難くない。

案外、キリスト教とともに入ってきた、板絵《いたえ》金地に聖人像などを描く西洋画（聖画像）が何らかのヒントになったのではと考えると想像が膨らむ話ではないか。

さて、天正一一年（一五八三）に長崎に赴任したイタリア人のイエズス会宣教師ジョバンニ・ニコラオ（一五六〇～一六二三）は、日本国内で作画記録がある人物である。彼は、慶長一九年（一六一四）にマカオに追放されるが、少なくとも一五九一、二年のイエズス会年報以降には、長崎の神学校で日本の画学生に作画を指導し、一五九三年の年報では、長崎の八良尾《はちらお》の神学校の学生数人が、陰影・筆触・遠近法などを駆使した高水準の聖堂画を制作したと記録している。

初期洋風画の彩色材料

イエズス会神学校やセミナリオ教会に掲げるキリスト教の聖人図などの宗教画のみならず、初期洋風画は、「南蛮油絵之御屏風」と記されるように、西洋画の基本的な彩色法である、各種顔料や染料と乾性油塗料を混ぜた油絵具による油彩画であったと想定される。これは、具体的にはどのような彩色材料であろうか。

この点に関連して、筆者は、南蛮文化館所蔵の南蛮漆器聖龕《せいがん》箱に収められたマリア像と聖母子像の二枚の宗教画の調査を行ったことがある（図32）。いずれも銅板に描かれていたが、絵画表面の油絵具の固化度は良好であった。そして、マリア像、聖母子像の顔や手などの肉肌色彩色は、前章で取り上げた仁王胴具足の肌色塗装と同様、蛍光X線分析では、鉛と水銀のピークが主に検出され、鉛白と朱で肉肌色に調色した彩色材料であることがわかった。さらに、白色彩色は鉛白、赤色彩色は朱、緑色彩色は岩緑青、青色彩色は岩群青であった。

さらに、絵画面のすべての箇所から、比較的強い鉛のピークが検出された。これは、油絵具の乾燥促進材料である一酸化鉛（密陀僧《みつだそう》とも呼ばれる）を検出したためであろう。

初期洋風画は、日本人画工が作画したものが多いとされる。この彩色材料は、西洋画技法に則った油彩画絵具ではあるが、これらのなかには、油彩画塗料を用いた乾性油彩色と、伝統的な日本画技法である膠彩色を、画面内の配色箇所で併用した絵画もあるとされている。国産材料や伝統技法も取り入れながら、独自に創意工夫して制作されたのであろう。

図32　聖母子像（一般財団法人南蛮文化館所蔵）

これら初期洋風画の画題は、当初はキリスト教布教のために描かれたマリア像やキリスト像などの宗教画であった。その後、天正一五年（一五八七）の秀吉による九州平定の際に、キリシタン大名大村純忠《おおむらすみただ》がイエズス会教会へ長崎の土地を寄付している問題に端を発したキリスト教禁教後には、狩野派工房を中心に、有力諸大名による南蛮趣味を反映した、宗教とは無関係な画題である風俗画が主流となっていった。

京都市中で出土した油彩画塗料の物的証拠

では、初期洋風画に使用した油彩画絵具自体の物的証拠は実際に存在するのだろうか。実は、前節でも取り上げた旧柳池中学校構内遺跡の発掘調査でも、極めて貴重な物的証拠が一点出土している。

図33　緑・青色塗料が付着した旧柳池中学校構内遺跡出土の木製容器（京都市埋蔵文化財研究所所蔵）

それは、緑色と青色塗料、さらには黒く変色した塗料が固まって内・外・底面に付着している、柄杓を再利用した木製容器である（図33）。これは、一七世紀前～中期頃の大型ゴミ廃棄土坑から、前節で取り上げた初期京焼（押小路焼）の生産関連資料、炉跡や坩堝《るつぼ》用具などの銅・真鍮など冶金生産関連資料、さらに詳しくは別稿にゆずるが東南アジアから輸入された漆や、漆刷毛などの多数の漆工関係資料と一括で出土した。

蛍光X線分析の結果、この緑色塗料の顔料は「岩緑青」、青色塗料の顔料は「岩群青」であった。しかし、これらの顔料を混ぜた塗料表面は、滑らかな状態であり、顔料に膠材料を混ぜて作成する伝統的な塗料や日本画絵具とは異なっていた（図34）。この塗料を、熱分解ガスクロマトグラフィー分析した結果、膠材料や漆塗料ではなく、乾性油塗料、すなわち油彩画塗料であった。京都市中でも、初期洋風画などの油彩画作成が行われていた絵具の物的証拠かもしれない。

　ちなみに日本絵画史では、その後の厳しいキリスト教禁止と、いわゆる鎖国令と呼ばれる一連の幕府による対外交流一元化政策の完成に伴い、キリスト教宗教画はもちろん、油彩画絵具による初期洋風画もやがて姿を消すと言われている。そして、八代将軍徳川吉宗《とくがわよしむね》の洋学解禁による一八世紀後期以降の蘭学の盛隆に伴い、司馬江漢《しばこうかん》や平賀源内《ひらがげんない》・亜欧堂田善《あおうどうでんぜん》らが西洋画を描くまで、日本の油彩画は断絶期を迎えたとされている。しかし、実は、元禄三年（一六九〇）と宝暦三年（一七五三）に、幕府御用絵師の狩野派は、日光東照宮陽明門の東西壁面に、油彩画を描いていた。そして油彩画絵具の製造に伴い、乾燥促進材料には、鉛同位体比分析を行った結果、いずれも日本産鉛を用いていた。すなわち、狩野派は独自に西洋の油彩画絵具の作製方法に習熟していたことも、筆者らの調査で明らかになった。幕府御用の絵師集団として、慣例に従う伝統的な作風と技法に終始したとされ

図34　図33に付着した緑・青色塗料の拡大

る江戸時代中期以降の狩野派の意外な姿。興味深い内容ではあるが、この話はまた別の機会に。

潜伏キリシタンの宗教絵画

徳川幕府による慶長一七年（一六一二）の直轄領への禁教令、翌慶長一八年（一六一三）の全国のキリスト教徒への改宗強制、さらには元和八年（一六二二）の長崎における元和《げんな》の大殉教《だいじゅんきょう》を経て、寛永一四年（一六三七）の「島原の乱（島原・天草一揆）」以降には、全国的な寺請制度の完備なども交えて、幕府による厳しいキリシタン弾圧が行われる。このような厳しい幕府の弾圧の目を逃れて信仰を貫く潜伏キリシタン信者の民家などには、宗教絵画などがわずかながらも密かに伝世した。

信長・秀吉・家康をはじめとする天下人や戦国大名たちは、当初は、海外交易による経済的なメリット面も重視して、キリスト教には寛大、もしくは積極的にキリシタン大名となる者もいたが、慶長元年（一五九六）の秀吉による長崎の二十六聖人殉教に端を発し、徳川幕府、さらには明治新政府も神道国教化政策との関連もあり、厳しい弾圧は明治六年（一八七三）のキリスト教禁止高札《こうさつ》の撤廃（キリスト教黙認）まで続く。

時の天下人や為政者たちの政策に翻弄されながらも信仰を貫いた潜伏キリシタンの信仰の象徴である初期洋風画の一つが、長崎市外海《そとめ》の出津《しつ》地区で密かに受け継がれた「雪のサンタマリア」（日本二十六聖人記念館所蔵）である。伏し目がちで両手を胸の前で合わせた祈る聖母マリアの微笑んでいるような姿はみる人を魅了する。平成三〇年（二〇一九）にユネスコ世界文化遺産に登録された「長崎と天草地方の潜伏キリシタン関連遺産」の登録報告書の表紙にも使われたのでご存じの方もあろう（図35）。

筆者もこの掛軸状の絵画の修復事業に関連して原画を調査させていただいた。絵自体はかなり破損しており、破れた箇所は唐紙《からかみ》でパッチワーク状の補修がなされていたが、幅一〇センチほどの驚くほどの小品ながら、竹《ちく》紙《し》に描かれた聖母マリアの顔と上半身は状態よく残っている。髪は繊細な日本画の筆タッチ、頬は西洋のテンペラ画に通じる透明感のある淡い肉肌色（鉛白と朱、淡赤色の有機染料）による彩色、伏し目がちの眉と目、鼻はベンガラを墨に混色した海老茶色の筆線で淡く柔らかい表情で描かれている。絵画面には後世の加筆痕跡はなく、寛永

図35　雪のサンタマリア（日本二十六聖人記念館所蔵）

年間頃に描かれたオリジナルの状態をよく留めた宗教絵画である。最後に絵画表面保護のため、ワニスなどでコーティングする配慮もなされていた。

極めて高い技量の日本画技術を持つ日本人画工が、イエズス会画学校で直接手ほどきを受けたであろうテンペラ技法やワニスによる表面コーティング技術を併用した西洋画と日本画のハイブリッド技法で制作された宗教画である。

風俗画を画題とした狩野派の初期洋風画は、西洋人の顔の表情は、額が広く目の瞳には光沢の白点を入れる画一的でやや固い表情の特徴があるが、本絵画はそれとは全く異なり、顔の表情も柔らかで豊かである。

この絵画自体は、厳しい江戸幕府のキリスト教禁止令下、密かに信仰を守り続けた潜伏キリシタンの人々の貴重な物的証拠の一つである。天下人たちが好んだ南蛮趣味の風俗画の画一的で硬い表情の人物表現と、この絵の画風は、同じ初期洋風画でも大きく異なっている。単に画工の違いに留まらず、繊細なタッチと透明感ある淡い肉肌色で描かれた美しい聖母マリアの姿は、天下人たちの都合で翻弄され続けた彼らが求めた精神的な安らぎの象徴そのものに思えてならない。

本節では、天下人たちの城郭御殿や大規模社寺建造物の室内の襖《ふすま》や壁面、屛風などを荘厳した金碧障壁（壁屛）画と、海外、とりわけヨーロッパとの交流から生まれた初期洋風画の顔料や技法の分析調査も交えた検証を行った。

天下人たちの文化戦略としての絵画

豪放・壮大な金碧障壁（障屛）画は、本来は「上杉本　洛中洛外図屛風」など精緻な絵画も手掛けた永徳率いる狩野派絵師集団が、大規模な建築ラッシュの中、大画面を効率よく短期間にシステマティックに描ける技法として編み出した「大画様式」の絵画である。時の為政者の嗜好性と要請に柔軟に対応した、この時代ならではの技術革新である。その一方で、インパクトのある豪華な金箔地に西洋絵画にも通じる厚塗りで描く濃絵の技法は、何とも西洋の宗教画などの油彩画をも意識した画風をイメージさせる。

事実、イエズス会などは、信長などの為政者に、積極的に西洋画を贈呈しており、このような背景が、「南蛮文化」を体現する初期洋風画の登場にもつながっていくのであろう。いずれにしても、これら絵画群は、武力ばかりでなく、自らの力を背後の絵に託す。さらには、海外をも視野に入れた文化に対して熱い眼を向けた天下人たちの存在があったからこそ生み出された、この時代を特徴づけるモノ＝物的証拠であろう。

秀吉が囲った御土居跡——出土漆器を中心に

前節までは主に、天下人たちが文化戦略として海外と積極的に交流した結果、日本の文化がいかに影響を受けて、新しい変革がもたらされたのかをみてきた。

この節では、少し視点を変えて、秀吉が京の都を守るために構築した「御土居《おどい》」という防御施設の堀跡から出土した品々から、当時の市井の人々の生活と文化の様子をみていく。そのなかで、特に「根来塗《ねごろぬり》」と称せられる朱漆器《しゅしっき》に注目したい。詳しくは後述するが、「根来塗」とは、中世から近世への変革期における生産（モノづくり）と流通の現実が垣間みえる興味深い漆器群である。

出土漆器からみた人々の文化史と流通システム

「根来塗」は、本書がテーマとする天下人たちの文化戦略を直接示すものではない。ところが、筆者が長年、出土漆器の文化財科学的な調査を行ってきたなかで、これらの用材選択＝樹種《じゆしゆ》と塗り技法を詳細に検討した結果、むしろ天下人たちと対峙した旧体制側による効率的な漆器生産システムの構築と崩壊、さらには江戸時代の幕藩体制下における再構築を考える上で貴重なモノ＝物的証拠となり得る可能性が見えてきた。

奇しくも秀吉が手掛けた御土居造営の土木事業は、現代の私たちに「桃山文化」が有する政治と経済・文化的な性格の一端を垣間みさせてくれる物的証拠の出土資料を提供してくれた。そのため、工芸・絵画編の最後として取り上げる。まずは「御土居」とは何か。この点から述べていこう。

村を囲う・町を囲う

私事になるが、筆者にとって最も好きな日本映画の一つに、黒澤明《くろさわあきら》監督の「七人の侍」がある。時は戦国。舞台は地方の、とある農村。理不尽に攻めてくる野武士集団に対して、農民を指揮して戦う誇り高き侍たち。ここで大切なことは、志村喬《しむらたかし》演じる侍たちが、この村を守るために、あらかじめ村の周辺を丹念に調べて回るシーンである。地形や植生を活かして村を囲う防御態勢は、田んぼや水路、竹林や土塁、入口木戸や垣根などであり、戦国期の村の様子を巧みに描いている。

山城《やましろ》（京都南部地域）や奈良、大阪などには、居住地区周辺に、溜池《ためいけ》や田んぼ、水路や環濠、竹林を伴う土塁（乗越堤《のりこえてい》ともいう）などを有機的に配して村全体を囲い込む、環濠《かんごう》集落・縄手《なわて》（畷《なわて》）集落・垣内《かいと》集落などと呼ばれる中世集落の形態を色濃く残す村落が、現在でもいくつか残されている。一つの小さな集落を囲うのではなく、町、さらには巨大都市そのものを環濠と土塁でぐるりと囲う「惣構え」の縄張り方法は、秀吉の大坂城や家康の江戸城など、城郭を中心とした都市計画の完成形に発展していく。

秀吉が造った御土居とは

現在の京都の町の基本型を完成させたのは、やはり天下人となった秀吉である。内裏の整備と公家町の形成とともに、天正一五～一六年（一五八七～八八）の洛中検地の実施、天正一八年（一五九〇）の京中町割り（天正地割）、その翌年の京中屋敷替え、寺町・寺之内の形成、そして総仕上げとしての「御土居」の土木普請《ぶしん》である。

「御土居」とは、京都の中心地である洛中エリアを、環濠と土塁でぐるりと取り囲んだもので、都の出入口を、主要街道との接点である「京の七口《ななくち》を含む十口（北から時計回りに長坂口《ながさかぐち》・鞍馬口《くらまぐち》・大原口《おおはらぐち》・荒神口《こうじんぐち》・粟田口《あわたぐち》・祇園口《ぎおんぐち》〈慶長六年新設〉・伏見口《ふしみぐち》・竹田口《たけたぐち》・鳥羽《とば》口《ぐち》・丹波口《たんばぐち》）」に限定した。京都市中の防衛や治安対策、さらには洪水対策の意味合いも大きかったようである。京都は、北山・東山・西山の三方には山、南に宇治川《うじがわ》の遊水池である巨椋池《おぐらいけ》があり、風水の観点からは、都城の立地として最良とされる。ところが京都市中は、東に鴨川《かもがわ》と高野川《たかのがわ》、西に桂川《かつらがわ》が流れ、西南方向が低いため、古来、水害対策には苦慮したようである。左京に比較して、土地が低く水害を受けやすい右京側が平安時代の早い段階から廃れ、幕末期まで農地化していたのもその表れである。

洛中を、大規模な堀と、竹を植えた土塁で取り囲む御土居造営計画は、秀吉が小田原《おだわら》攻めで対峙した、堅固な惣構えを有する小田原城の様子も参考となったのであろう。天正一八年（一五九〇）の小田原攻めで全国統一を果たした秀吉にとって、御土居による都の防衛・治安対策と水害対策は一石二鳥である。近衛信尹《このえのぶただ》の日記には、天正一九年（一五九一）の閏正月から工事が開始され三月初旬にほぼ完成した、と記録されている。さすがに天下人秀吉ならではの、超突貫工事の天下普請の一つである。

今に残る御土居跡

今に残る御土居跡の土塁部分は、基底部幅が約二〇メートル×高さ四～五メートル、土塁の外側の堀は幅が約二〇メートル×深さ二～三メートルを測る巨大な囲いである。北は上賀茂《かみがも》から鷹峯《たかがみね》、東は鴨川（川を堀としてこのエリアは土塁のみ）、南は東寺《とうじ》、西は紙谷川《かみやがわ》の総延長約二二・五キロで洛中を囲っている（図36）。

秀吉の時代には、防御上の意味合いも強かった御土居であるが、平和の世となった江戸時代以降は、交通障害となる土塁はあちこちで崩され、特に明治時代以降は、御土居の破壊が急速に広まった。大正七～九年（一九一八～二〇）には、京都府史蹟名勝地調査会による御土居跡の学術調査が初めて行われ、歴史的価値が高いことが指摘された。しかし、

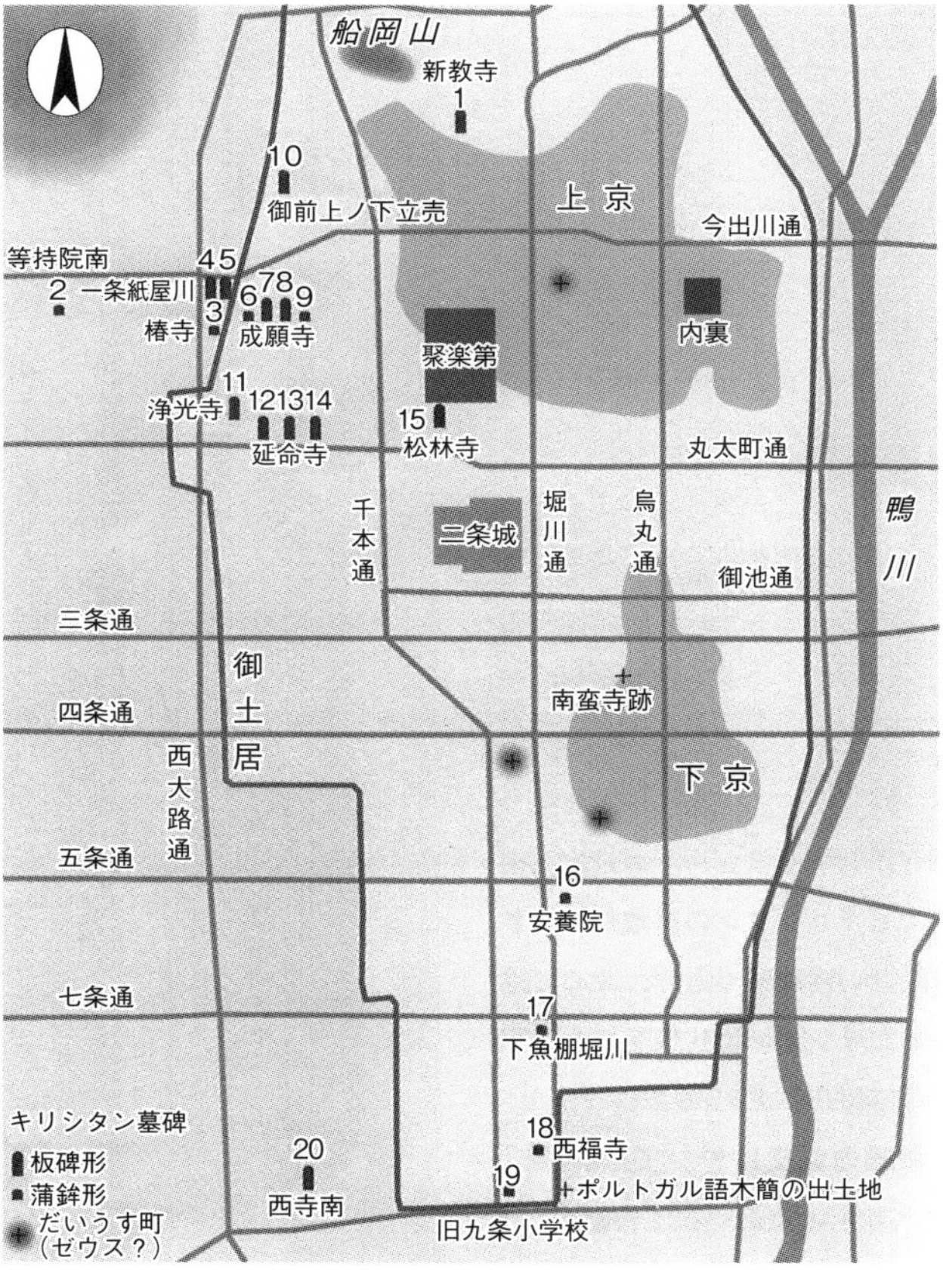

図36　御土居跡の位置（京都市埋蔵文化財研究所提供）

その後も土地開発に伴う御土居の破壊は止まらず、ようやく昭和四年（一九二九）に、残存状態のよい八か所が国史跡に指定された。昭和四〇年（一九六五）には、北野天満宮《きたのてんまんぐう》境内の北西にある土塁と堀部分が追加指定され、現在では、京都市内の御土居跡九か所が国指定史跡として大切に保護されている。このうち、西側端に位置する北野天満宮境内の御土居跡は、堅固な堀（環濠）と土塁で構築された大規模な築堤の状況がわかりやすい場所である。

図37　発掘時の西九条地区の御土居跡
（京都市埋蔵文化財研究所提供）

堀跡から出土した生活の証

京都市埋蔵文化財研究所により、これまで少なくとも三四回の御土居跡の発掘調査が市内随所で行われた。その結果、御土居の基本的な構造と規模が判明し、堀跡から、周辺の人々が廃棄した生活ゴミなども多数出土した（図37）。この多くは、天正年間から寛永初期頃の都の人々の生活と文化の様子が理解されるモノ＝物的証拠の数々である。

特に、御土居跡南端東辺にあたる西九条《にしくじょう》地区では、さまざまな種類の木製品などの有機質遺物が、

図38　アルファベット墨書がある出土木札
（京都市所蔵）

堀底の泥粘土状の堆積土にパックされた良好な保存状態で出土した。「天正十年三月」の墨書がある容器の蓋や、曲物《まげもの》・箸《はし》などの生活用具、刷毛《はけ》や箆《へら》などの道具類、装飾部材・椀《わん》・櫛《くし》・箱物などの漆工品、さらには木札・木簡や将棋駒などである。

なかでも興味深い資料は、アルファベット文字が記載された墨書荷札である（図38）。この発掘現場の西九条地区は、元亀四年（一五七三）の信長上洛に際してルイス・フロイスらの宣教師が「nixiqugio＝西九条に避難した」、と記録した西九条村に相当し、この地区の西福寺《さいふくじ》や京都市立九条中学校構内からは、キリシタン墓碑も見つかっている。文献史料や物的証拠から、周辺にキリシタン関係者の存在が想定され、この時代の海外とのつながりを彷彿とさせる。

この西九条の御土居跡から出土した一括資料群のうちの四七七点が、平成三一年度（二〇一九）に、京都市指定文化財に指定された。

筆者も、指定に際して出土漆器の調査を担当した。調査の結果、基本的には廉価な日常漆器が中心ではあったが、一部には丁寧な塗りの優品資料も含まれていた。

出土漆器にみる都の暮らしと文化

日常生活との関係がみえる漆器には、「舟木本　洛中洛外図屏風」に描かれた鴨川の河原でシジミ汁を食する男（図39）が手にする椀と同じ、高台が高い黒漆地塗りの大・中・小の三ッ椀のうちの大型椀（図40）や、同じ形態であるが外面に赤色漆で家紋や文様を肉筆で大胆に描く椀が出土している。一方、資料数は少ないが、精緻な黒漆線で鶴亀の吉祥《きっしょう》文様や草花文様を描く朱漆塗り中型椀（図41）などは、大坂城跡や清洲《きよす》城下町遺跡などでも出土例があるこの時代を象徴する漆器椀である。

図39　「舟木本　洛中洛外図屏風」に描かれたシジミ汁を食する男（東京国立博物館所蔵）

このなかには、信長・秀吉らと対立した中世寺社勢力のモノづくりを象徴する「根来塗」もしくは「根来手《ねごろで》」と称される朱漆器の資料群や、奢侈《しゃし》禁止令以前に東北の南部《なんぶ》藩領で生産された、金箔を菱形状に大胆に貼り付けて菊などの草花モチーフを石黄や朱漆で色絵付けした「南部箔椀《なんぶはくわん》」と称される漆器椀も出土している（図42）。

図40　出土大型椀（京都市所蔵）

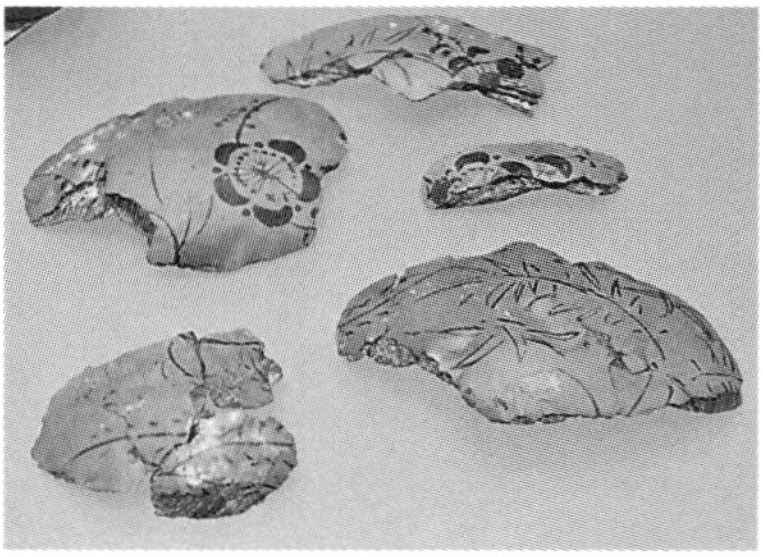
図41　出土中型椀（京都市所蔵）

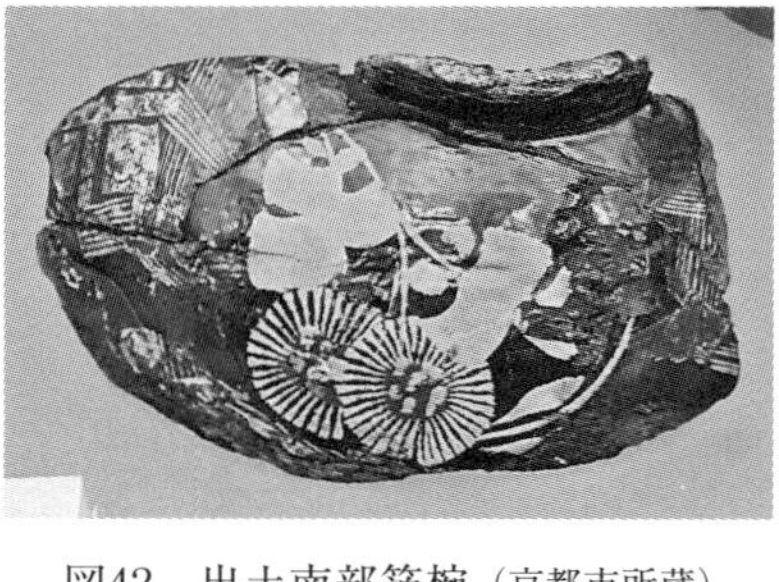
図42　出土南部箔椀（京都市所蔵）

また、金蒔絵粉《きんまきえふん》と青金《あおきん》といわれる金銀合金の蒔絵粉なども交えて図様を加飾する、蒔絵漆器の破片も出土している。蒔絵は、漆器を金銀で装飾する日本で独自に発達した漆工技法であり、足利将軍家の御用蒔絵師《まきえし》であった幸阿弥家《こうあみけ》工房では、それまで、高蒔絵《たかまきえ》や研出《とぎだし》蒔絵《まきえ》などの精緻で高度な蒔絵技法を用いた東山文化を彩る漆工品を制作していた。ところが、秀吉が、天正一一年（一五八三）ないし天正一二年（一五八四）に京都の町蒔絵師（当初は一般用の椀などに朱漆で漆絵などを描いていた漆絵職人たち）を幸阿弥家工房の傘下に組み込ませて、什器《じゅうき》や城郭御殿を荘厳するために大量の蒔絵をさせたことが、「高台寺蒔絵《こうだいじまきえ》」と呼ばれる比較的簡便な造りの「平蒔絵《ひらまきえ》」技法を基本とした蒔絵装飾が生み出されるきっかけとなったといわれている。中世の出土漆器では広く見られる一般的な漆絵技法の「針描《はりがき》」技法（色漆が乾く前に針で引掻いて模様の線を付ける簡易な表面技法）が、蒔絵装飾に採用された背景として、町蒔絵師からの簡便な漆絵表現の技術導入があったためであろうと、京都国立博物館の永嶋明子氏は述べている。そして、天下人たちの城郭御殿などの大画面を短時間に装飾する平蒔絵技法の具体的な調査事例は、次章で改めて取り上げる。

いずれにしても、御土居跡から出土した蒔絵漆器の破片の存在は、生活什器にまで蒔絵の裾野が広がったことを示す物的証拠といえよう。このなかには「桐鳳凰《きりほうおう》」の図様が蒔絵された櫛《くし》も含まれていた。この鳳凰蒔絵の図様は、秀吉の遺品を収めた豊国《とよくに》神社所蔵の蒔絵櫃《ひつ》に装飾された桐鳳凰蒔絵と、デザインや付描《つけがき》などの高度な蒔絵技法の使われ方がよく類似している。（図43－1、43－2）。また、「南蛮唐草」の蒔絵図様を有する板物漆器片も出土している。この時代の文化を特徴付ける海外交易品として、「南蛮漆器」と称される初期の輸出漆器のモチーフとしても多用されているものである（図44）。

このように御土居跡の出土漆器からは、当時の都の市井の人々の暮らしが、実用品から生活を楽しむものまで、さまざまな品に囲まれていたことが垣間みられる。

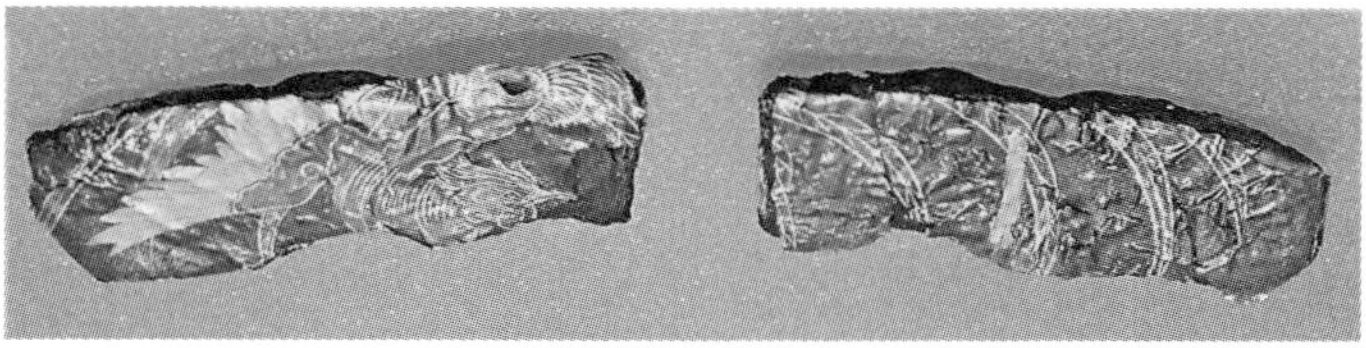

図43-１　出土鳳凰蒔絵櫛（京都市埋蔵文化財研究所所蔵）

図43-２　類似した図様の鳳凰蒔絵（豊国神社所蔵）

図44　南蛮唐草蒔絵のある出土板物破片（京都市所蔵）

「根来塗」の朱漆器とは

さて、「根来塗」と称される朱漆器は、東大寺修二会《とうだいじしゅにえ》行事《ぎょうじ》においても、鎌倉時代以来連綿と使い続けられるなど、究極的に堅牢に作られた「モノづくり」の技を極めた社寺の実用什器である。塗り直しを含む多層で複雑な塗り構造を有するため、使い続けるなかで上塗りの朱漆層が摩耗して中塗りの黒漆層が露出する場合が多く、その姿が「用の美」として民芸や茶席などで高く称賛されてきた。漆工《しっこう》史の分野における「根来塗」朱漆器とは、挽物《ひきもの》（ロクロを使って円形に整えた器）は堅牢なケヤキ材、板物はヒノキ材などの優良材を用い、必要に応じて口縁部などに布着《ぬのき》せ補強を行うとともに、堅牢なサビ下地を施す。そしてサビ下地の上に中塗りの黒漆塗り（顕微鏡観察では赤褐色にみえる）、さらに朱漆を上塗りする、規格性が高い堅牢な造りの漆工品である（図45）。

この漆工技術は、伝承では「根来塗」の語源となっている根来寺《ねごろじ》山内の工房が発祥といわれる。天正一三年（一五八五）の秀吉による紀州根来攻めにより、山内工房は灰燼《かいじん》に帰《き》した。その際、戦火を逃れた漆工職人たちがこの漆塗り技法を伝えたという伝承は、能登《のと》輪島《わじま》などの各地の漆器生産地に伝わっている。ところが、実際に根来寺の山内工房で作製されたことが確実な現存する朱漆器は極めて少なく、これらの木地や漆工生産システムを知る文献史料もないため、「根来塗」の名は有名ではあるが、実態は不明な点が多い。そ

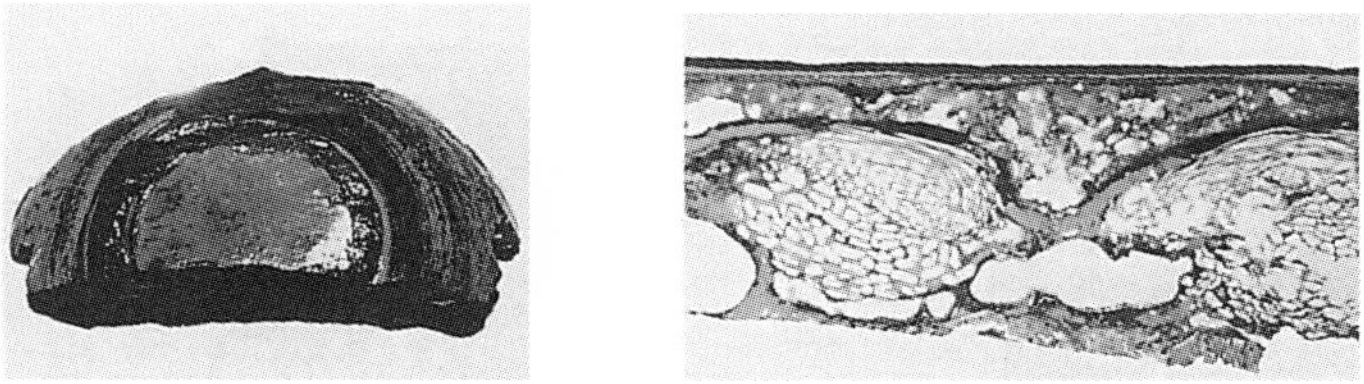

図45　「根来塗」朱漆器の材質・技法（和歌山県埋蔵文化財センター所蔵）

れでも、伝世品《でんせいひん》の「根来塗」朱漆器は、赤い色調や器型、木地《きじ》や下地を含む材質・技法の規格性が高い。

実は、根来寺以外でも、いくつかの大寺社関連工房では、システマティックで規格性が高い「根来塗」と同じような朱漆器生産が行われていたようである。「書写塗《しょしゃぬり》」との関連性が深い、姫路《ひめじ》に所在する「西の比叡山《ひえいざん》」とも称される書写山圓教寺《しょしゃざんえんぎょうじ》もその一つである。

このような朱漆器の出土は、御土居跡（西九条周辺）をはじめ、根来寺坊院跡・元興寺《がんごうじ》境内などの寺院関連遺跡、清洲・大坂・伏見などの城下町関連遺跡、さらには北海道道南の和人居館であった矢不来館《やふらいたて》跡なども含む各地の城館関連遺跡など、全国に及んでいる。そのため、これら「根来塗」朱漆器は、社寺什器のみならず、室町後期頃の上級武家の食事風景を描いた『酒飯論《しゆはんろん》』にみられるように、広範な社会階層の儀礼用飲食器としても販売・供給され、広く使用されたのであろう。

「根来塗」の背景にあるもの

筆者は、根来寺坊院跡出土の朱漆器資料の分析を行ったことがある。これらは、いずれも天正一三年（一五八五）の秀吉による「根来寺焼き討ち」の火災層から出土した朱漆器類である。なかには火災で燃えた痕跡のあるものもあった。科学調査の結果、典型的な「根来塗」の材質・技法で作られた堅牢な朱漆器のみならず、量産材であるブナ材を用い、簡便な炭粉《すみこ》下地の上にベンガラ漆を内外面に薄く一層上塗りした、簡素な造りの資料も含まれていた。このことから、同じ根来寺工房で生産された朱漆器類でも、使用目的や階層などのニーズに併せた品質差もあったという、リアルな状況も知ることができた。

それでも、やはり「根来塗」の朱漆器の基本は、一括揃いが前提の寺社什器である。そのため、木地原木の調達→荒型《あらがた》製作→ロクロ成形仕上げ、といった木地生産を支えた木地師集団は、システマティックな生産形態、すなわち組織立った規範と規律を有したロクロ挽き作業を行う職能集団として、寺社内漆塗り工房に用材を安定的に供給していたと想定される。民俗学が「山の民」もしくは「漂泊の民」としてイメージする、小規模な家族単位の木地師、すなわち各自が山を渡り歩いて人里離れた山奥で木を切りロクロ挽きし、独自に個々の塗師《ぬし》工房に持ち込む、家内制のスタイルの木地生産ではなかったと考えられる。

どうしてこのようなことが可能だったのであろう。このヒントは後の江戸時代の木地師集団の活動が参考となる。確かに、江戸時代においても、領内を超えた人々の自由な往来は難しい。しかし、木地の調達には藩領を超えたかなりグローバルなシステムが存在し、大量で規格性が高い椀木地を大規模な漆器生産地に供給していた。このシステムを可能にしたのは、禁裏《きんり》や京都の社家《しやけ》（白川《しらかわ》社・吉田《よしだ》社）という権威を背景に、広範な地域移動ができる「全国木地御免《きじごめん》」をもとにした各地の木地師集団と漆器生産地を結びつける、経済ネットワークの存在である。彼ら広域木地師集団が、各地の木地師を全国的に組織化させていく過程は、滋賀県東近江市永源寺町内の蛭谷《ひるたに》・君ヶ畑《きみがはた》集落の、惟喬《これたか》親王ゆかりの伝承を持つ二つの小椋《おぐら》姓の木地師集団が、各地の木地師集団を巡回した記録である『氏子狩《うじこかり》（駈）帳《ちょう》』に詳しいが、この話は別稿にゆずろう。

「根来塗」の生産システム

では、江戸時代の幕藩体制が確立する以前の、旧体制が支配した中世期の経済ネットワークとはどのようなものであろう。

各地の戦国大名や在地豪族の武家勢力は、領地境に関所を設けて流通税などを徴収していた。その一方で、皇室ゆかりの石清水八幡宮《いわしみずはちまんぐう》と「大山崎油座《おおやまざきあぶらざ》」との密接な関係に代表されるように、朝廷や幕府などの為政者の庇護を受けた有力寺社と商人が結びつき、販売独占権を得た「座」のシステムの構築は、各寺社勢力独自のネットワークを通じた流通特権をも活かして、かなりの収益を上げていたことが知られている。

時の武家勢力をも常に揺るがせてきた、大規模な中世寺院勢力の「力」の源泉は、宗教施設として、一般庶民である農民や商人・諸職人、さらには地方小豪族などの武士集団など、多くの社会階層の人々の精神的拠所（吸引力）であった点はいうまでもない。後に天下人となる家康も、若き日に三河一向一揆《みかわのいっこういっき》との戦いのなかで、多くの家臣が一揆側につくという経験をしている。そこには「同じ衆派、門徒衆である」という同属意識や一体感を背景にした、極めてグローバルで実質的な政治・経済・軍事的結束力が存在していたと考えられる。

とりわけ大規模な社寺勢力の場合、地域を超えた本社・末社、本山・末寺関係の強いネットワークを活かした人と物流システムの構築は、全国規模で可能であったことは想像に難くない。さらに、根来寺をはじめとする大規模寺院の山内や周辺集落には、宗教者である僧侶のみならず、山内の日常生活を担った各種商・職人集団、さらには寺院の自衛権を有する上で必要な軍事力を担った僧兵も多数存在していた。伝承がいう、根来寺山内で社寺什器である朱漆器を生産していた中世「根来」の塗師工房も、その一つに位置づけられよう。

筆者は、長年、全国から出土した一万点に及ぶ漆器の材質調査を行ってきた。ここからは、その調査からみえてきたものを記そうと思う。

用材からみえる政治対立

中世期の漆器生産体制には、大きく分けて、二つの技術系譜が存在していた。一つは、古代の官営工房を起源とする、ケヤキ・サビ下地による社寺什器を中心とした堅牢で実用的な朱漆器類や御用蒔絵師による高級漆器の生産体制である。もう一つは、各地域社会の庶民生活と密接に関わる、ブナやトチノキ・炭粉下地による普及品タイプの漆器生産に主眼を置いた生産体制である。このうち、大規模寺院内の社寺什器生産を担当した朱漆器の生産工房と直接関わった木地師集団が使用する木地は、ヒノキとケヤキなどの最良材が基本であった。

ところが、戦国末期から桃山文化期の漆器の用材は、コナラ・クリ・シオジなども含み、一時的には無秩序にも思えるように多岐に及ぶ。その後、幕藩体制が確立して経済圏も固まった江戸時代中期以降には、近江系木地師集団の統制システムも確立して、ケヤキ・トチノキ・ブナの三つの樹種にほぼ椀木地は集約されることが明らかとなった。この事例の意味するところは、次のようなものであろう。

まず、中世期の大寺院山内の什器生産工房とつながる木地師集団の行動システムは、本山・末寺関係のネットワークが大いに活かされていたため、用材も統一感がある。

ところが、織豊政権下では、中世社寺勢力の崩壊という混乱が生じ、木地師の統制も一時期、崩れたのであろう。その結果、漆器生産地で調達できる用材はバラついたと考えられる。その後の江戸時代の幕藩体制下では、新たに近江系木地師集団の活動による、グローバルな組織の再構築が確立したため、用材の集約化が図られたと理解している。

戦国乱世の幕開けは、確かに「応仁《おうにん》の乱《らん》」と呼ばれる足利将軍家と有力守護大名らによる政権闘争がきっかけである。その後、京都市中を中心に、「天文《てんぶん》・法華《ほっけ》の乱《らん》」と称する寺院勢力抗争が勃発して事態を複雑化させた。また、加賀《かが》一向宗門《いっこうしゅうもん》徒《と》衆《しゅう》らによる勢力の拡大（長享《ちょうきょう》の一揆《いっき》）は、武家政権の吸引力を大きく揺るがす歴史的事実として知られる。

そこに天下人たちが登場する。中世期の既得権益勢力と決別すべく、信長や秀吉らは、拠点となった安土や長浜《ながはま》城下町などに楽市・楽座を設けて、独自で活発な経済活動を実施した。さらに、強力な抵抗勢力であった旧勢力の大規模社寺を駆逐すべく、信長の比叡山焼き討ちや、紀伊《きい》長島一向衆《ながしまいっこうしゅう》攻め、大坂（石山）本願寺攻めなどとともに、秀吉の、紀州根来寺攻めや、毛利攻めを前提とした播州姫路の書写山圓教寺の占領などが敢行される。

旧勢力の社寺ネットワーク網で構築された「根来塗」朱漆器の生産体制であるが、この時期に新興勢力である天下人たちとの経済をめぐる軋轢《あつれき》のなかで、木地師ネットワークが脆くも崩れ去ったのであろう。その一端が、漆器の木地用材の姿一つからもみえてくる。

建造物編

城郭御殿の屋根と金箔瓦

本章はいよいよ建造物編である。桃山文化を象徴する最も視覚的に目立つ存在は、天下人たちが造営した豪壮・華麗な城郭御殿の姿である。この節では、まず建造物の屋根を彩った、この時代に初めて登場する金箔瓦の世界をみていこう。

豪壮・絢爛豪華な城郭建築

さて、安土・桃山時代の名称とイメージは、信長の安土城・秀吉の伏見城《ふしみじょう》に代表される天下人たちの城郭建築に依拠している、といっても過言ではない。「聚楽第図屏風《じゅらくていずびょうぶ》」や「大坂城図屏風《おおさかじょうずびょうぶ》」をみると、この時代の城郭御殿は、時の権力者の富と権力を誇示するように、黒と金、極彩色で荘厳された姿で描かれている（図46）。その一方で、現存するこの時代の城郭建築は、姫路城《ひめじじょう》・松本城《まつもとじょう》・彦根城《ひこねじょう》、さらには松江城《まつえじょう》・犬山城《いぬやまじょう》・弘前《ひろさき》城《じょう》・熊本城《くまもとじょう》宇土《うと》櫓《やぐら》（当初は宇土城天守）など、灰色の屋根瓦葺に白亜の漆喰塗《しっくいぬり》、もしくは古武士を連想させる黒色の下見板貼《したみいたばり》の姿である。これらは、政治の舞台の中央と地方の差を反映したものか、それぞれ江戸期の一部改変のためか、絵画に見られるようなインパクトが強い絢爛・豪華な極彩色のイメージとは若干様相が異なる。

確かに、天下人たちの城郭御殿はいずれも戦乱のなかで灰燼に帰し、当時のレアな様相は想像しづらい。そのなかで、わずかに社寺などに移築された城郭建築の一部や、孫の代である家《いえ》光《みつ》の時代の寛永年間に造営・改築された二条城《にじょうじょう》二《に》の丸御殿《まるごてん》や西本願寺対面所《にしほんがんじたいめんしょ》御殿、それぞれの唐《から》門《もん》などからは、往年の様子をうかがうことができる。さらに天下人たちの城跡の発掘調査では、絵画に見られるような、屋根に葺かれた金箔瓦が出土することもある。

図46　「聚楽第図屏風」（三井記念美術館所蔵）

筆者はこれまで、安土城跡・聚楽第周辺大名屋敷跡・指月《しげつ》および木幡山《こはたやま》の伏見城跡や武家屋敷跡・京都新城《きょうとしんじょう》跡など、天下人たちの城郭御殿や、彼らを取り巻く有力武将たちの武家屋敷跡出土の金箔瓦の材質・技法に関する調査を行ってきた。そこからは、桃山文化の先駆けとなった信長と、秀吉以降の城郭御殿を彩った金箔瓦の金箔の貼り方の違いや、貼られた金箔の分析結果を通じて、当時の普請の状況や、金箔生産と秀吉・家康の造幣政策との関連性も見えてきた。

本節では、出土金箔瓦を通して、天下人たちの生活の場であるとともに政治の舞台であった城郭御殿をビジュアル的に荘厳することでみる者を圧倒しようとした彼らの文化戦略の一端を紐解いていこう。

金箔瓦とは

建造物の屋根に瓦を葺くことは、大陸から仏教が伝来した飛鳥・白鳳期以降、平城京や平安京の宮殿や中央省庁、地方の国府・郡役所、主要な寺院伽藍《がらん》などでみられた。この状況は、現存する法隆寺《ほうりゆうじ》や唐招提寺《とうしようだいじ》などの寺院伽藍のみならず、各地の廃寺跡《はいじあと》などの出土瓦の存在からも理解される。すでに平城宮や、平城京の官寺、平安京大内裏《だいだいり》の朝堂院《ちようどういん》・豊楽殿《ぶらくでん》、藤原道長《ふじわらのみちなが》創建の法成寺《ほうじようじ》などの有力寺院の主要建物の屋根には、緑色の鉛釉薬《ゆうやく》でコーティングされた緑釉瓦《りよくゆうがわら》が葺かれ、その壮麗さを引き立てていた。

緑釉瓦と同じような荘厳効果を狙った屋根瓦が、桃山文化期に登場した金箔瓦である。ただし緑釉瓦は、瓦全体が緑釉に覆われているのに対し、金箔瓦は、軒先の瓦（軒丸《のきまる》瓦《がわら》・軒平瓦《のきひらがわら》）や鬼瓦《おにがわら》などの全体ではなく、前面や目立つ箇所のみに金箔が貼られていた。

信長の安土城——絢爛豪華な城郭建築の先駆け

建造物の屋根に金箔瓦を最初に導入した事例は、天正五年（一五七七）の、信長が築城した安土城である。安土城を訪れたルイス・フロイスは、その著書『日本史』のなかで、「この天守は他のすべての邸宅と同様に、我らがヨーロッパで知る限りの最も堅牢で華美な瓦で覆われている。これらは青色のようにみえ、前列の瓦にはことごとく金色の丸い取り付け（瓦頭部《がとう》）がある。屋根には、しごく気品のある技巧をこらした形をした雄丈な怪人面（鬼瓦）が置かれている」と、金箔瓦の存在を記している。さらに天守の外観についても、「外部では、これら（七層）の層毎に種々の色分けがなされている。あるものは、日本で用いられている漆塗り、すなわち黒い漆を塗った窓を配した白壁になっており、これがこの上ない美観を呈している。他のある層は赤く、あるいは青く塗られており、最上階はすべて金色となっている」と記録している。

ここからも、安土城天主は、漆や金が多用された絢爛豪華な建物であったことが想定される。しかし、天正一〇年（一五八二）に、信長は本能寺にて激動の人生の最期を遂げ、安土城も灰燼に帰してしまう。そのため、どのような黒と金で荘厳されていたのか、長らくその物的証拠は、私たちの眼に触れることはなかった。

安土城を彩った金箔瓦を調査する

昭和二四年（一九四九）、安土城船着場跡と考えられる安土山麓干拓地の搦手門《からめてもん》推定地点から、当時、能登川中学一年生であった宮川良吉氏が、完形の軒丸金箔瓦を一点発見した（図47）。安土城を彩ったリアルな荘厳の一端が初めて我々の前に姿を現した瞬間である。この金箔瓦は能登川町（現東近江市）に寄贈され、現在は東近江市指定文化財になっている。

以降、安土城跡の発掘調査と史跡整備が、滋賀県教育委員会によって継続して行われ、鯱《しゃち》などの飾瓦や軒平・軒丸瓦の金箔瓦破片も多数出土しているが、かなり破損したものが多い。そのなかで、三分の二程度の残存状態ではあるが、最初の発見地点の搦手門推定地点周辺近くで、東近江市指定文化財の瓦と同形態の軒丸金箔瓦が一点出土している。

筆者は、東近江市教育委員会の嶋田直人氏の協力を得て、安土城跡出土金箔瓦では最も残存状態が良好な、前記の東近江市指定文化財の金箔瓦一点と、同じ形態の破片資料二点の合計三点（いずれも東近江市所蔵）の材質・技法の調査を行った。

蛍光X線分析と拡大観察、さらには電子顕微鏡に連動させたEPMAという高性能の元素分析ができる分析方法で調査した結果、いずれも巴紋《ともえもん》のある凸部は瓦の地を残し、凹部に、金の純度が九一％程度のやや厚みのある金箔が、箔下漆《はくしたうるし》である生漆の上に丁寧に貼られていた。後に詳述するが、次の時代の聚楽第・大坂城・伏見城などから出土した金箔瓦では、家紋《かもん》などの模様の凸部に、適当な大きさの金箔をパッチワーク状に貼った瓦が普通である。その点、安土城の出土金箔瓦は、凹部に丁寧に金箔を貼る手間がかかる作りであった。

なぜ信長は、安土城で屋根瓦にまで金箔を貼って荘厳するスタイルの先駆けを、実施したのか？　そのヒントはどこに？　軍事面のみならず、文化面の革命児でもあった信長人気は、常に高い。ある面、消耗品でもある屋根瓦に、あえて手間暇かけて丁寧な作りの金箔瓦を採用した文化的な発想と財力には、信長という人物の凄みを改めて感じてしまう。

図47　安土城跡出土金箔瓦
（東近江市所蔵）

秀吉に引き継がれた金箔瓦

城郭御殿建物群における金箔瓦の使用は、信長の安土城から、豊臣政権における政治の舞台となる大坂城や聚楽第・伏見城などに引き継がれていく。フロイスも秀吉時代の大坂城について、「屋根にはそれぞれ正面（部）があり、上部には怪人面が付いた黄金の鬼瓦が置かれ、それはまた角（の部屋）にもあった。そしてそれらは皆黄金で、建物にいっそうすばらしい光彩を添えていた」と評している。聚楽第についても「棟《むね》も部屋の周囲の瓦もすべて種々の花や葉（文様）で飾られた黄金塗りで、屋敷毎《ごと》にいろいろ異なった屋敷があるから、（都の）町のこの地域は、すこぶる高貴で豪華な様相を呈している」と記録しており、周囲に配された大名屋敷の屋根にも、金箔瓦が葺かれていたようである。

確かに、聚楽第跡・大坂城跡・伏見城跡と、その周辺の大名屋敷跡からは大量の金箔瓦が出土しているが、これは例外的である。豊臣秀次《とよとみひでつぐ》の八幡山城跡や、安芸宮島《あきみやじま》嚴島《いつくしま》神社千畳閣《せんじょうかく》（現豊国《とよくに》神社：広島県廿日市市）・松本城・名護屋城《なごやじょう》などに代表される豊臣政権関連の主要な城郭御殿や社寺建造物では、金箔瓦の出土量は案外少ない。そのため、これらの建物では、金箔瓦は屋根のワンポイントとして限定的に葺かれていたと考えられている。

秀吉絶頂期の聚楽第と金箔瓦

天正一三年（一五八五）に関白となった豊臣秀吉は、京都御所の西側に「長生不老の楽《うたまい》を聚《あつ》むる」という意味を込めた聚楽第の築城を開始し、天正一五年（一五八七）に完成させた。翌年の天正一六年（一五八八）には、秀吉絶頂期を象徴する後陽成《ごようぜい》天皇の聚楽第行幸《ぎょうこう》が挙行される。ところが秀吉は、天正一九年（一五九一）に甥の秀次に、関白職とともに政権の中心となった聚楽第もゆずり、次項に述べる伏見の隠居屋敷に移る。そして文禄四年（一五九五）に秀次の突然の失脚と同時に、聚楽第の城郭御殿と周囲の大名屋敷群も破却する。その後の聚楽第周辺地域は、洛中の町人地として徹底的に市街地化されたため、聚楽第の往年の様子には不明な点が多い。そのなかで、「聚楽第図屛風」や「豊公築所聚楽城《ほうこうちくしょじゅらくじょう》之《の》図《ず》」を参照すると、屋敷周囲には堀を巡らせて正面には大手門と橋を配し、内側には、金箔瓦を葺いた天守や隅櫓、檜皮葺《ひわだぶき》の御殿などの建物群が存在したようである。

事実、聚楽第跡周辺の試掘調査や小規模工事に伴う立会調査、高台院町・如水町などの地名や、部分的な当時の縄張りが把握できる地形の凹凸分布などから、聚楽第は、周囲に堀を巡らせた、外郭と内郭からなる二重構造であったと推定されている。そして、聚楽第周辺地域である、上京区一条通室町西入東日野殿町の上京中学校構内や上京区中立売通新町西入三丁目の新町小学校構内などで実施された京都市埋蔵文化財研究所による発掘調査では、金箔瓦も多数出土した。筆者は、このうち六三点の出土金箔瓦の調査を実施したが、ルイス・フロイスが語る聚楽第周辺の様子を彷彿とさせるように、豊臣家ゆかりの「五七桐と菊紋」、徳川家の「三葉《みつば》葵《あおい》紋」（図48）、浅野家の「違い鷹羽紋《たかのはのもん》」（図49）など、有力武将との関連性が想定される金箔瓦が多数含まれていた。秀吉政権の表舞台は、なんとも華やかな雰

図48　聚楽第周辺大名屋敷跡出土の三葉葵紋金箔瓦（京都市考古資料館所蔵）

図49　聚楽第周辺大名屋敷跡出土の違い鷹羽紋金箔瓦（京都市考古資料館所蔵）

囲気である。

伏見城は、一貫して同じ場所にあったのではなく、城の性格も大きく四期に分類される。

秀吉の夢の跡と徳川将軍の伏見城

まず秀吉は、関白職と聚楽第を甥の秀次にゆずった後、朝鮮半島への侵攻を始めた文禄元年（一五九二）に京都の南、伏見指月山の丘陵地に隠居屋敷の造営を開始し、翌年九月にここに移った。これが第Ⅰ期伏見城（指月伏見屋敷）である。

ところが秀吉は、文禄四年に秀次を失脚させると同時に聚楽第をも破却し、京都における豊臣政権の政治拠点の機能を伏見城に集中させる目的で、破却した聚楽第の建築部材や金箔瓦などを伏見に搬入して、一大城郭の造営を開始した。これが第Ⅱ期伏見城（地名を冠して指月伏見城と呼ばれる）である。指月伏見城の造営に伴い、聚楽第周囲に所在していた多くの大名屋敷も伏見城周辺に移転し、伏見城下町の基礎が形成された。

しかし、この第Ⅱ期の指月伏見城造営の翌年、文禄五年（一五九六、この年慶長に改元）九月五日に、慶長伏見大地震《けいちょうふしみ》が発生する。この大地震で指月伏見城は、天守閣（文献史料は殿主《でんす》と記録）などの主要な建物が倒壊する大きな被害を受けた。秀吉は、直ちに使用可能な建築部材や石垣石材なども用いて、指月山より地盤が堅固な東北方向に近接する木幡山丘陵に新たな城郭の造営を開始し、翌年の慶長二年（一五九七）には、城の主要部分が完成した。第Ⅲ期伏見城（豊臣期木幡山伏見城）である。しかし、この木幡山伏見城で、翌年に秀吉が死去。その後、慶長五年（一六〇〇）の関ヶ原の戦いの前哨戦で落城する。

関ヶ原の戦いに勝利した家康は、木幡山伏見城を畿内の徳川政権の拠点に位置づけ、落城で荒廃した建物群を直ちに再建整備する。第Ⅳ期伏見城（徳川期伏見城）である。

慶長八年（一六〇三）、家康は、再建整備が成った伏見城で、朝廷から将軍宣下《しょうぐんせんげ》を受け、江戸幕府が発足した。二代将軍秀忠《ひでただ》・三代家光《いえみつ》も、この城で将軍宣下を受け、伏見の地は江戸とともに徳川政権初期の政治の中心地となった。しかし、元和九年（一六二三）には、徳川政権の京都における政治機能を二条城に一本化するために、伏見城の破却が決定され、その激動の歴史を閉じるのである。

指月伏見城跡の豊臣期金箔瓦

宇治川《うじがわ》北岸の指月丘陵端に立地する伏見区桃山町泰長老《ももやまちょうたいちょうろう》周辺は、指月伏見城の中心部と推定されてきたが、これまでまとまった発掘調査が実施されず、状況は不明であった。

近年、公営住宅再開発やＪＲ桃山駅周辺整備に伴う発掘調査や試掘調査が行われ、この地区は、東端に舟入跡を有する第Ⅰ期〜第Ⅱ期の指月伏見城跡地、慶長伏見大地震後は、木幡山伏見城関連の武家屋敷跡であることがわかってきた。

特に、平成二九年度（二〇一七）に、京都市文化財保護課によって実施された桃山泰長老公園地内の詳細分布調査では、伏見城関連の石垣跡とその下の造成土からなる堀跡が検出された。上面の石垣跡は、石積み裏込めの栗石《くりいし》層に一六世紀末から一七世紀初頭頃の丹《たん》波焼擂鉢《ばやきすりばち》破片や瓦破片などが含まれるため第Ⅲ期もしくは第Ⅳ期の木幡山伏見城関連武家屋敷に伴うものであり、下層はそれより古い指月伏見城に伴う造成土と考えられた。この造成土から、三巴紋軒丸瓦《みつどもえもんのきまるがわら》や剣花菱紋飾瓦《けんはなびしもんかざりがわら》、輪違紋《わちがいもん》軒丸瓦などの金箔瓦片が一一点出土した。

また令和三年度（二〇二一）に、京都市埋蔵文化財研究所によって実施された桃山町鍋島のＪＲ桃山駅前整備に伴う発掘調査では、指月伏見城期関連の石垣基礎と溝跡とともに、江戸時代の絵図にもみられる、木幡山伏見城下の浅野但馬守《あさのたじまのかみ》（浅野長晟《ながあきら》）屋敷地と西側道路を分ける石垣区画角と門の礎石《そせき》が検出された。浅野屋敷造成で断ち割られた溝内から、巴紋軒平瓦《ともえもんのきひらがわら》および軒丸瓦の金箔瓦片も一四点出土した。いずれも、第Ⅱ期指月伏見城の金箔瓦と考えられている。

木幡山伏見城跡の徳川期金箔瓦

京都市埋蔵文化財研究所による発掘調査では、徳川期の山口駿河守《やまぐちするがのかみ》（山口直友《なおとも》）屋敷跡に推定されている桃陵町《とうりょうちょう》の桃山中学校校内遺跡や東組町遺跡などから、凸部に金箔が箔押された、巴紋や桐紋・菊紋《きくもん》などの軒平瓦、唐草紋《からくさもん》軒平瓦、鬼瓦や棟飾瓦、氏尾瓦《しびがわら》、熨斗瓦《のしがわら》など、多岐にわたる種類の金箔瓦が出土した。しかし、これらは木幡山伏見城の瓦ではなく、武家屋敷の移転に伴い一括廃棄されたものが主体と考えられている。

伏見城内の天守閣などの主要なエリアは、現在、明治天皇陵となっており、宮内庁管轄のため一般立ち入り禁止区域であり、発掘調査は行われていない。

そのなかで、平成一〇年（一九九八）の桃山筑前台町の住宅建設工事に伴う立会調査（伏見城跡：98FD394 地区調査）では、石垣跡とともに、瓦溜から残存が良好な桐紋・宝輪紋・三巴紋・菊花紋などを有する軒丸瓦と棟込瓦が二六点、唐草紋・花紋などを有する軒平瓦が一七点、桐紋・唐草紋・花紋・剣先紋・菊花紋・沢瀉紋《おもだか》などを有する道具瓦が一六点（内訳：鳥伏間《とりぶすま》一点、隅瓦一点、屋根瓦一点、鬼瓦六点、獅子口一点、飾り瓦六点）の計五九点、さらに破片を入れて合計一六八点の金箔瓦が出土した。

この地区は、伏見城大手門推定地のすぐ西側に位置し、金箔瓦は伏見城郭に直接かかわる石垣跡直下の廃棄土坑から出土している。特に、鬼瓦や飾瓦などを道具瓦と称するが、武家屋敷跡出土のそれと比較して巨大なものが多かった。そのためこれらは、第Ⅳ期の徳川期伏見城の主要建物の破却に伴う金箔瓦と考えられている。

京都新城の豊臣期金箔瓦

秀吉は、聚楽第の破却後に、京都での政治拠点を南に離れた伏見城としたため、跡継ぎ秀頼《ひでより》のために、京都中心部に豊臣関白家の新たな城郭邸宅が必要と考えたようである。そのため、「太閤御屋敷」「新城」「太閤上京屋敷」、のちに「秀頼卿御城」などと記された城郭邸宅（京都新城と呼ばれる）を、慶長二年（一五九七）に造営した。

この城郭邸宅は、現在の大宮御所《おおみやごしょ》・仙洞御所《せんとうごしょ》あたりの、禁裏御所《きんりごしょ》東南に造営されたと当時の公家の日記『言経卿記《ときつねきょうき》』は記し、普請わずか五か月で完成したとされている。まだ五歳の豊臣秀頼は、完成した京都新城から御所宮中に参内して元服し、従四位下左近少将に叙任された。しかし、翌年の慶長三年（一五九八）に秀吉が伏見城内で死去。秀頼は、秀吉の遺命により京都新城ではなく大坂城に居を構える。慶長四年（一五九九）には、家康が秀頼の後見人として大坂城西ノ丸に入城することに伴い、西ノ丸の屋敷に居住していた高台院《こうだいいん》（秀吉の正室、北政所《きたのまんどころ》）が、京都新城に居を移したとされる。そのため、江戸時代初期の公家町絵図には「高台院殿」と記されている。

しかし関ヶ原の戦い直前には、禁裏御所に近接した京都新城が軍事拠点として利用されないよう、南面御門・内堀・南之堀・石垣などの防御施設が撤去され、一般的な居住屋敷の形態となったようである。慶長一五年（一六一〇）の「大坂夏の陣」で豊臣家は滅びるが、京都に居住した高台院はその後も時折ここを利用し、寛永元年（一六二四）に天寿を全うした。その後は甥の木下利房《きのしたとしふさ》が屋敷を受け継いだようであるが、寛永四年（一六二七）に当該地が後水尾《ごみずのお》天皇譲位《じょうい》後の仙洞御所敷地内に組み込まれたため、建物は撤去されたと伝わる。

図50　京都新城の発掘現場

京都新城に関する文献史料は少なく、明確な遺構もこれまで検出されなかった。そのため、長らく「幻の京都新城」といわれてきた。ところが令和元年～二年度（二〇一九～二〇）の京都市埋蔵文化財研究所による仙洞御所内の発掘調査で、石垣および堀跡が新たに検出された（図50、51）。堀跡からは、菊紋軒丸瓦一点（図52）、五七桐紋軒丸瓦三点を含む金箔瓦が八点出土した。このうちの一点（図53）の五七桐紋中央花弁の図様は、伏見城下町西端に近い地域で出土した五七桐紋金箔瓦（図54）、二点は、

図51　京都新城跡出土石垣（京都市埋蔵文化財研究所提供）

図52　京都新城跡出土菊紋金箔瓦（京都市埋蔵文化財研究所所蔵）

後述する都久夫須麻《つくぶすま》神社本殿内部材の蒔絵の図様（図55、56）と類似していた。豊臣家所縁の、桐と菊紋の金箔瓦の出土。幻の京都新城の姿が少しずつ垣間みえてきた。

秀吉・家康ゆかりの金箔瓦の金箔の貼り方

それでは秀吉・家康ゆかりの城郭御殿の金箔はどのように貼られたのであろう。

瓦頭部に貼られた金箔を観察すると、家紋や文様の凸部の寸法に併せた金箔を大小の四角形に切って、それをパッチワーク的に雑駁《ざつぱく》に貼った状態の瓦が多かった（図57）。金箔は、皺が寄ったものや、亀裂や箔足（隣り合う金箔ど

図53　京都新城跡出土五七桐紋①金箔瓦（京都市埋蔵文化財研究所所蔵）

図54　同じ図様を有する伏見城下町遺跡出土金箔瓦（京都市埋蔵文化財研究所所蔵）

図55　京都新城跡出土五七桐紋②金箔瓦（京都市埋蔵文化財研究所所蔵）

図56　同じ図様を有する都久夫須麻神社本殿内部材の五七桐紋蒔絵

うしの継ぎ目）部分から箔下漆（箔を貼る際に接着剤として使用する漆塗料）が表面に回って固まったものもあった（図58）。

なかには、もう一度、箔下漆を塗布し直してから金箔を貼った痕跡がある瓦もみられた。箔下漆を瓦頭部に一度塗布した後、ある程度の時間が経過したためか、漆が固まって金箔を貼るタイミングを逸したのであろう。丁寧な金箔貼りの作業というよりは、手間をなるべく省いた流れ作業的な様子がみて取れる。

その一方で、漆塗膜内部や金箔と漆塗料との接着面には、天日のゴミなどの混入は観察されなかった。これは、金箔貼りの作業を、屋根に瓦を葺いた後に天日のもとで作業を行ったのではなく、工房内で基本的な作業を行ったものと考えられる。

もし、箔下漆の種類や、貼られた金箔の金の含有量の違いなどがあれば、金箔瓦が葺かれた建物の格付けや、金箔瓦が葺かれた箇所、作成した工人集団の違いなど、時と場所の

図57　徳川期木幡山伏見城出土金箔瓦（京都市埋蔵文化財研究所所蔵）

図58　漆箔箇所の拡大

状況が反映されたと想定される。筆者がこのように考えたのは、後の時代である日光東《にっこうとう》照宮《しょうぐう》では、建造物正面や目立つ箇所の金箔と、建造物裏手や金箔の上に彩色を施す箇所の金箔では、前者の方が金の含有量が高い傾向がみられたからである。確かに、豊臣期の桃山町鍋島の指月伏見城跡出土金箔瓦の箔下漆はすべて朱漆であった。また、京都新城跡出土金箔瓦の箔下漆はいずれも生漆。ところが、聚楽第周辺大名屋敷跡や徳川期の木幡山伏見城跡出土金箔瓦の箔下漆の場合、生漆・朱漆・朱潤漆と多種多様であり、家紋や模様デザインの違い、軒平・軒丸・道具瓦の違いなどは積極的には見いだせなかった。

金箔瓦の金の純度（金含有量）

その一方で重要な点が、当時筆者の研究室の大学院生であった末次優衣氏のＥＰＭＡ分析でわかった。それは、豊臣期・徳川期それぞれの出土金箔瓦の金と銀の配合比率は、いずれも金の含有量が九六％～九八％前後の、純度が高い金箔が使用されていたことである。

安土城出土金箔瓦の金の純度が約九一％前後である点と比較して、明らかに高い金純度である。これは、信長時代よりも秀吉時代以降に、金鉱脈の原石から直接純度の高い金素材を回収する技術が発達したためであろう。

参考までに、筆者による江戸時代の金箔の基礎調査では、四種類の金箔が存在していた。①色吉《いろよし》：金の含有率が九六％前後で、純度が高い金貨の素材（分銅《ふんどう》金）を原材料として箔打ちしたもの、②焦箔《しょうはく》：金の含有率が八三％前後、銀の含有率が一七％前後の金位《きんい》の高い慶長金《けいちょうきん》や甲州金《こうしゅうきん》などと同じ原材料を箔打ちしたもの、③常色《つねいろ》：金の含有率が七〇％前後のもの、④青色もしくは青箔：金の含有量が五五～六〇％前後の、金位が低い元禄金《げんろくきん》などの原材料を箔打ちしたもの、である。江戸時代の金箔は、幕府御用の統制物資であり、すなわち幕府勘定奉行《かんじょうぶぎょう》管轄の江戸・京都の後藤家《ごとうけ》（後藤三右衛門《ごとうさんえもん》）の金座《きんざ》（今でいう造幣局）が、一元的に原材料を配布して金箔打ちをさせるシステムが確立していたため、小判などの品位と金箔の品質は、連動していたのであろう。

天正・慶長金貨と金箔生産の関係とは

江戸時代の金箔生産システムを参考にすると、天正～慶長期の城郭御殿を彩った金箔瓦の金箔生産も、秀吉の天正金貨や家康の慶長金貨の造幣政策と全く無関係とは考えにくい。

読者の皆様は、小判などの金貨は、どれも中身まで黄金色の発色がよい金＝ゴールドというイメージを持っておられると思うが、これは金貨を打ちだしてから、表面の銀成分を酸洗いして金成分だけを残す「色揚げ」の作業によるものである。その証拠に、金貨をカットして断面を観察すると、表面に比べて内部の金色は、比較的青みがかっている。しかし金箔は、薄く打ってその後は色揚げができないので、原材料（インゴット）の金の色味をダイレクトに反映していることを、筆者の復元金箔の実験でも確認している。

このことを念頭に置いて当時の金貨の金含有量（金位）を見ていくと、秀吉期の純金素材である太閤分銅金（備蓄金）は、金位九六％前後。天正菱大判（天正一六年〈一五八八〉）は、同七二・一％、太閤円歩金《たいこうえんぶきん》（天正一七年〈一五八九〉）は、同八五％前後、天正長大判（文禄四年〈一五九五〉）は、同七五・七％、一方、家康による慶長小判（慶長六年〈一六〇一〉）は、同八四・二九〜八六・七九％、家康が、秀頼に方広寺大仏造営に関係して作らせた大仏大判《だいぶつおおばん》（慶長一三年〈一六〇八〉）は、同七三・八四％、である。

以上のことから天下人秀吉や家康らが威信をかけた城郭御殿を荘厳する金箔は、分銅金（備蓄金）の金素材を原材料（インゴッド）として一元的に箔打ちさせ、厳格な指示のもと、築城現場に供給していたことが想定できる。前記した江戸時代の金箔の種類のなかでも一番上質である「色吉箔」と同質以上の金の含有量である。

急いだ城郭普請

一方、聚楽第の造営と破却、指月伏見城の造営と慶長伏見大地震による破壊、木幡山伏見城の造営、京都新城の造営など、秀吉による城郭の造営・再建は常に突貫作業であった。また、家康の木幡山伏見城も、京都での徳川家の拠点を整える意味で急がされた工事であったことは容易に想像がつく。天下人の命令一下、工事を指揮した普請役奉行や現場担当者もさぞや大変であったと思うが、直接作業に従事した大工や瓦工・塗師《ぬし》などの各種職人の苦労は察するにあまりある。出土した金箔瓦の金箔貼りの観察から、突貫工事であった現場の大変な状況が推察される。

ところが、安土城の金箔瓦の場合、金の含有量は少し低いものの、金箔の貼り方はとても丁寧であった。安土城の築城も急がされていなかったとは言えないが、瓦に金箔を貼る初めての試み。そこからは、直接的な武力ではなく、自らの政治拠点となる城郭御殿を究極的に豪華絢爛な城郭御殿として他を圧倒しようとした信長の文化戦略としての意気込みと、指示を受けてそれを形（作品）として作り上げた職人たち。それぞれの立場でのプライドをかけたモノづくりの姿がみえてくる。

城郭御殿の外観と漆箔塗装

外観を荘厳した黒と金

前節では、天下人たちの城郭御殿に使われた金箔瓦についてみてきた。ここでは、城郭御殿の正面入り口にあり、まず訪れた人が最初に眼にする正面門を荘厳した外観の色彩についてみていく。前節でも述べたように、当時の城郭を描いた屏風には、黒と金で荘厳された城郭御殿が描かれており、正面門も同様である。

ところが、当時の建造物が現在残っていたとしても、その外観は長年の風化と後世の修理などにより、造られた当初がどのような装いであったのかわかりづらい。

このような状況のなかで、醍醐寺三宝院《だいごじさんぼういん》勅使門《ちょくしもん》と、数々の移転を経て現在地に至っている豊国《とよくに》神社唐門《からもん》は、いずれも伏見城から移築されたという伝承を持つとともに、わずかながら外観塗装の痕跡が残っている慶長年間に造られた門である。この部材の塗装痕跡を詳しく観察することで、当初の状況が明らかになってきた。

また、徳川家の本拠地であった江戸城のすぐ近くの松平家屋敷跡における近年の発掘調査では、大量の金箔瓦とともに、前節で取り上げた金箔瓦にもみられた五七桐紋と菊紋を有した漆箔の門もしくは御殿入口正面の建築部材が二点発見された。なぜ、豊臣家ゆかりの家紋で飾られた建物が、徳川一門の松平家屋敷に存在したのであろう。ここでは文献史料も参考にしながら当時の御殿入口の正面門の外観の様子を紐解いていく。

中井家文書にみる城郭御殿の増改築

さて、当時の建築界の状況をうかがい知る一級の文献史料に、『中《なか》井《い》家《け》文書《もんじょ》』がある。中井家とは、大和国斑鳩《やまとのくにいかるが》法隆寺の宮大工《みやだいく》の流れを汲む大工棟梁《とうりょう》の家である。大和守正清《やまとのかみまさきよ》（一五六五〜一六一九）の代に、天下人となった秀吉や家康に引き立てられ、慶長度禁裏御所や、江戸城・二条城・名古屋城・駿府城《すんぷじょう》などの城郭御殿、久能山《くのうさん》・日光東照宮の霊廟《れいびょう》建築や、方広寺大仏殿など、当時の主要建物の造営を一手に請け負う御用大工頭《ごようだいくがしら》となった。

大坂城落城で豊臣家が滅びた直後の元和元年（一六一五）、将軍秀忠から発せられた「一国一城令」により、元和九年（一六二三）には京都における幕府の政務拠点を二条城に一元化するため、伏見城の破却が決定される。ところが『中井家文書』には、その前後の時期にも、伏見城本丸御殿対面所や焼御殿などの増改築、本丸御殿大書院の仕様に関する記録などが含まれていた。このことから、一国一城令発布直後には、二条城への政務機能の大幅な移転はあったものの、数年間はその移行期間として伏見城においても実質的な幕府政務は並行して行われ、伏見城内御殿建物も引き続き使用されたと考えられる。法整備施行の時期と実際の運用時期には若干の年代差が生じる、歴史事例の一つといえよう。

このなかで、元和七年（一六二一）の『伏見《ふしみ》御城《おんしろ》御本丸《ごほんまる》御書院《ごしょいん》仕覚《しおぼえ》』（中井家文書、京都歴彩館所蔵）には、書院内には「志《し》んぬり（真塗り）」の漆塗り床框《とこかまち》があり、襖障子や小壁には、貼付けの金碧《きんぺき》障壁（障屏）画を狩野派絵師工房に発注したことなどが記されている。また、『御対面所塗物《ごたいめんしょぬりもの》』（中井家文書、京都歴彩館所蔵）には、「志ん塗（花塗もしくは黒塗り）」が合計一二四間七寸一分（一間当たり四分三合）、「ろういろ（蠟色塗《ろいろぬり》）」が合計一四六間九寸六分（一間あたり八分三合）という漆塗り仕様と使用量が克明に記録されていた。いずれにしても、御殿の造営には大量の漆が使用されたことがわかる。

醍醐寺三宝院惣門と勅使門

平安時代に皇室ゆかりの寺院として栄えた醍醐寺は、中世期に応仁の乱や天文《てんぶん》・法華《ほっけ》の乱《らん》などにより五重塔《ごじゅうのとう》を残すのみとなり、一時期荒廃する。

醍醐寺が復興するきっかけは、秀吉との良好な関係である。両者の関連性といえば、やはり天下人秀吉最晩年の慶長三年（一五九八）に挙行された「醍醐《だいご》の花見《はなみ》」であろう。その際秀吉は、親交が深かった醍醐寺八〇世座主《ざす》の義演准后《ぎえんじゅごう》に、醍醐寺諸堂の建立充実を約束したとされる。そのことを裏付けるように翌年の慶長四年（一五九九）から、醍醐寺の本坊にあたる三宝院の唐門・表書院《おもてしょいん》・寝殿《しんでん》・常御殿《つねのごてん》（現在の白書院《しろしょいん》の前身）などの建物群の整備が開始された。秀吉亡き後も息子の秀頼が、紀州湯浅《ゆあさ》から金堂《こんどう》を移築するとともに、上醍醐《かみだいご》に如意輪堂《にょいりんどう》や開山堂《かいさんどう》などの整備を行うなど、醍醐寺と豊臣家との関係は深い。

図59　醍醐寺三宝院惣門

三宝院惣門《そうもん》は、『義演准后日記《ぎえんじゅごうにっき》』の慶長四年八月二九日の記載に「表ノ仮門、左右ノ脇垣仰付了、四足門可立之支度事」とあり、造営当初は「仮門」であった。その後、一八世紀後半の明和・安永年間の再編成時に古材を多用して西側の現位置に移動され、惣門として現在に至っている（図59）。この門には、慶長三年の紀年銘を有する鬼瓦とともに、古材と新材が混在している。よくみると、正面扉板に取り付く古材の菱型唄木具《ばいきぐ》表面には、新材の唄木具にはみられない漆箔の痕跡が確認された

図60　惣門の唄漆箔木具

（図60）。

惣門の東にある勅使門《ちょくしもん》は三間一戸の平唐門である。『義演准后日記』は、慶長四年正月一日の項に「塀重門壊テ在之、以外結構也」とした上で、同年七月晦日には「塀中門柱立、珍重、大慶不過之、柱以下悉黒漆、トヒラ等金物文菊金美麗也」と記し、『醍《だい》醐《ご》寺《じ》新要録《しんようろく》　巻第十二　金剛輪院篇』（『大日本古文書』家わけ文書）にも、慶長四年の項には、「五月三日周備、非常屏中門、以外結構也、柱扉以下黒漆、金物金銅、扉ニ三尺余一二ツ桐ヲホリ、押金箔ヲ、裏表ニ打之、其外木リ物アリ、柱六本立之、梁《はり》五本、唐破風《からはふ》、柿葺《こけらぶき》」という記録がある。

この勅使門は、平成二〇～二三年度（二〇〇八～一一）に、京都府教育委員会による災害復旧事業の半解体修理工事が行われ、外観塗装修理も実施された。修理の事前調査では、門自体は他の建造物からの移築門であること（伝承では後述する豊国神社唐門と同様に伏見城の御門の一つであるとする説もある）や、表扉に付く五七桐紋と菊紋の木彫表面に金箔を施した黒漆塗の当初の漆箔痕跡が確認された。そのため、勅使門の平成期修理では、造営当初の状態に戻した復原塗装が行われ、桃山文化期の建造物外観の黒と金の状況が最もリアルにイメージできる門となっている（図61）。

転々とした豊国神社唐門

豊国神社は、豊臣家滅亡後に破却された秀吉を祀る豊国社《ほうこくしゃ》が、明治時代に復興された神社である。明治一三年（一八八〇）に、豊国社社殿や方広寺大仏殿が所在した豊臣家ゆかりの京都東山七条に新たに社殿が竣工され、同時に唐門が金地院《こんちいん》から移築された（図62）。

図61　醍醐寺三宝院勅使門（唐門）

金地院とは、日光東照宮の造営に関わった天海僧正《てんかいそうじょう》（南光坊天海《なんこうぼうてんかい》）とともに家康のブレーンの一人として「黒宰相《くろさいしょう》」とも呼ばれた以心崇伝《いしんすうでん》（金地院崇伝《こんちいんすうでん》）が、慶長一〇年（一六〇五）に京都の鷹峯《たかがみね》から南禅寺《なんぜんじ》寺域に移転して開山した塔頭《たっちゅう》である。慶長一六年（一六一一）には、伏見城御殿殿舎の一部が現方丈《ほうじょう》（重要文化財）として移築されている。また元和二年（一六一六）に没した家康の遺言により、寛永五年（一六二八）には、現存する権現造様式の東照宮が境内に造営されたことでも有名である。

実はこの国宝の唐門は、金地院の開山に伴い新規造営

図62　豊国神社唐門

されたのではない。寛永七年（一六三〇）の三代将軍家光上洛時に金地院が御成《おなり》宿舎とされることを前提に、小《こ》堀遠江守《ぼりとおとうみのかみ》（遠州《えんしゅう》）の作庭により方丈の庭として枯山《かれさん》水《すい》の鶴亀庭園（特別名勝）が造園された。その東面門として後水尾天皇行幸後の二条城の「西ノ唐門」が移築されたものなのである。

『寛永行幸御城内図』（宮内庁書陵部《くないちょうしょりょうぶ》蔵）や、『行幸御殿幷建物御取解相成以前二条御城中絵図』（中井正知・中井正純氏所蔵、大阪市立住まいのミュージアム寄託）などには、寛永三年（一六二六）の後水尾天皇行幸に備えて、小堀遠州を奉行として整備された二条城の建物群の配置が描かれている。そこには、二の丸御殿玄関正面に位置する現存の二条城唐門である「東ノ唐門」と、行幸後に仙洞御所に移築された「四ツ足御門」とともに、金地院に移築される前の「西ノ唐門」が二の丸御殿北西側の行幸御殿の御門として描かれている。

二条城の寛永期造営では、いくつかの建物が伏見城から移築された。本唐門も伏見城から二条城、さらには金地院へ移築されたという伝承もあるが、伏見城から移築されたことを示す具体的な記録は残念ながら見られない。そのため、家康による慶長八年（一六〇三）の二条城築城時に、二条城唐門として造られたのではないかという意見もある。

確かにこの唐門の木彫は、現在の二の丸御殿入口正面にある寛永期新造の現唐門の精緻な木彫意匠に比べて、簡素ながらも桃山気風あふれる豪放なデザインである。そのため、慶長年間（一五九六〜一六一五）頃に造営された門である点は問題なかろう。

豊国神社唐門の荘厳の変化

豊国神社の宝物館には、旧大名家や旧華族などから明治初期に寄贈された秀吉ゆかりの文化財が数多く所蔵されている。筆者は、このうちの蒔絵唐櫃《からびつ》（重要文化財）の調査と保存に関係したことがある。そのご縁で唐門の塗装調査を行う機会があり、正面扉に貼り付けられている木彫を可搬型の顕微鏡を使って詳しく観察した（図63）。

その結果、扉下部の「滝登り鯉」および中段の「牡丹《ぼたん》唐草」の木彫の凹部に、黒漆と金箔による漆箔塗装の痕跡が確認できた。そして漆箔塗装の上には、新たに塗装した白土の塗り痕跡を確認することができた。この白土

図63　豊国神社唐門正面扉の漆箔木彫

塗装の表面を、さらに念入りに観察をした結果、極めて微量ではあるが、朱、緑青《ろくしょう》、群青《ぐんじょう》の彩色顔料の粒子も確認した。唐門の木彫には、漆箔塗装→白土塗装および彩色の痕跡が発見されたのである。

漆箔の上に彩色を施す技法は、現在の日光東照宮でも行われている。しかし、漆箔の上に直接彩色をするのであって、白土を間に挟まない。このことから類推すると、唐門の下層の漆箔塗装と上層の白土塗装に顔料彩色が施された時期には、年代的なタイムラグがあったと考えられる。

ここで想像を逞《たくま》しくするならば、この唐門は、まず慶長期の伏見城もしくは二条城造営当初は、醍醐寺三宝院惣門と平唐門形式の勅使門などと同じ漆箔仕上げであった。その後の寛永三年（一六二六）に挙行された後水尾天皇の二条城行幸に伴い、行幸御殿の「西ノ唐門」となり、新たに造営された極彩色装飾を伴う現在の二条城唐門に相当する「東ノ唐門」の外観に併せる必要が生じた。そのため当初の漆箔塗装の上に、白色塗装をキャンバス地とした極彩色装飾を改めて施し直した。すなわち、徳川将軍家が威信をかけた政治イベントの行幸行事に備えた再塗装彩色の痕跡である可能性が想定された。たかが外観塗装、されど外観塗装である。

江戸で出土した五七桐・菊紋漆箔部材

国立歴史民俗博物館所蔵の「江戸図屏風」には、三代将軍家光の治世である寛永期頃の、江戸城を中心とした江戸城下町の様子が、生き生きと描かれている。

ここでとりわけ目を引くのは、屋根に金箔瓦が葺かれ、極彩色と漆箔・

図64　「江戸図屏風」に描かれた大名屋敷（国立歴史民俗博物館所蔵）

金具で荘厳された唐門・薬医門《やくいもん》（大名門）・長屋門《ながやもん》の三種類の異なる門が並んだ、尾張《おわり》・紀州《きしゅう》・水戸《みと》の徳川御三家《ごさんけ》や、伊達政宗《だてまさむね》ら有力大名屋敷の雄姿である（図64）。当時の豪壮華麗な姿を留める大名屋敷の建物群はすべて、明暦三年（一六五七）の「明暦《めいれき》の大火《たいか》」と、その後の幕府による防火対策などによりなくなっており、今ではみることができない。

さて、平成二五年（二〇一五）に実施された東京都千代田区に所在する有楽町一丁目遺跡の発掘調査では、「明暦の大火」の火災層の下から、慶長一三年～天和三年（一六〇八～八三）にこの土地周辺を拝領した譜代《ふだい》大名である藤井松平《ふじいまつだいら》家（常陸新治郡土浦《ひたちにいはりぐんつちうら》藩、三万五〇〇〇石）屋敷跡に伴う遺構《いこう》や遺物が多数検出された。このなかの、瓦敷下水遺構（一五六遺構）から、五七桐紋の軒丸瓦や滴水《てきすい》瓦などの多数の金箔瓦とともに、漆箔塗装の装飾部材が二点出土した（図65）。いずれもその形態から、門正面もしくは御殿玄関正面に位置する頭貫虹梁《かしらぬきこうりよう》の貼り付け部材であろう。まさに「江戸図屏風」に描かれた有力大名屋敷を荘厳する金箔瓦と漆箔部材の物的証拠であるが、何らかの理由で、少なくとも慶長一三年～明暦三年（一六〇八～五七）までの間に一括廃棄されたようである。

この出土建築部材二点は、いずれも埋釘で二枚の部材を接合し、さらに接合部を補強するため、布着せとコクソ埋め（木の細かい粉を漆に混ぜて、木部の亀裂を埋める）作業がなされた丁寧な作りであった。そして、括《くくり》や縁取り部分を彫り窪《くぼ》めて、凹部にわずかに銅を含む金箔が、短冊状にカットされ、パッチワーク状に貼られていた。この部材の大きな特徴は、部材表面全体は、紫外線劣化による荒れた状態の地塗りの黒漆塗装であるが、中央に五七桐紋の上半分、その左右に一つずつ、菊紋の上半円の文様が、規則的に配置された痕跡が確認されたことである（図66）。

　このことから、この出土建築部材は、いずれも推定長二メートル×幅五〇センチを測る、同一の材質・技法からなる漆箔塗装のある装飾部材であり、中央に五七桐紋、その左右に直径一五センチほどの菊紋の漆箔木彫が装着されていたと想定される。まさに、醍醐寺三宝院唐門扉と同じ荘厳である。

図65　有楽町一丁目遺跡の漆箔部材の出土状況（千代田区教育委員会提供）

　これは屋外部材であったため、地塗りの黒色漆は、天日に曝露《ばくろ》されて紫外線劣化した。一方、上に装着された五七桐紋と菊紋の木彫に接していた漆塗り箇所は、日光による紫外線劣化を免れて漆塗面が健全であった。そのため、装着された装飾木彫の

図66　漆箔部材の五七桐紋・菊紋の痕跡（千代田区教育委員会所蔵）

形が、輪郭痕跡として明確にわかる珍しい事例であるといえよう。

なぜ江戸に豊臣家ゆかりの五七桐・菊紋が？

それでは、なぜ江戸のど真ん中で豊臣家との関連性が想定される装飾を有する大名屋敷の建物が存在したのであろうか。

この部材が使われた建物の性格と、装飾部材が廃棄された時期を推定すると、まず、部材に確認される五七桐紋と菊紋が装飾されている点が参考となる。通常、このような五七桐紋と菊紋の併用は、本来、豊臣家ゆかりの什器や建物、具足《ぐそく》に認められるもの。徳川家お膝元の江戸城下町の大名屋敷内において、豊臣家ゆかりの家紋を有する建物の造営が可能な時期は、家康が江戸に入府して城下町整備が開始された天正一九年（一五九一）以降、両家の関係を考えると、具体的には、大坂城の豊臣秀頼と二代将軍秀忠の息女千姫《せんひめ》の婚礼がなされた慶長八年（一六〇八）を上限とし、慶長二〇年（一六一五）の大坂夏の陣による豊臣家滅亡期が実質的な下限となろう。

藤井松平家は、三河《みかわ》以来の徳川譜代の戦国武将である二代松平信一《のぶかず》が、天正一二年（一五八四）の小牧長久手《こまきながくて》の戦いや、慶長五年（一六〇〇）

の関ケ原の戦いなどで武功を挙げ、家康の覚えめでたく、慶長六年（一六〇一）に大名に取り立てられる。信一には実子がなかったため、家康の異父妹・多劫姫《たけひめ》の息子の信吉《のぶよし》（家康の甥）が養子に迎えられて藤井松平家三代を継いでいる。おそらく秀忠息女の千姫とのつながりであろうが、豊臣家ゆかりの五七桐紋と菊紋で荘厳された建物を屋敷内に有していたのであろう。ところが、これら天下人たちとの関連性が想定されるモノ＝物的証拠を慌てて一括廃棄した背景には、やはり時代の流れに翻弄されつつ、したたかに生き残りを懸けた戦国武将の姿が見え隠れする。

城郭御殿を荘厳する黒と金の調達先

ところで、この時代に大量の漆と金の使用が可能となった背景は、どのようなものであろうか。

まず漆について。近年の筆者らの基礎調査では、御朱印船《ごしゅいんせん》交易や南蛮《なんばん》交易を通じて、東南アジア産の漆塗料が、少なくとも長崎・大坂・京都に輸入されていたことが具体的にわかってきた。この時代は、秀吉・家康らによる大規模城郭御殿の造営に伴う漆塗料の需要が高まった。それに対処するために、漆が大量に採れた東南アジアから漆塗料が輸入されたと想定されるが、残念ながら今のところ、金箔瓦の箔下漆をはじめ、城郭御殿の造営に使用した東南アジア産漆塗料の物的証拠は確認できていない。

一方、三代将軍徳川家光も、日光東照宮の造替工事をはじめ、清水寺《きよみずでら》本堂・清水寺奥《おくの》院《いん》・知恩院《ちおんいん》の諸堂・石清水八幡宮《いわしみずはちまんぐう》・比叡山延暦寺根本中堂《ひえいざんえんりやくじこんぽんちゅうどう》・浅草寺《せんそうじ》二天門など、数多くの大規模社寺の寛永期造営を行った。この建造物部材の漆塗装の分析では、一部からタイ・カンボジア産の漆塗料が検出された。ただし、この話は長くなるので、詳しくは別の機会に。

一方、金の調達に関する説として、前節で少し触れたが、金貨造幣と金箔生産の事業を推進できるだけの強力な中央集権的バックアップシステムの構築があったこと、それまでの砂金などの自然金獲得とは異なり、ヨーロッパから金鉱山開発技術と灰吹《はいふき》法やアマルガム法などの金銀回収技術の導入などが積極的に行われ、金の回収率が格段によくなったことがあろう。この点について、天下人となった家康がスペインのアマルガム法技師の招請に熱心であったことは有名である。いずれにしても結果的には、天下人たちは、海外からの資源と科学技術を動員して城郭御殿の建物を荘厳するために、必要な大量の漆と金箔調達に向けた手はずもちゃんと打っていた「先見の明」があったということであろう。

文化戦略としての城郭御殿荘厳の保守管理

少なくとも、筆者がこれまで物的証拠として科学調査を行う機会に恵まれた、慶長年間に造られたと考えられる城郭御殿に関連する建造物の外観は、前節で取り上げた金箔瓦を屋根に葺くとともに、五七桐や菊紋の木彫家紋を配した漆箔部材が配されていた。すなわち黒と金で荘厳されていたことがみえてきた。

まさに天下人たちの生活の場であるとともに、政治の舞台であった城郭御殿の壮大な建物群を黒と金、すなわち漆と金箔をふんだんに用いて荘厳する。その雄姿は、城郭御殿室内に入れる戦国武将や豪商のみならず、広く一般庶民に至るまで、遠方からでもビジュアル面でみえることで、他を圧倒する効果があったのであろう。ただし、建物外観を漆塗装した場合、漆は日光の紫外線や風雨に晒されると比較的短期間に劣化してしまう。その状況は藤井松平家屋敷跡から出土した漆箔塗装のある装飾部材の状態からも明らかである。そのため、壮大な城郭御殿を美しい姿で常に保つには、造営当初の初期投資だけでなく、連綿と絶えず保守管理を続けることが重要なポイントである。当然、高価な金と漆の材料調達を滞りなく行う点も含め、莫大な費用が掛かる事業である。

ところが、筆者の基礎実験では、漆塗装のみの部材より、金箔を貼る漆箔の部材の方が、格段に日光や風雨に対する耐候性が上がることも確認している。天下人たちはそれも織り込み済みで、彼らの財力を戦費ではなく「戦わずして勝つ」文化戦略のビジュアル効果に費やす必要性も十分理解していたのであろう。

この点は、後の江戸時代においても、徳川将軍家の権威の象徴であった日光東照宮をはじめ、上野寛永寺《うえのかんえいじ》、芝増上寺《しばぞうじょうじ》などの徳川将軍家の霊廟建築群の保守管理には、莫大な資金を投じて、幕府の勘定奉行や日光奉行配下の江戸方や日光方の職人集団が幕府御用として絶えず手直しを行っていた。

この伝統の一端は、現在、筆者も直接修理施工に関係している日光社寺文化財保存会による日光二社一寺の建造物群の塗装彩色修理における予算確保と、現場の仕事内容の大変さからもリアルに想定できるのである。

城郭御殿の室内と蒔絵装飾

前節までは、建造物の外観を彩る金箔瓦と部材の漆箔荘厳に注目してきた。本節では、建造物内部（室内）を金碧障壁（障屏）画とともに荘厳した黒と金の世界をみていこう。

城郭御殿を彩った蒔絵装飾

天下人たちが、権力と財力を示すために活用した工芸技術に、蒔絵装飾がある。蒔絵とは、漆の上に金粉や銀粉などで絵や模様を表現する装飾技法である。従来、蒔絵は器や小規模な家具など、宮中や大規模社寺の什器、貴族などの生活の身辺のみを飾ってきた。それが桃山文化期に、城郭御殿室内の大面積に蒔絵を施す文化と技術が華開くのである。

この節では、秀吉が築城した大坂城の一部が移築されて現存している琵琶湖の竹生島《ちくぶしま》にある社寺建造物と、京都大覚寺《だいかくじ》の御殿部材に残されている蒔絵装飾、さらには次の時代に造られた日光東照宮社殿の扉の蒔絵装飾の違いなどを詳しくみていく。そこからは、大画面に効率よく蒔絵を施すための天下人たちのモノづくり戦略と、それに応えた蒔絵職人たちの努力と苦労、さらには制作事情が垣間みえてくる。

秀吉が愛した大坂城

賤ケ岳《しずがたけ》の戦いで、織田家の家中で最大のライバルであった柴田勝家《しばたかついえ》を破った直後の天正一一年（一五八三）、天下人を目指した羽柴（のちの豊臣）秀吉は、上町《うえまち》台地の大坂（石山《いしやま》）本願寺《ほんがんじ》跡地に、巨大な城郭御殿の築城を開始した。ルイス・フロイスは『日本史』において「建築の華麗さと壮大さにおいては安土山の城郭と宮殿を凌駕した」と評した、ご存知、絢爛豪華さと要塞堅固さで知られた天下の名城、豊臣期大坂城である。

秀吉亡き後の慶長一五年（一六一五）、大坂夏の陣では、真田信繁《さなだのぶしげ》（幸村《ゆきむら》）らの獅子奮迅の働きも空しく、大坂城は灰燼に帰し、豊臣家も滅亡した。その後、徳川秀忠が石垣も含めた大リニューアル工事を行い、幕末のターニングポイントとなった鳥羽伏見《とばふしみ》の戦いでは、徳川将軍家の西の要として、幕府側の軍事拠点となったことでも有名である。

豊臣期大坂城のリアルな姿は、本章でも述べたように、「大坂城図屏風」に描かれた、金箔瓦と漆箔もしくは蒔絵で荘厳された建造物群である。前記のフロイスも、「金箔を施したこれらの部屋も娯楽室も（中略）これらの夥《おびただ》しい部屋は、種々様々の絵画で飾られている。たとえば日本人が最も得意とする大小の鳥、その他自然の風物を描いたものや、日本およびシナの古い史実を扱った絵であるが、これらを眺める者の眼に好奇心を持って楽しませずにはおかない」と記述している。『信長公記《しんちょうこうき》』に登場する安土城の室内と同様、襖や小壁は、永徳《えいとく》一門の手による豪壮・華麗な濃絵《だみえ》による金碧障壁（障屏）画や、ストーリー性のある墨絵で彩られていたことがわかる。

ただし、秀吉は単に派手好きというだけでなく、日本イエズス会副管区長のガスパル・コエリュが大坂城で秀吉に謁見した際の様子を、「その部屋は縦一三畳、横四畳の広さがあり、樹木や鳥が黄金をもって描かれており、関白は奥の上座に座し、絶大な威厳と貫録を示していた」と記録しているように、豪華な装飾をバックに座すことで、みるものに自らの権力の絶大さをビジュアル的に演出する効果を狙ったのであろう。まさに「戦わずして相手を圧倒する」秀吉一流の文化戦略の面目躍如である。

現存する秀吉の大坂城唯一の建造物群

秀吉が精魂かたむけた大坂城は、慶長一五年（一六一五）の大坂夏の陣で灰燼に帰したため、当時の状況が偲ばれる物的証拠はすでに存在しないと考える方も多かろう。ところが実は唯一、琵琶湖に浮かぶ竹生島に、奇しくも大坂の陣より前に移築された建造物群が現在している。それが竹生島の宝厳寺《ほうごんじ》に移築された国宝の唐門である。この建造物と連結した重要文化財の観音《かんのん》堂《どう》、高・低の渡廊、国宝の都久夫須麻神社本殿なども、秀吉ゆかりの移築建造物との伝承を有するが、平成期修理に伴う一連の調査で、これら合計五棟すべてが大坂城から移築された可能性が高まった。

竹生島は、湖底遺跡で有名な葛籠尾崎《つづらおざき》の沖約二キロ、長浜《ながはま》からは北西に約一二キロの琵琶湖北端に浮かぶ周囲二キロほどの小島である。湖岸からもよく見えるため、古くから信仰の島として崇められ、竹生島の名前も「神がいつく(斎)島」に由来するとされる。仏教信仰の島としての歴史も古く、奈良時代の天平三年(七三一)に、行基《ぎょうき》が島に渡って小堂を建てて四天王像《してんのうぞう》を安置したことに始まるとされる。平安時代には、宇多《うだ》法皇などの皇室の庇護も受け、平安後期には観音霊場三十三所巡礼の一つとなり、今日でも真言宗《しんごんしゅう》宝厳寺は、西国《さいごく》第三十番札所《ふだしょ》として多くの参拝者でにぎわっている。

都久夫須麻神社も、「延喜式《えんぎしき》」神名帳《じんみょうちょう》に「都久夫須麻神社」と記されている古社である。天平神護元年(七六五)には従五位が授けられ、平安時代末期以来弁財天を祀り、安芸の嚴島神社・藤沢《ふじさわ》の江島《えのしま》神社とともに、日本三弁財天の霊場とされる。神仏習合が常であった江戸時代まで、宝厳寺と都久夫須麻神社は、一体の宗教施設であった。

なぜ秀吉の大坂城の建物が竹生島に

竹生島は、古くから重要な信仰の対象であるとともに、琵琶湖の水上交通の要衝でもあり、北近江の小谷《おだに》からもよく見えるロケーションである。そのため、小谷城《おだにじょう》を拠点とした戦国大名の浅井久政《あざいひさまさ》・長政《ながまさ》親子も手厚く庇護した。『信長公記』によると、信長と浅井・朝倉両軍との戦いでは、元亀三年（一五七二）に、明智光秀や丹羽長秀《にわながひで》らが琵琶湖水軍を動員して、浅井氏に与《くみ》する竹生島を、火矢《ひや》・大筒《おおづつ》・鉄砲で攻めている。その後、新たに安土城を築いた信長は、天正九年（一五八一）に竹生島を参詣している。

信長から浅井氏の旧領を拝領して初めて城持ち大名となった羽柴（豊臣）秀吉は、琵琶湖水上の拠点として、今浜（長浜）に城を築いたことから、豊臣家と竹生島との良好な関係が生まれたようである。それらのことから、宝厳寺観音堂と都久夫須麻神社本殿をつなぐ渡廊は、文禄・慶長の役の朝鮮侵略の際に秀吉が造船させた御座船《ござぶね》「日本丸《にほんまる》」の船櫓、都久夫須麻神社本殿は、伏見城の日暮御殿を移築したという伝承がある。

一方、宝厳寺唐門は、豊国社の別当であった神龍院梵舜《しんりゅういんぼんしゅん》の『舜旧記《しゅんきゅうき》』に「慶長七年六月十一日、晴天、今日ヨリ豊国極楽門、内府《ないふ》ヨリ竹生嶋へ依寄進、壊始、新神門、大坂ヨリ被仰了」とあるように、慶長七年（一六〇二）に、家康の斡旋で秀頼と淀殿《よどどの》が、秀吉を祀る豊国社の極楽門を竹生島に寄進して移築した建造物である。このことは幕府正史

『徳川実紀《とくがわじつき》』にも同様の記録があるため、確実視されている。

それでは、この唐門と豊臣期大坂城との関係はどのようなものであろう。醍醐寺三宝院座主義演の『義演准后日記』は、秀吉が、慶長元年（一五九六）に大坂城北ノ丸と二ノ丸を繋ぐ橋として造った極楽橋を、秀吉逝去後の慶長四年（一五九九）に京都七条に築かれた豊国社の極楽門として、翌年の慶長五年に移築したと記している。この辺りを時系列でみると、慶長元年造営の大坂城極楽橋→慶長五年に豊国社極楽門として移築→慶長七年に宝厳寺唐門へ再移築という流れである。秀吉側室で秀頼生母の淀殿と徳川秀忠正室の江《ごう》（崇源院《すうげんいん》）姉妹の故郷の、浅井家旧所領の信仰の島であった竹生島に、豊臣家滅亡以前に秀吉ゆかりの建造物として移築されたことが、豊臣期大坂城の物的証拠が唯一残った理由なのである。

豊臣期大坂城の極楽橋と宝厳寺唐門　大坂城北面堀に架けられた現在の極楽橋は、欄干を持つ普通の橋である。ところが「大坂城図屏風」をみると、入口に梁間《はりま》一間×桁行《けたゆき》一間の唐門が取り付き、橋の本体は、唐門より一廻り梁間が大きく棟高も高い入母屋《いりもや》造《づくり》屋根付きの大きな橋であったことがわかる（図67）。ルイス・フロイスもこの極楽橋を実際に見たようで、橋の屋根には二基の櫓《やぐら》があり、この櫓は渡廊で繋がれていたこと。さらには、「木造上屋部分の部材は総漆塗で漆箔。屋根は鍍金され、橋の中央に平屋造の鳥や樹木の極彩色の木彫が嵌《は》められた二基の小櫓があり、欄干は嵌め込みの黄金で輝き、舗道も高価な諸々の装飾、素晴らしい技巧による黄金塗の板が介在する」と荘厳の特徴を記している。

この極楽橋入口の唐門こそが、現在の宝厳寺の唐門である（図68）。昭和一四年（一九三九）の昭和期修理では、慶長七年九月十九日銘の「秀頼公御建立　御奉行片桐市正」、慶長八年六月銘の「大工権守、小工但馬守、奉行雨森長介」などの建立棟札《むなふだ》が見つかり、そこからは、秀頼が片桐且元《かたぎりかつもと》を奉行として、永禄元年（一五五八）の竹生島内大火後の諸社寺建物の復興を行ったことがわかる。さらに渡廊は、伝承では前記したように秀吉の御座船「日本丸」船櫓を移築したものとされてきたが、平成二六年度からの平成期修理（二〇一四～一九）では、「豊国大明神御廊門下長押之間金物」と刻印さ

図67　「大坂城図屏風」に描かれた極楽橋
（大阪城天守閣所蔵）

図68　宝厳寺唐門

図69　宝厳寺渡廊

れた豊国社神門（極楽門）の金具が確認され、御座船ではなく豊国社からの移築であることが判明した（図69）。

そして、平成期修理を担当した滋賀県教育委員会の菅原和之氏らによる部材調査では、宝厳寺唐門・観音堂・渡廊・都久夫須麻神社本殿身舎部分は、もともと一体の建造物、すなわち豊臣期大坂城極楽橋の唐門・櫓・渡廊に相当する可能性が高いことがわかった。

筆者も、唐門と観音堂境の小屋裏で再用された繧繝彩色《うんげんさいしき》が残る巻斗《まきと》や肘木《ひじき》などの部材の分析調査を行ったが、小屋裏に潜り込んで、唐門と観音堂を貫く漆塗りの太い部材を目の当たりにした時、確かに唐門と観音堂は同じ建造物であった可能性が高いことを実感した。

都久夫須麻神社本殿は二重構造

都久夫須麻神社本殿は、永禄一〇年（一五六七）に造営された、前後に軒唐破風《のきからはふ》が付く檜皮葺屋根を持ち、庇《ひさし》が取り付く桁行五間×梁間四間の入母屋造建造物が、外部構造の外廻りである（図70）。この建造物の最大の特徴は、外廻りを残したうえで背面を一間通り拡張して覆屋《おおいや》とし、内部構造の身舎《もや》を移築して納めたという複雑な二重構造の建造物である点にある。

桟唐戸《さんからと》二面と襖引戸《ふすまひきど》二面で開放される桁行三間×梁間三間四方の身舎の室内は、折上《おりあげ》格天井《ごうてんじょう》には花樹の金地彩色絵が貼り付けられ、壁面には狩野光信《かのうみつのぶ》作画とされる花樹の金碧障壁（障屏）画の襖が嵌められている。身舎外部と庇の柱間《はしらま》や身舎正面桟唐戸には、随所に花鳥図様の極彩色木彫が嵌め込まれ、大面取《めんとり》角柱や長押《なげし》には、黒漆地に金蒔絵と梨《な》子地《しじ》の装飾、さらには鍍金の釘隠《くぎかくし》金具が嵌められている。まさに桃山文化の絢爛豪華さを体感できる、黒と金・極彩色で荘厳された御殿形式の部屋である（図71）。特に柱や長押の要所は、豊臣家ゆかりの五七桐紋・菊紋が蒔絵・梨子地で大胆に配されており、柱に

図70　都久夫須麻神社本殿正面

図71　都久夫須麻神社本殿身舎内陣

は、「高台寺蒔絵《こうだいじまきえ》」と呼ばれる菊・萩などの秋草や松・藤・笹などの植物図様と五七桐紋・菊紋が、東西入口の襖引戸上の長押中央には、「桐と鳳凰」、「椿《つばき》と尾長鳥《おながどり》」などの花鳥と五七桐紋・菊紋の蒔絵・梨子地図様の装飾が随所にみられる（図72）。ガスパル・コエリュが大坂城内で秀吉に謁見した御殿室内は、「黄金をもって描かれた樹木や鳥」で荘厳されていたと記録しているが、これは金箔を余白に配した金碧障壁（障屏）画ではなく、蒔絵粉で図様を描く蒔絵装飾である可能性が高い。都久夫須麻神社本殿の蒔絵装飾のある室内は、まさにそれを実感できる空間といえる。

図72　内陣長押における「桐と鳳凰」の蒔絵図様

桃山文化期の建造物を荘厳する蒔絵は、都久夫須麻神社本殿以外では、秀吉の正室北政所（ねね、高台院）墓所でもある高台寺霊屋《たまや》須弥壇《しゅみだん》廻り、醍醐寺白書院床框《しろしょいんとこがまち》、後述する大覚寺客殿帳台構《ちょうだいかまえ》の蒔絵しか現存しない。なかでも、都久夫須麻神社本殿内部の蒔絵装飾のスケールは群を抜いており、貴重な秀吉の大坂城極楽橋を彩った蒔絵の物的証拠といえよう。

都久夫須麻神社本殿身舎の蒔絵の制作者

都久夫須麻神社本殿は、昭和一一年（一九三六）に宝厳寺と同様、滋賀県による昭和期修理が行われた。その際、身舎の右側面の前より九本目の飛檐垂《ひえんたる》木《き》上端に「盛阿弥《せいあみ》　與左衛門《よざえもん》」、同じく一三本目の飛檐垂木上端に「盛阿弥　夫下始作内吉蔵《きちぞう》也　此塗物は大佛にてぬり申候也、盛阿弥　婦斎《ふさい》　御塗師」、同じ部材の側面に「御塗師　婦斎内小左衛門御塗師婦斎」など、身舎の漆塗りや蒔絵を担当した塗師名を記した部材が発見されている。絵画の場合、狩野永徳《えいとく》や長谷川等伯《とうはく》などの落款《らっかん》やサインが画の端に入るが、蒔絵に作者名を入れる事例は少ない。唯一の例外は、高台寺霊屋の正面須弥壇上の、秀吉像を安置した厨子《ずし》蒔絵扉の下端土坡《どは》にある小さい落書きのような「幸阿弥《こうあみ》久次郎」「文禄五年」の針描銘文《めいぶん》である。高台寺霊屋は、慶長一一年（一六〇六）に、高台院が秀吉の菩提《ぼだい》を弔《とむら》うために家康の援助を得て、伏見城の御殿や秀吉の母大政所《おおまんどころ》の墓所であった康徳寺《こうとくじ》の一部を移築して造営したという伝承がある。この厨子正面扉に針描された文禄五年（一五九六）は、指月伏見城普請の年。幸阿弥久次郎とは、幸阿弥家《こうあみけ》七代目幸阿弥長晏《ちょうあん》（一五六九～一六一〇）のことである。初代の幸阿弥道長《みちなが》は室町幕府八代将軍足利義政《よしまさ》の御用蒔絵師となり、その後、幸阿弥家は秀吉や徳川将軍家の御用蒔絵師として、尾張徳川家伝来の婚礼道具初音調度《はつねのちょうど》をはじめ、皇室や大名諸道具の蒔絵什器を数多く作製している。

蒔絵師の吉蔵・盛阿弥とは

それでは都久夫須麻神社本殿部材の墨書にある「吉蔵」「盛阿弥」とはどのような人物であろう。『幸阿弥家伝書《かでんしょ》』の写し（柴田是真《しばたぜしん》作製、東京文化財研究所所蔵）には、前記した幸阿弥家七代目の幸阿弥長晏の弟に「吉蔵　入道法橋」（幸阿弥長玄《ちょうげん》〈一五七一～一六〇七〉）の名前がみえる。また、幸阿弥家文書である『蒔絵人名録』の写しには、天正期の蒔絵師として「三代目に名有り」という注記入りで「盛阿弥」の名がある。このことから、都久夫須麻神社本殿身舎部材の蒔絵作製は、高台寺霊屋須弥壇厨子扉と同じ幸阿弥一門の幸阿弥長玄率いる蒔絵師工房が担当したようである。

さらに「此塗物は大佛にてぬり申候也」という文面もある。この「大佛」とは、豊臣家滅亡のきっかけとなった「国家安康《こっかあんこう》」「君臣豊楽《くんしんほうらく》」の大仏殿梵鐘《ぼんしょう》銘問題で有名な京都東山七条の方広寺や豊国社霊廟建造物の造営に関わった塗師屋集団のことであろう。

ちなみに高台寺霊屋の金碧障壁（障屛）画も、都久夫須麻神社本殿と同じ狩野光信（一五六五～一六〇八）の作画とされ、双方とも狩野派・幸阿弥派が担当しており、秀吉ゆかりの城郭御殿屋内荘厳の在り方がよく理解される数少ない物的証拠の一つといえる。

蒔絵の技術革命——高台寺蒔絵の登場

漆は、強い接着力を持つとともに、固化した後の塗装膜は優れた堅牢性と独特で美しい艶光沢を有する塗料である。蒔絵装飾とは、この漆の特性を活かして、まず地の漆塗りの上に意匠のデザインを接着材料である下絵漆で描き、これが乾く前に金粉や銀粉などを蒔《ま》いて定着させる技術である。金箔で加飾する箔絵は中国・朝鮮半島・東南アジアにもあるが、蒔絵は日本独自の漆工技術である。中世における中国との交易では、輸出された蒔絵の漆工品をみて、日本には豊富な金があると広く認識され、日本＝黄金の国・ジパングという語源ともなった。

蒔絵の初源的な技術は奈良時代にまで遡るが、平安時代になると、繊細かつ文学的な意匠を、南海の夜光貝《やこうがい》を貼り付けた螺鈿《らでん》と併用して、高度な技術と手間のかかる高蒔絵《たかまきえ》や研《と》出蒔絵《だしまきえ》で装飾した小型什器が作製された。ごく例外的に平等院鳳凰堂や奥州平泉金色堂《ひらいずみこんじきどう》の堂内装飾はあるが、城郭御殿建造物部材の大画面にまで広く使用の幅が広がるのは、あくまでも桃山文化期に「高台寺蒔絵」と称される平蒔絵《ひらまきえ》技術が登場してからである。

「高台寺蒔絵」とは、地塗りの黒色漆の上に、菊・萩・桔梗・薄《すすき》・撫子《なでしこ》・女郎花《おみなえし》などの単純で画一化した秋草図様や、家紋である五七桐紋・菊紋などを大胆に配し、下絵漆に直接蒔絵粉を蒔いただけの「蒔放《まきはな》ち」の平蒔絵技法と、模様は付描《つけがき》・描割《かきわり》・針描《はりがき》技法といった簡単なテクニック、なかには見た目のアクセントを付けるため、輪郭線内に蒔絵粉より粗い梨子地《なしじこ》粉を蒔く装飾を併用するなど、大面積の装飾も短時間で可能となる蒔絵技法である。比較的安価で、高度な技術を要しない簡便な蒔絵装飾の開発は、システマティックで汎用性が高い分業体制を基本とした工房内の作業システムの変革が必要不可欠であった。

これを成し遂げた要因は、前章でも少し触れたが、秀吉が、足利将軍家東山御物《ひがしやまごもつ》をはじめとする伝統的な蒔絵を手掛けてきた将軍家御用蒔絵師であった幸阿弥家をことさら引き立て、天正一一年（一五八三）ないし天正一二年（一五八四）以降に、日常什器の漆椀などに朱漆で漆絵を描いていた上《かみ》・下《しも》京の町蒔絵師の職人集団をその下に配して仕事をさせたことが大きい。その結果、多種多様な什器のみならず、城郭御殿室内外の大画面にも豊臣政権の権威の象徴である五七桐紋・菊紋などを大胆に蒔絵させることが可能になったのである。

比較的作業が簡便で安価でありながら、ビジュアル的には豪華に仕上がる平蒔絵技法を多用して、城郭御殿のみならず、普通は蒔絵装飾をしないような風呂桶などの什器に至るまで、豪壮・華麗に仕立て上げて秀吉の富と権力を誇示する仕掛けは、見た目は巨大であるが実は厚みが薄い、豊臣家のホームグランドであった方広寺の巨大石垣にも通じる。ビジュアル面で他を圧倒して勝つ、秀吉得意の文化戦略の一つといっても過言ではなかろう。

都久夫須麻神社本殿身舎の蒔絵技法

さて、いよいよ分析調査の結果を記していこう。都久夫須麻神社本殿身舎の蒔絵部材は、内陣、外陣《げじん》ともに柱材と長押部材であるが、長押は、内陣側は井桁組み、外陣側は四隅方貼り併せ構造で異なっていた。特に、外陣側の長押の両端部は、蒔絵塗装がない簡素な黒色漆の地塗りのみの後補部材が付け足されており、それは当初の蒔絵塗装部材の寸法を現在の建造物の寸法に併せるためであろう。

また、内陣側の長押部材の蒔絵図様は、桐と鳳凰、五七桐紋・菊紋、尾長鳥、秋草模様

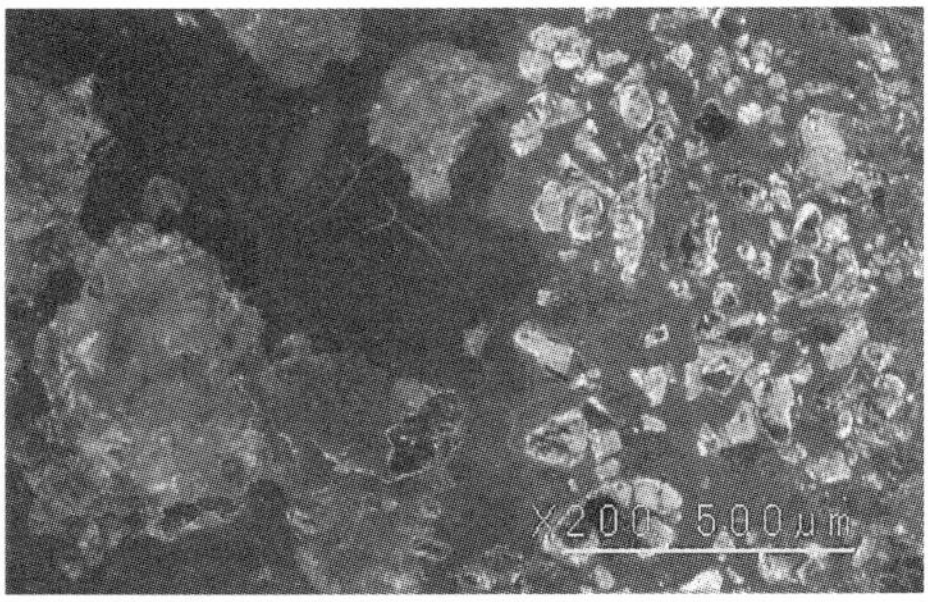

図73-1　金蒔絵粉と銀梨子地粉

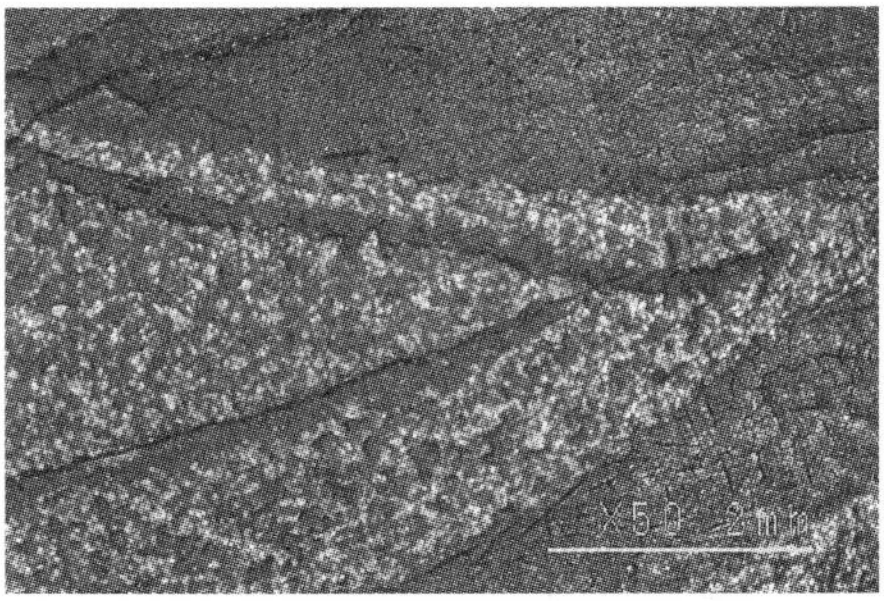

図73-2　同　針描技法

など内陣の柱材の蒔絵の絵柄とマッチしており、当初から同じ室内を装飾していたことがわかる。一方、外陣側はミル貝海藻や鷺、五七桐紋・菊紋などで双方異なっており、本来二つの別の室内を荘厳していたと考えられる。豊臣期大坂城の極楽橋には、蒔絵装飾した二基の櫓建物があったとされるが、これらとの関連性を想定させる。

本殿身舎の蒔絵部材は、微細粉と、やや粗い粉による不均一な蒔絵粉が平蒔絵されてお

図74　外陣長押端部の金具痕跡と蒔絵ミル貝海藻

り、描割や針描表現も多用されていた（図73－1、73－2）。また、粗く扁平な梨子地粉なども交え、仕上がりの色味や質感を意識した蒔絵粉の大きさや、材質の使い分けが計算されていた。さらに、分析の結果、括りの線描などは金の蒔絵粉、その他の多くの面積を占める梨子地粉は銀粉であった。飴色で透明感が強い絵梨子地漆のなかに銀粉が封入されると、見た目は十分に金の絵梨子地にみえる。見た目の華やかさ・豪華さと実質との違い。秀吉好みのフェイクである。

外陣柱の金具の下には、少なくとも二種類の形態が異なる金具の痕跡が確認された。特に当初と考えられる金具痕跡の下のミル貝海藻の蒔絵図様は、金具で覆われることを初めから想定したためか、蒔絵を意識的に省いていた（図74）。また、金具に隠れる柱箇所では、当初は菊紋を入れるつもりで朱漆の下線描で割付配置されていたが、後で金具が嵌まることが判明したためであろうか。蒔絵加飾を省略した箇所なども所々で確認できた（図75）。

また、葡萄《ぶどう》の葉の輪郭や鳳凰の尾羽などの絵梨子地の図様縁取り箇所などでは、フリーハンドの朱漆による下描線《びょうせん》がはみ

図75　内陣柱金具下の朱下描線の痕跡

出している。天下人たちの城郭御殿の造営スピードは早い。その分、秀吉や家康期の金箔瓦の箔の貼り方と同様、蒔絵職人たちの突貫作業的な姿がリアルに感じられる。この時代ならではの現場の状況を彷彿とさせる物的証拠の一つであろう。

大覚寺客殿（正寝殿）の蒔絵帳台構

天皇などの貴人の対面所や御座所の背後面に、柱・框《かまち》・長押を一体化して枠組みとし、その内側に襖をはめ込んだ装置が、帳台構《ちょうだいがまえ》である。後に御殿内の武者隠《むしゃがくし》しの形態に発展したために伝世の事例は少ないが、その希少なものの一つが大覚寺客殿（正寝殿）の蒔絵帳台構である。大覚寺は、南北朝期には北朝（持明院統）に対する南朝（大覚寺統）の拠点となったように、皇室とのゆかりも深い寺院である。大覚寺の主要建造物には、客殿（正寝殿）と宸殿《しんでん》がある。宸殿は、後水尾天皇の中宮となった徳川秀忠の娘の和子（後の東《とう》福門院《ふくもんいん》）の入内《じゅだい》に伴い、元和六年（一六二〇）に造営された御所の女御御殿《にょうごごてん》もしくは宸殿を、寛永期の内裏造営に伴い明正《めいしょう》天皇仮御所常御殿として改造し、貞享三年（一六八六）頃に大覚寺に下賜されたものである。

一方、客殿（正寝殿）は、来歴自体は不明であるが、慶長～寛永期に造営された、他の御殿から移築された建造物である（図76）。蒔絵帳台構は、主室である「御冠《かんむり》の間」の奥半分に一段高く構えられた御座所に、前身の建造物に当初から一体化して作製されたと考えられる部材で構成されている。黒色漆の地塗り部材は、金具の図様と一貫性が高い桐竹文様蒔絵が規則的に合計二七組配置されており、襖は宸殿と同様、狩野山楽《さんらく》筆の山水画《さんすいが》が嵌め込まれている（図77）。部材に残るホゾ穴痕跡から、移築される前の建造物の四本の柱・床框・長押・上部枠取・中央襖桟に一セットとして蒔絵されていたと考えられている。

図76　重要文化財 大覚寺客殿（正寝殿）

漆工史の専門家の灰野昭郎氏によると、この大覚寺帳台構の蒔絵は、天皇を象徴する鳳凰のモチーフをあえて描かず、それ以外の桐竹文様で天皇玉座の存在を表現している。規格性が高く精緻な平蒔絵と絵梨子地、描割・付描技法を有する典型的な高台寺蒔絵であるものの、桐竹文様の図様は、室町期以来の伝統的な蒔絵デザインで

図77　嵯峨蒔絵（正寝殿 御冠の間　帳台構）

描いているため、高台寺蒔絵でも初期、すなわち天正一六年（一五八八）の後陽成《ごようぜい》天皇の聚楽第行幸に伴い、御殿室内の玉座設えとして造られた蒔絵帳台構そのものと推察している。その後、聚楽第の破却に伴い、豊臣期指月伏見城に移築され、最終的に大覚寺に再移築されたと結論付けている。

秀吉が造営した聚楽第自体の建物遺構はほとんど存在が知られていない。灰野氏の説は、大変希少な聚楽第遺構を新たに提示したという点が重要なポイントである。

蒔絵帳台構と行幸御殿

筆者もこの蒔絵の分析調査を行った。少しずつ絵柄のバリエーションは変えているが、一貫性が高い洗練されたデザインであり、すべて金蒔絵粉と金梨子地粉による極めて丁寧な平蒔絵であった。同一工房内でも一人もしくは少人数の熟練蒔絵師による仕事であろう（図78）。

この点は、都久夫須麻神社本殿や高台寺霊屋の蒔絵が銀粉や青金粉中心であり、下描線なども気にせず残っている点とは大きく異なる。まさに、大覚寺客殿（正寝殿）の蒔絵は、天皇玉座の背後に配置される帳台構を荘厳するに相応しい、丁寧な造りの蒔絵装飾といえよう。

しかし、はたして後陽成天皇の聚楽第行幸に伴い、御殿室内の玉座設えとして造られた蒔絵帳台構であったかどうか。実は、筆者は少々別の考え方を持っている。それは、秀吉の指月伏見城御殿に移築された聚楽第の蒔絵装飾の建物部材が、慶長伏見大地震や関ヶ原前哨戦、さらにはその後の何回もの移築を経ても、後世の補修痕跡もなく健全な状態を保ち得て今日まで現存するかという点で疑問が残ったためである。

図78　桐竹文様の嵯峨蒔絵装飾（部分）

大覚寺客殿（正寝殿）が造られた上限は、慶長期、下限は寛永三年（一六二六）前後とされている。この時期には、かつての秀吉の後陽成天皇聚楽第行幸を強く意識して、秀忠・家光が威信をかけた政治的セレモニーとして寛永三年の後水尾天皇の二条城行幸が挙行された。

これに伴い造営されたのが行幸御殿であり、後に、東福門院の女御御殿（後に大覚寺に下賜された現在の宸殿）とともに仙洞御所に移築された。『二条城行幸御殿御絵付御差図』（京都大学所蔵）の屋内平面図には、山楽を含む狩野派の障壁画が配され、特に狩野安信《やすのぶ》筆の帝鑑図《ていかんず》を配した中央主室「御帳台の間《みちょうだいのま》」背面には、天皇玉座を象徴する帳台構が描かれている。

確かに、大覚寺客殿（正寝殿）の帳台構の蒔絵技術は、灰野氏が論拠としたように題材的には古風である。ところが、技術的には桃山文化期の平蒔絵技法としては、大変洗練されており、後世補修もなく保存状態も良好であった。そのため、後水尾天皇の二条城行幸に伴い新規造営された行幸御殿の玉座設えを荘厳する復古調の蒔絵装飾であり、行幸行事終了後に、女御御所の部材と同じ経緯で大覚寺に再度下賜移築されて今日に至った、と理解した方が現実的ではなかろうか。これはあくまでも筆者なりの現段階の推論であるが。

現段階では、大覚寺客殿（正寝殿）の蒔絵帳台構は、秀吉による後陽成天皇の聚楽第行幸に伴い製作されたものか、秀忠・家光による後水尾天皇の二条城行幸に伴い製作されたものか、結論は出ない。しかし、ともに天皇行幸という政治的セレモニーに伴う天下人たちの文化戦略を考える上で、最も丁寧な造りの蒔絵の物的証拠である点は変わりなかろう。その後の大画面を装飾する蒔絵技術はどのようなものであろう。筆者は、日光東照宮社殿の蒔絵扉の科学調査も行った。大覚寺の帳台構と比較する上で参考となるので次に記す。

日光東照宮社殿の蒔絵扉

元和二年（一六一六）に没した家康は、遺言として日光や金地院に自らの霊屋の造営を命じた。ところが秀吉の派手好みとは異なり、家康は「小堂」を希望している。確かに、秀忠が元和三年（一六一七）に大工棟梁の中井正清《なかいまさきよ》を中心に幕府直轄事業として造営した日光東照宮は、比較的簡素な荘厳を有する建物群であった。

図79　日光東照宮社殿の「梅蒔絵扉」（左）「牡丹蒔絵扉」（右）

造営から二〇年後の寛永一三年（一六三六）には、家康を強くリスペクトした三代将軍家光が、徳川将軍家の威光を誇示するためにも、今日のような華麗な姿に大リニューアルした。この寛永造替《ぞうたい》の物的証拠が、日光東照宮社殿内左右両脇に対で取り付けられていた、幅一〇三・三㌢×高さ一八二・〇㌢×厚さ五・五㌢を測る「梅蒔絵扉」と「牡丹蒔絵扉」の二面である（図79）。いずれも黒色漆を地塗りし、基本的には、高蒔絵・付描・切金《きりかね》・蒔暈《まきぼか》し・極付《きめつけ》など、極めて多彩で高度な蒔絵

図80-１　高蒔絵と切金技法

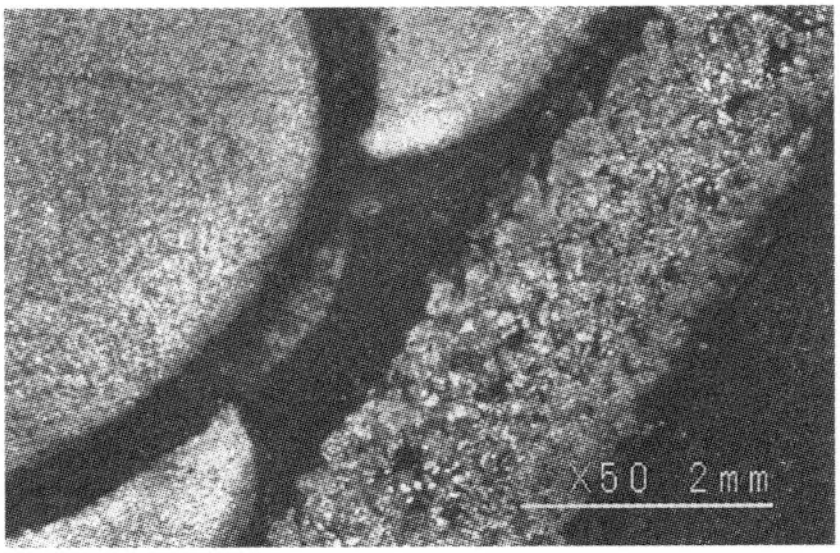

図80-２　金銀高蒔絵と描割技法

技術である（図80-1）。確かに一部には平蒔絵技法も採用されているが、簡便な針描はなく、いずれも丁寧な描割表現であった（図80-2）。すなわち、短時間に大画面を荘厳できる高台寺蒔絵ではなく、平安時代から室町時代の東山文化に至る、日本の蒔絵技術の粋を極めた高度な蒔絵表現が中心の蒔絵扉である。

室内を荘厳する黒と金の系譜

確かに、天下人たちの城郭御殿を荘厳する黒と金の蒔絵の系譜は、信長・秀吉・家康を経て、やがて家光の日光東照宮へと引き継がれた。

日光東照宮の室内を華麗な蒔絵で彩る方法は、高台寺蒔絵のように短時間でシステマティックに大画面を装飾するために考案された新技術である平蒔絵技法や針描技法ではなく、初代家康の権威を孫の家光が誇示するために、極めて熟練した高度なテクニックと時間を要する伝統的な技術・材料を用いた蒔絵で屋内を荘厳していた。

この点を裏付ける内容は、『寛永十二乙羊年　日光山　東照大権現様御造営御目録』（日光東照宮所蔵）にも、宮殿の方立《ほうだて》蒔絵は、幕府御用蒔絵師の幸阿弥家の蒔絵師集団により、「高蒔絵」で「上り龍・下り龍」が描かれ、「金鑢粉《やすりこ》」「金切金」「金梨子地」「金銀露（金銀の極付か）」、一部は「平蒔絵」も併用した材料と技法で蒔絵装飾されたと記録している。いずれにしても、蒔絵扉自体が、徳川将軍家の権威を象徴する、第一級の工芸品と位置づけられたためであろう。

しかし、三代将軍家光以降の御殿や霊廟建築では、拝殿《はいでん》扉や内陣に設置された宮殿扉などの主要部材のみに高度な蒔絵装飾が施され、その他の装飾は、漆箔極彩色が多用されている。外観の見た目の豪華さであれば、漆箔極彩色の方が、蒔絵より手間が省けるためであろう。

戦国の世を駆け抜けた秀吉・家康ら戦国武将たちの豪放磊落《ごうほうらいらく》な桃山気風と、戦乱が落ち着き平和な世となった家光の時代の寛永気風の違いが、蒔絵技術の採用にも反映されている。

彩色木彫のメッセージ

本当は凄いが案外知らない彩色木彫

高校日本史の教科書では、桃山文化を象徴する共通のキーワードとして、天下人たちの「城郭建築」を荘厳した「障壁（障屏）画」と「欄間彫刻」を挙げている。このうちの金碧障壁（障屏）画は「工芸・絵画編」でも触れたが、狩野永徳や長谷川等伯ら、桃山文化を代表するビッグアーティストが率いた絵師集団による「大画様式」の濃絵が有名である。

一方、「欄間彫刻」とは、建物の鴨居の上に通風や採光のために施された透かし彫りの彫刻のことである。天下人たちが活躍した時代の城郭御殿や霊廟建築には、欄間彫刻だけではなく、木彫を板面に貼り付けた壁や扉も残されている。壁一面に彫刻を貼り付ける文化はこの時代から始まるのである。「大坂城図屏風」の極楽橋唐門には、破風《はふ》正面に極彩

図81　「豊国祭礼図屏風」に描かれた豊国社社殿（豊国神社所蔵）

色の木彫が描かれており、慶長九年（一六〇七）の秀吉七回忌の様子を描いた狩野内膳《ないぜん》の「豊国祭《ほうこくさい》礼図屏風《れいずびょうぶ》」や、岩佐又兵衛《いわさまたべえ》の「舟木本　洛中洛外図屏風」の豊国社にも、透塀《すきべい》や本殿壁面に極彩色の木彫が嵌められている（図81）。ところが私たちは、「金碧障壁（障屏）画」に比較して、彩色欄間や貼付木彫についてはどのような工人が制作に関わり、どのような画工が彩色を担当したかなど、知らないことが多い。

本節では、慶長年間に造営された城郭御殿や唐門に嵌められた、彩色木彫を取り上げる。これらを調査することで、色彩や配色のみならず、彩色を担当した画工の姿もみえてきた。

また、彩色木彫をみた場合、ついインパクトのある極彩色の「色」に眼がいってしまうが、木彫の形状を計測保存するための三次元計測をして、その画像を立体化することで、表面だけでは気づかない細部表現も観察することができる。その結果天下人たちが木彫に込めた文化戦略としての題材のメッセージも読み取ることができた。本節では、このような彩色木彫の魅力をみていこう。

秀吉期大坂城の彩色木彫

前節で詳しく述べたように、豊臣期大坂城の極楽橋は、慶長期に京都の豊国社を経て、宝厳寺唐門・観音堂と都久夫須麻神社本殿身舎として移築されたため、現在まで残っている。

この都久夫須麻神社本殿身舎の正面桟唐戸内・外面や壁面全体には、極彩色で荘厳された彫刻が貼られた黒漆板が嵌められている（図82）。これらの木彫のデザインは、観音堂の黒漆板壁や宝厳寺唐門の正面扉両面の黒漆板に貼り付けされた彩色彫刻の牡丹唐草と類似した図様が多い（図83）。このことが、宝厳寺唐門・観音堂・都久夫須麻神社本殿身舎の三者が一体であった証拠の一つとされる理由でもある。

図82　都久夫須麻神社本殿身舎の彩色木彫

また、彫刻ではないが宝厳寺と都久夫須麻神社を繋ぐ渡廊の腰長押には、繋《つなぎ》図様の凹凸の痕跡があるとともに、虹《こう》梁《りょう》や棟木《むなぎ》文の所々に、赤・青・緑・

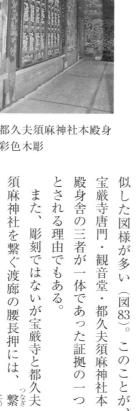

図83　宝厳寺唐門正面扉の彩色木彫

白・黒などの彩色痕跡がわずかながらみられる。筆者の拡大観察と可搬型蛍光X線分析装置による科学調査では、棟木支の木地直上は朱彩色、その上層は群青彩色であった。朱も群青も、高価で貴重な顔料である。あえて、群青彩色の下塗りに朱彩色を行うとは、いかに裕福な豊臣家といえども考えづらい。ということは、下層の朱彩色は豊臣期大坂城の極楽橋時代、上層の群青彩色は豊国社の極楽門時代に改めて塗り直した、という考えも成り立とう。

平成〜令和期修理では、都久夫須麻神社本殿彩色木彫の多くは屋内であり、傷みが少なかったため、伝統的な膠材料を用いた剝落止めの現状維持修理が行われた。一方、宝厳寺唐門・観音堂に取り付けられた外部の彩色木彫は、長年の紫外線劣化や風雨による痛みが著しかったため、貴重な桃山文化期の木彫の部材保護と荘厳再現を目的とした全面的な塗装彩色の新規塗り直し修理が行われた。筆者らの分析調査と彩色復元技術者の目視観察の結果を総合して、秀吉自慢の大坂城極楽橋の豪壮華麗な往年の姿が琵琶湖畔上に蘇った。

宝厳寺唐門の科学調査でわかったこと

唐門正面の唐破風《からはふ》には、豪放で大胆（ダイナミック）な桃山気風をストレートに体現した貴重な彩色木彫が配されているが、長年の劣化で木地も、その上の彩色も傷んでいた。

彩色修理に先立ち、筆者らは、中央正面の蟇股《かえるまた》枠にわずかに残る緑色彩色を拡大観察と可搬型蛍光X線分析装置を使って調査したが、昭和期修理の際に彩色された近代の人造顔料であるエメラルドグリーンの下に、群青顔料の痕跡が確認された。群青顔料の下は木地に塗られた下地の胡粉《ごふん》であった（図84）。このことから、唐門正面で最も目立つ唐破風の中央正面の蟇股枠の色彩は、当初は貴重で高価な群青顔料による青色彩色であったが、昭和期修理の目視観察の際に黒ずんでいたために深緑色と誤認され、エメラルドグリーンの古色塗り彩色が施されたようである。

図84　宝厳寺唐門中央正面の蟇股枠に残る彩色材料

今回明らかになった調査結果をもとに、平成期修理では、中央正面の蟇股枠には鮮やかな群青顔料、周囲に彫られた葉の葉脈や先端には金箔を配した彩色復元が実施された（図85）。この唐門は、秀吉期の大坂城本丸へア

図85　平成期修理後の唐門正面

プローチする極楽橋入口正面の唐門であった。その最も目立つ上部中央に貴重で華やかな群青色を配色し、その両側には災難を防ぐというメッセージを持つ、めでたい「金鶏《きんけい》・銀鶏《ぎんけい》」のデザインを両面透かし彫りした極彩色欄間が配置されている。訪問する者が先ず眼にする正面門の荘厳。そこには単なる装飾に留まらない、みるものを圧倒する迫力がある。天下人秀吉の大坂城の荘厳、かくあるべしである。

瑞巌寺本堂室内の彩色欄間木彫

宮城県宮城郡松島町に所在する瑞《ずい》巌《がん》寺《じ》を造営した伊達政宗は、秀吉・家康ら天下人たちより一世代若く、まして天下人ではない。しかし彼の眼は他の戦国武将たちとは異なる先見性で海外に向いており、この指向性は天下人に相通じるものがある。さらに、この時代の彩色木彫のほとんどは建物が移築されたために、かろうじて現存するものであるが、慶長一四年（一六〇九）に伊達家の菩提寺として再興完成された瑞巌寺本堂の彩色木彫は、正宗の造営当初そのままの場所で現存する。当時の桃山気風がダイレクトに感じられる数少ない歴史の証言者である国宝の建造物であるため、本書では取り上げることとする。

　本堂内は、伊達家御用絵師として、仙台城《せんだいじょう》本丸御殿大広間や松島観瀾亭《かんらんてい》などの襖絵《ふすまえ》を手掛けた狩野派の佐久間修理《さくましゅり》（狩野左京）、長谷川派の長谷川等胤《とういん》らによる金碧障壁（障屏）画や水墨画、杉戸《すぎと》絵で荘厳されている。このうちの佐久間修理（一五八一～一六五八）は、苗字が「佐久間」とあるように、尾張以来の信長重臣の戦国武将である佐久間一族の流れを汲む家系である。なんと、伊達政宗に従って大坂の陣にも参陣した武将画家でもある。一方、長谷川等伯の高弟である長谷川等胤は、幕府剣術指南役の柳生《やぎゅう》但馬守宗矩《たじまのかみむねのり》と親交が深かったため、幕府御用として香取神社の彩色も担当したことが知られている。

図86　瑞巌寺本堂室内

　本堂室内と南広縁の間を仕切る壁面板戸上部には、彩色欄間が十四面配されており、本堂「室中孔雀の間」入口中央と南広縁の間の桟唐戸《さんからと》は彩色木彫で埋め尽くされている（図86）。
　この木彫は、彫刻の達人として知られる「左甚《ひだりじん》五郎《ごろう》」のモデルの一人とされる紀州出身で幕府作事方《さくじがた》棟梁の鶴《つる》刑部《おさかべ》左衛門《さえもん》国次《くにつぐ》が手掛けたとされている。国次は、紀州根来《ねごろ》出身の幕府作事方大棟梁の平内大隅守正勝《へいのうちおおすみのかみまさかつ》の弟子であり、師匠の正勝は、寛永寺厳有院《げんゆういん》霊廟や狩野孝信《たかのぶ》下絵の彫物を手掛けるなど、徳川将軍家の御用絵師の狩野派とも関係が深い。

瑞巌寺彫刻の彩色を手掛けた人物は

この欄間彫刻の平成期修理中に、枠部材の下面や側面に「京より罷下申候て此さいしき仕候　長谷川等風（胤）内小寺長兵衛」、「元和七年五月廿七日　長谷川等風（胤）内小寺長兵衛此さいしき仕候」、「元和七年二月廿七日　青木清右衛門尉　松本源蔵　舟田休作　両三名　是を細色也」などの墨書が発見された。このことから、この欄間彫刻の彩色作業には、長谷川派の画工がわざわざ京都から参画していたことがわかった。一方、本堂の大斗《だいと》や化粧頭には繧繝《うんげん》彩色がなされているが、その部材からは「奥州白川之住人□□堂道八人（中略）元和七年□廿日」、「元和七年四月十八日書之也　出羽最上山形住人多田満七□」、「出羽最上山形ゑかき多田与左衛門尉」など東北出身の画工名の墨書が発見された。木彫彩色は長谷川派、部材彩色は東北出身の画工が分担して行っていたようである。

私たちは、桃山文化を牽引した狩野派や長谷川派といえば、美術史の分野では金碧障壁（障屏）画や、水墨画などを描いた平面の絵師集団というイメージで捉えている。ところが、凹凸のある三次元画面においても長谷川派工房の画工が大きく関わっていたことが確認されたのである。ちなみに、探幽以下の狩野派画工も、日光東照宮の木彫彩色を担当している。

欄間彫刻に彩色を施すには、二次元画面への作画とは異なる膠材料の使い方や、欄間木彫は下から見上げる目線となるので、水平の視点とは異なる効果的な配色が必要とされる。事実、欄間の鳳凰の羽毛などの緑青と群青配色は、水平目線でみたときは違和感があり不自然であるが、これを見上げた時に貴重な群青彩色がワンポイントで目立つような配色が緻密に計算されており、そのような配慮が木彫全体の装飾性を高めている。

確かに、彼らのクライアントは、天下人や、それに列する戦国乱世を生き抜いた名だたる武将・公家・大社寺であり、その城郭や方丈御殿などが主たる仕事場である。今の大手ゼネコン会社と同じように、絵画制作部門だけでなく彫刻の彩色部門も多角的に抱えていたことは、考えてみれば当然であろう。この状況を、瑞巌寺本堂の彩色木彫で発見された墨書銘文は、明確に示してくれている。

図87　瑞巌寺本堂の鳳凰欄間

瑞巌寺本堂の欄間彫刻の当初は白木？

本堂室内に掲げられた欄間彫刻について、慶長一六年（一六一一）に瑞巌寺を訪れた、スペイン人のセバスチャン・ビスカノイは、「寺は木造なれど彫刻等甚《はなは》だ精巧」と『金《きん》銀島《ぎんとう》探検報告』に記している。このことから瑞巌寺本堂室内の欄間は、本堂が落慶《らっけい》完成した慶長一四年（一六〇九）以降の、少なくとも二年以内には出来上がっていたことがわかる。ところが、木彫の彩色作業は、平成期修理で発見された紀年銘墨書から、元和六～七年（一六二一～二二）に施工されたことが判明しており、一〇年以上のタイムラグがある。

本堂の中央桟唐戸左右長押上には、迫力ある「桐と降臨鳳凰」と「桐と飛翔鳳凰」図様の、両面透彫欄間の彩色木彫が対を成して配されている（図87）。降臨鳳凰の腹部は、木地直上にまず粗い墨《すみ》線のみが入り、その上に、黄土彩色と繊細な墨線がなされていた。また、飛翔鳳凰の眼球には、木地直上にまず胡粉で白目を表現して中央に墨で黒目を入れ、その上に新たに金箔押をして眼球に墨入れした痕跡があった。このことから、本堂内の欄間は、慶長当初は簡単な墨線のみの白木の状態であり、後に彩色されたようである。
これは、彩色を行う画工が忙しすぎて、ギリギリまで手が回らなかったためであろうか。それとも伊達政宗の御成りを前に、急遽、極彩色されたものであろうか。このように、彩色木彫の魅力は、単に眺めるのでなく、じっくりと観察することで、さまざまな歴史のメッセージを私たちに伝えてくれることである。

彩色欄間彫刻の画題を楽しむ

天下人たちの、城郭御殿を荘厳する室内の障壁（障屏）画には、花鳥《かちょう》画《が》や中国故事の皇帝・賢人、さらには竹虎や松鷹・松鶴・桐と鳳凰など、さまざまな画題が採用されていた。

『信長公記』には、安土城天主内の障壁（障屏）画の画題も克明に記されている。四層目東の「桐に鳳凰」が描かれた八畳間の次の間には「俗事を聞いた許由《きょゆう》が潁川《えいせん》で耳を洗い、それで穢《けが》れた潁川を避けて巣父《そうほ》が牛を曳《ひ》いて引き返す図。二人の生まれ故郷のように描かれている」と太田牛一《おおたぎゅういち》が説明した「許由巣父図《きよゆうそうほず》」が描かれている。信長が、狩野永徳一門に中国故事やインパクトのある画題を描かせた背景には、信長の強いメッセージ性と、自らを荘厳する意味合いが強かったのであろう。比叡山《ひえいざん》焼き討ちや伊勢長島一向一揆《いせながしまいっこういっき》の根絶やしなど、数々の旧勢力に対して強い武力で対峙した信長と、俗世間での栄達や高い位を嫌う中国古代の伝説上の理想の高士をモチーフとした画題。双方かなり異なるイメージであるため、意外と思うのは筆者だけであろうか。

一方、後に徳川家光が大リニューアルした日光東照宮の彩色欄間木彫には、「眠り猫」や「三猿」、陽明門に掲げられた中国故事の画題など、為政者の心構えと人生に対するメッセージが掲げられている。さらに、瑞巌寺本堂でも、中央の間である「室中孔雀の間」入口上の左右欄間には、最も格式が高い「桐と鳳凰」の画題が配されている。さらにその左右の部屋のうち、伊達家一門詰所である文王の間の入口には、空襲で焼失してしまった名古屋城本丸御殿と同じ「諫鼓《かんこ》の鶏」の画題も彫刻されており、「眠り猫」にも通じる、為政者に求められる儒学的理念のメッセージが込められている。

豊臣と徳川、欄間彫刻の異なるメッセージ

宝巌寺観音堂の正面長押上には、両面透彫の「朝鮮鹿と紅葉」図様の彩色欄間が嵌められている（図88－1）。同じ慶長期に製作された瑞巌寺本堂にも「鹿と紅葉」の彩色欄間があるが、両者の鹿には大きな違いがある。瑞巌寺の鹿は、従来の日本鹿。宝巌寺の鹿には牙が生えており、雄鹿の角の形は日本鹿と異なる。この欄間を三次元計測して作図したのが図88－2である。これをよく観察すると、牙の存在と角の形が日本鹿と異なるのがよくわかる。朝鮮半島や中国などの大陸に生息する「キバノロ」と呼ばれる朝鮮鹿の特徴である。

宝巌寺観音堂の前身である大坂城極楽橋の建物部材の装飾に、大陸との関係を強く意識

させる朝鮮鹿の彫刻が掲げられた意味は何であろう。やがて豊臣家衰退のきっかけとなる朝鮮侵略を推し進めた秀吉は、このようなところにも、朝鮮や中国などの大陸を強く意識（大陸の文化好き？）したのであろうか。

一方、京都市左京区一乗寺《いちじょうじ》に所在する曹洞宗《そうとうしゅう》寺院の詩仙堂《しせんどう》（六六山詩仙堂丈山寺《じょうざんじ》）には、徳川期伏見城御殿のものという伝承がある彩色欄間彫刻が一点残されている（図89）。親が子に厳しく当たって子育てする「獅子の子落とし」の故事がモチーフである。詩仙堂は、寛永一八年（一六四一）に、徳川家の家臣であった石川丈山《いしかわじょうざん》（一五八三〜一六七二）が五九歳の時、隠居所として造営した「凸凹窠《おうとつか》」と称せられる山荘庵である。ここに、徳川期伏見城御殿の欄間木彫が存在する理由は、石

図88-１　宝厳寺観音堂の「朝鮮鹿と紅葉」彩色欄間

図88-２　同３Ｄ画像（凸版印刷作成・宝厳寺画像提供）

図89　伝徳川期伏見城御殿の彩色欄間（詩仙堂所蔵）

川丈山が慶長二〇年（一六一五）の「大坂夏の陣」まで一貫して徳川家譜代《ふだい》家臣として仕官しており、徳川将軍家との深い関係があったためであろう。

この「獅子の子落とし」図様の欄間取り外し部材は、扇《おうぎ》型の枠組みのなかに、両面彫の親獅子・子獅子・土《ど》坡《は》・松葉と枝の木彫が組み込まれている。桃山文化期の彩色欄間木彫の特徴である大胆で豪放な彫の構図とともに、随所に金箔や金泥《きんでい》線を多用する極彩色の痕跡が確認された。徳川期伏見城の作事であれば、狩野派画工が彩色を担ったのであろう。「獅子の子落とし」の、厳しい子育てをイメージした図様の欄間木彫が、徳川三代にわたり将軍宣下を受けた徳川期伏見城御殿室内に掲げられたと考えると、なかなか意味深な感も受けるが、いかがであろう。

天下人たちと渡り合った本願寺の唐門

城郭御殿ではないが、戦国期から江戸初期の激動の時代を反映した建造物の一つに、漆塗装と鍍金金具とともに、彩色木彫で荘厳された西本願寺の唐門がある（図90）。この国宝の唐門の大きな特徴は、慶長期の造営当初に取り付けられた木彫と、元和～寛永期に現在の対面所大玄関正面に移築した時点に新たに取り付けられた木彫、すなわち、祖父の家康時代と孫の家光時代の彫刻が、一つの門のなかで混在している点である。そこには、この唐門の成り立ちと役割が反映されている。これを読み解くには、信長・秀吉・家康の天下人たちとしたたかに渡り合った一向宗門徒の総本山であった本願寺の歴史が大きく関係する。

図90　西本願寺唐門

まず、一向宗門徒を率いて信長に長年にわたって対峙した大坂（石山）本願寺宗主の顕如《けんにょ》は、天正八年（一五八〇）に正親町《おおぎまち》天皇の仲介で大坂の地を離れた。その後、顕如は、天下人となった秀吉と良好な関係を築いたおかげで、天正一九年（一五九一）

図91　孔雀木彫の３Ｄ画像（凸版印刷作成・西本願寺画像提供）

に京都堀川《ほりかわ》七条の地に本拠地を再興するが、翌年に顕如が亡くなる。

顕如の次男の准如《じゅんにょ》が宗主を継いだ本願寺（慶長七年〈一六〇二〉に長男の教如《きょうにょ》が宗主となる東本願寺《ひがしほんがんじ》が家康の斡旋で分派したため、以後、西本願寺と称す）は、慶長一六年（一六一一）から、御影堂《ごえいどう》・阿弥陀堂《あみだどう》・鐘堂・内御門・四脚の外御門・橋などの新規造営を開始した。

寛文九年（一六六九）に西光寺《さいこうじ》祐俊《ゆうしゅん》が『法流故実《こじつ》条々秘録』を編纂しているが、そのなかで、唐門に関して記した「慶長十六辛亥期高祖聖人三百五十年忌日次之記」がある。そこには、「扉ノ上ノ彫物孔雀彩色ナリ　今（寛文九年時点）台所《だいどころ》門之方ニアル門是成」と記した門と、「扉ノ上ノ彫物ハ竹ニ虎也　彩色無之ケヤキ木地也」と記した門、すなわち二つの門が造営当初には存在したようである。ところが元和三年（一六一七）の火災で多くの建物が被災して灰燼に帰してしまう。幸い「前ノ御影前ノ通リニ御座候唐門」は焼け残ったため、翌年に現在の場所に移築された。ちなみに、慶長造営時の記述にもある「孔雀」の彩色彫刻は、確かに現在の唐門正面扉虹梁上の蟇股に現存している（図91）。

孔雀・麒麟・許由巣父図―唐門の持つメッセージ

昭和五五年（一九八〇）の『国宝本願寺唐門修理工事報告書』は、唐門の彩色木彫に関して、造営当初と、移築後の分類を記している。それによると、慶長期当初のものは、唐門正面の「孔雀」とその両脇に嵌められた「松に竹」の両面透彫欄間、推測としながらも側面頭貫上にある「竹に虎（慶長期に造営されたもう一つの門からの移築も想定）」、虹梁上に対で配された合計四頭のうちの二頭の「麒麟《きりん》」（図92）、さらには扉格間貼付の「牡丹唐草」の片面透彫などである。対して、元和～寛永期の移築以降のものは、正面扉や唐破風下の「牡丹唐獅子」、虹梁上の新規とする二頭の「麒麟」、腰欄間の「仙人譚《せんにんたん》」四面、扉格間貼付の表裏一六体の「唐獅子」の彩色彫刻、であるとしている。

すなわち、慶長期当初の唐門は、仏堂正面門であるため、扉上のメインの位置には、仏教では邪気を払う象徴である「孔雀」や、平和の時代に現れるという想像上の霊獣である「麒麟」を配して、そのメッセージとしていた。その他の彫刻は、装飾として一般的に当時用いられていた、牡丹唐草や

図92　麒麟木彫の３Ｄ画像（凸版印刷作成・西本願寺画像提供）

図93　「許由巣父図」の彩色木彫

松竹の植物文様や、竹に虎などの図様であったとしている。

一方、元和の火災以降は、唐門自体が、大玄関と宗主対面所である書院御殿正面の「御成門」として位置付けられたため、見場でもインパクトが強い「牡丹唐獅子」や、メッセージ性がある画題の「仙人譚」彫刻などで荘厳したのではないかと推察している。

確かに、改めて唐門の彩色彫刻をみると、宗主御座所である御殿側から見える門の内側には、俗世欲を嫌う中国古代の伝説上の理想の高士を描いた「許由巣父図」(図93)、一般門徒が目にする門の外側には、何ごとを成すにも謙虚・精進と、我慢・勇気が必要と説く、「張《ちょう》良《りょう》」と黄石公《こうせきこう》」のモチーフの両面彫の彩色木彫が配されている。

一見、見過ごしてしまいがちな唐門の彩色木彫の華麗な極彩色の中に、宗主側には、俗世欲を忌み嫌う自制の姿勢を、一般門徒側には、生きる上で大切な人生の指針を指し示す、それぞれに向けた強いメッセージが込められていることが伝わってくる。

とりわけ、この唐門が造られた慶長期から寛永期へと至る時代背景を考えると、平和の象徴でもあり信長が花押デザインのモチーフとした「麒麟」と、安土城天主の画題の一つとした「許由巣父図」の存在。戦国乱世でしのぎを削った信長と本願寺双方が、同じモチーフをそれぞれ掲げている。戦国乱世を生きた人々の、共通の真の思いとメッセージを感じるのは筆者だけであろうか。

天下人たちが彩色木彫に託したメッセージと文化戦略

本節では、「金碧障壁（障屏）画」に比較して、認知度が低いと思われる「欄間彫刻」を取り上げた。桃山～寛永文化期の彩色木彫は、伝説の左甚五郎の名前くらいは一般にも知られているが、基本的な実態には不明な点が多く、美術史研究においても、同じ木彫である仏像や近代彫刻に比較して、先行研究は徹底的に少ない現状がある。筆者も、時折、二条城二の丸御殿を訪ねるが、常に観光客の方の目線は、御殿室内の狩野探幽《たんゆう》はじめとする狩野派絵師工房による金碧障壁（障屏）画であり、彩色欄間はほぼスルーであった。

このような状況のなか、筆者も関わった瑞巌寺本堂の欄間彫刻の彩色調査では、長谷川派工房の画工が京都から派遣されたことが墨書から確認された。今後、美術史研究の一分野として、障壁（障屛）画と同様、木彫の彩色箇所にも注目する必要があろう。

さらに、本書がテーマとする天下人たちの文化戦略という視点からみても、彼らの城郭御殿や菩提寺などの寺院の建造物に掲げた彩色木彫には、権威の象徴とともに、実に多くの為政者としてのあるべき理想の姿とメッセージが込められていることに気づかされた。

秀吉は、城郭御殿の正面入口である唐門などに、漆箔木彫による権威の象徴である五七桐紋や菊紋、邪気を払う縁起の良い霊鳥の金鶏や銀鶏などの極彩色木彫を配している。

さらに国内の戦乱が収まった寛永期には、三代将軍家光による日光東照宮造替工事が行われ、建物には「眠り猫」や「麒麟」「唐子《からこ》遊び」などの中国故事の彩色木彫を配置し、そこに徳川将軍家として目指すべき平和の姿を提示している。天下人たちと対峙した一向宗門徒の総本山であった本願寺の唐門も、麒麟や中国故事など、信長が掲げたメッセージと相通じるものがあり、建物の木彫は彼らの文化戦略をアピールする場として興味が尽きない。

赤色の塗装材料から探る社寺再建

豊臣家のホームグランド京都七条

さて、いよいよ本書の最終節である。ここまでは、天下人たちが権威の象徴として造営した大規模な城郭御殿を荘厳した黒と金・極彩色の木彫などを取り上げてきた。いずれも、戦国乱世を生き抜いた彼らの気風と富と権力を強く印象づける、豪壮・華麗なビジュアルを重視した建造物群。これぞ「桃山文化」といった姿である。

ここでは少し視点を変えて、秀吉による天下統一以降、国内騒乱が落ち着きつつあった慶長〜寛永期に豊臣家・徳川家それぞれが社寺造営と再建を手掛けた建造物の赤色の塗装材料について取り上げる。

筆者はこれまで平等院鳳凰堂など、大規模な社寺建築で多くみられる赤色の塗装材料の基礎研究を行ってきた。本節では、豊臣家が造営や再建に関わった方広寺や三十三間《さんじゅうさんげん》堂《どう》・金峯山寺《きんぶせんじ》蔵王堂《ざおうどう》・石山寺《いしやまでら》本堂などと、徳川家が造営や再建に関わった日光東照宮・二荒山《ふたらさん》神社・輪王寺三仏堂《りんのうじさんぶつどう》の日光二社一寺建造物群・浅草寺《せんそうじ》二天門・比叡山延暦寺《えんりゃくじ》根本中《こんぽんちゅう》堂《どう》・増上寺台徳院《ぞうじょうじたいとくいん》二天門・同有章院《ゆうしょういん》二天門・仁和寺《にんなじ》中門などの造営当初の赤色の塗装材料を取り上げる。分析調査の結果、豊臣家と徳川家がそれぞれ造営と再建に関わった建造物ごとの使用顔料の違いが明確となった。この違いの背景からは、それぞれの天下人たちの文化戦略の違いが垣間みえてくる。

さて、豊臣家を継いだ秀頼とその生母の淀殿らは、力を誇示する城郭御殿というよりは、むしろ、北野天満宮《きたのてんまんぐう》社殿・東寺《とうじ》金堂・相国寺《しょうこくじ》法堂《はっとう》・醍醐寺金堂・石清水《いわしみず》八幡宮社殿・石山寺本堂など、数多くの有力社寺建築の造営や再建に深く関わった。

その豊臣家が、秀吉・秀頼ともに心血を注いだ寺院が、方広寺である。この場所には、平安末期に平 清盛《たいらのきよもり》が後白河《ごしらかわ》院のために造営した蓮華王院《れんげおういん》本堂（以下、通称名である三十三間堂と呼ぶ）や、後白河院の住まいであった法住寺殿《ほうじゅうじどの》などがあった。秀吉は、これらを南門・西大門を新設した上で太閤塀と呼ばれる土塀でぐるりと囲み、方広寺の境内に取り込んだ。その後、秀頼・淀殿により秀吉を祀った豊国社も造営された。そのため京都東山七条の地は、豊臣家ゆかりの聖地・ホームグランドともいわれている。

豊臣家が造営した方広寺大仏殿

方広寺の歴史は、秀吉が天正一六年（一五八八）に、大仏造営を開始したことに始まる。為政者たちによる災害や疫病・飢饉除けのための大仏建造は、奈良・鎌倉に前例がある。彼が、京都七条に新たな大仏を造ろうとした背景には、現代と同様、地殻変動期による地震の頻発がある。秀吉が、特に東大寺大仏より巨大な大仏建造を計画したことは、豊臣政権の安寧とともに、庶民の生活安寧をも願った、為政者（天下人）としてのポリシーを感じさせる。

ところが、大仏殿造営中に、秀吉自慢の指月伏見城をも崩壊させた慶長伏見大地震（一五九六年）が発生する。大仏殿は崩壊を免れたものの、全高一九《メートル》を測る表面漆箔で木造乾漆造《かんしつぞう》の大仏は、大きな被害を受けた。地震鎮護のための大仏が、こともあろうか自ら崩壊。秀吉が激怒して、壊れた大仏に矢を射かけたというエピソードもある。

その後、秀頼が再建立を目指した大仏は、金銅製の鋳造大仏であったが、慶長七年（一六〇二）の鋳造中の失火により、秀吉期の大仏殿とともに焼失する。その一〇年後の慶長一七年（一六一二）、方広寺大仏殿はようやく完成した。ところが、新たに鋳造した梵鐘に刻印した「国家安康、君臣豊楽」の銘文が豊臣家滅亡のきっかけとなるなど、方広寺は幾多の歴史の舞台となる。

その後、寛文二年（一六六二）の地震損壊と寛文七年（一六六七）の再建を経て、畿内

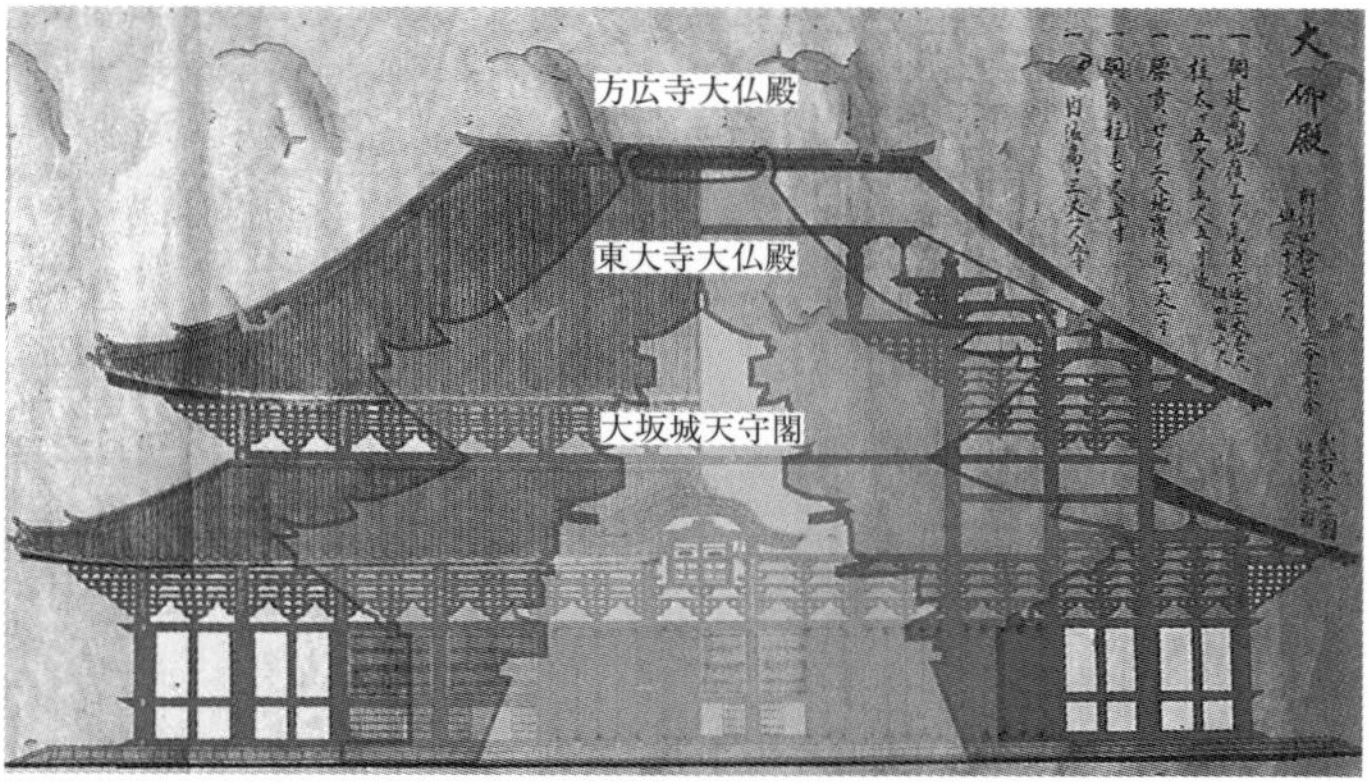

図94　中井家文書の方広寺大仏殿と他の建物との大きさ比較（京都市埋蔵文化財研究所提供）

には、奈良の東大寺大仏と京都の方広寺大仏、二つの大仏殿と大仏が存在したのである（図94）。

しかし、京都の大仏殿は寛政一〇年（一七九八）に落雷で焼失したため、往年の威容は「洛中洛外図屏風」「豊国祭礼図」などの絵画史料や、残存している巨大石垣に偲ぶのみである（図95）。

方広寺大仏殿の部材塗装

方広寺大仏殿の造営を指揮した中井家の『方広寺大仏殿の図』には、南北四五間二尺七寸（約八八メートル）×東西二七間六尺三寸（約五四メートル）×高さ二五間（約四九メートル）を測る東大寺大仏殿を凌ぐ巨大な木造建造物である設計図が描かれており、部材は赤色に塗られていた。

そのなかで近年、数回にわたり、京都市埋蔵文化財研究所による旧方広寺境内の発掘調査が実施され、境内の具体的な実体が徐々に解明されるようになってきた。特に、廃棄土坑のなかから、通常より大ぶりのため「大仏瓦」と呼ばれる、豊臣家ゆかりの桐文様がある軒平瓦のなかに、赤色塗料の痕跡がみられる瓦が一点出土した（図96）。この赤色は、大仏殿の屋根に瓦を葺いた後に、木部の部材塗装を行った際に付着した塗料の痕跡であろう。さらに赤色顔料の小塊片も多数出土した。

この時代の「洛中洛外図屏風」や、秀吉七回忌をイベントとした様子を題材とした「豊

図95　旧方広寺石垣

図96　方広寺跡出土の赤色顔料が付着した軒平瓦（大仏瓦）（京都市埋蔵文化財研究所所蔵）

図97　「豊国祭礼図屏風」に描かれた方広寺の様子（豊国神社所蔵）

国祭礼図屏風」には、いずれも、大仏殿とそれを取り囲む門や回廊の部材が赤色に塗装された様子で描かれている（図97）。発掘調査で出土した赤色顔料は、いずれも方広寺建物の外観塗装の実体を知ることができる貴重な「物的証拠」の一つであるといえよう。

三十三間堂の部材塗装

三十三間堂の現在の姿は、一見白木であるようにみえる。しかし、狩野永徳の「上杉本　洛中洛外図屏風」などでも描かれているように、実際に注意深くみると、今でも軒先や巻斗《まきと》部分に、赤色顔料の痕跡がみられる（図98）。

この点に関連して、三十三間堂の昭和期修理の際、現存扉の八双《はっそう》金具の一部に天正二〇年（一五九二）の墨書銘が発見された。このことから、秀吉による方広寺大仏殿の造営工事と並行して、境内に取り込んだ三十三間堂の外部の塗装修理を含むリニューアル工事も実施され、八双金具や長押《なげし》の六葉《ろくよう》金具などの飾金具も取り替えられたことがわかった。

図98　「上杉本　洛中洛外図屏風」に描かれた三十三間堂の様子（米沢市上杉博物館所蔵）

さらに、昭和五〜一〇年（一九三〇〜三五）の昭和期修理の際に、三十三間堂内部の千体仏《せんたいぶつ》が居並ぶ正面側の部材には、極楽浄土を表すため、極彩色の模様が施されている痕跡が確認された。その一方で、背面廊下側の部材は黒ずんだ白木のままであると思われていた。ところが、筆者による建造物内部の部材塗装に関する現地調査では、天正期に取り替えられたと考えられる六葉金具が装着された腰長押部材の金具の下に、赤色顔料のわずかな痕跡を検出することができた（図99）。

その後、三十三間堂外観上部の組物《くみもの》箇所には、令和元年（二〇一九）に実施された文化庁の「文化観光充実のための国指定等文化財磨き上げ事業（美観同上整備）」による塗装修理が実施された。筆者は、先の六葉金具の下の赤色顔料とともに、この補助事業の際に、現地で目視観察された新旧の赤色の塗装材料の顔料分析も実施した。

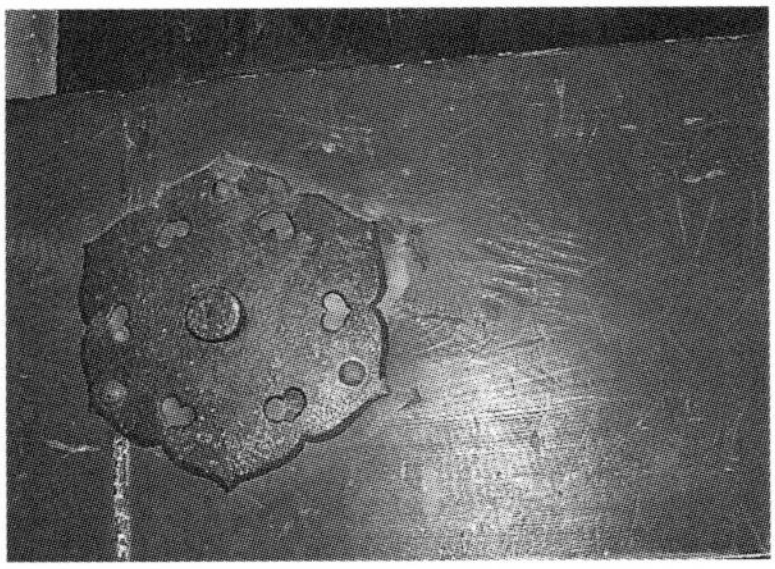

図99　三十三間堂背面外陣金具下の赤色塗装痕跡

豊臣家施工の再建社寺の部材塗装

秀吉によって方広寺大仏殿造営や三十三間堂の天正期修理が行われた近い時期には吉野山金峯山寺蔵王堂の再建工事が、後の慶長期には秀頼や淀殿による石山寺本堂などの再建が行われている。

金峯山寺は、寺伝によると白鳳年間に役《えんの》小角《おずぬ》が蔵王《ざおう》権現《ごんげん》を体得し、これを祀ったことに始まるとされる。平安時代初期には吉野修験の根本堂として蔵王堂ができ、その後、『御堂関白記《みどうかんぱくき》』にも記されているように、寛弘四年（一〇〇四）の藤原道長による金峯山詣など、皇室や貴族の信仰を集めた。さらに、吉野山は、源《みなもとの》頼朝《よりとも》に追われた義経《よしつね》が一時身を寄せ、南北朝時代には都を追われた後醍《ごだい》醐《ご》天皇が南朝の拠点とするなど、たびたび歴史の舞台に登場する。国宝の金峯山寺蔵王堂は、天正一四年（一五八六）に一旦焼失したが、天正二〇年（一五九二）に秀吉の弟の秀長が再建している（図100）。その直後の文禄三年（一五九四）には、イベント好きの天下人秀吉による「吉野の花見」が開かれたことでも有名である。その後の慶長一九年（一六一四）には、南光坊天海《なんこうぼうてんかい》が中興初代の金峯山寺学頭に就任し、その後は天台宗《てんだいしゅう》寺院として幕府の庇護を受けたようである。

明治時代以降は、神仏分離令に伴う廃仏毀釈の荒廃もあったが、大正五～一三年（一九一六～二四）にかけての部材取替や塗装修理を伴う大規模な大正期修理と、昭和五五～五九年（一九八〇～八四）の檜皮葺替などの昭和期修理が実施された。令和三年（二〇二一）、筆者らはこの蔵王堂の赤色塗装の調査を行った。その結果、再建期当初部材と考えられる建造物内部の柱材と、外部の斗栱《ときょう》や肘木部材に当初期と考えられる旧塗装と、大正期に取替えられた部材の新規塗装の少なくとも新旧二種類の異なる赤色の塗装材料を確認した。

図100　金峯山寺蔵王堂

一方、滋賀県に所在する国宝の石山寺本堂の創建期は永長元年（一〇九六）であるが、『石山要記』が「当伽藍者、江州北郡浅井備前守息女　亜相秀頼母公、為二世安楽建立也、本堂ハ大仏殿建立の残材を以て建者也」と記すように、慶長七年（一六〇二）に、秀頼および淀殿によって、方広寺大仏殿の残部材を使用して一連の本堂外陣部分の増築などの改修工事が行われている。昭和三六年（一九六一）に行われた石山寺本堂解体修理の報告書によると、石山寺本堂は、慶長期修理に際して比較的大きな改修が行われ、今日確認される外観塗装の赤色顔料は、基本的にはこの時期のものが多く残存していると考えられており、筆者はこれらの赤色の塗装材料の顔料分析も実施した。

赤色顔料のさまざま

ところで、伝統的な赤色顔料の種類は、大きく分けると三種類ある。一つは、水銀と硫黄《いおう》の化合物である朱顔料。これは、辰砂《しんしゃ》と呼ばれる天然朱と、人造朱である水銀朱がある。もう一つは、酸化鉛系の鉛丹《えんたん》である。これも天然と人造のものがある。そして、本節が対象としているのが、酸化鉄系の赤色顔料のベンガラである。ベンガラ顔料こそ、ラスコーやアルタミラの洞窟壁画など、人類が最も古くから使用しており、日本でも古代寺院や宮殿建物の赤色の部材塗装として広く使用されてきた。

筆者の基礎研究では、同じベンガラ顔料でも、原材料や製法の違いにより、いくつかの種類があり、それぞれの時代や目的に応じて使い分けられたことがわかっている。

桃山文化期までの建造物で使われたベンガラの種類はそのうちの四種類。これを簡単にまとめると、次のようになる。

①「赤土《あかつち》ベンガラ」：古文書では「代赭《たいしゃ》」もしくは「赤土《あかつち》」、「土朱《としゅ》」と記している。天然赤鉄鉱の鉱石を採取して、これを磨り潰した上で水簸《すいひ》（水で濾《こ》して不純物を取り除くとともに、顔料の粒を均一に揃える作業）→乾燥させて作る、天然鉱物の顔料である。日本国内では、良質な天然赤鉄鉱の鉱山は案外少なく、有名な産地は青森県の「赤根沢《あかねさわ》の赤土」と呼ばれた天然赤鉄鉱である。いずれにしても、良質な赤土ベンガラは希少であるため、平安宮朝堂院《ちょうどういん》などの主要な宮殿建造物に使用は限定されていたようである。なお、近世以降の赤土ベンガラには、漢方の医薬品として、長崎交易を通じて中国から輸入されたものも存在していた。

②「丹土《につち》ベンガラ」：鉄分を多く含む黄色の土もしくは粘土を原材料とし、これを加熱→粉砕→水簸して作る。古文書では「丹土《につち》」と呼んでいる。基本が土や粘土であるため、夾雑物《きょうざつぶつ》が多く、赤色はそれほど鮮やかではないが、古来より大きな伽藍建造物の外部塗装用には、大量生産が可能であるため一般的に使われてきた。

③「パイプ状ベンガラ」：鉄分の純度が高い鉄バクテリアを原材料としている。田んぼの水路の底などに、黄色い水垢のような沈殿物が溜まっている状況を眼にすることがあるが、これが鉄バクテリアの集合体である。顕微鏡で見ると、外径一ミクロン（一〇〇〇分の一ミリ）程

度の、定型化した円筒状の形が観察できる。この形から文化財科学の分野では、「パイプ状ベンガラ」と呼んでいる。採取量は少ないが、これを焼くと赤土ベンガラに次ぐ良質な赤色のベンガラとなり、国宝元興寺《がんごうじ》五重小塔《ごじゅうのしょうとう》など、小面積の部材塗装で使われていた。

④「赤泥《あかどろ》ベンガラ」：『豊後風土記《ぶんごふどき》』が「赤湯泉（あかゆ）」の赤泥を建物の柱に塗装したと記すように、温泉沈殿物の細かい赤泥を原材料としており、これを加熱→水簸する手間をかけて精製すると赤色顔料となる。ところが古文書では登場するものの、地域限定のためか、筆者はこれを使用した物的証拠は未だ確認していない。

補足だが、江戸時代以降には、色絵磁器や漆器《しっき》に使用する「ローハベンガラ」、ベンガラ格子《こうし》の名称で知られるような町家の塗装では一般的となる「鉄丹《てったん》ベンガラ」、現代の「工業ベンガラ」など、全く新しい製法の人造ベンガラも登場する。

豊臣家施工の塗装材料は量産の丹土ベンガラ

筆者による蛍光X線分析では、方広寺跡出土瓦付着の赤色顔料、同出土赤色顔料小塊片、三十三間堂内部背面金具下および外部肘木と斗栱部材、石山寺本堂外部柱上部、金峯山寺蔵王堂内部柱上部および外部肘木と斗栱部材の塗装材料は、鉄の成分が強く検出されたため、いずれもベンガラ顔料であることがまずわかった。しかし、先ほど記したようにベンガラにはさまざまな種類がある。電子顕微鏡を用いてこれら顔料の粒の形を三万倍に拡大して観察すると、夾雑物が多いためか不定形であった。さらに、X線回折分析という鉱物の種類を同定する方法では、天然赤鉄鉱の鉱物物質である酸化第二鉄はほとんど検出されなかった。これは、鉄分が多い黄土を原材料とした「丹土ベンガラ」の特徴である。

丹土ベンガラはやや赤褐色であるため、赤い色は他のベンガラ顔料よりやや劣る。ところが、大量生産が可能であるため、短時間に大量の需要に応えるには、量産可能な丹土ベンガラを採用していたことは理に適っている。

実は、他のベンガラに比較して品質に劣るとされる丹土ベンガラも、加熱とその後の水簸を丹念に行えば、比較的良質な酸化第二鉄を主成分としたベンガラ顔料となり得る。しかし、これまで調査した豊臣家施工の社寺建築の丹土ベンガラでは、作製過程の最終段階の安定物質である酸化第二鉄の含有量は極めて微量しか検出されなかった。このことは、ベンガラの生産作業自体は中途半端な状態にあったともいえる。短期間に大量の塗装材料が求められた顔料生産現場では、このように、作業がやや不十分な丹土ベンガラであっても、それなりの赤い色が獲得されるため、塗装材料に供したのであろう。

ここで取り上げた赤色顔料は、いずれも天正期から慶長期といった豊臣政権主導による大規模な建物の造営・再建や修理が、最も活発に行われた時代の塗装材料である。

方広寺大仏殿造営と一括でリニューアルの塗装工事が行われた三十三間堂、秀長再建の金峯山寺蔵王堂、秀頼と淀殿が再建に関わった石山寺本堂など、いずれも豊臣家が施工に関わった大規模社寺建築には、部材や塗装材料の調達など、職人工房集団の共通性も含め、何らかの関連性があることが想定される。

徳川家施工の塗装材料は希少な赤土ベンガラ

一方、秀吉の後を継いだ徳川将軍家のうち、特に三代将軍家光は、家康をリスペクトして行った、家康の霊廟である日光東照宮の大リニューアル造替工事のみならず、徳川将軍家の京都政治の拠点である二条城整備などを、寛永年間に行っている。併せて、比叡山根本中堂・清水寺本堂・知恩院講堂・仁和寺五重塔や中門・石清水八幡宮本殿・浅草寺二天門・増上寺台徳院霊廟・上野東照宮社殿など、多くの大規模社寺建築や霊廟建築の造営・再建を行っている。この点は、秀頼および淀殿との事業と似た活動を取っている。それでは、ここで使用された部材の赤色の塗装材料はどのようなものであろう。

筆者は、日光東照宮・二荒山神社本殿・輪王寺三仏堂・増上寺有章院霊廟二天門・増上寺台徳院霊廟二天門・浅草寺二天門・比叡山根本中堂・仁和寺中門など、三代将軍家光が寛永期造営・再建に関わった大規模社寺建築や霊廟建築の、赤色の塗装材料の調査も実施した。その結果、いずれも天然鉱物のベンガラ顔料、すなわち筆者が分類する最も品質の高い赤根沢の「赤土ベンガラ」が選択的に使用されていた。

前記したように、日本国内では、原材料となる赤い色味と物質的な安定性がよい天然赤鉄鉱の鉱山は案外少ない。一七世紀前期頃の寛永年間以降は、津軽《つがる》藩から江戸幕府への献上品となっており、幕府は、これを日光東照宮の造替工事や、増上寺台徳院、江戸城紅葉山などの徳川将軍家関係の霊廟建築の「土朱塗《としゆぬり》」の材料として使用しており、幕府直営事業として調達されたことが、文献史料にも記録されており、この記述が分析調査で確認された。

豊臣・徳川それぞれの文化戦略

桃山文化期は、日本の建築史上、最も建築業界が多忙な時代でもあった。天下人たちは、自らの権力の象徴としてビジュアル面を重視した大規模な城郭御殿の築城・造営ばかりでなく、一族の安寧とともに、為政者として広く一般の人々の安らかな生活を願った社寺の造営や再建修理も数多く手掛けた。そこで調達する物資の数々は、その数量の膨大さとともに、突貫工事作業の状況をも物語る重要な「物的証拠」の一つにも位置づけられよう。

そのなかで、豊臣家が大規模社寺建築の赤色の塗装材料とした丹土ベンガラは、平等院鳳凰堂や興福寺《こうふくじ》など、古来より社寺建築の塗装材料として広く使用された一般的な赤色顔料である。このことから、豊臣家は単に手を抜いた施工を行ったのではないことがわかる。まだ天下泰平に不安がある豊臣家の人々の心を反映して多くの仏堂再建を行ったことは、結果として多くの庶民の支持を集めることにもつながったのであろう。この点は、秀吉七回忌の豊国祭礼イベントを題材とした『豊国祭礼図屏風』に描かれた庶民の熱気を帯びた盛り上がりからも感じられる。秀吉をはじめとする豊臣人気の反映であろう。

莫大な豊臣家の資産を目減りさせんがために家康が大規模社寺建築の造営や再建を促した、とよくいわれるが、これは「ずる賢く陰湿な狸《たぬき》おやじ＝家康」といった徳川将軍家へのネガティブキャンペーンの一環として、近代以降に創設されたイメージであろう。秀吉の死から一七年間、関ケ原の戦いから一五年間、豊臣家が存続していることを考えると、社寺造営や再建計画は、秀頼・淀殿に家康も交えた豊臣・徳川の利害が一致した文化戦略の一つであり、天変地異に対する人々の精神的安寧の象徴でもあったとも考えられる。

一方、少し世の中が落ち着いた寛永年間には、三代将軍家光も同じような考えのもと、徳川家の威信と人心掌握を兼ねた多くの仏堂再建を行っている。ここでは、希少な赤土ベンガラを一元的に津軽藩から献上を受けて赤色の塗装材料としていた。

いずれにしても、二代の短命であった豊臣政権は一般的で量産タイプの「丹土ベンガラ」、一五代の長命で盤石であった徳川政権は希少な「赤土ベンガラ」。両者思いは同じでも、時代と政治基盤の違いが如実に現れた「文化戦略」を象徴するモノ＝物的証拠といえよう。

天下人たちはいかにして文化の力で泰平の世を目指したか――エピローグ

歴史を知る・歴史から学ぶ

私たちは、なぜ歴史を学ぶのであろう。歴史学とは、先人たちが、それぞれの時間＝時代と空間＝地域・土地のもとで、いかに立振舞って生きたかを考える学問分野である。確かに数々の歴史的な出来事からは、さまざまな偶然性＝もしそうならなかったら全く異なる歴史をたどったのではないか？というifの世界を空想する楽しさ、群像劇としての人間ドラマの数々＝どの人物に魅力を感じるか？　もし自分がその時代に生きたらどう生きるか？　を空想する等々、誰でも時空を超えたバーチャルイメージのあれこれを楽しむことができる。また、過去に存在した数々の古代文明の盛衰史を知ることや、知られざる歴史の真実？　とも称される背景を探ることも、知的好奇心を掻《か》き立てる歴史のロマンであろう。

しかしこのような楽しみ以上に、歴史を学ぶことには大きな意味がある。それは、「歴史は繰り返す」という言葉が表すように、過去の歴史の動きは、今後我々が生きる上で何らかの指標・ヒントを与えてくれるということである。

天下人たちの桃山文化を読み解く

私たちは、天下人たちの気風とそれを取り巻く時代背景が育んだ文化を「桃山文化」と称している。文化史的にみると、この文化は、大規模で豪壮・絢爛豪華な城郭御殿《じょうかくごてん》の登場や斬新な桃山茶陶《ももやまちゃとう》で彩られた茶の湯文化、さらには海外にも眼が向いた「南蛮趣味《なんばん》」も取り入れた、新鮮味あふれるインパクトがある日本文化というイメージが強い。

本書で筆者は、戦国乱世を勝ち抜いてその頂点に立ったことから天下人と称される信《のぶ》長《なが》・秀吉《ひでよし》・家康《いえやす》や、それを取り巻く有力武将たちが、豊かな経済力をバックに、国内・海外の資源と科学技術の知識、さらにはシステマティックなモノづくりの方法を結集した「文化」の力で他を圧倒しつつ、一般庶民の人心掌握をも意識して平和裏に権力を得ようとした戦略を「文化戦略」と表現した。すなわち、政権を獲得する大目的のために、武力や権謀術数の政治交渉ではなく、彼らが知り得た当時の最先端の文化と技術の力をいかに活用したかに注目したのである。これを知るヒントになるものが、モノ＝物的証拠の文化財資料である。この物言わぬ歴史の証言者たちを、筆者が専門とする保存修復科学のサイエンスの目線でみると、そこからは実にさまざまなリアルな姿がみえてきた。

武器・武具

鉄砲伝来《てっぽうでんらい》に端を発して戦いの形態が様変わりし、それに即応するように当《とう》世具足《せいぐそく》や斬新なデザインの変わり兜《かぶと》などが登場した。長篠合戦《ながしのかっせん》に象徴されるように、鉄砲運用に長《た》けた信長が、ドラマチックな最期を遂げた「本能寺《ほんのうじ》の変《へん》」の現場においても、鉄砲玉の痕跡が筆者らの調査で確認された。これらの分析調査を通じて、当時の彼らは、鉛材料の調達を含めてかなり先端的な技術を意識していたことがわかった。特に、あえて鉛より希少な錫《すず》を鉛と混ぜて鉄砲玉にするメリットは、経済的には不利であるものの、融点が低くなるため造り易いこと、さらには、命中した場合には瞬時に相手の抵抗能力を奪う「射貫玉《いぬきだま》」としての武器効果、すなわち短期戦には有効であることは注目に値する。

信長の後を継いだ秀吉、さらには大名たちの当世具足には、斬新な肉肌色塗装を施しているものも登場する。調査の結果、この肌色塗装には、ヨーロッパから導入されたキリスト宗教画の油彩画技法の応用が想定された。本書では取り上げなかったが、日光東照宮《にっこうとうしょうぐう》に伝世している徳川家康所有の「南蛮具足《なんばんぐそく》」は、実際に献上された西洋甲冑を当世具足にアレンジして造られていることが知られている。

一方、武具そのものではないが、この時代に登場する襟《えり》が立った「陣羽織《じんばおり》」は、ポルトガル語からの外来語でもある西洋衣服のカッパやマントをアレンジしたもの。その染織《せんしょく》裂《きれ》には、東南アジア交易を通じた中国製絹刺繍裂や、北方（山丹《さんたん》）交易（中国内モンゴル地区→アムール川中・下流域→樺太《からふと》→北海道蝦夷地《えぞち》→日本国内）ルートを通じた中国明《みん》・清《しん》朝の宮廷服裂である山丹錦《さんたんにしき》（蝦夷錦《えぞにしき》）の刺繍裂など、船来品を使用したものも多い。筆者らは、一宮市博物館保管仁王胴具足の籠手《こて》裂と、秀吉所有の陣羽織である「菊桐紋卍字《きくきりもんまんじ》繋《つな》ぎに牡丹文様胴服《ぼたんもんようどうふく》」に、東南アジア交易で輸入されたと考えられる類似した刺繍絹緞子裂が用いられていることも確認した。当時の天下人たちの海外趣味の一端が垣間みえる一事例である。

いずれにしても、彼らは戦場という武力が他を制する場においても、当時、最先端の海外文化と材料を入手し、それを知らなかった地方大名・武将らを斬新な武具のビジュアル面でも圧倒することで、精神的な優位に立つ戦略を遺憾なく発揮した。このことからも、彼らが、単に奇抜で派手好きな性格というばかりではなく、内向きで保守的なモノの見方よりは、冷静に大局を見て、絶えず世界に眼を向けたグローバルな視点を有していたことがよくわかる。この発想は、派手好きな「伊達《だて》モノ」といわれつつ、支倉常長《はせくらつねなが》らの遣欧使《けんおうし》節《せつ》を組織した奥州の雄、伊達政宗《だてまさむね》にも相通じるものであろう。

工芸・絵画

それまで禅宗《ぜんしゅう》の仏教儀式や武家のたしなみ（教養）の一つであった「茶の湯」文化は、桃山文化を彩る一つとして、やがて政治・ビジネスの交渉舞台となった。確かに、今日に至る茶の湯文化は、室町幕府八代将軍の足利義政《あしかがよしまさ》がプロデュースした東山文化の影響が大きい。

しかし、これは応仁《おうにん》の乱《らん》に代表される政治の混乱に眼を背けた結果とされる。それと真逆に、茶の湯文化を文化戦略として積極的に活用したのが信長と秀吉である。そして、この時代の茶の湯文化の物的証拠は、「桃山茶陶」や「初期京焼」をはじめとする国産陶磁の数々である。これらの作陶技術は、中国の技術導入や、秀吉による「唐入り《からいり》」、すなわち朝鮮出兵の副産物として朝鮮半島の陶工《とうこう》が九州大名によって日本に迎えられたことも契機となった。この状況は、桃山茶陶を代表する「唐津《からつ》」の作陶、やがては有田《ありた》や薩摩《さつま》の磁器生産へとつながる。

その一方で、陶器生産の先進地域であった瀬戸《せと》・美濃《みの》などでは、従来の作陶技法である長石釉《ちょうせきゆう》による斬新な織部《おりべ》・志野《しの》・黄瀬戸《きせと》などの「桃山茶陶」の量産化が始まり、京都市中でも販売された。なかでも織部のプロトタイプは、中国の作陶技術を取り入れた鉛釉《なまりゆう》による「初期京焼《きょうやき》」に求められそうである。その点からも、天下人たちの海外の技術の導入という文化戦略の一端が垣間みえる。

さて、桃山文化を象徴する海外とのつながりが顕著に見えるモノ＝物的証拠の一つに、イエズス会やフランシスコ修道会《しゅうどうかい》から派遣された絵師《えし》の指導のもとで学んだ日本人画工による、キリスト宗教画制作から始まった初期洋風画がある。これらには、油絵具を塗り重ね彩色する西洋油彩画技法と伝統的な膠《にかわ》彩色の日本画技法が一つの絵画面に共存する、ハイブリッド技法の事例もあり、この点は、前記した南蛮具足にも通じる柔軟なモノづくりの考え方である。イエズス会などは、信長をはじめとする戦国武将への贈呈品として西洋絵画を献上したという文献記録もあるが、やがて狩野派の画工にもキリスト教を信仰する絵師が出て、禁教令以降は宗教画が描けない分、南蛮趣味を好む有力大名たちのために南蛮武将像や風俗画を数多く手掛けたようである。

一方、秀吉が造った御土居《おどい》の堀跡から出土した「根来塗《ねごろぬり》」の朱漆器についても言及した。これらの樹種を詳しくみると、中世旧勢力の大規模社寺ネットワークが天下人たちとの戦いのなかで一旦瓦解し、形を替えて幕藩体制下で再構築される姿もみえてきた。

建造物

信長・秀吉・家康も、さらには三代将軍の徳川家光《とくがわいえみつ》も、黒と金、極彩色《ごくさいしき》で彩った絢爛豪華な城郭建築や霊廟《れいびょう》建築を造営し、自分たちの富と技術・文化力を誇示することで、相手の対抗心を挫いて泰平の世を招いていった。彼らは大画様式の大胆な構図と極彩色・金箔で仕上げた絢爛豪華な装飾で荘厳された建物室内を背にして鎮座し、それを目の当たりにした諸大名や公家衆・豪商・宗教関係者らは、そのビジュアル面に圧倒されたことを、ヨーロッパの宣教師も記録している。

天下人たちの大規模城郭御殿を彼らの権威の象徴として、金箔瓦・漆箔塗装・高台寺蒔絵《こうだいじまきえ》と称される平蒔絵《ひらまきえ》技法などで荘厳して、ビジュアル的に他を圧倒する文化戦略が可能となった背後には、突貫作業を担った職人たちの苦労があり、それがモノ＝物的証拠から如実にみて取れる。大画様式の金碧障壁《きんぺきしょうへき》（障屏《しょうへい》）画の制作と同様、蒔絵においても、短時間に大画面を効率的に、さらには見た目の豪華さほどにはコストをかけずに生み出すことができる技術と工房システムが確立されたからこそ可能となったのであろう。

その一方で、建造物を彩る彩色木彫には、邪気を払う孔雀《くじゃく》や平和の象徴の麒麟《きりん》、さらには中国故事などには、為政者としての泰平の世を願い、自らの慢心を戒める強いメッセージ性もみて取れる。まさに文化力を駆使することで、天下泰平と治世安寧を願うという姿勢が、天下人たち（為政者）の人心掌握術としての戦略だったのであろう。

また、自らの威信を示す目的が強かった絢爛豪華な城郭御殿とは異なり、地震などの自然災害による社会不安を神仏の御加護で解消する、すなわち人心掌握の側面も強かった大規模社寺の新規造営・再建事業では、それらの建造物に塗られた赤色顔料《がんりょう》を詳しく調査することで、豊臣家・徳川家それぞれの為政者たちの物資調達に関する実態もみえてきた。

以上のように、本書の目的である物言わぬ歴史の証言者（モノ＝物的証拠）の文化財資料を科学（サイエンス）の視点からみると、天下人たちの文化戦略のさまざまな姿が浮かび上がってくる。

歴史が伝えてくれる「平和＝戦争のない時代」とは

歴史は繰り返すという。本書をまとめている二〇二二年、世界は一〇〇年前に発生したスペイン風邪流行以来となるコロナ禍《か》の影響を被り、私たちの生活や社会は大きく痛んだ。スペイン風邪の流行した時代には、日本でもマスク・手洗いなどの予防医療的な行動が推奨された。そして、悲惨な近代戦となった第一次世界大戦の収束が早まる一つのきっかけとなったことも併せて私たちは知っている。

そして同じ二〇二二年には、第二次世界大戦におけるナチスドイツの大国論理をまるで再現するかのような、ロシアの武力による一方的なウクライナ進撃という混乱が勃発した。そこには、まさに何が正義か悪かもわからない、相手を屈服させるためには核兵器をも見据えた武力行使が最善であるという力の論理がまかり通ろうとしている。筆者にとっても、まさかあの東日本大震災に伴う福島第一原発被災地域（双葉・大熊・富岡町内）の「被災文化財等レスキュー活動」における放射線物質除染クリーニング作業が再び必要とされるかもしれないとは、思ってもいなかった。

秀吉による一方的な「唐入り」の朝鮮侵略は、朝鮮半島の人たちにとっても、動員された諸大名の兵員や税徴収に苦しむ一般庶民にとっても、まさにウクライナ問題と類似した事例といえよう。ただし、少なくとも天下人となった秀吉をはじめ、動員された武将や商人たち日本側の人々の心の根底には、中国文化や朝鮮半島の人々に対する作陶技術をはじめとする文化力への強い憧れと彼らへの尊敬の念がみて取れることは、唯一の救いである。

本書が本題とする「文化史」のジャンルにおける「文化戦略」とは、現代世界で声高に叫ばれる核抑止力といった人命を奪う兵器を使う武力ではなく、文化力そのもので平和を構築するという考え方である。

本題からは少し離れるが、筆者は旧ソ連が崩壊する直前の一九九一年の夏、ゴルバチョフ大統領のペレストロイカ政策に対する日本の文化支援の一環として、中国・モンゴルと国境を接するアルタイ山脈のウコック高原において、スキタイ騎馬民族の氷結古墳の発掘調査に保存修復科学の協力メンバーとして参加した経験がある。

一日の発掘作業が終わったキャンプ地の夕食後、焚火を囲んで一緒に作業を行った、当時は旧ソ連の大学生たちから、「今のソ連は経済的にも破綻して国の元気が全くなくなっている。日本は第二次世界大戦の敗戦の焼け野原から見事に立ち直った。そのサムライスピリッツを学びたい」という切実かつ実直な声を聴いた。確かに、当時の日本はまさにバブル崩壊直前ではあったが、世界でアメリカに次ぐ経済大国となっていた。その繁栄を根底で支えたものは、軍事力ではなく、高度経済成長期に培われた日本人のよき資質とされる実直さ・勤勉さに裏付けられた「モノづくりの精神」であった。この精神こそが、時と地域を超えて世界に誇れる日本の「文化力」、もしくは本書のタイトルである「文化戦略」といえよう。

ところがそのロシアという国家は、旧ソ連崩壊から三〇年経った今、国家としての力を誇示するために、あくまでも武力でロシアの文化・歴史のルーツの一つでもあったウクライナを侵略している。個々人と国家の思いの違い。これも歴史の皮肉であろうか。

天下人たちの文化戦略が教えてくれるもの

天下人たちの文化戦略とは、豊かな経済力に裏付けられた軍事力のみならず、自分たちの現状を冷静かつ俯瞰《ふかん》的にみつめて、グローバルな視点から、ヨーロッパや中国・朝鮮半島・東南アジアの文化や科学技術、さらには茶の湯などの伝統的な文化をも積極的に活用した「戦わずして平和裏に勝つ」戦略である。

これを可能にした背景は、時には為政者たちの無茶な要求に対して、常に新しい技術の導入と材料調達を図りつつ、柔軟かつ効率的な組織と作業システムを構築した職人集団による「モノづくり精神」の賜物《たまもの》でもある。

第二次世界大戦直後の一九四五年一一月一六日に起草され、翌年一一月四日に発効されたユネスコ憲章に基づきユネスコ（United Nations Educational, Scientific and Cultural Organization＝頭文字を取ってU.N.E.S.C.O＝国際連合教育科学文化機関）が創設された。その創設理念であるユネスコ憲章とは、戦争は人の心のなかで生まれるものであるから、人の心のなかに平和の砦《とりで》を築かなければならない。そのためには、①偏らない教育、②正しく科学技術は使う、③文化、特に異文化を尊重することが大切と説く。

今の時代にこそ、泰平の世を目指す為政者たちが取るべき姿の指針として、ユネスコ憲章の言う②と③とも関連する天下人たちの文化戦略の思考性は、日本文化が世界に誇れる歴史的な一つの事例なのかもしれない。そのようなことを考えつつ本書の筆を擱《お》く。

あとがき

本書は、タイトルにも掲げるように、戦国乱世が終わりを告げ、江戸幕府による幕藩体制が確立して天下泰平の世を迎えるまでの、桃山文化〜寛永文化に至る時代の文化史的なさまざまな事例をサイエンスの眼から紐解いてみた。その結果、信長・秀吉・家康らの天下人たちや、彼らを取り巻く大名たちの、武力ではなく、文化の力を遺憾なく活用して「戦わずして勝つ」という人心掌握術の文化戦略で天下を目指したリアルな姿が見えてきた。このような文化戦略が生まれた桃山文化期は、日本史上で最も豪壮華麗でポジティブな文化期の一つとされる。これは、戦国乱世を智慧と才覚で乗り切った武将や海外交易に乗り出した豪商らの気風をダイレクトに反映している文化であることが大きい。そのため、この時代は日本史のなかでもファンが多く、そのためか彼らの活躍を取り上げた歴史小説やテレビドラマ・映画は常に人気が高い。

桃山文化を引き継ぐ寛永文化は、桃山文化が精緻に洗練された姿とされるが、これは戦国騒乱のなかを生き抜いた初代・二代目とは異なり、孫の代にあたることが関係しよう。これは会社や商店の創業者と三代目の気風の違い、いつの時代でも似たようなものかもしれない。

さて私事ではあるが、筆者は父の仕事の関係で信長・秀吉・家康を「郷土三大英傑」として親しむ名古屋市生まれ。一方、母方の里が姫路であるため、姫路城も大変身近な存在であった。そのため、「天と地と」「国盗り物語」などの戦国〜桃山絵巻を描いたNHK大河ドラマを通して日本史好きとなり、結局は現在の職業につながったことも何かの縁であろう。

ただし、考古学や美術史、文献史学などの歴史学の王道を専門というより、ややニッチな分野である保存修復科学という分野を選び今日に至っている。このきっかけは、祖父・父・叔父をはじめ、大学教員や医者が多い家系で育ち、子供心に博士や学者というものが比較的身近であったことにある。当時は、テレビ漫画（今日のアニメ）や怪獣映画が真っ盛り。そこに登場する古生物や海洋生物の博士や学者は何となくかっこいい存在であった。その後、海つながりで沈船の財宝発見やエジプトの古代文明、さらには大河ドラマなどの影響で歴史の分野に興味をもった。ただし父からは、ただ好きなだけでは学者にはなれない。なれるのは、①独創的な閃き《ひらめ》（学問的な勘が鋭いこと）、②経験、③運の三つがある人間である。おまえは少なくとも①はどうみてもなさそうだといわれ、小学校高学年になっていた筆者はかなりへこんだ。しょんぼりする息子の姿に、さすがに言い過ぎたとでも思ったのだろうか。しばらくして、「ただし人はいくら学問的な勘がなくても、独創的な閃きがなくとも、一つのことをブレずに十年間ちゃんとやり続ければそれなりにはなる。どうしても人はその時々の目立つ方（トレンド）に目を奪われて、一つのことを愚直にはできないものだ」と②の経験に関するアドバイスをもらった。数年前に父は他界したが、このことは今でも強く印象に残っている。確かに一見て十を知る頭の良い人。十を見て一しか理解できない筆者のような者。勘の鋭い人に比較して百倍努力してようやく同じ場には立てる計算である。ただ、なんとなく歴史好きなだけの筆者でも、学問経験ではなく人とは異なる現場経験なら、幸い身体が丈夫で健康だけは取柄。今風でいえば実学（実務家研究者）なら何とかなるかもしれない。ただし有能な人たちがひしめく王道を正攻法で攻めるのではなく、人があまり目を向けないニッチな分野（隙間産業？）を狙うしかないかとも思った。

今になって考えると、文化財の保存修復科学の分野に必要な素養は、対象となる文化財自体を理解するための歴史的な基礎知識、同時に歴史の証言者を取り扱うための化学・地学・生物・物理などの理科系の基礎知識の双方が最低限必要である。まさに文理融合のボーダーレスの分野。正直、まともに勝負したらハードルは結構高いのではあるが、あまり深くものを考えない筆者がそれに気がつくのはかなり後であった。

幸い、筆者が大学を卒業する頃は、一九八〇~九〇年代のバブル期とも呼ばれた日本経済が最も元気な時代。東京・名古屋・京都・大阪をはじめとする都市部再開発に伴う考古学調査も盛んとなり、そのなかではまさにニッチな分野である保存修復科学の世界も活況を呈していた。偶然とはいえ大学卒業と同時にファーストジョブとして、そのど真ん中にあった元興寺文化財研究所の保存科学センターに勤めることとなり、多くの保存修復の現場と文化財科学調査の経験を踏ませていただいた。その後、縁あって勤めることとなった国立文化財機構東京文化財研究所の保存修復科学センターにおいても、ちょうど平成~令和期の文化財建造物の修理時期に当たっており、瑞巌寺本堂・都久夫須麻《つくぶすま》神社本殿・宝厳《ほうごん》寺《じ》唐門・日光東照宮陽明門・清水寺・比叡山延暦寺根本中堂・平等院鳳凰堂・嚴島神社社殿などの塗装彩色修理案件、さらには京都市内の桃山文化期から寛永文化期の遺跡出土資料の保存修復科学的な調査にも関わらせていただいた。

このような仕事は、信長と対峙した一向衆門徒ゆかりの西本願寺学寮を起源とする龍谷大学に職場を移動してからも続いている。まさに今考えたら、今の自分があるのは③の運のみ。誠にありがたいのは、それぞれの職場で人品が優れた上司・同僚・後輩、今では学生諸君に巡り合い、さらに仕事で多くの方から常に良い経験と刺激を頂いている。感謝である。

本書は、このような「運」という御縁による多くの偶然と人との出会いによって成り立っている。とりわけ本書の調査でお世話になった文化庁文化財部文化資源活用課・文化財建造物保存技術協会・日光社寺文化財保存会・京都府教育庁指導部文化財保護課・京都市文化市民局文化財保護課・京都市埋蔵文化財研究所・京都市考古資料館・滋賀県文化スポーツ部文化財保護課・東近江市教育委員会・和歌山県文化財センター・千代田区教育委員会・一宮市博物館・高知城歴史博物館・日本二十六聖人記念館・南蛮文化館・姫路城管理事務所・彦根城管理事務所・徳川記念財団・鍋島報效会《なべしまほうこうかい》（徴古館）・明治大学理工学部をはじめとする多くの機関の方々には改めて謝意を表する。さらに、大覚寺・醍醐寺・金地院・妙法院・金峯山寺・書写山圓教寺・豊国神社・西本願寺をはじめとする多くの社寺の皆様にも改めて調査の労を取って頂いたことに感謝申し上げる（なお、あまりにも多くの方にお世話になったため、個人名は割愛させて頂きます）。

さらにこのような筆者の調査に対して、暖かい励ましを下さった故山崎一雄先生と、元職場上司としてお世話になった故浅野清所長、増澤文武先生、馬淵久夫先生、故亀井伸雄所長、三浦定俊先生、さらには現職場の入澤崇学長には改めて本書の刊行を報告してお礼を述べたい。このようなすべての出来事と人との出会いに心から感謝しつつ、今、秀吉・家康・秀忠そして家光らが天下を目指して文化戦略を実践した伏見城と関連大名屋敷群があった桃山町鍋島・同松平筑前の地で本書の「あとがき」を記している。

最後に、本書をまとめるにあたり労を厭わず適切なアドバイスをくださった吉川弘文館編集部の若山嘉秀氏・高木宏平氏には心からのお礼を申し上げます。

令和四年十月

北野信彦

参考文献

「本能寺の変」の現場

米沢市上杉文化振興財団『国宝 上杉本 洛中洛外図屛風』米沢市上杉博物館（二〇〇一）
宇田川武久『鉄砲と戦国合戦』吉川弘文館（二〇〇二）
平尾政幸『平安京左京四条二坊十四町跡 京都市埋蔵文化財研究所発掘調査概報二〇〇三―五』京都市埋蔵文化財研究所（二〇〇三）
谷口克広『検証 本能寺の変』吉川弘文館（二〇〇七）
平尾政幸『平安京左京四条二坊十五町跡・本能寺城跡 京都市埋蔵文化財研究所発掘調査概報二〇〇七―一一』京都市埋蔵文化財研究所（二〇〇八）
山本雅和「平安京左京四条二坊十五町跡・本能寺城跡」『京都市内遺跡発掘調査報告 平成一九年度』京都市文化市民局（二〇〇八ａ）
家崎孝治『本能寺城跡―平安京左京四条二坊十五町―』古代文化調査会（二〇一二）
太田牛一著、中川太古訳『現代語訳 信長公記』新人物文庫 ＫＡＤＯＫＡＷＡ（二〇一三）
平山優『検証 長篠合戦』吉川弘文館（二〇一四）
北野信彦「附編 本能寺跡出土壁土の分析調査」『令和元年度 京都市埋蔵文化財出土遺物文化財指定準備業務報告書 本能寺跡出土品』京都市文化市民局（二〇二〇）

塗装にみる文化戦略―秀吉の仁王胴具足

ルイス・フロイス著、柳谷武夫訳『日本史 3』平凡社（一九六六）
木曽川町史編集委員会編「第二章 中世」『木曽川町史』木曽川町（一九八一）
ルイス・フロイス著、松田毅一・川崎桃太訳『完訳 フロイス日本史 5 豊臣秀吉篇Ⅱ』中央公論新社（二〇〇〇）
ホルベイン工業技術部編『絵具の科学』中央公論美術出版（一九九四）
京都文化博物館編『豊太閤没後四〇〇年記念 秀吉と京都―豊国神社社宝展』豊太閤四百年祭奉賛会 豊国会 豊国神社（一九九八）
西岡文夫「所蔵品紹介一三 二領の具足 青漆塗萌黄糸威二枚胴具足」『徴古館報』第一三号、鍋島報效会（二〇〇七）
北野信彦・本多貴之「仁王胴具足にみられる桃山文化期の一塗装技術―一宮市博物館保管仁王胴具足を例として―」『保存科学』第五三号、東京文化財研究所（二〇一四）
北野信彦・本多貴之・吉田直人「青漆塗萌黄糸威二枚胴具足における塗装材料・技術の調査」『二〇一四年度文化財における伝統材料及び技術に関する調査研究報告書』東京文化財研究所保存修復科学センター（二〇一五）

桃山茶陶から色絵京焼へ

堺市博物館編『堺市制一〇〇周年記念特別展　堺衆―茶の湯を創った人々―』堺市博物館（一九八九）
伊藤嘉章ほか企画・監修『桃山陶芸の華展―黄瀬戸・瀬戸黒・志野・織部―』NHK名古屋放送局（二〇〇〇）
京都市埋蔵文化財研究所『平安京左京北辺四坊　第二分冊（公家町）』（二〇〇四）
尾野善裕編『京焼―みやこの意匠と技―』京都国立博物館（二〇〇六）
京都市埋蔵文化財研究所『平安京左京三条四坊十町跡　京都市埋蔵文化財研究所概報二〇〇四―一〇』（二〇〇四）
京都市埋蔵文化財研究所編『つちの中の京都　4』ユニプラン（二〇一〇）
岡佳子『近世京焼の研究』思文閣出版（二〇一一）
根津美術館学芸部『新　桃山の茶陶』根津美術館（二〇一八）
村串まどか・阿部善也・中井泉・米井善明・内田篤呉「科学分析からみた色絵金銀菱文重茶碗と色絵藤花文茶壷」『仁清　金と銀』MOA美術館（二〇一九）
北野信彦「桃山～寛永文化期における初期京焼から京焼への技術系譜」『龍谷大学考古学論集　Ⅲ―岡崎晋明先生喜寿記念論文集―』龍谷大学考古学論集刊行会（二〇二〇）

金碧障壁（障屛）画と初期洋風画

京都市埋蔵文化財研究所『平安京左京三条四坊十町跡　京都市埋蔵文化財研究所概報二〇〇四―一〇』

（二〇〇四）
山本英男編『京都国立博物館開館一一〇周年記念特別展覧会　狩野永徳』京都国立博物館（二〇〇七）
北野信彦「五　付章　出土顔料の分析」『平安京左京四条三坊十二町跡　京都市埋蔵文化財研究所発掘調査報告二〇〇六—二六』京都市埋蔵文化財研究所（二〇〇七）
山本英男編『没後四〇〇年　長谷川等伯』東京国立博物館・京都国立博物館（二〇一〇）
特別展「変革のとき　桃山」実行委員会ほか編『名古屋開府四〇〇年　記念特別展　変革のとき　桃山』名古屋市博物館・中日新聞社（二〇一〇）
山下善也編『特別展覧会　狩野山楽・山雪』京都国立博物館（二〇一三）
浅野ひとみ『千提寺・下音羽のキリシタン遺物研究—平成二三～二五年度学術研究助成基金助成金—』長崎純心女子大学（二〇一四）
早川泰弘・城野誠治ほか『泰西王侯騎馬図屏風　光学調査報告書』東京文化財研究所（二〇一五）
早川泰弘・城野誠治ほか『洋人奏楽図屏風　光学調査報告書』東京文化財研究所（二〇一五）
北野信彦「陽明門西側漆箔板壁面に描かれた「大和松岩笹と巣籠鶴」の科学調査」『大日光』第八五号、日光東照宮（二〇一五）
山本英男編『京都国立博物館開館一二〇周年記念特別展覧会　海北友松』京都国立博物館（二〇一七）
北野信彦・本多貴之「桃山～寛永文化移行期における深緑色塗料に関する一調査事例」『学際的研究による漆文化史の新構築　国立歴史民俗博物館調査報告』第二二五集、国立歴史民俗博物館（二〇二一）

秀吉が囲った御土居跡―出土漆器を中心に

沢口悟一『日本漆工の研究』美術出版社（一九六六）
荒川浩和編著『南蛮漆藝』美術出版社（一九七一）
京都国立博物館編『桃山時代の工芸』淡交社（一九七七）
荒川浩和・小松大秀・灰野昭郎『日本の漆芸3　蒔絵Ⅲ』中央公論社（一九七八）
京都国立博物館編『高台寺蒔絵と南蛮漆器』京都国立博物館（一九八七）
山崎剛『日本の美術　第四二六号　海を渡った日本漆器Ⅰ（16・17世紀）』至文堂（二〇〇二）
京都市埋蔵文化財研究所『平安京左京三条四坊十町跡　京都市埋蔵文化財研究所概報二〇〇四―一〇』（二〇〇四）
京都市埋蔵文化財研究所監修『京都　秀吉の時代　つちの中から』ユニプラン（二〇一〇）
特別展「変革のとき　桃山」実行委員会ほか『名古屋開府四〇〇年　記念特別展　変革のとき　桃山』名古屋市博物館・中日新聞社（二〇一〇）
北野信彦「中世「根来」の工房を支えた木地師集団の謎に挑む」『朱漆「根来」中世に咲いた華』MIHO MUSEUM（二〇一三）

城郭御殿の屋根と金箔瓦

田口勇・尾崎保博編『みちのくの金―幻の砂金の歴史と科学―』アグネ技術センター（一九九五）

日本史研究会編『豊臣秀吉と京都　聚楽第・御土居と伏見城』文理閣（二〇〇一）
安土城考古博物館『平成一八年度秋季特別展　信長の城・秀吉の城―織豊系城郭の成立と展開―』（二〇〇六）
京都市埋蔵文化財研究所『伏見城跡　京都市埋蔵文化財研究所発掘調査報告二〇〇六―二七』（二〇〇七）
佐賀県立名護屋城博物館『平成二一年度特別企画展　肥前名護屋城と「天下人」秀吉の城』（二〇〇九）
京都市埋蔵文化財研究所監修『京都　秀吉の時代　つちの中から』、ユニプラン（二〇一〇）
日本銀行情報サービス局編『貨幣の歴史学』日本銀行情報サービス局（二〇一一）
北野信彦「京都新城堀跡出土金箔瓦の分析調査」『平安京左京一条四坊十町跡・公家町遺跡・京都新城』京都市埋蔵文化財研究所（二〇二〇）
北野信彦・山田卓司・関晃史「付章　出土資料の自然科学分析」『室町殿跡・上京遺跡　京都市埋蔵文化財研究所発掘調査報告二〇二〇―一一』京都市埋蔵文化財研究所（二〇二一）
北野信彦「指月伏見城跡出土金箔瓦の分析調査」『指月城跡・伏見城跡発掘調査総括報告書』京都市文化市民局（二〇二一）
北野信彦「付章　伏見城出土金箔瓦・鉄砲玉の分析調査」『伏見城跡』京都市埋蔵文化財研究所（二〇二二）

城郭御殿の外観と漆箔塗装

国宝都久布須麻神社境内出張所編『國寶 都久布須麻神社本殿修理工事報告書』（一九三七）
京都府教育庁文化財保護課重要文化財東照宮（金地院）修理事務所編『重要文化財東照宮（金地院）修理工事報告書』（一九六一）
京都府教育委員会編『国宝・重要文化財三宝院殿堂修理工事報告書』京都府教育庁指導部文化財保護課（一九七〇）
京都府教育庁文化財保護課『国宝三宝院唐門修理工事報告書』（二〇一〇）
後藤玉樹「二条城だより 二条城の歩み」『文建協通信』一一二、文化財建造物保存技術協会（二〇一三）
北野信彦「第七節 自然科学分析 出土装飾部材の漆塗装に関する調査」『有楽町一丁目遺跡』三井不動産（二〇一五）
北野信彦・本多貴之・佐藤則武・浅尾和年「日光東照宮唐門および透塀の塗装彩色材料に関する調査」『保存科学』第五四号、東京文化財研究所（二〇一五）

城郭御殿の室内と蒔絵装飾

田邊泰『徳川家霊廟』彰国社（一九四二）
京都府教育委員会編『国宝・重要文化財三宝院殿堂修理工事報告書』京都府教育庁指導部文化財保護課（一九七〇）
日光二社一寺文化財保存委員会編『国宝東照宮本殿拝殿付属蒔絵扉修理工事報告書』東照宮（一九六

五）
中村昌生「大覚寺正寝殿および宸殿について」『障壁画全集　大覚寺』美術出版社（一九六七）
土居次義「大覚寺の桃山障壁画」『障壁画全集　大覚寺』美術出版社（一九六七）
藤岡通夫『京都御所（新訂）』中央公論美術出版（一九八七）
灰野昭郎「大覚寺正寝殿帳台構の桐竹蒔絵装飾」『学叢』第一〇号、京都国立博物館（一九八八）
村上訒一『日本の美術　第二九五号　霊廟建築』至文堂（一九九〇）
狩野博幸「宸殿、正寝殿の障壁画」『嵯峨御所　大覚寺の名宝』京都国立博物館（一九九二）
北野信彦「増上寺徳川家霊廟建築物の塗料・顔料と色彩観について」『平成二一年度港区立港郷土資料館特別展　増上寺徳川家霊廟』港区立港郷土資料館（二〇〇九）
北野信彦編著『桃山文化期における建造物蒔絵塗装の保存修復科学的研究―公益財団法人　文化財保護・芸術研究助成財団　平成二三年度研究助成事業の成果報告書―』東京文化財研究所・保存修復学センター・伝統技術研究室（二〇一一）
山下善也編『特別展覧会　狩野山楽・山雪』京都国立博物館（二〇一三）

彩色木彫のメッセージ

国宝都久布須麻神社境内出張所編『國寶都久布須麻神社本殿修理工事報告書』（一九三七）
滋賀県百科事典刊行会編『滋賀県百科事典』大和書房（一九八四）
平凡社地方資料センター編『滋賀県の地名（日本歴史地名大系二五）』平凡社（一九九一）

朽津信明・黒木紀子・井口智子・三石正一「顔料鉱物の可視光反射スペクトルに関する基礎的研究」『保存科学』第三八号、東京文化財研究所（一九九九）
堀野宗俊編『瑞巌寺・観瀾亭　障壁画の保存修理と復元模写』瑞巌寺（二〇〇五）
朽津信明「出雲地方中世～近世壁画の使用顔料に関する研究」『壁画顔料の現地非破壊分析法に関する研究　平成一一～一三年度科学研究費補助金研究成果報告書』東京文化財研究所（二〇〇二）
清水眞澄ほか『特別展　松島　瑞巌寺と伊達政宗』三井文庫・三井記念美術館（二〇一六）
文化財建造物保存技術協会編『国宝　瑞巌寺本堂ほか七棟保存修理工事報告書』瑞巌寺（二〇一八）
滋賀県文化スポーツ部文化財保護課編『国宝　宝厳寺唐門ほか三棟　観音堂　渡廊（低屋根）渡廊（高屋根）保存修理工事報告書』滋賀県（二〇二〇）

赤色の塗料材料から探る社寺再建

村田治郎・杉山信三・後藤紫三郎『三十三間堂の建築』三十三間堂・三十三間堂奉賛会（一九六一）
滋賀県教育委員会『国寶石山寺本堂修理工事報告書』滋賀県教育委員会（一九六一）
奈良県文化財保存事務所編『国宝　金峯山寺本堂修理工事報告書』奈良県教育委員会（一九八四）
山崎一雄『古文化財の科学』思文閣出版（一九八七）
石山寺文化財綜合調査団編『石山寺資料叢書　寺誌篇』法蔵館（二〇〇六）
朽津信明「古代地方寺院の外装塗装の色について」『保存科学』第四五号、東京文化財研究所（二〇〇六）

北野信彦・窪寺茂「三十三間堂の外観塗装材料である赤色顔料に関する調査」『保存科学』第四八号、東京文化財研究所（二〇〇九）
北野信彦「付章二　方広寺出土赤色顔料に関する分析調査」『京都国立博物館構内発掘調査報告書—法住寺殿跡・六波羅政庁跡・方広寺跡—京都市埋蔵文化財研究所調査報告第二三冊』京都市埋蔵文化財研究所（二〇〇九）

全般

北野信彦『近世出土漆器の研究』吉川弘文館（二〇〇五）
北野信彦『近世漆器の産業技術と構造』雄山閣（二〇〇五）
北野信彦『ベンガラ塗装史の研究』雄山閣（二〇一三）
北野信彦『桃山文化期漆工の研究』雄山閣（二〇一八）
北野信彦『建造物塗装彩色史の研究』雄山閣（二〇二二）

著者紹介

一九五九年、愛知県名古屋市に生まれる
一九八二年、愛知大学文学部史学科卒業
東京文化財研究所保存修復科学センター室長等を経て、
現在、龍谷大学文学部歴史学科文化遺産学専攻教授、博士（学術、京都工芸繊維大学）、博士（史学、東京都立大学）

〔主要著書〕
『近世出土漆器の研究』（吉川弘文館、二〇〇五年）
『近世漆器の産業技術と構造』（雄山閣、二〇〇五年）
『ベンガラ塗装史の研究』（雄山閣、二〇一三年）
『桃山文化期漆工の研究』（雄山閣、二〇一八年）
『建造物塗装彩色史の研究』（雄山閣、二〇二二年）

歴史文化ライブラリー
566

天下人たちの文化戦略
科学の眼でみる桃山文化

二〇二三年（令和五）二月一日　第一刷発行

著　者　北《きた》野《の》信《のぶ》彦《ひこ》
発行者　吉川道郎
発行所　株式会社　吉川弘文館
東京都文京区本郷七丁目二番八号
郵便番号一一三―〇〇三三
電話〇三―三八一三―九一五一〈代表〉
振替口座〇〇一〇〇―五―二四四
http://www.yoshikawa-k.co.jp/
印刷＝株式会社 平文社
製本＝ナショナル製本協同組合
装幀＝清水良洋・宮崎萌美

ISBN978-4-642-05966-4

歴史文化ライブラリー

1996.10

刊行のことば

現今の日本および国際社会は、さまざまな面で大変動の時代を迎えておりますが、近づきつつある二十一世紀は人類史の到達点として、物質的な繁栄のみならず文化や自然・社会環境を謳歌できる平和な社会でなければなりません。しかしながら高度成長・技術革新にともなう急激な変貌は「自己本位な刹那主義」の風潮を生みだし、先人が築いてきた歴史や文化に学ぶ余裕もなく、いまだ明るい人類の将来が展望できていないようにも見えます。このような状況を踏まえ、よりよい二十一世紀社会を築くために、人類誕生から現在に至る「人類の遺産・教訓」としてのあらゆる分野の歴史と文化を「歴史文化ライブラリー」として刊行することといたしました。

小社は、安政四年（一八五七）の創業以来、一貫して歴史学を中心とした専門出版社として書籍を刊行しつづけてまいりました。その経験を生かし、学問成果にもとづいた本叢書を刊行し社会的要請に応えて行きたいと考えております。

現代は、マスメディアが発達した高度情報化社会といわれますが、私どもはあくまでも活字を主体とした出版こそ、ものの本質を考える基礎と信じ、本叢書をとおして社会に訴えてまいりたいと思います。これから生まれでる一冊一冊が、それぞれの読者を知的冒険の旅へと誘い、希望に満ちた人類の未来を構築する糧となれば幸いです。

吉川弘文館

歴史文化ライブラリー

中世史

列島を翔ける平安武士 九州・京都・東国 —— 野口 実
源氏と坂東武士 —— 野口 実
敗者たちの中世争乱 年号から読み解く —— 関 幸彦
平氏が語る源平争乱 —— 永井 晋
熊谷直実 中世武士の生き方 —— 高橋 修
中世武士 畠山重忠 秩父平氏の嫡流 —— 清水 亮
頼朝と街道 鎌倉政権の東国支配 —— 木村茂光
もう一つの平泉 奥州藤原氏第二の都市・比爪 —— 羽柴直人
六波羅探題 京を治めた北条一門 —— 森 幸夫
大道 鎌倉時代の幹線道路 —— 岡 陽一郎
仏都鎌倉の一五〇年 —— 今井雅晴
鎌倉北条氏の興亡 —— 奥富敬之
鎌倉幕府はなぜ滅びたのか —— 永井 晋
三浦一族の中世 —— 高橋秀樹
伊達一族の中世「独眼龍」以前 —— 伊藤喜良
弓矢と刀剣 中世合戦の実像 —— 近藤好和
その後の東国武士団 源平合戦以後 —— 関 幸彦
荒ぶるスサノヲ、七変化〈中世神話〉の世界 —— 斎藤英喜
曽我物語の史実と虚構 —— 坂井孝一
鎌倉浄土教の先駆者 法然 —— 中井真孝
親 鸞 —— 平松令三
親鸞と歎異抄 —— 今井雅晴
畜生・餓鬼・地獄の中世仏教史 因果応報と悪道 —— 生駒哲郎
神や仏に出会う時 中世びとの信仰と絆 —— 大喜直彦
神仏と中世人 宗教をめぐるホンネとタテマエ —— 衣川 仁
神風の武士像 蒙古合戦の真実 —— 関 幸彦
鎌倉幕府の滅亡 —— 細川重男
足利尊氏と直義 京の夢、鎌倉の夢 —— 峰岸純夫
高 師直 室町新秩序の創造者 —— 亀田俊和
新田一族の中世「武家の棟梁」への道 —— 田中大喜
皇位継承の中世史 血統をめぐる政治と内乱 —— 佐伯智広
地獄を二度も見た天皇 光厳院 —— 飯倉晴武
南朝の真実 忠臣という幻想 —— 亀田俊和
信濃国の南北朝内乱 悪党と八〇年のカオス —— 櫻井 彦
中世の巨大地震 —— 矢田俊文
大飢饉、室町社会を襲う! —— 清水克行
中世の富と権力 寄進する人びと —— 湯浅治久

歴史文化ライブラリー

中世は核家族だったのか 民衆の暮らしと生き方——西谷正浩
出雲の中世 地域と国家のはざま——佐伯徳哉
中世武士の城——齋藤慎一
戦国の城の一生 つくる・壊す・蘇る——竹井英文
九州戦国城郭史 大名・国衆たちの築城記——岡寺 良
徳川家康と武田氏 信玄・勝頼との十四年戦争——本多隆成
戦国大名毛利家の英才教育 元就・隆元・輝元と妻たち——五條小枝子
戦国大名の兵粮事情——久保健一郎
戦乱の中の情報伝達 使者がつなぐ中世京都と在地——酒井紀美
戦国時代の足利将軍——山田康弘
足利将軍と御三家 吉良・石橋・渋川氏——谷口雄太
〈武家の王〉足利氏 戦国大名と足利的秩序——谷口雄太
室町将軍の御台所 日野康子・重子・富子——田端泰子
名前と権力の中世史 室町将軍の朝廷戦略——水野智之
摂関家の中世 藤原道長から豊臣秀吉まで——樋口健太郎
戦国貴族の生き残り戦略——岡野友彦
鉄砲と戦国合戦——宇田川武久
検証 長篠合戦——平山 優
織田信長と戦国の村 天下統一のための近江支配——深谷幸治
検証 本能寺の変——谷口克広
明智光秀の生涯——諏訪勝則
加藤清正 朝鮮侵略の実像——北島万次
落日の豊臣政権 秀吉の憂鬱、不穏な京都——河内将芳
豊臣秀頼——福田千鶴
天下人たちの文化戦略 科学の眼でみる桃山文化——北野信彦
イエズス会がみた「日本国王」 天皇・将軍・信長・秀吉——松本和也
海賊たちの中世——金谷匡人
アジアのなかの戦国大名 西国の群雄と経営戦略——鹿毛敏夫
琉球王国と戦国大名 島津侵入までの半世紀——黒嶋 敏
天下統一とシルバーラッシュ 銀と戦国の流通革命——本多博之

近世史

慶長遣欧使節 伊達政宗が夢見た国際外交——佐々木 徹
徳川忠長 兄家光の苦悩、将軍家の悲劇——小池 進
女と男の大奥 大奥法度を読み解く——福田千鶴
大奥を創った女たち——福田千鶴
細川忠利 ポスト戦国世代の国づくり——稲葉継陽
家老の忠義 大名細川家存続の秘訣——林 千寿
隠れた名君 前田利常 加賀百万石の運営手腕——木越隆三

歴史文化ライブラリー

明暦の大火 「都市改造」という神話—岩本 馨
〈伊達騒動〉の真相—平川 新
江戸の政権交代と武家屋敷—岩本 馨
江戸の町奉行—南 和男
大名行列を解剖する 江戸の人材派遣—根岸茂夫
江戸大名の本家と分家—野口朋隆
〈甲賀忍者〉の実像—藤田和敏
江戸の武家名鑑 武鑑と出版競争—藤實久美子
江戸の出版統制 弾圧に翻弄された戯作者たち—佐藤至子
武士という身分 城下町萩の大名家臣団—森下 徹
旗本・御家人の就職事情—山本英貴
武士の奉公 本音と建前 江戸時代の出世と処世術—高野信治
近江商人と出世払い 出世証文を読み解く—宇佐美英機
宮中のシェフ、鶴をさばく 江戸時代の朝廷と庖丁道—西村慎太郎
犬と鷹の江戸時代 〈犬公方〉綱吉と〈鷹将軍〉吉宗—根崎光男
紀州藩主 徳川吉宗 明君伝説・宝永地震・隠密御用—藤本清二郎
近世の巨大地震—矢田俊文
土砂留め奉行 河川災害から地域を守る—水本邦彦
外来植物が変えた江戸時代 里湖・里海の資源と都市消費—佐野静代

死者のはたらきと江戸時代 遺訓・家訓・辞世—深谷克己
闘いを記憶する百姓たち 江戸時代の裁判学習帳—八鍬友広
江戸時代の瀬戸内海交通—倉地克直
江戸のパスポート 旅の不安はどう解消されたか—柴田 純
江戸の捨て子たち その肖像—沢山美果子
江戸の乳と子ども いのちをつなぐ—沢山美果子
江戸時代の医師修業 学問・学統・遊学—海原 亮
江戸幕府の日本地図 国絵図・城絵図・日本図—川村博忠
踏絵を踏んだキリシタン—安高啓明
墓石が語る江戸時代 大名・庶民の墓事情—関根達人
石に刻まれた江戸時代 無縁・遊女・北前船—関根達人
近世の仏教 華ひらく思想と文化—末木文美士
松陰の本棚 幕末志士たちの読書ネットワーク—桐原健真
龍馬暗殺—桐野作人
日本の開国と多摩 生糸・農兵・武州一揆—藤田 覚
幕末の世直し 万人の戦争状態—須田 努
幕末の海軍 明治維新への航跡—神谷大介
海辺を行き交うお触れ書き 浦触の語る徳川情報網—水本邦彦
江戸の海外情報ネットワーク—岩下哲典

歴史文化ライブラリー

近・現代史

江戸無血開城 本当の功労者は誰か？——岩下哲典
五稜郭の戦い 蝦夷地の終焉——菊池勇夫
水戸学と明治維新——吉田俊純
大久保利通と明治維新——佐々木 克
刀の明治維新 「帯刀」は武士の特権か？——尾脇秀和
維新政府の密偵たち 御庭番と警察のあいだ——大日方純夫
京都に残った公家たち 華族の近代——刑部芳則
文明開化 失われた風俗——百瀬 響
西南戦争 戦争の大義と動員される民衆——猪飼隆明
大久保利通と東アジア 国家構想と外交戦略——勝田政治
明治の政治家と信仰 クリスチャン民権家の肖像——小川原正道
大元帥と皇族軍人 明治編——小田部雄次
皇居の近現代史 開かれた皇室像の誕生——河西秀哉
日本赤十字社と皇室 博愛か報国か——小菅信子
リーダーたちの日清戦争——佐々木雄一
陸軍参謀 川上操六 日清戦争の作戦指導者——大澤博明
日清・日露戦争と写真報道 戦場を駆ける写真師たち——井上祐子
軍隊を誘致せよ 陸海軍と都市形成——松下孝昭
軍港都市の一五〇年 横須賀・呉・佐世保・舞鶴——上杉和央
〈軍港都市〉横須賀 軍隊と共生する街——高村聰史
お米と食の近代史——大豆生田 稔
日本酒の近現代史 酒造地の誕生——鈴木芳行
失業と救済の近代史——加瀬和俊
近代日本の就職難物語 「高等遊民」になるけれど——町田祐一
難民たちの日中戦争 戦火に奪われた日常——芳井研一
昭和天皇とスポーツ 〈玉体〉の近代史——坂上康博
大元帥と皇族軍人 大正・昭和編——小田部雄次
昭和陸軍と政治 「統帥権」というジレンマ——高杉洋平
松岡洋右と日米開戦 大衆政治家の功と罪——服部 聡
唱歌「蛍の光」と帝国日本——大日方純夫
稲の大東亜共栄圏 帝国日本の〈緑の革命〉——藤原辰史
地図から消えた島々 幻の日本領と南洋探検家たち——長谷川亮一
自由主義は戦争を止められるのか 芦田均・清沢洌・石橋湛山——上田美和
軍用機の誕生 日本軍の航空戦略と技術開発——水沢 光
国産航空機の歴史 零戦・隼からYS－一一まで——笠井雅直
首都防空網と〈空都〉多摩——鈴木芳行
帝都防衛 戦争・災害・テロ——土田宏成

歴史文化ライブラリー

陸軍登戸研究所と謀略戦 科学者たちの戦争——渡辺賢二
帝国日本の技術者たち——沢井 実
強制された健康 日本ファシズム下の生命と身体——藤野 豊
戦争とハンセン病——藤野 豊
「自由の国」の報道統制 大戦下の日系ジャーナリズム——水野剛也
学徒出陣 戦争と青春——蜷川壽惠
特攻隊の〈故郷〉 霞ヶ浦・筑波山・北浦・鹿島灘——伊藤純郎
沖縄戦 強制された「集団自決」——林 博史
陸軍中野学校と沖縄戦 知られざる少年兵「護郷隊」——川満 彰
沖縄戦の子どもたち——川満 彰
沖縄からの本土爆撃 米軍出撃基地の誕生——林 博史
原爆ドーム 物産陳列館から広島平和記念碑へ——頴原澄子
米軍基地の歴史 世界ネットワークの形成と展開——林 博史
沖縄米軍基地全史——野添文彬
考証 東京裁判 戦争と戦後を読み解く——宇田川幸大
昭和天皇退位論のゆくえ——冨永 望
ふたつの憲法と日本人 戦前・戦後の憲法観——川口暁弘
戦後文学のみた〈高度成長〉——伊藤正直
首都改造 東京の再開発と都市政治——源川真希
鯨を生きる 鯨人の個人史・鯨食の同時代史——赤嶺 淳

文化史・誌

落書きに歴史をよむ——三上喜孝
山寺立石寺 霊場の歴史と信仰——山口博之
神になった武士 平将門から西郷隆盛まで——高野信治
将門伝説の歴史——樋口州男
空海の文字とことば——岸田知子
殺生と往生のあいだ 中世仏教と民衆生活——苅米一志
浦島太郎の日本史——三舟隆之
〈ものまね〉の歴史 仏教・笑い・芸能——石井公成
戒名のはなし——藤井正雄
墓と葬送のゆくえ——森 謙二
運 慶 その人と芸術——副島弘道
ほとけを造った人びと 止利仏師から運慶・快慶まで——根立研介
祇園祭 祝祭の京都——川嶋將生
洛中洛外図屏風 つくられた〈京都〉を読み解く——小島道裕
化粧の日本史 美意識の移りかわり——山村博美
乱舞の中世 白拍子・乱拍子・猿楽——沖本幸子
神社の本殿 建築にみる神の空間——三浦正幸

歴史文化ライブラリー

古建築を復元する 過去と現在の架け橋——海野 聡
生きつづける民家 保存と再生の建築史——中村琢巳
大工道具の文明史 日本・中国・ヨーロッパの建築技術——渡邉 晶
苗字と名前の歴史——坂田 聡
日本人の姓・苗字・名前 人名に刻まれた歴史——大藤 修
大相撲行司の世界——根間弘海
日本料理の歴史——熊倉功夫
日本の味 醤油の歴史——林 玲子・天野雅敏 編
中世の喫茶文化 儀礼の茶から「茶の湯」へ——橋本素子
香道の文化史——本間洋子
天皇の音楽史 古代・中世の帝王学——豊永聡美
流行歌の誕生 「カチューシャの唄」とその時代——永嶺重敏
話し言葉の日本史——野村剛史
柳宗悦と民藝の現在——松井 健
ガラスの来た道 古代ユーラシアをつなぐ輝き——小寺智津子
たたら製鉄の歴史——角田徳幸
金属が語る日本史 銭貨・日本刀・鉄炮——齋藤 努
書物と権力 中世文化の政治学——前田雅之
気候適応の日本史 人新世をのりこえる視点——中塚 武
災害復興の日本史——安田政彦

民俗学・人類学

古代ゲノムから見たサピエンス史——太田博樹
日本人の誕生 人類はるかなる旅——埴原和郎
倭人への道 人骨の謎を追って——中橋孝博
役行者と修験道の歴史——宮家 準
幽霊 近世都市が生み出した化物——髙岡弘幸
雑穀を旅する——増田昭子
川は誰のものか 人と環境の民俗学——菅 豊
柳田国男 その生涯と思想——川田 稔
遠野物語と柳田國男 日本人のルーツをさぐる——新谷尚紀

考古学

タネをまく縄文人 最新科学が覆す農耕の起源——小畑弘己
イヌと縄文人 狩猟の相棒、神へのイケニエ——小宮 孟
顔の考古学 異形の精神史——設楽博己
〈新〉弥生時代 五〇〇年早かった水田稲作——藤尾慎一郎
文明に抗した弥生の人びと——寺前直人
樹木と暮らす古代人 木製品が語る弥生・古墳時代——樋上 昇
アクセサリーの考古学 倭と古代朝鮮の交渉史——高田貫太

歴史文化ライブラリー

歴史文化ライブラリー

万葉集と古代史――直木孝次郎
郡司と天皇 地方豪族と古代国家――磐下 徹
地方官人たちの古代史 律令国家を支えた人びと――中村順昭
古代の都はどうつくられたか 中国・日本・朝鮮・渤海――吉田 歓
平城京に暮らす 天平びとの泣き笑い――馬場 基
平城京の住宅事情 貴族はどこに住んだのか――近江俊秀
すべての道は平城京へ 古代国家の〈支配の道〉――市 大樹
都はなぜ移るのか 遷都の古代史――仁藤敦史
古代の都と神々 怪異を吸いとる神社――榎村寛之
聖武天皇が造った都 難波宮・恭仁宮・紫香楽宮――小笠原好彦
天皇側近たちの奈良時代――十川陽一
藤原仲麻呂と道鏡 ゆらぐ奈良朝の政治体制――鷺森浩幸
古代の女性官僚 女官の出世・結婚・引退――伊集院葉子
〈謀反〉の古代史 平安朝の政治改革――春名宏昭
皇位継承と藤原氏 摂政・関白はなぜ必要だったのか――神谷正昌
平安朝 女性のライフサイクル――服藤早苗
平安貴族の住まい 寝殿造から読み直す日本住宅史――藤田勝也
平安京のニオイ――安田政彦
平安京の災害史 都市の危機と再生――北村優季
平安京はいらなかった 古代の夢を喰らう中世――桃崎有一郎
天神様の正体 菅原道真の生涯――森 公章
平将門の乱を読み解く――木村茂光
安倍晴明 陰陽師たちの平安時代――繁田信一
平安時代の死刑 なぜ避けられたのか――戸川 点
古代の神社と神職 神をまつる人びと――加瀬直弥
古代の食生活 食べる・働く・暮らす――吉野秋二
古代の刀剣 日本刀の源流――小池伸彦
大地の古代史 土地の生命力を信じた人びと――三谷芳幸
時間の古代史 霊鬼の夜、秩序の昼――三宅和朗

各冊一七〇〇円～二一〇〇円（いずれも税別）
▽残部僅少の書目も掲載してあります。品切の節はご容赦下さい。
▽品切書目の一部について、オンデマンド版の販売も開始しました。
詳しくは出版図書目録、または小社ホームページをご覧下さい。